金色渡口

叶馥佳 著

陕西新华出版

太白文艺出版社·西安

图书在版编目（CIP）数据

金色渡口 / 叶馥佳著. -- 西安 : 太白文艺出版社,
2024.5
　　ISBN 978-7-5513-2607-0

　Ⅰ. ①金… Ⅱ. ①叶… Ⅲ. ①长篇小说－中国－当代
Ⅳ. ①I247.5

中国国家版本馆CIP数据核字(2024)第081146号

金色渡口
JINSE DUKOU

作　者	叶馥佳
责任编辑	黄　洁
特约策划	苏爱丽
特约编辑	刘亚玲
装帧设计	马　佳
出版发行	太白文艺出版社
经　销	新华书店
印　刷	三河市龙大印装有限公司
开　本	710mm×1000mm　1/16
字　数	386千字
印　张	26.5
版　次	2024年5月第1版
印　次	2024年5月第1次印刷
书　号	ISBN 978-7-5513-2607-0
定　价	98.00元

出版社地址：西安市曲江新区登高路1388号（邮编：710061）
营销中心电话：029-87277748　029-87217872

◖目 录

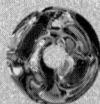

Chapter 1 白色炸弹

对于很多外来人来说，香港就像是火车到达终点前的临时停靠站，人在此稍作停留后，便赶往下一个目的地。

赵然来到香港已经第四个年头了。她在城大传媒系毕业后，就一直在公关公司做市场文员。和二十多万内地"港漂"一样，这个二十八岁的杭州姑娘在香港生活和工作，并期待着收获。

四年里，她在香港的朋友圈不知更换了多少人。有些从海外归国的内地人把香港作为进军内地事业的跳板，混了两年资历便转战内地。还有一些人，在香港高昂的生活成本面前打了退堂鼓，选择回内地结婚生子。留下来的人，大多和她一样有着自己执着的方向，或者在找寻方向的道路上挣扎着。

今天是平安夜，空气里飘着一股轻松的味道。岁末的办公室空荡荡的，她关上电脑，起身离开。

温暖的冬季一直是她喜欢这里的原因之一。可今年的冬天格外冷，她已经穿上了往年不会穿的羊绒大衣。寒风吹起，她额前的小碎发胡乱摇摆，时不时扎进眼睛里。她从大衣口袋里伸出手来拨弄了两下碎发，便又迅速把手缩了回去。

走在下班时分的皇后大道上，穿梭在熙熙攘攘的人群中，她的心中竟升起了一股与这节日不相称的寂寞感。她习惯性地陷入回忆当中。对她来说，回忆是最熟悉的老友，不论何时何地都可以跳出来同她攀谈。即便是在这喧嚣的街头，这位老友也能将她完全拉回自己的世界里，与周围隔绝。

她的思绪被街上传来的圣诞歌曲打断，抬头一看，所有的商店橱窗都贴满了折扣标语，每到一处都张灯结彩，圣诞树更是数不胜数。香港各大高端百货商场正处于争奇斗艳的时候，争相比拼谁家的圣诞树更大，装饰更出彩。浓厚的节日气氛提醒着她，今晚不该一个人过。

她站在街边拿出手机，望着一堆联系人也不知道该拨给谁。还是吴一婵吧，她心想，这家伙大概早就有约了，不过还是试试运气。

电话响了几声后，传来了吴一婵的声音："喂，亲爱的！"

"哟，在哪玩呢？"赵然笑道。

"还在办公室呢，刚弄完，准备走。"

"你们今天没早收工吗？"

"同事早走了，我这里还有事，有个客户临时找过来的。"吴一婵清了清嗓子，"你晚上怎么过？"

"没安排，正想问你呢。"

"要不上盈枫家喝酒去，顺便再买点吃的？"

"行！好久没见她了，这个空中飞人。"赵然欣喜道，"那我去买瓶红酒。"

"那我去买吃的，一会儿在她家见！"

吴一婵在中环的一家金融猎头公司上班，在香港打拼了十年的她一毕业就来到了这里，算得上是一位资深"港漂"。她的公司就在兰桂坊，中环最热闹的酒吧区。沿着一路的美食，她最终挑选了平时常去的一家西班牙餐厅，打包了几个风味小吃，一路往山上走去。

江盈枫的家在西半山的豪宅区，一百多平方米的公寓供她一人享用。每月四万的房租让许多人望而却步，但对于在私人银行做银行经理的她来说只是"洒洒水"。

吴一婵与赵然前后脚，她刚进门没多久，赵然就在外面按起了门铃。她跑去开门，两人当即抱在了一起。

赵然脱下羊绒大衣，小心翼翼地搭在了沙发扶手处，虽说只是小店里买的，但也是真羊绒，弄皱了心疼。沙发的另一边也搁着一件大衣。这不是 M 家的驼色经典款吗？她好奇地翻开衣领处的标签，还真被她猜中了。她摸了摸这羊绒，心想，大牌的就是不一样，这应该是吴一婵的吧，怎么也得三五万。她立刻把自己大衣的领子朝里卷了一下，盖住里面的标签。

何时自己也能搬进这样一套公寓？她边想边在偌大的客厅里四处转悠。她最羡慕的就是江盈枫的这张长长的餐桌，上面铺着长条的蕾丝桌布，正中摆着一只精致的玻璃花瓶，两边还配有烛台，仪式感十足。

"你在干吗呢？快过来帮忙。"吴一婵把她叫了过去。

"哟，又是那家，还是你小资。"江盈枫正在把菜装盘。

赵然也把从玛莎超市买的红酒拿了出来，倒进江盈枫事先拿出来的醒酒器中。

"我们上次喝的也是这款，"吴一婵拿起酒瓶，"你怎么不换一个呢？"

赵然憨憨一笑，她并不懂红酒，也没什么机会喝，上次聚会听吴一婵提了一句"这酒不错"，她便记在了心里。

"姐妹们，干杯！"江盈枫在三人中年纪最长，她像大姐大一般举起了酒杯，大家碰了一下便开动起来。"咱们三个认识也四年了，"她放下酒杯忆道，"时间飞逝啊。"

三个人的初次相识也是在这样一个圣诞前夕，那是某中资机构组织的一次"港漂"聚会活动，刚刚来到香港的江盈枫便是在那里结识了还是学生的赵然和已是老"港漂"的吴一婵。

"当时的那拨人里还在香港的大概也就我们几个了吧？"赵然叹道。

"大家过得都好着呢，"豁达的吴一婵立马止住了眼前这一丝感伤，"你今天怎么没飞去见客户？"她又看了看江盈枫："这个圣诞你倒是挺闲啊。"

"闲？"江盈枫咽了一口酒，"你要是听一下我接下来的行程，就知道我有多可怜了。"

江盈枫所在的 G&C 银行是欧洲老牌的私人银行，专为有钱人做财富管理。从她手里出来的客户可谓非富即贵，开户门槛三百万美金，那还都是小客户。

她今早刚刚落地香港，明天休息一天，后天一早要赶到九龙帮客户拿号排队买豪宅，大后天要飞伦敦帮客户拍下一幅心仪已久的名画；同时，她还在被一个客户的太太不停地骚扰，逼问丈夫在外面有小三的事。

"你这是见缝插针跟我俩吃个饭啊……"吴一婵开玩笑道。她眼睛扫到了沙发边的爱马仕包："哟，新的战利品啊！"

"帮客户带的，费了不少劲才订到。"

赵然对包并不开窍，她不理解为什么那么多女人会为一个手袋疯狂，这无异于把十几万捆在手上出门。

吴一婵瞟了赵然一眼："你怎么没出去玩啊？"

"没人跟我一起啊。以为你们都很忙呢，没想到都在。"只有她自己知道，事实是因为积蓄不多了，艰苦的地方她不想去，奢侈的地方又去不起。

"群里不是有人组团一起去巴厘岛吗？"

她停顿了两秒，讪讪地说："不想去晒太阳……"

"放假待在家里休息一下也挺好，我是真的飞不动了。"江盈枫的客户以内地富豪为主，为了维护客户关系，平时一半的时间都在飞机上。

"今年市场波动很大啊，你做得怎样？"吴一婵转动着眼珠。

"今年很难做！幸好我给客户的配置里一半以上都是债券，不然我真是别想有太平日子过了。"

"厉害啊！"吴一婵眉角上扬，"以后你帮客户投资的时候跟我们说一声，我们也跟着借点光。"

赵然听完也看向江盈枫，露出调皮的笑容。

"你们知道今年增速最快的是哪类资产吗？"江盈枫放下叉子看向她俩。

"你快说嘛！"吴一婵迫不及待道。

"是保险。简直超出大家的想象。"

"我听说了！"吴一婵眼睛一亮，"我都想去卖保险了，据说只要考个牌就行了。"

"你想做兼职呀？这倒是个不错的副业。"江盈枫托腮道。

"你认识的人多，肯定行！"赵然在一旁帮衬。

"我哪能跟盈枫比呀，她那里都是大客户，我就认识一些小鱼小虾。"

"小鱼小虾也够你吃的了，你是猎头，整个中环的内地人谁不认识你！"

江盈枫说罢转向赵然："你们老板今年也赚翻了吧，这么多内地企业来香港上市，公关公司都忙疯了。"

"还行吧，我们团队接了两家。"赵然嘴里塞满了菜，含糊道。

"就两家？不是吧，今年来香港上市的内地公司少说四五十家，上周五一天就上了七家，港交所的锣都要被敲坏了，你们只有两家？"

"听说很多公司都被我们的竞争对手抢走了。那个老板是个内地人，好厉害的，人脉广，很多内地上市公司都找他做公关。"

"那你们老板真是弱爆了！"江盈枫斩钉截铁地说，"你也别跟着他了，赶紧换个地方吧，没前途！"

赵然眨巴着眼睛，把嘴里的东西咽了下去："我们公司比较海派，跟那种中资背景的不同。可谁想到这两年都在做内地的生意，我们也就没啥优势了。"

"让一婵给你介绍工作！"

赵然朝吴一婵的方向瞟去，要是她能帮自己进入金融圈就好了，那可比做公关强多了。

吴一婵没有接话，停顿片刻后扯道："要不一起去卖保险吧？多赚钱呀！"

赵然知道她是在搪塞，便也敷衍一笑。猎头都喜欢做高管的生意，毕竟提成是根据职位年薪来计算的。像吴一婵这样已经做了十年的老猎头，基本不会把时间浪费在中层以下的人员身上。

"最近有约会吗？"她似是感受到了赵然小小的低落，话锋一转抛出了一个新的问题。

"没有。"这个问题倒让赵然更加低落了。

"怎么会！你这么人见人爱，男生心目中的标准好媳妇。"吴一婵立马夸上。

"你呢？追你的应该都排不过来了吧？"江盈枫转向吴一婵，狡黠地一笑。

"嗨，怎么可能，那是你吧！"吴一婵向来把自己的个人隐私保护得很好，几乎没有人知道她在跟谁交往，到什么程度。大家只是见过她带着不同的男生出来，可他们不是同事就是好友。

谈笑间，江盈枫时不时地看手机，给客户发送节日祝福的时间到了。

"盈枫什么时候给我们组个局，把土豪都约出来，把姐妹们的终身大事都解决了！"吴一婵使了个眼色。

"土豪们都有主啦，要不就土豪的儿子吧！"三个人开怀大笑。

"不过你们别说，前几天还真有个人说媒。"

江盈枫的话瞬间吊起了二人的胃口。"什么情况？！"二人异口同声地叫道。

"有个客户给我介绍对象，说对方是一土豪，年纪有点大，还有个读大学的儿子。不过身家还可以，有三五个亿，问我愿不愿意。"

"你怎么说的呀？"吴一婵着急的神情仿佛是给她介绍似的。

"果断拒绝。感情又不是做买卖。"

赵然听罢抿起嘴唇点了点头，她发现大家的酒要喝完了，给每个人加满。

"其实也没什么，是你想多了。"吴一婵的口气似有些失望，"先接触接触也没什么不好。你也知道香港的情况，在这里要找个男人多难呀！"

的确，与香港发达的金融市场相比，这里的婚恋市场毫无流动性。在一个优质女高度聚集的地方，与其相匹配的优质男自然是不够用的，而靠谱的优质男就更是稀缺物种了。姑娘们只能继续精彩地单下去，流连于五光十色的社交场所，用各种大牌包裹出来的美丽皮囊展示不同文化熏陶下的有趣灵魂。

这时，吴一婵看着江盈枫，小心翼翼地问："你不会还放不下那位吧？"

赵然异常惊讶，紧张地看向江盈枫。每次聚会大家最忌讳的就是在她面前提到那位，今天是怎么了，难道吴一婵是喝多了？

"都过了这么久了，早就不去想了。"江盈枫垂下眼帘，举起酒杯啜了一口。

赵然顿感周围的空气都凝聚了似的，脑海里飞快地闪过各种话题想要圆场："明后天都是大晴天，我们要不要一起爬山？"

"我明天不行，要陪客户去买房。"江盈枫边说边拨弄着头发。

"你呢？"她看向吴一婵。

只见吴一婵在专注地打字，"噢"了一声，说："你们去吧，我要先走了。"

"现在？"赵然诧异。

"嗯，突然有个朋友过来，在中环等我。"她快速干了剩下的酒，起身穿衣。

"肯定有情况！"江盈枫对她挤眉弄眼。

"没有，就是一个朋友。"她开门，弯腰穿鞋。

"对了，菜一共多少钱？"江盈枫拔高嗓门问。

"嗨，不用了，今天过节我请客！"

吴一婵走后，家里瞬间安静了下来。"时间也不早了，我差不多也要走了。"不知怎的，赵然一个人面对江盈枫时总有些拘谨，或许是她过于优秀能干，无论从哪方面比都跟她有一定的差距，赵然不敢与她姐妹般亲昵。

"这么快呀，还想问你要不要喝点茶呢。我这里有从英国寄来的红茶，你上次不是说最喜欢英式茶具吗？"

在江盈枫的热情款待下，她又继续坐了一会儿，只为感受一下勺子在茶杯里搅拌时的优雅。

"这么晚了路上要小心。"喝完茶，江盈枫如大姐姐一般说道。

赵然心里暖暖的，能在异乡有这样两位好姐妹做伴真是她的幸运。

走出江盈枫家的大门，已是晚上十点。对于香港这座不夜城来说，夜未央，人未眠。她上了的士，司机纯熟地绕着山路，从半山一路开下去。

眼前是香港最迷人的夜景，在这夜的衬托下，这座城市显得十分精致，一座座形状各异屹立在中环的建筑物就像是用积木搭起来的一样，被装在港岛这个小盒子里。

来到山下，望着车窗外的灯红酒绿，她的内心泛起一股空荡。香港，这个城市吸引着几十万跟她一样的内地年轻人。"港漂"四年的生活里，她学过粤语，爬过西贡的山，吃过深井的烧鹅，泡过兰桂坊的酒吧，还偶遇过周润发。她活出了漂在香港的各种可能，但这座城市的欢笑与哭泣总与她有一种距离。

不知不觉车子在红灯前停下，对面就是兰桂坊有名的酒吧，饮食男女在里面把酒言欢。

她不经意地望向那里。咦，窗台边那个不是吴一婵吗？和她坐在一起的那个男生，很眼熟，他看起来仪表不凡，灯光勾勒出他英俊的侧脸，配合说话时的肢体动作，隔着距离赵然都能感觉到他的自信潇洒。

是在哪里见过？她使劲回想，试图唤起模糊的记忆。直到他拿起烟吸了一口，抬头向上吐出一团烟雾，突然间一个人名掠过赵然的脑海。是他！赵然不敢相信，吴一婵说的朋友竟然是他！

此时车子开动，她转过头去久久注视着，直到远处的二人消失在视线中。

那个吐烟的动作，不会错，他就是王志渊，江盈枫的前男友。

早晨八点，赵然按下闹钟，翻了个身继续躺平。能让她起床的从来不是闹钟，而是憋了一晚的尿。

她从卫生间出来，又趴回了床上。两天的圣诞假期眨眼过去了，这真是一个悲哀的事实。她故意在床上多赖了一会儿，同事们大多在休假，她迟到一会儿也没关系，尤其是大老板 Tony，他每年年底都要陪家人出去跨年旅行。

跟平常一样，她在家附近的小店买了饭团和豆浆，一路走进了地铁站。这是每年香港最空的时候，地铁也一改往日早高峰的拥挤，到处都是空座。她在门边的一个位置坐下，心情颇好地想着如何混过今天。

晃动的车厢中，她想起了那天晚上的吴一婵和王志渊。这两天，这件事时不时会跳出来困扰她。几步路的工夫，已经到了中环。她步履轻快地走进了写字楼，果然公司里的人寥寥无几。穿过走廊，她惊讶地发现大老板居然在他的办公室里坐着。咦，Tony 今年怎么没去度假？她收敛了一下心情，踩着小碎步快速溜向自己的座位。

把早餐放在桌上的瞬间，她瞥见了一个白色信封，不紧不慢地打开后发现里面有一张纸，标题醒目地写着：解职信。她瞪大双眼，这是……辞退信？她屏住呼吸往下看，短短三行，她来回确认了三遍。

她真的被裁了。

她做梦都没想到自己会收到传说中的白色炸弹，原来之前同事间传的裁员消息是真的，原来公司的生意不好也是真的，原来 Tony 没去度假是为了要亲自裁员！

她还没有回过神来，桌上的电话响了，是 Tony。她立刻稳住心跳，拿起了电话，故作镇定地说了一句："喂？"

电话那头 Tony 早已等着她："赵然，到我办公室来一下。"

她立刻起身朝走廊那头走去。她的心快跳到嗓子眼，只觉得两腿发软，五分钟前她才欢快地走过这里，而现在这条路似乎一下子长了好几倍。

"请坐，把门关上。"

她在 Tony 面前坐下，紧张得手不知往哪里放。

"你应该已经收到了公司的裁员通知，"Tony 脸色凝重，"我感到很遗憾，但公司的状况不好，你也知道我们被其他家抢走了不少客户。"

赵然神情呆滞，努力抑制住想哭的冲动。她很想问为什么是自己，为什么如此突然，可如鲠在喉。

"公司也很为难，这次裁员你们部门也不只你一个。并不是说你们的表现不好，而是目前公司负担不了过多的人。"

她下意识地点了点头，轻声问了一句："我们部门还有谁呀？"

"还有 Jessie，她还在休假，回来后就会通知她。"

原来是 Jessie，她是赵然在公司关系最好的同事。两人同一时间进的公司，现在又要一同离开，这种姐妹共同进退的状况，让赵然的心得到了些许宽慰。

"今后有什么需要帮忙的，可以随时来找我。"Tony 诚恳地说。

"嗯，"她勉强挤出了一丝笑容，"那我先去 HR 那边办手续了。"

她没有再为自己争取什么，她心里明白，Tony 是个不错的老板，努力上进，对员工不苛刻，还经常请大家吃饭。看得出，对于裁员，他的确带着歉意。

多年前 Tony 怀着一腔抱负创立了弈兴公关，刚开始获得不少香港公司的大单，在行业内异军突起。可惜，他从小在国外长大，内地的人脉和关系是他的短板，以至于这两年公司在抢夺内地客户的竞争中屡屡败下阵来，输给了有内地背景的对手——哲时公关。

当时要是选择去哲时就好了，此时的她不禁喟然长叹。三年前，她正是觉得弈兴比较洋气才决定加入的，这里到处说着英语，办公室用的是明亮的橙色，会议室的边上还有一个迷你高尔夫果岭，让她闲暇时可以装模作样地挥几杆。

她浑身无力地瘫坐在椅子上，像是刚刚被人按住了头在水里挣扎了一番。要说她经历过的挫折也够装订成册了，从小到大，她也没少挨父母骂、受老师气，升学应聘也是一路跌跌撞撞，但失业还是人生头一回。

裁员信上说得很明白，只有一个月的遣散费，如果一个月后找不到工作，她拿什么付房租？她住在港岛西面坚尼地城不到三十平方米的公寓里，每个月九千的房租占用了她三分之一的收入。在香港这样的高物价城市里，一个月再怎么省也要花个小一万，再加上平时的旅行和购物，几年下来她的存款基本可以忽略不计。想到这里，她就百爪挠心。

她对着眼前的办公桌发呆，突然间一个起身，还有一件更紧迫的事：工作签证！她的工作签证还有一个月就到期了！对于外来人口，留在香港工作必须有雇主支持的工作签。老天，在接下来的一个月里，如果找不到新公司续签，她就得从香港离开。

弈兴是赵然在这里毕业后的第一份工作，一干就是三年。每月三万不到的收入让她刚刚好支付生活开支。在来香港之前，她曾在杭州的一家大型报社工作，那是一份让当地许多普通家庭都很向往的工作，稳定有保障，名气也大。可稳定似乎是年轻的天敌，对外面世界的向往使她毅然放弃了家乡的一切，报考了城大的传媒硕士。

赵然的父母都是教师，母亲一辈子在初中教数学，父亲做过语文老师，之后转去教育部下属的机关单位工作。老两口都是传统的中国父母，不希望自己唯一的女儿远走他乡，听她说要出去闯荡，父亲从一开始便义正词严地反对："不许去！这么好的工作，多少人挤破头要进来，你就这样不要了？！"

母亲也在一旁帮腔："出国要趁早。刚毕业那会儿你不去，现在都这么大了还折腾什么？！"

可乖乖女赵然这回是铁了心，先斩后奏地偷偷申请了香港的学校，拿到了录取通知书后才向父母摊牌："大不了我自己打工赚学费，反正我是去定了。"

父亲哪里舍得自己的宝贝女儿出去受苦，但是胳膊扭不过大腿，只得乖乖出钱。

"香港很近的，你们随时可以过来看我啊！"她得意地说道。

她至今还记得初到香港时的各种遭遇，适应能力并不强的她硬是逼迫自己学习粤语，参加社交活动，与同学们一起找工作、找房子。在得知自己被奕兴录取时，兴奋的她在电话里跟父母讲了一个多小时。终于不用回去了，可以留在外面的世界生活了。直到今天，她对奕兴始终有着一份感激，是这间公司第一次给了她这份向往已久的独立和自由。

她用微信给 Jessie 发了一条信息："亲爱的，告诉你一个不好的消息，我们被公司裁了。快回来吧。"

"真是倒霉！"她一边喃喃自语，一边收拾东西。手机振了一下，她以为是Jessie 的回复，拿起一看却是吴一婵在约饭。

她无心理会，继续埋头整理物品。她只想马上离开这里，回家缩进自己的壳里。

有人欢喜有人忧。赵然无官一身轻了，吴一婵却忙得不亦乐乎，她正在为拿下一家外资私行而犯愁。这家私行她接触了很久，对方正在抢夺内地的高净值客户，需要猎头为他们寻找有内地资源的银行经理。可优质的银行经理每家私行都在抢，哪这么容易就能挖过来。

为了与这家私行签下长期合约，吴一婵四处搜寻靠谱的银行经理，他们手里必须握有几个有实力的大客户，最好一入职就马上能给银行带来钱的那种。可忙活了大半年，她找的人不是条件不够，就是价钱谈不拢。

她的心里一直有一个合适的人选，那人便是江盈枫。她很清楚江盈枫的价值，作为 G&C 的当家 Banker，江盈枫的手里都是实打实的大客户，动辄十几亿身家，随便给她几个亿玩玩不在话下。那天晚饭时她就试探了一下江盈枫，在今年市场这么不好的情况下，江盈枫居然还能给客户赚到钱，足以证明江盈枫的专业度。像江盈枫这样一个香饽饽，各大猎头早已轮番上阵，她却一直不为所动，想必有她的原因。

吴一婵之前一直没有对她下手，一方面是江盈枫实在太忙，想约个时间见面都难。另一方面，吴一婵一直把江盈枫视为最后的王牌，不到万不得已不会轻易出牌。

今天下午，她约了江盈枫喝咖啡。是时候出这张牌了。

三点，吴一婵准时来到了中环的咖啡店，看见江盈枫已经坐在了门口的位置。这里是许多生意人非正式会面的好去处，一杯咖啡喝完，生意的大门也就打开了。

"来这么早。"她上前道，"要喝点什么？"

"卡布奇诺。"江盈枫笑着回答。

"没问题！"不一会儿，她就握着两杯咖啡走了过来。

"这两天不忙吗？"

"刚刚忙完，明天又要飞了。"

"你们老板这么剥削你呀？太不厚道了。"

江盈枫摆弄了一下手中的纸杯："做这行的，没办法。"

"有没有想过换换环境？"

"往哪换呀？"江盈枫微微低头，似是嗅出了吴一婵的来意。

"光展银行，跟你现在的东家一样，都是欧洲的。"吴一婵打开了话匣子，"他们正在扩充内地团队，重金招揽有内地客户资源的银行经理。以你的条件，先做组长，过两年肯定会再升。想不想试试？"

"我知道他们，"江盈枫慢条斯理地说道，"这两年香港的客户都挖得差不多了，开始做内地客户的生意。"

她停顿了一下，啜了一口咖啡："只是他们布局得太晚了。"

"哦？怎么说？"

"大的私行早就开始抢夺内地客户了，他们却刚刚开始意识到这一点，动作太慢。"江盈枫四年前加入 G&C 时，公司就已经把她作为打开内地市场的前锋。经过这四年的打拼和积累，她已经撑起了公司内地生意的半边天。

"照你这么说，光展是慢了半拍。"吴一婵点了点头，随即话锋一转，"但这也是机会呀！一张白纸由你画，你现在加入就是元老级的人物，以后手底下招兵买马，整个公司都要仰仗你。"

"哈哈！"江盈枫习惯性地甩了一下头发，"我现在已经是元老了，我的老板每年的业绩指标有一半都要仰仗我。"

"那你就不想再升一级，自己做老板？"吴一婵把身子微微凑过去，"底薪肯定不一样。"

"不想。我现在这样多自由，只要完成了指标，没人管我。"江盈枫淡定道，"做了管理层就有各种行政事务缠身，不适合我。"

吴一婵浅浅一笑，心中明白已无须再多言。有些人捡到了自己最喜欢的贝壳后便不会再留恋海滩，这样的人让她很头疼，也让她欲罢不能。

"好吧，看来你是不需要我了。"她有些惋惜，"不过你需要的时候，我随时都在。"

江盈枫握住她的手："我明白，以后我混不下去了还得靠你拯救呢。"

"也不知道赵然这几天在干吗，中午想找她吃饭也没理我。"

"我给她打个电话。"江盈枫立刻拨了过去。

"喂？"电话里传来赵然有气无力的声音。

"哟，在公司睡着啦？"

"哎，在家呢，我被裁了。"

"什么？！"江盈枫不解，"什么时候？"她捂住话筒告诉了一旁的吴一婵。

"就今天，别提了。"

"好事啊，你那公司本来就没啥好待的，现在还要给你遣散费，赚到了。"

"你就别拿我开玩笑了，盈枫姐，"赵然苦哈哈地说道，"如果有合适的工作，一定告诉我啊。"

江盈枫应承着挂了电话，转向吴一婵："你有合适的工作帮她留意一下呗，现在她是最需要你的人了。"

"她不是做金融的，跟我不对口啊。"

"也是……"江盈枫看了下时间，"我要早点回去准备明天的出差了。"

说罢两人起身离开了咖啡店，各自忙去。

调整了两天心情，赵然开始在家投简历。

她打开了招聘网站，逐条搜寻对口的招聘信息，又体会到了毕业那会儿海投的煎熬。眼下是年底，一直到过年前都是招聘淡季，可她等不了那么久，她必须在一个月内迅速搞定，不然就得卷铺盖走人。

不管三七二十一，只要沾边的先投了再说。她全神贯注地看着屏幕，直到身边的手机响起。是浙江同乡会的微信群，群主告知大家浙江五所大学将在元旦联合举办迎新会，地点在中环大会堂，诚邀在港的校友踊跃参加。

早年来到香港的内地人士纷纷创立了代表自己家乡的各种同乡会，来自杭州的赵然经人介绍加入了浙江同乡会。她所毕业的院校——杭师大，也在此次的五所大学之中。来香港四年了，她还不知道竟有这么多校友在香港。

她犹豫要不要报名。这么多大学校友相聚一起，场面一定很大，可以认识不少朋友，可自己目前的处境，要是去了会很丢人。她的脑中似在拔河一般，难分输赢。

她揉了揉酸胀的眼睛，对着屏幕叹了口气，还是去吧，不能这样单打独斗，与自尊心相比，生存还是摆在了第一位。

元旦迎新会比她想象的还要盛大，举办地点是香港有名的文化演出中心，二楼是美心集团经营的餐厅，专门供应粤式点心，被热衷早茶的香港人所追捧。今天这里被浙江同乡会包场，几百平方米的大厅里放满了圆桌，舞台正中央挂着庆祝元旦的横幅，一派热闹喜庆。

一过十二点，宾客们陆续进场，赵然也跟着人流进入厅内。看着这几十张桌子，她愣在原地不知该往哪走。一个声音在她耳边响起："你好，请问你是哪个学校的？"

她转过身，一个年纪相仿的男生正在问她。

"你好，我是杭师大的。"

"杭师大在左边前面几桌，你可以找个位置坐下。"

"谢谢啊。"她顺着他指的方向走去，找了一个正对舞台的座位坐下。

她环顾四周，感叹场面之大，他们的同乡会还真有实力。其他人也都慢慢入席，不一会儿，她的桌子就落座了不少人。

"在座都是杭师大的吧？"同桌的一名女生开口问道。

大家相继应了一声，赵然看了看其他人，也笑着点了点头。

"我叫孟菲，是〇九届对外汉语系的。"这名女生热情洋溢道，"我在一家咨询公司工作。"说罢便起身走到大家身边发名片。

在她的带动下，其他人也都纷纷站起来，互相交换着名片。赵然感到一阵不自在，想找个借口躲开，可还没等她起身，就有人走到了她跟前。

"你好，我是程谦翔，一〇届法学院的，现在在一家公司做法务。"

赵然尴尬一笑："你好，我叫赵然，不好意思我没有带名片。"

"没关系，名片上有我的邮箱，可以给我发邮件。"程谦翔恭敬地说。

赵然点了点头，很快便有第二个人朝她走来。不一会儿的工夫，她的手里已经握了十几张名片，她粗看了一眼，基本是金融和法律行业的，与自己的关系不大。

"港漂"圈的迎来送往向来不亦乐乎，大家抓住机会，努力寻找对自己有用的肩膀和大腿。

赵然是个例外，她正暗暗祈祷这样的名片环节赶紧结束。她看着周围，社交活动在其他桌也正如火如荼地展开着。最右边几桌是宁大的；中间桌数最多的是浙大的，这次他们来了不少人；后排几桌分别是浙工大和浙师大的。整个大厅人头攒动，谈话声此起彼伏。

不一会儿，主持人走到了舞台中央，拿起话筒："请大家安静，我们的五校元旦迎新会马上就要开始了。"

赵然盯着那位主持人，原来就是刚刚给自己指座的男生。

大家陆续回到自己的座位上，现场很快静了下来。

"我是浙大〇八届金融系的校友徐青，很高兴成为本次迎新会的主持人。"一段开场白后，同乡会的副会长上台致辞。几番掌声过后便正式开始上菜了，台下瞬间恢复了刚才的热络。

徐青从台上下来，发现浙大的席位都已经坐满，只能现场搜寻空位。离他最近的是赵然那桌，他便走过去捡了赵然边上的空位坐下。

"杭师大来的人不多啊，还有空着的。"他笑呵呵地说。

"欢迎主持人投靠我们杭师大！"程谦翔咧嘴笑道。

徐青举起酒杯站起身道："能相识是缘分，来，大家随意！"

大伙儿纷纷起立碰杯，清脆的声响引来了其他桌的围观。赵然也被这氛围感染，暂时搁下了心中的自卑。

"你来香港几年啦？"孟菲问徐青。

"我来六年了，浙大毕业后就去美国读了硕士，在那里工作了两年就来了香港。"

"那你马上就满七年了呀，恭喜啊，终于熬到头了！"

徐青笑而不语，往碗里夹了一口菜。

赵然在一旁看着大家你一言我一语，心想这样的场合要是吴一婵在就好了，她一定能在五分钟内把所有人都摸个底朝天。

"我认为金融行业的工作机会还是香港多，"徐青说，"目前内地的金融机构都在往香港走，人才需求很大。中环现在就是英语和普通话的天下，很多香港的金融机构高管都是内地人，很少有'玻璃天花板'。"

"香港就适合打工，如果要创业那还是得回去。"赵然身边的一名女生也加入谈话。

"如果打算回去那还是趁早，回去后还要重新建立关系网，很多在这里的经历都不管用。"徐青诚恳地说道。

看着眼前的同龄人畅所欲言，赵然也跃跃欲试地想参与进去。她很想说些什么，但总觉得插不进去，只得继续默默地在一旁看热闹。

"香港待久了其实很无聊，你看我们身边都是做金融和法律的，很少遇到其他行业的人。"孟菲身边的男生吐槽着。

"我觉得在香港生活还是很舒服的啊，"张天一有些不服气，"这里空气好，我每天晚上可以在海边跑步，而且这里有山有海，冬天行山，夏天出海，一点不无聊。"

"可是香港房子太小了，"孟菲抱怨，"回去以后至少可以三面下床。"

赵然听完不禁扑哧一笑。她立马想到了自己的床，果然只有一面可以下床，其他三面都贴着墙！说香港人终其一生，也就奋斗个"三面下床"，绝对不是玩笑话。

"不过香港小也有小的好处，到哪都近啊。"徐青插进来，"在香港我一天可以安排六个会面，从中环到金钟，步行就能解决。如果是上海和北京最多只能三个。"

席间，时不时有校友来到隔壁桌向副会长敬酒。"估计今天一半的人都是冲着他来的吧。"徐青看了看周围说道。

"噢？我们的副会长这么厉害？"孟菲连忙问道。

"他来头可不小，老家是宁波的，家族很早就经营船舶生意，打仗的时候全家搬到香港，就在这里扎根了。据说他们家跟香港一些大家族都有交情，在浙商圈都很有影响力。"徐青娓娓道来，"大家不去认识一下吗？机会难得。"

张天一站了起来："徐总一起去吗？给我们引荐一下。"

"是啊，徐总，你带头！"孟菲也拿起了酒杯。

说罢，就见这桌人乌泱泱地到了隔壁，由徐青开始，一个个跟副会长碰杯求关照。

整张桌子就赵然一人留守，磨不开面子的她看着孟菲在副会长面前眉飞色舞的样子，有种恨不得以身相许的感觉，再看看其他人谄媚的表情，她绝跨不出那一步。

徐青留意到了独坐一旁的她，凑近了问道："不跟我们一起呀？"

"我就不去了,"她勉强一笑,"你们忙吧。"

徐青对她的淡泊起了好奇:"你是哪里人?怎么会来香港的呀?"

被他一问,她倒是拘谨起来,思索了片刻,道:"我是杭州人,来香港是觉得自由,没人管我了。"

听这姑娘的口气难不成是个富二代大小姐?他有意迎合:"哈哈,香港离家也不远,真想家了就多飞几次,实在无聊了就去别的地方转转。"

饭局过半,大伙从大桌讨论转为小组聊天,交头接耳,热火朝天。徐青看赵然落单,便继续同她聊下去。

"你是做哪行的?"

"我之前在公关公司做市场策划,不过现在在看其他的机会。"

他突然想到了什么,转头道:"你对财富管理有兴趣吗?我朋友的一家投资咨询公司正在招人,他们主要帮一些内地的客户做海外的财富规划,如果你想去试试我可以帮你联系。"

她愣了一下,虽然不清楚他所说的财富管理到底是什么,但这样一个工作机会对她来说无疑是雪中送炭。喜出望外的她连忙答应了下来:"好啊,那麻烦你了!"

"顺手的事,"他边说边打开了微信,"这个公司开了才一年多,目前还在扩张阶段。我们加个微信,我把我朋友推给你,具体问题你问他就行。"

踏破铁鞋无觅处,得来全不费工夫。赵然暗自窃喜,今天真是来对了,柳暗花明仿佛就在眼前。

从迎新会回来后,赵然整个人被注入了一股活力。

她第一时间联系了徐青的朋友,约好了面试日期。她在网上特意搜了这间公司,"万宜财富——定位香港,放眼全球,您的海外理财管家"。

海外理财具体是做些什么她并不清楚。可既然是一家还在扩张的公司,肯定急需人,她对这一点似乎有点把握。

她拿起手机给吴一婵发了信息:"亲爱的,你知道海外理财公司是做什么的吗？我下周有个面试，要请教你啊。"

"你是去面试哪个岗位？"

哎呀，她忘记问徐青了，"还没定，一般都有哪些岗位呀？"

"理财公司的核心岗位是前台销售，负责找客户的，产品部门也很重要，具体看你要做哪个方向。"

赵然心里犯起了嘀咕，这两个方向她都没经验，"你觉得哪个适合我呢？"

"你手里没有客户资源，还是学习一下做产品吧。"

她咧嘴一笑，就听吴一婵的。放下手机，她总觉得还有什么话没说，她犹豫了片刻，最终止不住好奇问道："那天晚上我好像看见你跟王志渊在兰桂坊的酒吧里，是不是我看错了？"

"有个公司想挖他，我跟他聊聊。"

轻描淡写的一句解释，赵然没有再追问。她知道吴一婵的性格，不想让你知道的，你绝问不出来。

面试的日子很快到了。她起了个大早，一番梳妆后便出门坐上了地铁。

紧张阵阵袭来，她在车厢里想象着一会儿面试的样子。今天要见的是这家公司的老总，也是创始人之一，如果他拍板同意，那她就可以直接被录用。她在脑海中勾勒着老总的样子，片刻也停不下来。

不知不觉就到了尖沙咀，她跟着人流出了站，顺着路牌找到了面试的大楼。眼前这栋陈旧的大厦在道路的尽头，少说也有三四十年。电梯门开了，一个瘦小的男人推着一车纸箱走了出来，她赶紧让道，手臂还是蹭到了一个纸箱，差点翻倒在她身上。

"不好意思！不好意思！"男人不停地同她道歉。

"没关系。"她笑了笑走进电梯。电梯也十分老旧，尽管头顶的风扇一直嗡嗡作响，还是吹不散里头透着的一股霉味。

随着电梯猛的一记下沉，九楼到了。她发现这层楼面挤着不下十家公司，她转了几圈才找到万宜财富的大门。两扇玻璃门的大小刚刚好能让两个人擦肩而过。

她站在门口朝里望去，没有前台，敲了几下也没有人应门，她只得继续站在原地。许久，有个人从里面出来，这才顺便给她开了门。

"你好，我找下魏总，我是来面试的。"她恭敬地说。

"他在办公室里，朝里走最后一间就是。"那人说完便走开了。

她小心翼翼地穿过走廊向里走，一路上不停望向两边的办公区域：不大，也就六七个人的样子，不少空着的办公桌上放着闲置的电脑。

魏总办公室开着门，她在门口微微弯下腰，说明了来意。

"喔，你好呀！"魏总笑道，"小赵是吧，坐，坐。"

赵然在他的桌前坐下，开始打量这个人。圆脸，塌鼻梁，眼皮微肿，最惹眼的还是那个油光锃亮的大背头。她对他的印象就一个字：土。

"小赵在香港几年了呀？"

"我在香港四年了，之前一直在一家公关公司做市场。"她突然觉得这个魏总也不是那么高高在上，先前紧绷的神经放松了一些。

"你知道我们公司是做什么的吗？"

"我大概了解一些，主要是帮内地高净值客户做海外财富管理的。"

"那你觉得你在我们这里能做什么？"

她停顿了几秒，讪讪道："要看您这里什么岗位缺人了。"

他从抽屉里掏出一支烟，点上后慢悠悠地吸了一口，吐出一团烟雾："我们最需要的当然是有资源的客户经理。我们刚成立不久，业务处于迅速上升期，我们的首要任务就是把规模做大。"

整个办公室迅速烟雾缭绕，他那夹着香烟的肥胖巴掌在她面前来回晃悠，她忍不住咳嗽了两声，皱了下眉。

"你手里有没有像样的客户？你们富二代应该有自己的圈子吧？"他直截了当地问。

她有些摸不着头脑，压抑住不悦解释道："魏总可能误会了，我离富二代还很遥远。"她想起吴一婵的话，又说道："我对投资产品很感兴趣，不知道我们的产品部是不是需要人呢？”

他弹了一下烟灰，有些不耐烦，这个徐青也不调查清楚，什么人都往他这里送。

“我们现在的产品主要就是保险，还有一些海外基金，当然我们还有一些周边业务，比如帮人注册公司、介绍疫苗，这一块的市场空间也很大。”

她一时间不知如何作答，她脑子里的投资产品跟这些相距甚远。

“如果你愿意从客户经理做起，我们这里上升空间还是很大的。底薪虽然不高，但我给你提成百分之十，这种机会只有在我这里才有。”他拍着胸脯说道。

她的心里已经有了答案，委婉地说道：“我觉得这个职位不太适合我，要不我回去再考虑考虑吧。”

“年轻人不要太挑，手里没有什么资源就要慢慢积累。”他眼神露出不屑。

这时，有人敲了敲他的门：“魏总，陈总来了，就在外面。”他顿时两眼放光，掐了香烟起立。

“不好意思，一个大客户来了，今天我们就先到这里吧。”说罢，他便把她晾在了一边，三步并作两步出去迎接客户。

她跟在后面出了大门，心里憋着一股气。她突然埋怨起那个徐青来，居然把这种公司介绍给她。

她在电梯里平静了一会儿，一股无奈涌上心头。在她的世界里，老板就应该是 Tony 那样，在洋墨水里浸泡多年，举止大方，为人慷慨。可她似乎忘了，就是那样的老板前不久才辞退了她。

她来到车水马龙的尖沙咀街头，整个人被挫败感包围着，对面就是大楼林立的中环，她曾经上班的地方。望着眼前的维港，她心乱如麻。

手机的振动打断了她的思绪，是 Jessie 的电话。

“亲爱的，你工作有眉目了吗？”

“没有啊，”她像个泄了气的皮球，“你呢？”

“我跟你说呀，有中介可以帮我们搞定工作签，只要出点钱就可以挂靠在一个本地公司下面。"Jessie 兴奋道，"这样我们就不用那么着急找工作了！"

"真的呀？！"赵然有些不敢相信自己的耳朵。

"我已经跟那人约好了，下午两点在尖沙咀的星巴克，你要不要一起来？"

"太好了，我就在尖沙咀，等会儿一起吃饭！"

不一会儿，两人便在一间茶餐厅坐了下来。

"我这几天真是把所有认识的人都骚扰了一遍，到处打听工作，可是都没什么机会。"Jessie 边嚼着饭边说道，"后来我的一个朋友对我说了这家中介，说他的一个校友毕业后没找到工作，就是这家中介帮他搞定工作签证留在香港的。"

"居然还有这种中介，从来没听过，靠谱吗？"

"待会儿见面好好问问，一定要问清楚具体是如何挂靠的，要有真实案例。"Jessie 一脸认真。

饭后，她俩提前来到了约定的星巴克。"窗边第二张桌子，"Jessie 用手肘顶了顶赵然，"他已经来了！"

赵然放眼望去，只见一个瘦小的年轻男人独自坐在那里。他见两人向他走来，便起身问候："是 Jessie 小姐吗？"

"你好呀，张先生，来很久啦？"

"我也是刚刚到的，这位是你的朋友吗？"他指着赵然说。

"是啊，我们想来咨询一下工作签证的事情。"

赵然见他说得一口流利的普通话，便问道："你也是内地过来的吗？"

"是啊，我三年前从福建过来的，当时也是用挂靠的办法，下个月又要续签了。"

"你是如何挂靠的呢？"Jessie 睁大了眼睛。

"我们会帮你找一家布料公司做担保，帮你做续签。"他一副稳操胜券的样子，"去年我们给二十几个找不到工作的毕业生拿到了签证，放心好了。"

"有案例给我们看看吗？"

他随即向 Jessie 展示了手机内的照片。"这个人是去年九月申请的，十月就拿到了。"他指着照片中的身份证明和日期说，"这个是十二月刚刚申请的，这个月就可以拿到了。"

赵然凑过身去，放大了他手机里的照片仔细察看："那我们需要准备什么材料吗？"

"你们不用，我们会帮你们填好所有的申请文书，一般两天之内就可以全部填好，在你们签证到期前递交入境处就可以。我会帮你们安排一个职位，也会写好相关招聘原因。"他继续道，"办下来之后，每个月的工资会由担保公司先垫付，你们再还款。"

"还要付假工资呀？"

"是啊，既然是公司，就要有做账记录，不然如何向入境处证明？"

"那你怎么收费？"

"一个人五万。"

"五万！"她俩异口同声地喊道。

"帮你搞定签证，我们也有风险啊。"他放低声音道，"这个价一点都不高啦。"

"什么风险呀？"

"入境处的审查很严格的，如果被查到作假会被罚钱，还有可能坐牢啊！"

坐牢！赵然哪里经得起吓，别说她拿不出五万，就算有也不敢冒这个险了。

两个女孩四目相对，心里都打起了退堂鼓。"我们回去想想，有需要再找你。"Jessie说罢便拉着赵然离开了星巴克。

折腾了一天，还是在原点。路漫漫其修远兮。

天蒙蒙亮，吴一婵已经换上了泳衣，来到屋苑会所的泳池边，纵身跃入。

运动是她打开早晨的方式。生活规律的她除了有重要的应酬外，晚上不会超过十一点睡觉。

她的自由泳姿势很标准，常年对饮食的节制令三十四岁的她毫无赘肉，腰身和臀部曲线尽显。

在水中舒展了一番后，她趴在岸边喘了口气，思考着中午的一个重要饭局。这是她今年开局的第一个重要任务：给世界顶级的对冲基金公司 ZBC 寻找大中华区的投资总监。

九点一过，她准时在办公桌前坐下。查阅了一堆邮件后，她把中层以下的小职位分给底下的团队去做，自己则主攻高管。

做了近十年的金融猎头，她早已过了每天疯狂打电话，没完没了做 PPT 的阶段，现在的她完全可以倚仗自己多年积累的人脉和经验过活。看着手底下的年轻人每天全速前进的样子，吴一婵也会想起自己刚刚入行时的模样，说一整天的话到喉咙沙哑，上洗手间都要一路小跑，就好像身后有一头叫"时间"的野兽在拼命追赶，稍一松懈就会被它吞噬。

在过去一年里，她筛选了超过一万份简历，给两千多个候选人拨过电话，面谈了一百多位进阶候选人，最终成交了二十个职位，基本是总监级别以上。当然，她的荷包也是日进斗金。

这几年内地公司不断进驻香港，对香港本地人才的争夺日趋激烈，去年她一人就谈下了六家中资机构，稳坐公司头把交椅。只要再搞定一个大客户，她今年就有望升为合伙人。

此刻，她的电脑屏幕停留在 ZBC 的邮件上，上面详细列着所需职位的具体要求。说服客户让候选人顺利入围是吴一婵的看家本领，对此她已无须操练。但今天中午与 ZBC 的午餐会令她格外在意，她竟抽出了上午宝贵的时间把要说的内容在脑子里过了一遍。不仅如此，她还特意把候选人的简历打印出来，准备中午一并带去。

跟团队交代了一下本周的工作安排后，她便赶去交易广场赴约。

来到四楼的白玉兰餐厅，放眼望去全是西装革履的商务人士，这里也因此被誉为中环金融机构的"食堂"。

吴一婵跟着领班朝里走去，一路上还在跟熟人打招呼。她老远就看见 ZBC 的

HR 总监 Michael 已经坐在了那里。

"Michael，久等了！"她露出外交式的灿烂笑容。

Michael 起身跟她握手道："嗨，一婵，你好吗？"作为一个香港人，他的普通话还算不错。

两人寒暄一番后，便进入正题。

"你也知道，我们的新 CEO 去年底已经从美国调过来了，所以香港这边接下来会有一次大换血。"Michael 开诚布公。

"不会影响到你吧？"吴一婵半认真半打趣地问。

"那倒不会，我这种部门的人，老大懒得管。"他笑道，"投资总监是我们 CEO 最看重的人，不仅要有能力，还要跟他的风格合拍，上一任就是因为跟他意见不一致，最后主动离职了。"

她一边给他的碗里夹菜，一边竖着耳朵捕捉信息。

"你邮件里说有合适的人选，是什么样的人？"Michael 问。

她拿出简历说："你要的人，我怎么敢怠慢，都给你准备好了。"

他立即放下筷子，打开文件夹。

"王志渊，哥大 MBA，现任金时资本高级投资经理。"他继续往下看，喃喃自语道，"这个人背景还不错。"

"名校 MBA，在国外还有香港都工作过，专注亚洲市场十多年，目前管理规模三十亿美金，过去十年业绩良好，除金融危机外其余年份都是正回报。全部符合你的要求。"吴一婵如数家珍般地在他面前做了一番总结。

Michael 没有立刻作声，低头研究着简历问："管理规模倒是不大，如果将来要综合管理几百亿美金的资产，不知道他行不行？"

"嗨，投资总监又不是亲自管理所有的基金，大部分都是监督而已，真正自己参与管理的也就那么一两只。"她老练地驳道，"投资总监最重要的还是理念。"

"金时我知道，好像前几年刚刚来香港的，在亚洲刚起步吧。"

"哟，不愧是资深 HR，专业！"她对答如流，"这个王志渊就是当时被金时派来组建香港团队的，才几年的时间就把规模做到这么大可不是那么容易的。"

"他有领导团队的经验倒是不错。"

"那是当然，没两把刷子怎么能担此重任？"

看着 Michael 不置可否的态度，吴一婵深知他的担心。ZBC 是全球大型的资产管理集团，而王志渊所在的金时资本是一家小而精的精品投资公司，两者比较，一个是投资航母，另一个则如同豪华游艇，虽然都能给投资者赚钱，但风格却不尽相同。如果能进入 ZBC 担任要职，对王志渊的事业将是一次飞跃。

"你们要的是懂中国市场的人，又要在洋墨水里泡过，这种人不好找。"她对 Michael 吹着耳边风，"现在挖人有多难，你也知道，要挖大牛就得砸钱，你们 CEO 刚上任，还没业绩，应该不想那么大张旗鼓地破费吧？而且大牛都不是省油的灯，别到时候又跟你们老板不对付，那就成笑话了。"

"好吧，我先拿回去让他看一下。我相信面试不是问题，但最终能不能被选中就要看他自己了。"Michael 合上资料。

"谢谢 Michael 哥！还要拜托你在 CEO 面前多美言几句。"

"不谢啦，如果老板满意了，以后我们就是长期合作了。"

吴一婵以茶代酒，同他碰了一下。

两人的午餐会速战速决，Michael 还要赶着去给老板汇报。

吴一婵将他送走后，转身给王志渊发了消息："ZBC 同意了，等着面试吧。"

"我就知道你最厉害！晚上一起吃饭吗？想你。"

她心里美滋滋地回复道："一会儿见！"

同所有不知疲倦的中环人一样，江盈枫的一天从忙碌中开始，也在忙碌中结束。

她走路喜欢迈大步，尤其是早高峰的时候，昂着头前进的样子让人有点可望而不可即。

今天好几个客户的事都积在了一起，急需她处理。可刚踏进公司的大门，她就瞥见前厅宽敞的沙发处坐着一个她不想见到的人。

"江小姐。"这个穿着低调的女人起身朝她走来，目光坚定。

江盈枫低头深吸一口气，今天又少不了一通周旋。

江盈枫只得把她带到了会议室，关上门："庄太太，如果你还是为了庄先生的事而来，那我还是老样子，无可奉告。"

庄太太一看就是有备而来："我不会让你白帮忙的，你就给我看一眼，我会给你一笔酬劳作为感谢。这件事不会有第二个人知道。"

"对不起，我不能把庄先生的资产明细拿给你。庄先生是我的客户，我必须保护他的隐私。"

"可他在外面养女人！他背着我养女人啊！"庄太太被人踩到了尾巴一般激动地喊道，"你为什么还要帮着他？你为什么就不能可怜可怜我？"

面对眼前这个近乎疯狂的女人，江盈枫的内心是震撼的。这已经是庄太太第三次来找江盈枫了，为了确认自己的丈夫在外面到底有没有女人，她认定了江盈枫是唯一的突破口。

"如果你们夫妻间的感情出现了问题，我建议你好好跟他谈一谈，而不是用这种偷偷摸摸的方法。"

"如果谈能解决问题，我还会跑到你这里来吗？"庄太太的面部扭曲着，"我问了周围所有能问的朋友，他们都对我三缄其口。我一个家庭主妇，唯一的依靠就是我的丈夫，可他夜不归宿，身上还有女人的香水味，他把我当白痴吗？！"

她含着眼泪继续说道："我没有其他要求，只想拿回我应得的那部分财产，我要知道他到底给那个女人花了多少钱！我们是夫妻，没有我的支持，他怎么会有今天的财富？"

江盈枫紧握双手，庄太太的猜测并不是空穴来风。前不久，庄先生才让江盈枫帮忙在跑马地找了一处房子，说是给他的一个友人住，他还设置了每月定期往一个户头里打五万，想必就是"友人"的生活费了。

"庄太太，我只是一个客户经理，不是法官，对于你们之间的问题，我真的爱莫能助，希望你能理解我的苦衷。"她不松口，心中只想着恪守她的职业底线。

"帮凶！你们都是他的帮凶！"庄太太拍案而起，重重地把门摔在墙上离开。这"砰"的一声巨响惊到了里间的其他同事。

江盈枫把脸埋进手掌，长长地叹了口气。几秒后，她重新振作，朝办公室大步迈去。

"Tracy，陈总的开户什么时候能批好？已经一个多月了。"她把包往桌上一搁，转向边上的助理。她通常会把一些小客户交给助理去服务，自己则专注于大客户。

"我上周问了一下合规部，他们说客户的资产证明必须是一个月内的，我只能让客户重新去开。"

"我记得他开的是一个月内的呀？"

"就差一天，客户是 12 月 1 日开的，必须 12 月 2 日之后。"

"有那么大区别吗？这么死板！"她双臂交叉于胸前，"你盯紧一点，争取一次把材料都弄好，不要让客户重复劳动。"

问过了陈总的开户，她又开始解决张总的转账。她拿起电话给运营部拨了过去："Steven，我有一个客户上周要转一笔钱进来，但一直被拦着，麻烦帮我看看是怎么回事，客户姓名张伟亭。"

"我知道这个客户，不是我们这里的问题，是卡在 AML 那边了，你最好打去问问。"

"AML，AML……"挂了电话后她不停地喃喃自语，"Tracy，现在 AML 的老大还是 Aaron 吗？"

"是他。不过他这周好像休假，你要不找找他下面的 Phoebe。"

她在内部系统中查到了 Phoebe 的电话，迅速拨通："Phoebe，我是前线同事江盈枫，我有一个客户想转一笔钱进来，但卡在你们这里了，能不能帮我看看到底是什么问题？客户姓名张伟亭。"

"稍等一下。"

她的指尖不停地点着桌面，急道："查到了吗？"

"这个客户的 AML 审查还没通过。"

"还没通过？"

"这个客户要转进来一千万，属于大额转账，按照规定大概需要一到两周的时间。"

"一到两周？"江盈枫有些焦躁，"已经一周了啊。"

"具体时间我也不好说，如果好了会通知你的。"

"麻烦你们尽快，客户还等着买产品呢。"她挂了电话，连连摇头，对着一旁的助理一顿牢骚："查什么东西要查两周……我又要被客户骂了。"

"唉，他们部门一直都很慢，也不知道在忙些什么。"助理附和道。

江盈枫一脸为难地拿起手机，拨通了客户的号码："张总，您的那笔钱我帮您问了，还在接受反洗钱审查，可能还需要几天时间才能入账。"

"反洗钱审查？我没有洗钱啊！"

"不是，您别误会，不是说您洗钱了，这是银行的一个规定，因为您要转入的金额非常大，所以必须过一下这个审查的流程。您放心，只是时间问题。"

"你们的基金卖到什么时候？我还赶得上吗？"

"您说 ZBC 的基金吗？就卖到明天，这次怕是赶不上了。不过您放心，我一定在其他产品上弥补您，我会想办法的。"

客户不悦地挂断电话，她早已习以为常，这些年她看的最多的便是客户的脸色。

银行就像一个巨大的机器，日复一日按照既定的程序有条不紊地运转。严格的流程和层层递进的审批是确保机器不偏轨的基础，即便是偶尔偏轨了，还有强大的内控来及时修正。这一道道防线是江盈枫最头痛的，她时常觉得自己被捆住了手脚，不停周旋于各个部门之间来为客户争取利益。

一眨眼上午就过去了，她拿起包匆忙赶赴饭局。把饭局安排在中午是很多香港人的习惯，为的是尽可能把晚上的时间留给自己。今天与她共进午餐的是一位重要客户——陈美玲，江盈枫亲切地喊她美玲姐。她是江盈枫到 G&C 之后的第一位客户，两人的交情非同一般。

如果说江盈枫跟其他银行经理有什么不同的话，那便是浓浓的人情味。她初识陈美玲时，正逢陈美玲生意上出现危机。其他一些想要接近陈美玲的银行经理见状纷纷远离，本来嘛，在这个认钱不认人的行业，没了钱对银行经理自然也就没了价值。唯独江盈枫始终如一，非但没有离她而去，反而还请了投行的朋友牵线收购，挽救了她的企业。陈美玲虽然失去了控股权，好歹身家还是保住了大半，这样的情分让她永生难忘。

两人用完餐，陈美玲跟着她一起回到了办公室，准备签单买产品。

"美玲姐，你先坐一下，我去拿一下合同。"江盈枫把陈美玲安顿在会议室后，便转身去拿材料。

陈美玲今天要申购的产品是 ZBC 基金公司的一只旗舰基金，业内排名数一数二，每年只发行一期，过往表现亮眼，额度又有限，一推出就被各大私行哄抢一空。

像这种香饽饽，只有符合条件的大客户才有机会买到。此时，就是考验银行经理能力的时候了，大家八仙过海，各显神通，能要多少是多少。江盈枫自然也是不遗余力地为自己的客户争取额度，陈美玲去年没有抢到，今年江盈枫答应她一定会有。

她刚来到办公桌前，就见老板 Ken 朝她走来。

"盈枫，有件事要跟你说一下，ZBC 的额度已经没有了，下午来的客户都不能认购了。"

"怎么可能？我的客户马上就要签字了。"她一脸不服。

"是这样，上午香港团队来了一个大客户，一下子买了两个亿，把额度都用完了。只能麻烦你跟客户解释一下了。"

"可是客户现在都已经在会议室等着了，你让我怎么解释？"

"也不是你一个啦，其他人也没得买了。不行的话我亲自去跟客户道歉。"

"Ken，这不是道歉的问题，香港团队凭什么把我们内地团队的额度抢走？你不觉得这很不公平吗？我答应了客户的，今天就必须买到，我是不可能就这样让她回去的。"

做了她这么多年的上司，Ken 很了解江盈枫的脾气，这姑娘今天是不会罢休了。

"你不要这么激动嘛，不能说香港团队抢走了你们的额度，这个额度本来就是大家一起分的，没有谁抢谁的。这个产品没有了还可以卖其他的嘛，佣金都一样，你可以给她推一下……"

还没等 Ken 说完，江盈枫就堵住了他的嘴："我们现在谈的是 ZBC，不是其他产品。我知道额度是共用的，但是谁买多少事先都是要报备统计的，为什么这个两亿的客户会突然冒出来？"

"客户是临时决定加码的，我们总不能不让吧……"Ken 不停打圆场。

"我知道你也为难，这样，我去找产品部的人，让他们再去跟 ZBC 沟通要额度。你告诉我产品经理是谁？"

"产品经理是 Lydia，但是你找她也没用，要跟她的老板 John 说才行。"Ken 半哄半劝，"我看你就不要找啦，免得他说我们很麻烦，John 也不好惹，虽然我跟他平级，但他跟大老板走得很近。"

江盈枫完全没有理会 Ken 的谨小慎微，直接让助理查了 John 的号码拨了过去。

"John，我是前线同事江盈枫，ZBC 基金的额度还有机会增加吗？我们这边好几个客户在问。"

"本期的额度已经定了，前线怎么分配是你们的事。"John 口气生硬。

江盈枫看了看在一边耸肩的 Ken，态度温和起来："谁让你们的这款产品太受欢迎了，这次又突然冒出来一个大客户，把其他客户的额度占了，Ken 也在我边上，他最清楚了。"

见 Ken 点了点头，她继续说道："你看能不能帮忙再跟 ZBC 多要一点额度？

产品卖得好，奖金大家一起分的嘛。"

"你说的这些我都明白，可是我们之前已经跟 ZBC 追加过一次了，现在再去要真的会很麻烦，明天就是认购截止日了。你们还是内部协商分配一下吧。"

John 的不近人情彻底浇灭了她的希望。

Ken 拍了拍她的肩膀："我跟你保证，下个月 ZBC 再开放，我优先给到你们！"

望着 Ken 走远的背影，江盈枫意难平。一旁的助理凑近悄悄告诉她："听说这次是香港团队要追本月的业绩，好像还差一个亿，所以才让客户一下子买了两个亿。是 Ken 默许的。"

她听完不语，手心手背都是肉，可 Ken 这次却没能把一碗水端平。

"再怎么追都没用，我们内地团队这个月肯定又是第一。"她眼神露出不屑，决定走一着险棋，"你去把 ZBC 的合同拿过来，还有其他要签的材料一起。"

"你还要让客户签啊？"

"签！"

"可是都没额度了啊？"

"不倒逼一下怎么知道是不是真的没了？我就让客户签，白纸黑字都是有法律效力的，到时候不行也得行。"

助理偷笑道："真有你的，Ken 可是会生气的啊，你这样不是让他难堪？"

"总比让客户难堪好。"

在外人眼里，银行经理们穿梭于各类富豪之间，长袖善舞，风光无限。他们仪表非凡，一身装束媲美世界名模。他们低调内敛地打理着富豪的荷包，许多富豪太太们不知道的事情他们都知道。

然而，他们背后付出的艰辛也是外人所不知的。很多时候，他们只是一个卑微的管家，随时听候客户的召唤，机场接人、预订酒店，甚至是安排葬礼。对银行经理来说，无论客户提出什么样的要求，他们都需要保持高度的耐心和责任感，完成一次次琐碎的任务。

　　忙完了手边的事，很快到了下班时间。江盈枫把电脑放进包里，拖起行李箱赶赴机场。

　　为了不影响白天的工作，她常常在下班后才飞。这次的目的地是台北，她要会一会陈美玲给她介绍的新客户。

　　来到大楼脚下，抬头望去，灯火通明的中环把黑夜映照成了白天。无数个像江盈枫这样的金融工作者还在孜孜不倦地奔波。自强不息、永不言败，大概就是烙在香港这座城市骨子里的精神。

Chapter 2 最好的时代

时间总是比你想象的过得快。赵然被裁已经大半个月了，投出去的简历杳无音信。她在家中坐立不安，一筹莫展。她打心底里不愿意认输回老家，除非那里有个富豪等着娶她。

一阵手机铃声打断了她的遐想，是 Jessie："亲爱的，我打算加入联邦保险了。"

赵然眼前一亮："联邦保险？去做什么呀？"

"卖保险呗，不是现在很多人都在卖保险嘛。"

"就是朋友圈里那些卖保险的人吗？"

"是的。"Jessie 低声道，"我想了很久，只有这样才能马上解决工作签证的问题，我觉得这是眼下唯一的办法了，难道你想就这样回杭州去吗？"

"当然不想！"赵然急忙说，"但是卖保险……哎，你又不是不知道，周围那些卖保险的朋友哪一个不是抓着机会就推销，朋友圈天天发，天天发，大家见了就躲。难道你以后也想变成这样吗？"

"顾不了那么多了，先解燃眉之急吧，好歹有个地方挂靠了，以后有机会再换也不迟。"Jessie 语重心长道，"其实卖保险也不一定都像你说的那样，我加入了一个学姐的团队，她是团队长，对我还是挺照顾的。下午有一个新人培训会，你有时间可以过来听听，感受一下。"说完便把地址发了过来。

赵然望着天花板，内心在拉锯。在她眼里，卖保险是一个门槛低，不需要高学历，看似谁都可以去做的工作，她从未想过自己有一天也会被拖下水。这里有全职主妇、高尔夫销售、创业失败的小老板、兼职的金融老司机，还有一些便是像赵然这样，一时找不到工作但又急于留在香港的内地学生。

这些年，香港的保险公司正积极拓展内地市场，来港学习的内地学生们便成了他们的生力军，这些人中不乏家底丰厚或人脉广泛之人，每年近一万留港工作的内地毕业生里有相当一部分人直接去卖保险，火爆程度与日俱增。正因如此，香港的保险业开始以地区为团体，老乡找老乡，校友找校友，逐个发展下线。

"下午我过来一起听吧。"无奈之下她还是给 Jessie 回了信息。

她在手机上查着路线，九龙塘，要换三条地铁线，比之前的尖沙咀还要远，她的心里顿时没了期待，死马就当活马医吧。

培训的大楼在地铁出口不远处，赵然老远就看到了大楼门前"联邦保险"的字样。乘电梯上了十楼，Jessie 已经在门口等着她了。

"你来啦，会议厅在里面！"Jessie 热情地给她领路。

赵然环顾四周，这座大楼离市区虽远，却有模有样，这里一切都布置得井井有条，各种奖状和照片挂在墙上，转角处也放着鲜花，令人倍感舒适。

"以后你就在这里上班啦？"赵然问道。

"我们的工作地点在尖沙咀，客人是去那里签单的。"

原来这里只是联邦保险的一个分部，为了节省租金，不少大公司会把后台的培训地点放到一个相对便宜的地方。

Jessie 把赵然领到会场，在门口的签到处登记了一下，便同她一起坐下。

这是一个小巧精致的阶梯会议厅，能容纳两百人的样子，赵然她们坐在靠后的位置，能俯瞰前排的动向。Jessie 指着前面几排一群嬉闹的年轻人说："他们都是这次新进的毕业生，比我们小。"

"怪不得看着都很嫩呢。"赵然边嘀咕着边顺着这群人往前看，发现第一排坐着的几位都衣冠楚楚，还别有胸花。"那些是什么人呀？"她侧过身去轻声问道。

"他们是今天的分享嘉宾，等会儿要上台发言的，都是这行的大牛。"

她继续东张西望，会议室的两边零零散散地坐着几个年龄稍大的人，他们的桌前放着笔和本子，看上去十分认真。

"那些也是这批新加入的，各行各业的都有。"Jessie 猜到了她的心思。

不一会儿，一位年轻美女走上了舞台，面带笑容地用广东话说："大家好！欢迎参加联邦保险新人培训会，我是今天的主持人 Mandy。"

"这个 Mandy 也是联邦的人，据说才加入两年，已经是百万圆桌了。"Jessie 跟赵然咬着耳朵。

"什么是百万圆桌？"

"这你都不知道？一会儿跟你说。"Jessie 指指前面，继续听讲。

趁主持人还在客套，赵然拿出手机搜索了一下"百万圆桌"：保险行业的奥斯卡奖。对于香港的保险代理而言，只要年度保费业绩达到一百万港币即可申请入会，参加一年一度的百万圆桌精英盛会。

虽然对"保费业绩"这些词没什么概念，但赵然的心里已经把百万圆桌与高规格联系在了一起，心向往之。

此时，台下突然一阵骚动，原来是主持人邀请大家上台玩一个游戏。前排的几个毕业生自告奋勇地举手，不一会儿，就看见三个年轻人跳上了舞台。

这不是新人培训会吗，怎么还玩起游戏来了？赵然费解。

"今天我们要玩的游戏看起来很简单，但又不简单。"主持人说罢，工作人员把道具端了上来，一根吸管和一个土豆。正当大家都在困惑的时候，主持人问道："大家觉得土豆和吸管，哪个硬？"

"土豆！"Jessie 对着台上叫嚷，显然已经进入了状态。

"如果我告诉你，我能用一根吸管穿透土豆，你们信吗？"主持人故作神秘。

台下一片哗然，有说信，也有说不信。"吸管穿土豆，怎么可能！"赵然无动于衷地对 Jessie 说道。

就在场内讨论得热火朝天之时，主持人开始亲手示范，只见她一手捧着土豆，一手拿着吸管，一，二，三！恰到好处地用力一戳，嘿，吸管就这么被插进了土豆里！她再把吸管往里钻了几下，还真的穿过了土豆！

一个看似不可能做到的吸管穿土豆，就这样在众人的见证下完成了，场内一片掌声。主持人接着说："那我们的几位新人是否可以做到呢？"

赵然傻了眼，一改刚才事不关己的姿态，有了想尝试一下的冲动。

那几个新人在台上的表现，大多笨手笨脚，在尝试了几次之后，终于有人成功地将吸管穿过了土豆。赵然全神贯注地看着每一个人的动作，全然忘了今天来这里的目的。

主持人再次来到台中央："其实，好多事情就像这个游戏一样，看似不可能，但最终却可以办到。不去尝试，你怎么知道自己不会成功？如果我可以做到，你们都可以做到！"

台下再次响起掌声。赵然已经记不起这是今天自己第几次鼓掌了，但这一次和先前几次不同，她的掌声中多了一份信服，少了一丝敷衍。

接下来的环节是三位百万圆桌的代表人分享心得，第一排的三人挨个上台发言。先是两个香港人，他们都准备了幻灯片，数据结合经验，声情并茂地讲述自己是如何在这一行摸爬滚打的。

最后一位分享嘉宾是一位中年妇女，她不紧不慢地走到台上。隔着这么远的距离，赵然都能望见岁月在她脸上留下的痕迹，尽管如此，优雅得体的打扮丝毫不会让人看轻了她。

她没有幻灯片，也没有演讲稿，拿起话筒的一瞬，让人更为期待。

"我是刘珠敏，一位来自广西的'港漂'。"她微笑道，"我在香港已经六年了，这六年里，我做得最对的一件事就是加入了联邦保险。"

Jessie 在一边扑哧一笑："太假了吧。"

赵然看了看她，用手在嘴唇上比画了一下"嘘"。

"六年前，我带着五岁的女儿，孤儿寡母两个人来到这个陌生的城市扎根。我干过很多工作，超市收银员、清洁阿姨、服务生……为了养活女儿，我什么都愿意干。"她说到这里，台下一片安静。

"一个偶然的机会，我被朋友带进了联邦。起初我是很没有自信的，刚开始的一年里，我一单都没有签下来，那个时候没有人能体会我的心情，团队长已经两次来劝退了，说我不适合这行。我是真的着急啊，我怕失去了这份工作，我的女儿怎么办？"

赵然的呼吸似是被这个女人牵动着，一动不动地等待着她的下文。

"可是我不放弃，我对团队长说，你再给我一个月，我不信我之前的努力都白费了。你们猜一个月后怎么着？我不仅签下我的第一单，更是连续不断地出单，在第二年我就做到了百万圆桌！"

会场里响起了今天最热烈的掌声。Jessie 和赵然对望一笑，从眼神中看到了彼此的决心。

"大家知道香港去年一年的新增保费是多少吗？一千五百亿。你们知道其中多少是来自内地的客户吗？五百亿，也就是三分之一！"她坚定地说道，"我想你们应该知道这意味着什么，香港繁荣的保险业离不开内地客户的贡献。"

人们常说这是一个最好的时代，也是一个最坏的时代。对于赵然来说，好与坏的距离，或许只隔着一场演讲。

她的心已然被征服。从来时的不情不愿，变成了散场时的意犹未尽。

"怎么样，感觉还行吧？" Jessie 笑着说。

"嗯，和我想的很不一样。谢谢你的邀请，不然我都不知道保险行业是这样热闹。"

"我就说吧！明天你来公司，我给你介绍我们团队长认识，她一定很欢迎你的！"

两人开怀大笑。

散场后，赵然独自回家，地铁上她还回味着刚才的气氛。

快到家时，她似乎想起了什么，转进附近的超市，出来时手里拿着一包土豆和一袋吸管。

一日之计在于晨。赵然起了个大早，在早高峰晃动的车厢里，捧着 Jessie 给她的《保险中介人资格考试》慢慢啃着。从今天起，她正式成为浩浩荡荡的保险大军中的一员了。

保险的类别、风险管理、合约要素……这些生僻的词对她这个小文青来说十分晦涩。她时不时揪一下头发，快要看不下去的时候，就想到 Jessie 对她说的话：要在最短的时间内把自己变成这个领域的专家！

加入联邦的第一天，一切都是那么新鲜。简单地办完入职手续后，团队长 Lisa 便带着她熟悉环境。

偌大一层楼，塞着联邦所有的销售团队。一个个格子间把整层楼面隔成了一座迷宫，若是没有团队长领路，赵然一定找不到方向。

"联邦在香港大概有一万多名保险代理，其中有一半都来自内地呢。" Lisa 笑着说，"这里只是其中一部分，还有一些人常驻内地，只有陪客户签单时才会过来。"

怪不得听到周围都说着普通话，赵然感叹。一路走来，她体会着这里的生机勃勃。

Lisa 是土生土长的香港人，她的团队里有三分之二是内地人，聪明的她非常清楚内地市场对香港保险业意味着什么。

和许多世界五百强的保险公司一样，联邦把前台销售的办公地点安在了尖沙咀核心商业区，这里每天都要接待不计其数的内地游客。

"我们的地理位置非常好，旁边就是海港城，是内地客人最喜欢逛的商场。" Lisa 把她带到了签单室参观，落地窗正对维多利亚港，大气舒适，"他们逛完了就可以直接过来签单。"

赵然来到自己的办公桌前，刚放下包就被 Lisa 告知马上要参加培训。

"这几天会有不少培训课程，对你们这样的新人十分有用。你们会学到各种销售技巧和专业术语。" Lisa 笑了笑，"不要着急，第一个月不会给你们很大的签单压力。"

赵然深吸一口气，拿起本子快步走到培训教室，Jessie 已经在那里向她挥手了。

"各位学员，欢迎大家加入联邦的大家庭。我是今天的培训师 Peter。" Peter 也是一位"港漂"，一毕业就来到联邦，现在是这里的销售王之一。

赵然打量着眼前这位培训师，他西装革履，戴着眼镜，浑身透着一股专业人士的范。在他的口中，各种难懂的保险术语变得不再那么枯燥。

"大家知道联邦去年卖得最好的是哪一款保险？" Peter 的提问让现场鸦雀无声。他看大家没有反应，便继续说道："答案是分红险！"

赵然想起了早上在考试资料里看到过，分红险就是保单持有人可以分享保险公司的经营成果，每年收到一定比例分红的保险。

"为什么是分红险？" Peter 抛出第二个问题。

依旧无人作答。

"请你告诉我，现在香港银行的存款利率是多少？" Peter 突然指着前排的一个男生问道。

"大概……百分之一？"男生的声音听起来没有把握。

"连百分之零点五都不到!"Peter 大笑。

赵然诧异,这么说平时存在银行里的钱利息少得可怜?

"如果我每年可以给你百分之七,你觉得怎么样?"Peter 推了推眼镜。

大家互相对望,半信半疑。

"这就是我们的分红险成为爆款的原因。"Peter 指着幻灯片上的数据,"在过去十年里,我们的分红险每年都做到给投资者百分之七的红利,奠定了我们香港'一哥'的位置。"

赵然听完醍醐灌顶,难怪这么多人要来香港买保险。被点燃的求知欲让她不放过 Peter 说的每一句话。

"再问大家一个问题:哪一款保险最受内地客户喜欢?"Peter 嘴角上扬,笑眯眯地看着大家。

大家交头接耳,说什么的都有。

"答案是寿险。"他再次转向幻灯片,"一个很重要的原因就是寿命!大家都知道,人均寿命越长,保费就越便宜。"

"我希望大家不要只把自己看作一个卖保险的,我们更多地是扮演财富规划师的角色。我们旨在帮每一个客户、每一个家庭做长期的生活和财富规划,让更多的人能拥有有保障的生活。"

在一阵掌声中,上午第一场培训结束了。赵然精神抖擞,虽然起了个大早,但丝毫没有困意。她走到教室外面的茶歇室,刚想接点水喝,就被几个突然冲进来的中年妇女抢在了前面。

"还好我们来得早,今天一定可以签掉的。"其中一个扯着嗓门说。

"先喝点水,估计还要排一会儿呢。"另一个干脆拿出早点来分给大家。

不一会儿,整条走廊变得人声鼎沸,赵然好奇哪来的这么大动静,寻声走去,只见门口的接待处乌泱泱挤满了人,一直排到了里面办公区域的走廊口,把进出通道围得水泄不通。这些人手里握着身份证,正在等待前台工作人员分发号码。

赵然看了看时间,才九点半。"这些都是来买保单的客户?"她转向身旁的同事问道。

"是啊，每天都这样。来我们这里投保需要排很久的队，签单需要叫号，来晚了，今天号就没了。"

赵然看着这壮观的队伍，场面比商场打折还火爆。叫到号后先去左边的一排签单室签字，然后去右边交保费，一波又一波，不间断地进行。排在后面的人恨不得踩着前面的人往前冲，这架势再加两排签单室都不够用。

"看到没，这就是一个捡钱的时代。"同事拍了拍赵然，"你我都赶上啦。"

赵然呆呆地在原地看着。"请让一让，请让一让！"突然有两位工作人员提了四个刷卡机穿过走廊，吸引了众人的目光。

"今天有个大客户要刷一笔大单，带了八张信用卡过来，机器不够用了！"同事八卦道。

此时，人头攒动的队伍中有人按捺不住了："我每年十几万美金的大单，可以优先签吗？"

"一个一个来，前面还有几十万美金的客户呢。"见怪不怪的前台小姐面无表情地嚷道。

整个香港保险业来自内地的保费收入中，有一半是由联邦贡献的。说内地客人成就了联邦，这话一点不假。与其在香港这块过度开发的地盘跟其他同行大佬竞争，不如去广阔的内地市场开拓蓝海，这就是联邦近几年的战略。他们的保险代理人个个都像 Peter 一样，把内地和香港保险产品的差异背得滚瓜烂熟，从每一个可能的角度寻找卖点。

很快到了中午，Lisa 照例要请新进的队员吃欢迎餐。三人穿过门口的人山人海，来到海港城里的一家西餐厅坐下。

"怎么样，第一天还好吗？"Lisa 看着两人问道。

"很充实！感觉这里的人都好厉害。"Jessie 憨憨地说。

"没想到我们的生意这么好！"赵然说着，两眼放光。

"其实你们选择来做保险是很正确的，只有这行能帮你们最快地赚到第一桶金。"Lisa 信心十足地说，"下午要给你们介绍同一个团队的 Cherry，来这里做了三年，现在全身都是名牌，出门都是五星酒店，还在香港买了房。还有上次给你分享经验的殊敏姐，她的条件都不如你们，但都可以做到百万圆桌，现在手底下有五六十个人，她女儿已经在香港读国际学校了，每年开销都要几十万呢。"

赵然和 Jessie 听得忘我，都顾不上眼前的牛排。

"我们的底薪虽然很少，但提成高。保险的利润很厚，有些人很勤奋，年薪百万都好简单。"

作为团队长，Lisa 很擅长鼓舞人心。可她没有告诉两人的是，香港每年会有近一半的保险代理由于做不出业绩而选择离职。

"听说前三个月必须出单，才能过试用期？"Jessie 问。

"很难吗，只一单而已，周围亲朋好友随便卖一卖就可以了。"Lisa 耸耸肩，继续说，"你们要抓住客户的特点来推销，有孩子的就推荐分红险和重疾险，分红险当作教育储蓄，重疾险小孩子买最划算。如果是有钱人，就推荐大额寿险，不仅可以留给孩子，还可以规避遗产税。"

赵然的心中隐隐感到了压力，她的肩上已经背上了指标。

每周一下午是例行的团队会议，除了在外跑业务的销售外，其他人都必须参加。会议的一个重要环节就是"论资排辈"。Lisa 都会把每一个销售的业绩汇总，按照出单量大小排名。上周排在第一位的就是团队长提到的 Cherry，一周签下三份保单，有一单的保费达到了十五万美金。排在第二和第三位的也很了不得，分别签下两单寿险。而刚刚加入的 Jessie 和赵然自然是垫底。

"大家不要放过任何可以出单的方式，微信、微博、同学聚会、家庭聚餐，你永远不知道下一个客户会在哪里等着你。"Lisa 敲着黑板说道。

散会后，赵然刷起了微信，硬着头皮把自己在做保险的消息群发给了好友们。她还把团队长的保单推广信息发在了朋友圈，祈祷有人能感兴趣。

她绞尽脑汁地把自己认识的人在脑海中盘点了一遍，谁才是她的第一个目标呢？

江盈枫的台北之行很是顺利，不仅收获了新客户，还顺道拜访了老客户。此刻，她正坐在 VIP 候机厅里悠闲地喝着咖啡。

她的手机在震动，她接了起来："喂，庄先生！"

"你在哪里？"

"我在台北，马上回香港了。"

"告诉你一个不好的消息，我太太出事了。"

江盈枫的手瞬间颤抖了一下，咖啡洒在了米白色的裤子上，她慌忙把杯子放回桌上，顾不上拿纸巾擦拭。

"什么时候的事？"

"前天晚上，我回到家里，发现她吞了半瓶安眠药。"

"那现在呢？"她心跳加速，快要无法呼吸。

"抢救过来了，已经平稳了。"

她单手掩面，像是经历了一场战役一般浑身发软。

"上周她是不是来你们银行找过你？"

"是，她找过我好几次，一直想让我给她看你的资产明细。"

"这件事不要告诉任何人，一定要保密。"庄先生严肃地恳求道，"还有，这阵子我都要陪我太太，有个人要麻烦你帮我照顾一下。还记得之前我让你帮忙找的跑马地的房子吗？你帮我多照应一下，有什么需求可以直接告诉我。"

江盈枫没有作声，紧紧咬住嘴唇。

"辛苦你了！你是我唯一信得过的人。放心，我的一个项目马上就要上市了，接下来我会把更多的钱放到你这里打理。"

挂了电话，江盈枫瘫坐在椅子上，眼神涣散。从入行的第一天起，她的老板就一直开导他们"天大的委屈，看在钱的面子上都过去了"，可今天她似乎过不去。

是什么样的绝望会让一个人放弃生命？她闭上眼，眉头紧锁，脑中挥之不去庄太太的那声"帮凶"，那尖锐的声音搅动着她的神经。不一会儿，广播里开始催促登机，她手撑桌子，起身朝闸机口走去。

赵然的推销广告撒了大半个朋友圈，无人问津。她采用的是姜太公钓鱼——愿者上钩的办法，最好有人得知她在卖保险，就主动过来找她。同组的一个女生就是在朋友圈发了宣传信息后，被一个朋友看到找过来的。赵然也希望这样的好事能落到自己头上。

这时，不远处 Jessie 的座位传来一阵欢笑声。

"恭喜你啊 Jessie，终于有了第一单！"团队长拍拍 Jessie 的肩膀。

"主要是家里人帮忙，所以才这么快。"Jessie 笑得合不拢嘴。

赵然立马跑了过去："真厉害！才几天的工夫就出单啦。"

"是我表哥，他本来就要给儿子买份重疾，听我妈说我在做这行，就在我这里买啦。生意给别人做，还不如给自己人做。"

赵然为 Jessie 高兴的同时，也更加为自己担忧，下周一又要排名了，Jessie已经有了一单，这次赵然要一个人垫底了。虽说有三个月的宽限期，但来自同组人的压力不可小视，周围的人出单一个比一个多，她却始终没有成绩，如坐针毡。

她回到座位上，学 Jessie 把家里的亲戚理了个遍，上一辈们都一把年纪了，让他们买保险不太现实。她隐约记得有一个堂哥的孩子好像要出国读书，说不定会对海外保险有需求。

她平时就不是一个会拉拢感情的人，这些年一个人在香港，跟家里的亲戚走动得就更少了，突然一下子去找人家推销保险，着实有些唐突。

她拿起手机给父亲拨了电话："喂，爸，你在干什么呀？"

"哟，今天怎么想着打电话回来了呀？"

"想你们了嘛。对了，你最近跟堂哥有联系过吗？"

"最后一次见面也是半年前了吧，这不下个月就要过年了，到时候全家一起聚餐的时候会见到。"

"他上次说要送孩子出去读初中，不知道现在怎么样了啊？"

"听说还在看学校，没最后决定呢。你问这干吗？"

"我在想他是不是有境外理财的需求，比如海外保险之类的？"

"你现在怎么关注起这个来了？好好上班！"

"我也就是随便问问。你把堂哥的微信给我呗。"

"一会儿我找找。过年什么时候回来呀？早点回来！"

"知道啦！"挂了电话后，她立马把堂哥的微信加上。

"哥，我是赵然，好久不见，最近好吗？"

她焦急地等待着那头的回复，顺便也翻了翻堂哥的朋友圈，中年男人的三大主题：工作，朋友，全家旅行。

过了许久，堂哥终于有了回应："你好然然，在香港好吗？"

她边打字边激动着："我挺好的。听说我侄子要出去读书了呀？"

"有这个计划，正在给他看学校呢，向你学习，在外面闯荡闯荡。"

她想接上说保险的事，可突然意识到这么久没联系了，才说上话就推销保险，会不会太功利了？她装模作样地回道："有什么需要我帮忙的尽管说，带小侄子一起来香港玩！"

她立即在朋友圈有的放矢地分享了一条保单信息："学历通胀不容忽视，学费通胀更为惊人！为孩子筹划璀璨未来，你准备好了吗？"

她期盼着堂哥能自己看到并找她询问，可他要是没看到呢？或者他看到了也不来找她呢？她越发焦虑，终于按捺不住，决定请教吴一婵。可吴一婵对一个卖保险的终究是提不起兴趣，电话里直接把她推给了江盈枫。她只得鼓起勇气去找江盈枫。

"盈枫姐，你在香港吗？我有一些工作上的事想请教你。"

"好巧，我刚下飞机。等一下一起喝咖啡吧。"

她没想到江盈枫回得这么快，立马起身赶去中环赴约。

在咖啡店坐下不久，她就看见不远处江盈枫拖着行李箱朝这里匆匆赶来。

"不好意思，我刚刚从机场快线下来。"江盈枫不管何时都保持着礼貌。

"别这样说，是辛苦你这个大忙人了！"

"听说你找到新工作了？"

"嗯，"赵然有些羞涩，"我加入了联邦保险，现在开始卖保险了。"

"哇，看来你要发达了。"江盈枫喘了口气坐下。

赵然苦笑道："先赐给我一个客户吧。"

"找客户不能急。我们先点喝的吧。"她边说边招手让服务员过来点了两杯美式，随后打开皮夹取出信用卡结账。

赵然无意间瞥见了她的钱包，便说道："你的钱包真好看，我之前看我们的团队长也用的这个钱包。"突然，她指着钱包里的一张卡惊讶道："这个是马可·波罗钻石卡？据说国泰每年只给最靠前的百分之一客户发钻石卡！"

对赵然的羡慕之情，江盈枫淡淡一笑："飞多了自然就有了。"她拿起咖啡抿了一口又道："跟我说说你是怎么找客户的。"

"我已经把能通知的朋友都通知了一遍，在朋友圈发了各种推广信息，连家里人我都已经去接触了，可是到现在都没人感兴趣。"她委屈道。

"啊？这么说你连一个客户的面都还没见过？"江盈枫瞪大眼睛问。

"如果他们不感兴趣，我去见他们有什么用呢？"

"哎哟，我的大小姐，你没去问，怎么知道人家不感兴趣？你以为这是姜太公钓鱼，随便撒个诱饵就有鱼上钩？拜托，你不是林志玲，往那一站就自动引来闪光灯。"

赵然有些尴尬，随即别扭地一笑。

"想听听我一个同事的故事吗？"江盈枫放慢了语速。

赵然用力点头。

"我那同事也算是个标准精英，纽约大学 MBA 毕业，在华尔街做过两年投行，来香港后就加入了私人银行。他加入的头三个月，就把某省的首富变成了他的客户。你知道他是怎么办到的吗？"

赵然摇摇头，这人肯定功底深厚，能言善辩，对投资理财各种精通，说不定还一表人才，招客户喜欢。

"他在饭局上喝了一箱啤酒。"

赵然愣住了："一箱啤酒？"

"没错，他就是一次把一箱啤酒干了。因为当时客户就坐在那里，想要跟客户说上话他就必须喝，这是唯一能跟客户建立关系的机会。"

"那他没事吧？"赵然怯怯地问。

"他回来喝了一个礼拜的粥。自那之后他就打开了跟客户继续沟通的大门，客户同意听他的资产配置介绍，他终于可以发挥专业强项把客户拿下。"

赵然似乎领悟了她的意思，默默地吸了口气。

"没有谁能不花力气就把客户拉来，大家都是在无数次被虐后才有了这么一个机会。'客户虐我千百遍，我待客户如初恋'，说的就是这个道理。"

江盈枫放下杯子道："我还要回一下公司，有个客户的开户文件还需要处理。"

"好的，盈枫姐，谢谢你的分享，我知道该怎么做了。"赵然说道，一扫来时的沮丧，决心从当下开始改变自己。

江盈枫在公司一待就到了天黑，看着同事们一个个都离开了，她开始想着晚上的去处。这漫长的一天，她需要喝一杯。

她来到了常去的那间威士忌酒吧，隐藏在中环卑利街的一角，如果不是有人带路，你不会想到在街市和商铺环绕的喧嚣中还有这样一个别致的所在。

这两年香港的店铺租金飞涨，连累不少餐厅和酒吧关门。江盈枫很庆幸这间店还依旧在那里，不然她就少了一个栖身之所。

她自己也想不起是何时喜欢上威士忌这种烈酒的。她喜欢威士忌的简单和浓烈，最中意的是烟熏味的威士忌，这股味道裹着惆怅一起吞下去，在身体里交织。她喝的不是酒，是回忆。

一杯下肚，回忆开始顺着血管爬满全身。四年前，她抛下国外的一切，随王志渊来到香港。

他是江盈枫在国外读 MBA 时的同班同学，读书的时候两人就在一起了。毕业后，江盈枫过五关斩六将进入一家投行工作，王志渊则去了一家对冲基金，负责新兴市场的投研。

人生无处不转折。王志渊的公司要在亚洲设立分支，地点选在中国香港，作为公司里唯一一个亚洲人，他无疑是最适合来香港分公司的人选。

他并没有花什么力气说服江盈枫，这一切似乎是顺理成章的。她通过几个朋友的介绍在香港找到了现在的这份私行工作，在这里她依旧那么忙，甚至比在国外的时候更忙，以至于连身边的王志渊发生的变化都无从察觉。

到香港一年后，王志渊就跟别人好上了，对方是某金融机构的美女销售，本来只是业务上的合作，一来二去就这么勾搭上了。像王志渊这样的优质男落到了香港这个弱肉强食的地方，多少未婚女青年都伸长了脖子等着呢。

江盈枫撕心裂肺地疼，她竟不知道爱情这东西如此靠不住，她也不知道自己错在哪里，才一年的时间就把两人四年的感情弄丢了。

她喜欢王志渊的聪明和闯劲，那炯炯有神的眼睛里透出一股执着。在刚去国外读书的日子里，正是这样一个他，给江盈枫带来了欢笑和陪伴，打开了她的心扉，并深深住进了她的心里。

想到这里，她大口吞下威士忌，用这浓烈的酒来掩盖苦涩。她抬头看了看吧台四周，无人，只有调酒师在她的不远处摆弄着冰块。她又低下头，埋入回忆里。

在刚失去爱情的几个星期里，她同大多数人一样玉减香消，用疯狂工作来抵御这从天而降的伤痛。后来，她渐渐不去想这些了。再后来，她的世界里就只有工作了。

江盈枫对工作是很卖命的，她对赵然说着同事的故事，那又何尝不是她自己的写照？例假疼得下不了床的时候，她服完止疼药便硬撑着去见客户；多少次一个人凌晨拖着行李回到家中，睡不满几小时便继续去公司为客户下单。客户之事无小事，这是她给自己定的标准，也是她一路走到今天的资本。

整理回忆就像是看一部自己演的电影，总有那么几个场景让你忍不住重复回放，因为记忆的胶片已经在那里做了记号。

凌晨四点，赵然拖着行李走出家门，去赶六点的飞机。

天还没亮，空气异常清新。她在对面的便利店买了早点，带着倦意站在路边等的士。

这是她第一次感受凌晨四点的香港：摆摊的大叔大妈已经铺好了摊位，隔壁的早点铺在煮着豆浆，海鲜铺的小哥在冲刷地板，楼上健身房的灯光下有个跑步的身影……

至于赵然为何会去赶那么早的飞机，主要是因为便宜。她比往年早了一周回家过年，为的是争取一些时间回去推销保险。自从被江盈枫点醒之后，家里的亲戚、过去的同学统统被她列在了名单上。她那沉沉的箱子里除了衣物之外，还塞了一沓保险资料，她立志不把这些全发完就不回来。

终于有一辆的士在路边停下，她拖着箱子快步走过去，车上下来两个曲线毕露化着浓妆的年轻姑娘，香水味夹杂着酒气，似是刚刚经历了一番纸醉金迷。

"师傅，去机场快线。"赵然放下车窗散了散味，脑中不由地回忆起她上一次去夜店是什么时候。

她起早贪黑还有一个原因，那就是头班飞机一般不会误点。顺利落地杭州后，一阵寒风让走出机场的她瑟瑟发抖。她赶忙披上羽绒服，强忍着困意钻进了机场大巴。一进家门，还没来得及让爸妈仔细端详自己，便直冲卧室倒头就睡。爸妈见她累成这样，就任由她睡得昏天黑地。

一觉醒来已是下午一点。"呀，你们怎么没叫醒我！"她披头散发冲出卧室。

"起来啦，饿了吧？"妈妈边问边给她盛饭。

被这么一问，她还真觉得有些饿了："我两点约了同学见面，随便吃两口就要走。"

"难得回来一次还安排这么多事，以前怎么没看你那么积极呀？"

她三口两口填饱肚子，从箱子里拿了几份保险资料便夺门而出。

早在一周前，她就在微信上攒了这个局，她的高中在当地虽不算顶尖，但班里也有一些有实力的同学。过去在班上她并非活跃之辈，毕业后跟同学们也疏于联系，于是她找了班上关系最好的康帅做联络人，让他帮忙找几个同学出来聚聚。

她自认为现在的她在同学面前还有那么点自豪感，毕竟班里能留在异乡打拼的人并不多。一路上她对即将见面的同学充满了各种猜想，心中免不了一阵雀跃。

"赵然，赵然！"她一踏进咖啡店，就看见康帅在朝她招手呼喊。康帅是他们以前的班长，不仅学习优秀，人品和家境也好，是当时班上许多人羡慕的对象，大学毕业后进入了阿里巴巴。

赵然激动地边小跑边挥手，刚到康帅身边就看到了在边上坐着的美女，她招呼道："林萍！还是那么美啊！"两个女生抱在了一起。

"什么时候回来的呀？"林萍往里挪了一下，给她腾出位置。

"上午刚刚到的，等不及了过来看你们。"

"等下还有两个同学过来，胖子和张染。本来想约今天晚饭的，结果大家时间凑不齐，就下午喝咖啡吧。"康帅说完便去柜台给赵然买喝的。

"班长还是那么靠谱！真是好久没聚了，你现在做什么呀？"赵然向林萍打探。

"我自己开了个花艺所，就是定制花束花篮什么的，很自由。"

林萍居然自己创业，这让赵然有些意外，她继续询问："结婚了吧？有娃了吗？"

"去年刚结的，还没生呢。你呢？"

"单身狗一只，哈哈哈！"赵然嘴上谈笑风生，心里已经打定了主意要给林萍推荐重疾险。这么一个个体户小老板，在国内没人给她交医保，万一以后生了大病那可是一大笔开销，必须有个重疾险傍身。

不一会儿，胖子和张染也相继赶到，气氛顿时热闹了起来。

"哟，香港同胞回来啦！"张染先拿她开涮。

"你还是那么没正经！最近忙啥呢？"赵然连寒暄都省了，急吼吼地想摸清大家的近况。

"赶紧抱大腿，人家现在是大老板了。"胖子在边上起哄。

"少来啊，我就是自己接了点工程项目做做，都是家里的资源。"张染的老爸是杭州的一个国企老总，在退休前给张染留下了不少人脉。

听罢，赵然心中已把"大客户"的标签贴在了张染头上：分红险，重疾险，噢，还有寿险！

"你现在也算是本市名人了，你那亲子餐厅都上媒体了，我家里人都带娃去过！"康帅给胖子使个眼色。

胖子的餐厅算是第一个在杭州打出亲子招牌的网红餐厅，味道是其次，关键是店里的亲子设计理念一开始就噱头十足，再加上他的宣传包装，半年不到的功夫就已门庭若市。

"哪里哪里，班长才是潜水最深的，阿里的员工，甩我们几条街啊。"胖子眯起眼睛贼贼地问，"你到底有没有干股啊？"

"想多了吧你，我只有干，没有股！"大家哄然大笑。

　　赵然享受着此刻的欢愉，原来杭州的生活那么多姿多彩，她真切地感受到一股朝气扑面而来。她怎么都没想到，这些老同学在这座她一心想离开的城市里过得津津有味，比身在异乡的她拥有更广阔的施展空间。

　　如果当初自己没有离开，说不定现在也成了某个自媒体红人了呢。她陷入了片刻的遐想。

　　她的白日梦立即被胖子打断："你日理万机地忙什么呢？"

　　她回过神来，说道："我在保险公司做财富规划师，帮客户做做理财。"

　　大家连连点头，有人说道："香港同胞就是不一样啊，听听！"

　　赵然傻乐，心中不断提醒自己不要忘记今天来的目的。

　　张染放下手中的咖啡："你说的保险公司，是不是像联邦和隽诚那样的？前不久也有人来找我老爸推销香港保险。"

　　赵然心中一顿："你爸已经买了吗？香港的保险跟内地比的确是有不少优势的，如果要买，那还是香港保险划算。"

　　"找他的也是一个内地人，说是一位香港保险经纪。"张染拿起手机，"我发个消息问问他买了没。"

　　赵然的心一下子提到了嗓子眼，紧张地等待回复。

　　"我听同事说我们公司的大佬们也有买香港保险，阿里上市后这些人每天被各种财富公司骚扰。"康帅皱着眉说。

　　"你怎么没跟着买呀？"赵然试探道。

　　"太麻烦，现在国内理财收益也不错，没必要出去折腾。"康帅越说越来劲，"现在很多人出海投资，可是国外毕竟水深，两眼一抹黑就跳进去，将来怎么死的都不知道。"

　　赵然一听急了："没你说得那么可怕，海外配置可以分散风险，总比把钱都放在一个篮子里强。"

　　"海外哪能跟国内比？你看过去十年国内房价涨了多少，任何工作在房子面前，都不值一提。"康帅反驳道。

　　胖子指着康帅说："对对对，我有个朋友，他家早年买了五套房，都是好地段，现在根本不用工作，每个月收租都收不过来。"

两人的话似鼓槌敲在赵然心上，让她有些乱了阵脚。原以为外来的和尚好念经，没想到大家各有主见，难以说服。她后悔来之前没有做足功课，没跟团队长多学点话术，好让她此刻舌战群儒。

"房子没赶上，其他机会可别再错过了。"她故作镇定道，"我一直在香港，其实出海投资真没那么可怕，最重要的是要找到靠谱的人。"

胖子马上接道："有啥好机会别忘了我们啊！"

赵然就等这句话，连忙说道："那是肯定，正好我这次回来要见客户，就多带了一些资料，你们拿去看看，有问题随时找我。"

这时，张染的手机响了，他看了一眼后对赵然笑道："我爸说不需要了。要不你留张名片，有需要的话我再让他联系你。"

脸皮薄的她不再追问，递上名片后默默地从自己的名单中把张染划去。

大家接过材料翻看起来。"我不是给大家推销啊，只是胖子刚刚问到。其实海外保单也不只是投资用，很多时候是为整个家庭规划。比如重大疾病险，万一得了重病，可以立即得到一大笔理赔用于治疗，这样就不会给家里增加负担。"赵然解释道。

她说到重疾险的时候有意看着林萍，希望能引起她的注意。要说林萍这姑娘真是安静到都快让人忘了她的存在，与世无争地坐在一边看着这几个人蹦跶。

林萍准是自卑，赵然联想到自己参加校友聚会时因为没有工作而不敢开口，她笃定林萍也是因为混得不好才缩在角落里，毕竟这张桌子上最平庸的就数她了。

"你什么时候开始搞花艺的呀？"她知道被冷落不好受，便没话找话地问林萍。

林萍不紧不慢道："其实我一直很喜欢花花草草，只是之前没下决心去做。去年我老公鼓励我尝试，这不就做起来了。"

赵然为之动容，一个姑娘家为了梦想白手创业，着实不容易，花花草草想必也赚不了几个钱，她的眼光落到林萍身上，这姑娘的穿着打扮果然朴素，包包上也没有大牌标签，不知道有没有闲钱来买保险。

聚会过半，大家开始回忆当年，把班里的同学和老师一一八卦个遍。赵然的心思早已不在，话也说了，材料也发了，可大家的态度不置可否，此刻也没有人再提及半个字的海外保险。

不知不觉日落西山，大家准备各自归去。康帅和张染就住在附近，胖子开车，赵然坐地铁。

"你怎么回去？"赵然看向林萍。

"我老公来接我去爸妈家吃饭。"

几个人穿好外套走到门外，刚要张口道别就被一阵轰鸣声盖过。只见不远处一辆保时捷缓缓朝这里开来，停在了门口，瞬间成为吸睛焦点。几个男生站在原地，口水都快流出来了。"听听这声！"不知谁赞叹了一句。

林萍走上前去，转身对大家笑道："我老公来了，先走啦。"说完便把自己塞进了跑车里。

其余人僵住几秒后立刻挥手同她拜拜，像送别首长一般向轰鸣声行注目礼。

"这才是我们要抱大腿的人。"胖子回头说道。

赵然在寒风中打了个冷战，双手插进口袋里，望着远去的跑车，独自朝地铁站走去。

年关将至，香港的大街小巷充满了农历新年的气息。商场、写字楼一片张灯结彩，走到哪都能听见一句"恭喜发财"。大家纷纷置办年货，店铺的生意也比平常红火了许多。

香港机场的大厅里也挂起了灯笼，敲锣打鼓的背景音乐仿佛在催促人们回家过年。吴一婵办好了登机，朝安检的方向走去。她看了看手表，晚饭前应该能到家。

一抬头，她发现一个熟悉的身影正朝扶梯方向快步走去。"盈枫！"她上前叫住。

"嘿，你也在这！我爸妈的飞机到了，我来接他们。"江盈枫一身运动装，比平时轻盈了不少。

"真好，一家团聚。我赶飞机回家，咱们年后见啦！"说罢两人各奔东西。

吴一婵的家在北方的一个二线城市，父母均是普通的国企职工。这个从小就好胜心强的姑娘一路都是学霸，高三时以当地理科榜眼的身份考入清华化学系。

长相甜美的她在一个男生扎堆的系里众星捧月般地度过了大学四年。

她的学霸之路还没完。大学毕业那年，她拿到了斯坦福的录取通知书，攻读金融学博士。可惜，八面玲珑的她忍受不了读博的枯燥，两年后便放弃博士学位，改拿硕士学位毕了业。

天之骄子、少年得志，这些词在她年少时常常萦绕耳旁。她是父母的骄傲，人人称羡的优秀青年，可有谁知道，她的内心更感兴趣的是名利场。

斯坦福一毕业她就来到香港，先在一家金融机构做分析师，每天埋头于一堆数字的生活很快令她心生厌烦，她逐渐发现公司创造利润最多的是销售部门，便光速转去做销售。她喜欢周旋于各色人等之间，终于在一次机缘巧合下，开始了猎头之路。

三小时的飞行转眼就到，一出机场，一群黑车司机伴随着寒流向她拥来，她下意识地往后退了几步，快速低头戴上口罩抵御扑面而来的雾霾。突出重围后，她钻进了一辆出租车，关上车门发现裤脚和袖口都已沾上灰尘。

一路上所到之处都在大兴土木，黄土漫天，从她有印象起旧城改造就从未停止过，司机只得七拐八绕地把她送回家。

她从懂事起就下定决心要出去闯荡。她也几次劝父母同她一起搬离，奈何父母念旧，放不下亲戚和好友，不肯离开，她也只能完成任务一般每年过年回来走一趟亲戚。

吴一婵拖着行李箱踏进熟悉的房子喊道："爸妈，我回来了。"

"哟，回来啦！来来来，快进来。"母亲眉开眼笑地接过她手中的行李和包，"冷不冷？先进去歇会儿，马上开饭。"

每到冬天，母亲都会犯咳疾，近几年身体不如从前，咳得越发厉害。看到女儿回来了，她便努力克制不让自己咳出太大的声响。

"妈，又给你带了止咳散，之前的差不多吃完了吧？"吴一婵拿出厚厚几盒放在客厅的茶几上。

"还有呢，最近我也好点了，多亏了你一直给我寄回来。"

"一直让你去香港做个全面检查，你就是不肯。"吴一婵每每说起此事，母亲在一边就是不吱声，她心里知道香港的医院有多贵，不愿给女儿添麻烦。

吴一婵走进卧室，十多年了一切没变。她并不知道，虽然她一年只回来一次，但母亲还是会定期检查她的房间，查漏补缺，把脱落的墙纸粘好，修补地板的裂缝，尽可能把房间维持成女儿离开时的模样。

不一会儿，一家人其乐融融围坐在餐桌前，边吃边聊。

"怎么这次回来瘦了？工作太忙啊？"父亲皱着眉问，母亲在一边使劲给她夹菜。

吴一婵回道："今年是关键，做得好我就能升合伙人，收入立马不一样！"她把碗里的菜夹回给母亲："妈，晚上我不吃那么多肉，还有土豆，都是淀粉。"

"那吃点虾，特意给你买的，还有蛋。"母亲又发起一轮攻势。

"别只有工作工作，女儿家的还是要考虑自己的终身大事。"父亲老生常谈起来。

"不是妈想说你，家里头的孩子就你还没着落，上次你姨来说你嫁不掉了，我还跟她吵了一架，我们女儿是谁，哪是随便就嫁的！"母亲瞪着眼说。

"我有男朋友了。"

话音刚落，屋子里顿时一片安静。老两口互相看了一眼，同时转向女儿。

"真的啊？！"父亲张大了嘴，含着的米饭还没来得及咽下去。

"谈了多久了呀？"母亲的脸立马多云转晴，咧开嘴笑着问。

这是吴一婵第一次在父母面前正式宣布自己的恋情，着实让老两口震撼了一下。之前任凭他俩怎么旁敲侧击，都套不出半个字来。

"一年不到吧，挺稳定的。放心吧，条件很好，国外回来的，外貌和事业保证你们都满意。"

老两口笑得合不拢嘴："我就知道我们一婵能干！这次怎么没带他一起回来？"

"人家是大忙人，平时管着十几个亿呢。要不下次你们来香港的时候一起吃个饭。"

女儿的话给老两口吃了颗定心丸，这回过年终于可以跟亲戚朋友有个交代了。父亲拿出了平时不怎么喝的白酒，倒了一盅："孩子她妈，你也来点！"老两口终于扬眉吐气了，这个年过得舒坦！

与北方的寒风凛冽不同，此时的香港颇有金风送爽的味道，一件呢子大衣加身便可以轻松出门。江盈枫将父母在家中安顿好已是晚上，老两口常年住在波士顿，这是他们第一次来香港过年。

江盈枫从高中起便随父母搬到了波士顿。她的父亲早年在上海是一名心血管医生，由于医术精湛被派去波士顿进修，凭借天资和勤奋，他留在了波士顿，待站稳脚跟后便把母女俩也接了过去。

"今天就好好休息，养足了精神明天出去逛。"江盈枫边说边打哈欠，连续几天的出差让她疲态尽显。

"需要休息的是你！"父亲严肃地看着她，"我们不用你操心。"

江盈枫虽身在香港，但作息时间却像是在欧洲。她凌晨两点出差回来，进门后一觉睡到下午，在赶去机场的路上随便吃了个汉堡。她和父母一样，此刻也都在倒时差。

"你这里怎么什么都没有？"母亲关上冰箱又打开柜子，"平时都吃什么呀？"

江盈枫已经不记得上一次去超市是什么时候。平时下班回家倒头就睡，这空荡荡的酒店式的家每天都以同样的空荡荡接纳她疲惫的身躯。

她不知道该如何休息，在没有工作的时候，她显得无所适从。即便是和父母一起坐在沙发上闲聊，她也要时不时在手机上查看邮件。前一分钟才查过，这会儿又习惯性地拿起来翻看，以满足一种心理需要。

深夜，一家人都睡下了。江盈枫突然辗转反侧起来，一阵隐痛把她从半梦半醒中叫醒。她蜷缩起身体，心想：糟了，胃病又犯了。

她挣扎着下床来到厨房，蹑手蹑脚地拿出药箱，发现之前配的胃药都吃完了。不怕，她对自己说，又不是第一次了，只不过这次是疼在半夜里。

疼痛感越来越强烈，她站不直，知道这次是忍不过去了。她不想让父母知道，尤其是身为医生的父亲，一定会小题大做让她休养个十天半个月。

她换上衣服出门，弓着背勉强站在路边打车。五分钟，十分钟……就是没有空车经过。她心中感叹，出租车跟男人一样，在你真正需要他的时候，总是不会在你身边停留。一着急，她的胃抽得更厉害了。

正当她犹豫要不要回去的时候，一辆的士终于在她面前停下。"佳和医院。"说完，她瞬间横倒在后排。

司机绕着山路把她带到医院门口，她又弓着背一路进了急诊厅，此状吸引了值班护士的注意，连忙上前搀扶她进了分流站。

"小姐，你哪里不舒服？"护士边问边立即给她量体温，测血压。

"胃痛。"江盈枫皱着眉，感到十分痛苦，顾不上抬眼看护士。

"今天的值班医生是张少华医生，前面还有三个病人在排队，大概还要四十分钟。"

"还要四十分钟？！我真的撑不住了，能不能安排我先看？"

"抱歉，江小姐，现在都是急诊病人，除非是生孩子那样的痛才可以优先安排。"

此刻的她已没有力气再与护士理论，只得蜷缩在诊室门外的沙发上闭目忍耐。佳和医院是香港最优质的私立医院之一，也是江盈枫一直就诊的医院。她没想到晚上的急诊室居然这么繁忙，这个张少华医生也不是她之前看的医生。她抬头看着墙上的时钟，好漫长的四十分钟。

护士给她端来热水，又给她加了条毯子。她迷迷糊糊地看到有人从诊室进进出出，也不知过了多久，终于听到有人喊她的名字："江盈枫小姐，江盈枫小姐在不在？"

她有如神助般地从沙发上坐起来，举起手："我是……"随即捂着胃进了诊室。

"江小姐，你是胃痛？"眼前这位年轻的医生礼貌地询问，他看起来精神饱满，一点没有值夜班犯困的迹象。

"嗯，痛了几个小时了。"她声音虚弱，熬夜加上疼痛，此刻她的神智已有点模糊。在护士的帮助下，她横卧着让医生做腹部检查。几番轻按之后，医生大致有了判断。

"可能是胃溃疡，需要做胃镜检查。明天白天过来做。"医生看着眼前头发凌乱面色苍白的她，"不能再拖了！平时一定要保护胃，要按时吃饭。"

江盈枫没有吱声，此刻她只有一个信念：赶紧吃了药回家。

"这几天回去喝粥。"医生继续叮嘱。

她隐约听进去几句，对胃病有经验的她并没有把医生的嘱咐放在心上。

"有人来接你吗？"医生打完字，抬头看了她一眼。

她懒得动用力气回答，本想速战速决，开个药就完事，可这个医生怎么那么麻烦，啰里啰唆地说个不停。

"我先开给你一些药帮你止痛，明天的胃镜检查也帮你约好了，你一定要过来做。"说罢便让护士扶她出去。

江盈枫在护士的帮助下服下药，不一会儿便如释重负，也不知在沙发上靠了多久，胃渐渐不疼了。

她深吸一口气，看了看手机，凌晨三点半。趁还有几分残存的意识，她踉跄地走到医院门口钻进的士回家。

冬日的晨光透过窗户照进房间，暖洋洋的。赵然破天荒没有赖床，因为今天中午要和父亲那边的亲戚聚餐，堂哥一家也会出席。

昨晚躺在床上，她的脑子里就不停排练着今天见面的场景，这是她本次回家的最后一个任务，说动堂哥买保险。

她照例带上几份保险材料，和父母一起出门赴宴。一路上随处可见残留的爆竹纸，除夕夜的热闹劲儿似乎还未彻底散去。看着路边跑来跑去的孩子们，她想起了小时候过年时和堂哥表姐一起嬉笑打闹、无忧无虑的日子。

赵然的爷爷奶奶几年前过世了，父亲在家中排行老幺，赵然有一个大伯和一个姑妈，大伯有一子，姑妈有一女，都比她大不少。由于是家中最小的孩子，她从小就受大伯的宠爱，和堂哥也玩得近。

不一会儿就到了饭店，赵然像孩子一样一次跨两格台阶直奔二楼的包厢，把父母甩在了后面。

大伯和姑妈两家都已经到了。"然然来啦！"隔着大圆桌，大伯第一个看见了她。

　　赵然赶忙上前一个个打招呼，特意跟堂哥一家多寒暄了几句，她撸了撸小侄子的头："都长那么高啦！"不一会儿，父母接踵而至，包厢里一片喧哗。

　　"然然什么时候回来的呀？"姑妈边问边给她倒茶。

　　"上个礼拜就回来了，这次待的时间久一点。"她边说边在小侄子边上坐下。

　　大伯招呼服务员上菜，他一个月前就订好了这家的包厢。"很久没吃家乡菜了吧？这家很难定的，保证你喜欢！"他鼓起了腮帮子冲赵然笑道。

　　"你看你大伯多想着你，这么大了还把你当小孩。"母亲摸着赵然的头。

　　赵然的目光落到了侄子身上："听说你要出国读书了呀？"

　　当着这么多人的面，小侄子有些腼腆，他看向身边的堂嫂，调皮地一笑。

　　"有这个计划，还在给他看学校。"堂嫂笑道。

　　小侄子名叫赵嘉宁，在杭州一所顶尖的民办小学读五年级，小家伙在父母的严格要求下成绩一直名列前茅。在留学低龄化的今天，他也即将被父母送去国外读寄宿制中学。

　　像大多数中国父母一样，堂哥堂嫂对自己勤俭节约，在孩子的教育上却舍得下血本。光是进这所小学他们就费了不少功夫，动用了身边所有的关系，最后交了十万赞助费才如愿以偿。

　　"这么小就放出去，你们放心啊？"姑妈好奇地问道。

　　"男孩子嘛，让他出去锻炼锻炼。我们想去英国的寄宿学校，那里各方面管理得都很好的。"堂哥笑道。

　　"你们这是要'爬藤'的节奏呀。"一旁的表姐跳了出来。

　　姑妈不解："什么爬藤？还爬树呢。"

　　"这你都不知道，就是以后要考常春藤大学，俗称'爬藤'。"表姐抬了抬下巴朝堂哥使了个眼色。

　　"哟，那以后看不到孙子了呀！"姑妈望向大伯。

　　"孩子翅膀硬了哪有留得住的，你看看然然，还是姑娘家呢，不是照样出去闯荡。"

　　大伯的话似乎触到了赵然父亲的神经："父母在，不远游，我们是不希望她出去的。"

不一会儿，菜就上得很多了，大伯把狮子头转到了赵然面前："然然，尝尝这个，你在香港肯定吃不到。还是我们然然最有出息，一个人在香港立足不容易的！"

赵然谢过大伯便夹了一个低头往嘴里塞，她心里惭愧，受不起大伯的这份夸赞。

"你还在做市场公关啊？"表姐突然看向她。

"是啊，"她停顿了一下，"顺便做做海外财富管理。"说完特意瞄了一眼边上的堂哥。

她见堂哥一家没有反应，便故意挑起话来："嘉宁要去英国读书，那开销可大了。英国当真不便宜，那边的寄宿学校也算是贵族学校了吧？我有朋友的孩子也在英国读初中，除了学费外，各种课外活动的开销也不少。"

"就是啊，我们辛辛苦苦赚点钱全花他身上了。"堂嫂看了看赵然无奈地说。

"那你们有没有给他做教育储蓄？还有英国看病什么都很贵的，有没有给他买海外医疗保险呀？"

堂哥堂嫂眨巴着眼睛，一时间答不上来："你说的这些倒是没留意过，只顾着看学校了。"

赵然心里一乐道："这些最好都提前准备，比如有很多家庭在孩子很小的时候就开始储蓄，每年利滚利，至少可以跑赢学费的涨幅。"

见堂哥堂嫂没吱声，她继续说："我很支持嘉宁出去读书，香港很多中产家庭的小孩都是在很小的时候就到英国读书，长大以后谈吐气质就是不一样。"

小侄子歪着脑袋听得出神，颇有哈利·波特即将开启魔法学校之旅的感觉。

"香港的教育还是更国际化的，"隔着小侄子，堂嫂将脸凑近赵然，"你说的教育储蓄具体是怎么操作的啊？"

赵然放下筷子，将事先背得烂熟的话术娓娓道来："有一半以上的家长把存款当成最常用的教育储备方式，其实这样是很被动的。因为现在海外银行利息那么低，根本跑不赢学费的通胀。如果在孩子还小的时候就为他买一份分红保单，每年的现金红利就很可观，到他上大学的时候就不用担心学费上涨啦。"

赵然的父母在一旁听得一愣一愣的。女儿什么时候这么能说会道了？以前家庭聚餐她可是基本不发言的，能出席就算不错了。

"女儿有长进了。"赵父悄悄在赵母耳边嘀咕。

"那你说的分红每年能有多少呀？"堂哥终于打破了沉默。

"每家不一样，联邦保险给得最高，有百分之七，而且是复利。"赵然看着堂哥，感觉有戏。

"百分之七啊？那比国内的理财产品还要高呢！"表姐一脸惊讶。

"是啊，香港保险的分红比国内保险高，缴费还相对低。"赵然回道。

堂哥放下筷子，侧过身来看着赵然："这个倒是可以考虑的，这笔钱将来是要给嘉宁读书的，不能亏的。"

可——以——考——虑——！堂哥的这四个字似一针兴奋剂，瞬间让赵然内心狂喜。她接着刚才的话继续道："这也是为什么很多家长都会买联邦分红险，而且现在的分红险有很多种形式，可以搭配医疗险、重疾险和寿险，一份保险多种用途。"

"哦？这个又是什么意思啊？"堂嫂好奇地问道。

"举个例子，你给嘉宁买了一份医疗险，将来他在英国看病什么的都可以报销，同时，这份医疗险还自带分红，每年都享受现金红利，一举两得。"

赵然见机拿出了包里的材料："我这阵子也在研究，正好趁放假带了些资料回来看看，你们也可以了解一下。"

堂哥堂嫂接过材料连声感谢，表姐也凑热闹伸手要了一份。

"你现在开始做保险啦？"表姐嬉皮笑脸地问道。

赵然顾忌身边的父母，尴尬一笑："也没有特意去做，就是平时比较关注。"

"那这个保险要怎么买呢？去香港吗？"堂哥翻阅着手上的资料。

"嗯，签单的话需要去趟香港，你们可以参加保险公司的培训活动，去参观一下，顺便听听看，还有公司招待的免费餐饮，住宿也能打折，我可以帮你们报名。"

"那太好了呀！我们是要去一次香港的，签注都办好了呢。"堂嫂笑着一口答应。

此时的赵然仿佛已经看到了成功的曙光，人生第一单眼看就要收入囊中。

"然然在外面待得久了，这方面是专家，你们要多咨询她。"大伯指着堂哥认真地说道。

心情飞上天的赵然并没有留意到边上父母的脸色，他们对女儿刚刚唱的这一出摸不着头脑。女儿什么时候沾上保险了？还给自己家里人推销，万一以后出了问题不是要伤了和气？

"你什么时候开始做保险了呀，怎么没跟我们说过？"趁着出去上厕所的间隙母亲连忙拉着她问。

"我就当个副业，周围很多朋友都在做，你都不知道这市场有多火爆。"

"我跟你说，这可是自家亲戚，跟外人不同，你可不能杀熟啊！"母亲一副担惊受怕的样子。

"妈，你放心吧，我又不是干什么违法的事，我要有钱我都想买，这是好东西啊！"她扭头，哼着小调回包厢去了。

有人得意，有人失意。江盈枫这个年什么都没干，光在家喝粥了，这些年她的胃隔三岔五就给她点颜色看看，可半夜发作还是头一次。她最终还是没能瞒过父母，那天从医院回来，一进家门就和坐在客厅里的二老撞个正着。老两口倒时差睡不着，本以为女儿还在房里睡觉，没想到她突然从外面回来了。江盈枫也没了力气扯谎，只得如实交代。

父亲的训叨是免不了的，母亲翻着花样给她做各种粥煲各种汤，江盈枫便顺理成章地过上了饭来张口的日子。她仿佛回到了过去全家在波士顿的时候，家里很久没有这样的烟火气了。

母亲昨晚就把鸡汤炖好了，她知道女儿的胃沾不得油腻，特意把鸡汤放在冰箱里冷却一晚，将上面一层凝固的鸡油撇掉，只留下清澈的汤水。

"快喝吧，清爽着呢，一点油都没有。"母亲给她盛了一碗。

她接过热乎乎的鸡汤，闻了闻这股醇香，是小时候的味道。

这时，她的电话响了。

"请问是江盈枫小姐吗？"

"是我。您是哪位？"

"这边是佳和医院，您上次看诊的时候把身份证留在护士台了，我们打电话通知您过来领取。"

江盈枫叹了口气，这么重要的东西她竟毫无察觉："谢谢你，我下午就过来拿。"

她正准备挂电话，那头继续问道："我看到您有一个胃镜检查的预约，不知道是否方便过来做？"

"先不做了，麻烦你取消吧。"

她大口喝汤，休息了一下便赶往医院。

到了护士台，江盈枫道："你好，我是江盈枫，我的身份证忘在了这里。"

护士看了她一眼："江小姐，你的身份证在张医生那边。"

"张医生？"

"就是张少华医生，那天晚上是他看你的急诊，麻烦你去他那边拿一下，就在前面左手的第二个房间。"

她沿着指示牌来到张医生的诊室，敲了敲门，许久出来一位护士："你是几号？"

"我不是来看病的，我的身份证在张医生这里，麻烦你帮我问一下。"

"让她进来。"房间里传出那位张医生的声音。

江盈枫从门缝里望进去，只见一个穿白大褂的身影在伏案打字。

她在他面前坐下，对急诊当晚见过的这张脸印象淡薄，现在仔细端详起来，倒是个靓仔，棱角分明的脸庞透着一丝冷峻，那双藏在镜片后清澈的眼睛给他增添了一些随和感。

她的目光像是被黏住了似的愣在那里，这个张医生跟某人还真有点神似，摘下眼镜活脱脱就是……思绪突然被他打断："江小姐，你的胃好些了吗？"

她立刻回过神："已经没事了，谢谢你帮我保管身份证，以后我会小心的。"

"江小姐，你是不是忘了什么事？"他推了推眼镜。

江盈枫摸不着头脑，一时间答不上来。

"你预约的胃镜检查还没有来做，请问你打算什么时候做？"

她听完冷笑一声："我几时预约过胃镜？就算预约过，现在也取消了。"

"你上次的症状表明你的胃病已经很严重了，你知道什么是胃溃疡吗？就是你的胃已经烂掉了，吃那些止疼药和消化药已经没用了，你必须重视起来。"他不怒自威，连身旁的护士脸色都变了。

"好吧，我会来做的。"她敷衍道。

"你明天一早空腹过来，要有人陪同。"

"明天不行，改天吧。"

他料到她会这么说，接着说道："如果你不来的话，我会给你的公司写一张医生纸（病假条），说你病情严重不适合继续工作，必须回家休养。"

她再也按捺不住："张少华医生，我希望你想清楚，如果你真这样做，我也会保留投诉你的权利！"

"请便。"张医生对着电脑点击了几下，"已经帮你重新约好了，明天上午八点，准时到哦。"

这个气焰嚣张的男人到底什么来路，年纪轻轻就能在佳和坐诊。她不禁担心起来，要是真闹到公司去对自己肯定不利，搞不好客户也会因为担心她的身体而另投他人。

好吧，他赢了。

她负气离开，刚要走出诊室就被叫住："你的身份证。"

她甩了一句"谢谢"，头也不回地走出了医院。

江盈枫微微苏醒，窗外射入的淡淡光束让她半阖的双眼慢慢睁开，她逐渐恢复了意识，这粉色的被子和帘子让她想起来自己正躺在佳和医院的病床上。

"盈枫，感觉怎么样？"母亲慈祥的笑容映入眼帘。

她试图起身，可脑袋一阵眩晕："我没事……妈，胃镜已经做好了？"

"推进去十分钟就出来了，张医生正在看报告呢。"

来香港这么久，江盈枫还是第一次进手术室，虽说只是一个简单的胃镜检查，她还是被医院专业严格的流程弄得有些紧张。她慢慢回忆起自己被推进手术室后的情景：护士在她的手臂上插入滴管，再把咬环放进她的嘴里，张医生则坐在各种仪器面前告诉她不要紧张。待几滴麻醉剂滴入她的静脉后，眼前的一切开始模糊起来，很快她便失去了知觉。

"再躺一会儿，麻药还没过呢。"父亲也来到了床边。

这时有人在门口敲了两下，是张医生，他拿着一摞资料向床边走来："江先生，江太太，江小姐的报告出来了。"

江盈枫努力坐起，母亲在她的后背垫了一个靠枕。

"是胃溃疡，这几块黄白色的部分就是，"张医生拿着内镜照片说道，"周围黏膜充血明显，还有水肿，你应该庆幸还没有出血，如果再不注意，接下来就等着穿孔了。"

江母皱着眉："哎呀，怎么搞成这样，就知道你平时不好好吃饭！"

江盈枫的第一反应是恶心，这就是自己的胃？这些黄白色的斑块就是让自己疼得打滚的罪魁祸首？

"大多数胃溃疡患者都有幽门螺杆菌感染，你也不例外。我给你开了药，一定要按时吃，如果吃了有任何不舒服第一时间告诉我。"张医生合上资料夹，用命令式的口吻说道，"从现在起一定要好好照顾你的胃，按时吃饭，不要喝酒，不要吃刺激生冷的食物。你刚刚做完胃镜，胃还比较脆弱，有些反胃的感觉是正常的，这两天还是以喝粥为主。"

江盈枫无力地点了点头，心里却在较劲：这下他该满意了，这个自以为是的男人，害得自己特地请假一天，就为做个检查。

"麻烦二位平时也叮嘱她一下，比起治疗，预防才更重要。"张医生转向二老。

老两口连连点头。"说得非常正确！"江父摆出了一副家长的姿态，"像张医生这么负责的医生现在不多了，碰到了算我们的运气。"

"就是！"江母也跟着恭维起来，"小伙子年轻有为啊，看你的样子也就刚毕业吧？"

张医生经不起人夸，刚才展现出来的职业锋芒瞬间收敛，他像个孩子一般微微低头："二位过奖了，我也三十了。"

"小伙子，看好你！我在你这么大的时候还在医院里跑腿呢。"江父爽朗地笑道。

"江先生，你也在医院工作？"

"我是心血管医生，我们是同行。"

"原来是前辈！"张医生眼睛一亮，两人便聊开了。

"小伙子当医生多久了呀？"

"我从港大医学院毕业后就开始当医生，主要看内科，时间不长，跟江先生不能比。"

江盈枫看着此刻的张医生，谦虚中带着兴奋，与之前的独断强硬判若两人。

"港大的医学院很有名，亚洲排名第一吧？"江父神采奕奕，打开了话匣子，"以前我的学校，波士顿大学医学院跟你们有交流项目，我还差点申请过来交换一年呢。"

"原来您是在美国当医生！"张医生的钦慕之情溢于言表。两人开始蹦出一连串旁人听不懂的专业术语。

在一旁躺着的江盈枫很久没有看到父亲眼中闪烁的光芒。自懂事起她就知道学医治病几乎是父亲人生的全部意义，他为了跟踪观察一个危重病人可以在医院待上一星期不回家。退休后，父亲虽然还在一些社区诊所看诊，但能与他交流的同行少得可怜，父亲也变得沉默了许多。

"你爸爸聊得很开心呢，终于逮着个懂行的了。"江母凑到女儿身边偷偷笑道。

这个让江盈枫颇为不爽的张少华此刻看起来没那么讨厌了，想到他强迫自己做检查的坚决态度，她忽然多了份理解，如果是父亲，应该也会这么做吧。

江盈枫不想打断他们，她摸着开始咕咕叫的肚子，让母亲帮忙点一份艇仔粥。想到父母下周就要回美国，她竟开始不舍起来。这么多年独自生活的她不曾有过像现在这般对父母的依恋，她的内心燃起了一股对家庭生活的憧憬，只觉胸中一股暖流荡漾，一直暖到了胃。

回家过年的赵然早早回到了香港，她从未像现在这样兴奋地踏进办公室，跳过自己的座位直奔团队长那里。

"Lisa，我有客户想参加本周的赴港培训，还有名额吗？"每次大小长假都是内地客户赴港签单的高峰期，名额紧俏得很。

"我看看……有！你要几个人？我稍后把行程表发你。"

"一家三口，多谢！"

赵然刚要转身离开，就被 Lisa 叫住。"呐，你的新年（红包），"Lisa 拿出一个红包给她，"开工大吉啊！"

"哇，谢谢队长，恭喜发财，猪笼入水（财源广进）！"赵然美滋滋地回到座位上，随即给堂哥发去信息。

"堂哥，这周五的赴港培训已经帮你们全家定好了，酒店享受对折哟！周四我会到机场接你们去酒店，周五一天在公司参观培训，周末还可以在香港玩一玩。有什么需要随时跟我说！"

她翻着日历，周末说不定堂哥就会签单，这样一来下周一的出单排名她就不用垫底了，想到这里她就如同中了六合彩一样激动。她突然想起了江盈枫，自己能做成这单多亏她的点拨，她拿起手机迫不及待地向江盈枫报喜："盈枫姐，你说得对，不怕拒绝，主动出击！么么哒！"

赵然哪里知道，她的盈枫姐此时正在病床上喝粥，这莫名其妙的信息，江盈枫只看明白了最后三个字，便也不知所以地回了一个"么么哒"，心里嘀咕着这孩子又抽什么风呢。

赵然心心念念的星期四终于到了。吃完午饭，她便搭机场快线去接堂哥一家。

飞机误点，比原定时间晚了两个小时。赵然在机场大厅里来回转悠，把落地后的安排在脑子里过了一遍。

她无聊地在机场书店里消磨时间，时不时拿出手机翻翻朋友圈。咦，吴一婵晒了一张全家福，她从不晒父母的，看来这次回去心情不错，"美美哒！"看到江盈枫点了赞，她也在底下留言。

终于熬到了飞机落地，已近傍晚，赵然打起精神盯着入境出口。"堂哥！堂哥！"她使劲挥手，总算把他们盼来了。她上前接过堂嫂手中的行李箱问道："累了吧？我们这就去酒店。"

小侄子在一旁活蹦乱跳的："小姑，香港好暖和呀。"

"是啊，冬天来香港是最好的季节。"她搭着小侄子的肩膀笑着说。

"飞机误点让你等那么久，真是不好意思。"堂哥一手捧着羽绒服，一手拖着箱子，"不知道这几天商场还在打折吗？我们想买点东西。"

"现在是折扣最低的时候呢，不过货可能不全了。周末我们一起去逛逛！"四个人有说有笑地走出了机场大厅。

一番辗转后来到酒店，他们的房间在高层，窗户外就是尖沙咀醉人的夜景。如果不是联邦的内部折扣，他们绝对不会以这么优惠的价格住上这个档次的酒店。

堂嫂在窗前摆起了造型，小侄子也往镜头里挤。"回头我们去山顶，那里的夜景比这里更好看！"赵然说完看看时间，差不多该去吃饭了。

四人步行到了离酒店不远的大商场，著名的南海一号餐厅就在这栋楼的三十层。一进门，映入眼帘的是一排正对维多利亚港的落地窗，窗外霓虹闪烁，与室内幽暗的灯光交相辉映，整个餐厅显得宁静高雅。赵然事先定好了靠窗的桌子，为的就是让他们能欣赏到这别致的景观。"这家是专门吃粤菜的，米其林一星。"赵然说。

四人落座后，服务员为他们斟茶。

"然然费心啦，一看这地方就不一般。"堂哥四处张望。

"客气什么，就当我们一起在香港过年了。"她把菜单拿给哥嫂，"你们看看，随便点。"

堂嫂把菜单推了回来，说道："听你的！你是地主，你熟悉。"她转头对着身边的嘉宁说："快谢谢小姑！"

"不谢！那我随便点几个啦。"

今晚这顿得赵然自己掏腰包，她快速把菜单翻了一遍，先来个广东特色老火汤、烤乳猪、秘制烧乳鸽，海鲜的话就一人一只大虾，比一整条鱼便宜，再加个上汤菜苗，主食则是珍珠鲍鱼糯米饭，四个人这点菜不多不少。她粗算了一下，加上百分之十的服务费，怎么也得一千出头。

"香港人做事还是挺讲规矩的，"上菜间隙，堂哥开始攀谈，"这餐厅都得有人领位才能进，一坐下就先倒茶。"

"你在这里这么多年，应该也被同化了吧？"堂嫂笑道。

"我待的时间久了，倒没你们那么明显的感觉了。香港的秩序是很好的，在这里生活让人很安心，买东西也有保障。"她边说边给三人夹菜，"这个脆皮乳鸽一定要尝尝，特色！"

"自己来，自己来。"堂哥有点不好意思。

赵然跟哥嫂其乐融融地拉着家常，这二位对明天的培训只字未提，她心想八成是刚刚落地，新鲜劲儿还没过，便主动跟二位汇报："明天早上九点我们先去公司参观，就在边上，走过去十分钟，之后由我们的资深讲师给大家做香港保险的介绍，你们可以抓住机会把想了解的都问了。午饭后继续有保险的培训，之后会分成两个小组，一是留在公司听海外移民的内容，二是参观香港的医疗诊所，看你们想参加哪一个。"

"知道了。"堂哥轻松地带过一句，继续啃着乳鸽，"从这里到海洋公园远吗？"

"有点距离，但坐小巴应该很快。现在内地还在放假，游客还是很多的，尤其是周末。"赵然转回正题，"那明天早上我来接你们一起去公司？"

"不用了，然然，我们自己能行，不麻烦你了。"堂哥的笑容里透着一丝尴尬。

"行！那你们有什么问题随时联系我。"

四人很快消灭了一桌的菜。买单后时间还早，赵然便带他们去星光大道散步，她充当摄影师的角色，用手机给三人各种摆拍，待他们兴致散去，才坐地铁回家。

第二天一大早，她挣扎着起床赶往公司，为了确保比堂哥他们早到会场，她比平时提前了半小时出发。晚睡加上早起，她努力抑制住困意，好几个哈欠都被咽了下去。成败在此一举，她使劲为自己打气。

一出电梯，欢迎赴港客户的海报架已经放在大门口，颇有仪式感。赵然根据地上的指示标记来到了指定会议室，这是整层楼面最宽敞的会议室，全海景房，设备齐全，装潢考究，引得不少客户拍照留念。

客户相继落座，赵然里里外外扫了一圈，不见堂哥一家。是不是昨天睡晚了还没起？她连忙给堂哥发信息。五分钟，十分钟……毫无回音。

培训开始了。早上的培训是介绍香港保险的概况，演讲人是上回给赵然他们培训的 Peter。只见他一如既往地慷慨激昂，逗得现场欢笑声不断。

赵然心里越发不安，不会出什么事吧？她终于等不下去了，给堂哥拨了电话，许久才有人接起。"喂，堂哥，你们出发了吗？培训已经开始了。"

"噢，然然啊，我们今天要带嘉宁去海洋公园，上个月就答应他的，已经在路上了。"

"什么？你们去海洋公园啦？昨天不是说好了来听讲座的吗？"

"我们这次来主要就是带嘉宁来看看香港的，保险的话有空就听一下，下午如果回来得早我们就过来听听。"

赵然像是被人拔了气门芯的轮胎，先前饱满的精神头瞬间漏得没影了。"好吧，你们尽量早点回来，这次培训机会难得，对嘉宁以后出国很有帮助的。"她话音刚落，堂哥那边就挂了。

她呆呆地坐在会议室外的沙发上。鞭长莫及，但她不想就这么放弃。她轻轻从后门进入会议室，把Peter的培训PPT拍了下来，每隔半小时就给堂哥发一张，期待他能查看。

她从天明等到天黑，堂哥一家始终没有出现，发过去的PPT也都石沉大海。她起身收拾东西准备离开，这时手机震了一下，点开一看，是堂哥的信息："今天玩得太晚了，就不过去了。明天我们逛商场，下午五点的飞机就回去了。谢谢你的招待，下次回来我们再聚！"

她真想把手机摔在地上，脑子里冒出无数个脏字。

过了良久，她平息了心中的怒火和委屈，礼貌大度地回了一句："你们玩得开心就好，我们下次再聚。"

打完最后一个句号，她仰天长叹，第一次主动推销就以车祸现场式的惨烈结局告终。

　　又是周一，赵然最厌恶的周一。

　　下午的例会准时开始，先由上周的业绩明星分享签单经验。今天分享的有两位，一位是 Eric，另一位是团队长 Lisa。

　　Eric 加入联邦一年多的时间，最近一个月就赚了二十万的佣金。作为内地人，他算是香港保险在内地走俏的第一波受益者。

　　赵然无精打采地听着队友讲述着他的光荣事迹，不外乎就是自己口才如何好，怎样赢过其他公司，六步说服客户签单。

　　别人的成功像是一根扎进心头的刺，时刻提醒着她自己有多失败。

　　接着是 Lisa 分享，上周她的业绩在整个公司排名第一，因为她做了一单大额寿险，保费一百万美金。

　　"哇，Lisa 真是厉害……""有了这单她今年都可以躺平了。"她的这单在团队里引起了不小的轰动，底下的同事们窃窃私语。

　　赵然的耳朵里也飘进了几句，顿时对 Lisa 顶礼膜拜。

　　"我的心得其实很简单，理解客户的需求，解决他们的疑问，建立了信任后客户自然会愿意在你这里下单。"Lisa 振振有词道，"我知道大家也都想出大单，但大单都是从无数个小单积累得来的，所以不要放过身边的每一个小单，哪怕就几千块也要好好服务。"

　　"那客户是什么来头啊？不会是什么名人吧？"大家八卦道。

　　Lisa 笑了笑："就是一个普通的企业家啦，是由一个老客户介绍认识的。一般买大额寿险的客户都是为了财产传承，因为杠杆作用明显。比如这个客户一次性趸交一百万美金，赔付可以达到四倍。"

　　"一次拿出一百万美金……真有钱啊……"大家止不住感叹道。

　　"其实不是。"Lisa 解释道，"这个客户是做了保费融资的，他把保单抵押给私行，贷出了六十万美金，实际只支付了四十万美金。这也是大额寿险一个很大的优势。"

赵然低头叹了口气，大单小单，有单就好。如今的香港保险早已声名大噪，周围听说她去卖保险的朋友们，无不以为她现在飞黄腾达了。可外人哪里知道，保险业也是一个挫败感很强的行业，这个行业的顶部的确有人一年赚几百万，但也有人几个月都开不了一张单。

她发现，队里师奶大妈们的业绩都比她好，有一个不怎么来公司的全职主妇每个月都有一两单的量。在卖保险这件事上，她的高学历并没有什么优势，反而是那些师奶大妈有自己的圈子，推销起来更精准。

这个星期赵然的业绩依旧垫底。时间不等人，她每天在办公室都处于坐立不安的状态。

这时，一个身影朝她走来，问道："你还好吧？"

她抬头一看，是阿Paul，他在联邦已经快五年了，业绩一直处于不温不火的状态。

"我没事，谢谢你啊。"她低落的情绪都写在了脸上。

"我刚来的时候也这样，几个月开不了一单，慢慢来嘛。"阿Paul用蹩脚的普通话安慰她，"让父母亲戚帮个忙啦。"

"亲戚都不肯买。"

"不行就自己买一单咯，杀熟不行就'自杀'。"阿Paul咧嘴笑道。

他的话也逗得赵然一笑。

"我那时候就这样，先用自己的积蓄买了一份，过了试用期，跑了半年才出了第一单。很多客户都是来了以后吃好喝好，最后说不买了，这些都很正常啦。其实内地客那么多，你应该很容易找啊。"他凑近轻声说，"你们的Lisa很精明哦，看准了内地客的商机，其他团队去年的增量都不如她呢。她过去在银行做事，原来的年薪还不够现在的税金呢。你也加油啊！"

赵然惊叹了一声，很快恢复平静，精明能干都是别人的，自己还不是守着零业绩过活。难道真要逼得她跟周围同期进来的大学毕业生一样，每天打陌生电话，去写字楼扫街？

正当她抓着头皮苦恼时，手机铃声响起，是老同学张染。

"赵然，有个很紧急的事想咨询你，我父亲上周在你们那里买了份保险，你能查到是跟哪个销售买的吗？"

赵然愣了愣："这个……我只能帮你问问看，我们这里的销售好几千个呢。他的销售是香港人还是内地人呀？"

"我也不知道……"张染的口气有些焦躁，"我爸的单子很大，有一百万美金，你能不能帮忙打听打听，应该不难问到。"

赵然心里咯噔一下："一百万美金……大额寿险？"

"对对！你知道啊？"

"那应该就是我们团队长的单子，整个公司上周就她签了一单一百万美金的大单。"

"谢天谢地，你可是帮上我大忙了！"

赵然朝 Lisa 的方向看了看，有些不安道："是不是单子有什么问题啊？"

"问题大了！"张染恶狠狠地说道，"这事我也就跟你一个人说，我爸瞒着我跟我妈，给他前妻的儿子买了这份大额寿险，要不是我妈周末去银行办事，还不知道我爸支出了这么大一笔钱。"

她咽了咽口水，接不上话。

"我爸能坐上老总的位置，都是我妈娘家在帮忙，跟他那个前妻没有半毛钱关系。我爸之前也说过，家里的财产不会分给他们。没想到他居然来这么一出，留给前妻的儿子一张保单。"

"那……你想怎么做呢？"

"当然是让那张保单作废！"

"作废？"赵然紧张道，"字都签了还能作废呀？"

"保单都有冷静期的啊。"张染不客气地说道，"亏你还是卖保险的，签字后二十一天内都是冷静期，客户可以反悔退保。我爸是上个月底去的香港，我明天赶到肯定来得及。"

"你明天就要来公司啊？"

"我已经买好了明天最早的航班机票，一落地就过来。"他突然问道，"你们那个团队长叫什么名字？"

"她叫 Lisa，王丽莎。"

"你先保密，谢谢你啦。"

赵然的心七上八下的，听张染的口气这回定是不达目的不罢休。一个是她的同学，一个是她的上司，明天万一闹起来，她要如何站队？

第二天眨眼就到。赵然早早地就在办公室里坐着，暗暗等着一场大戏。

果不其然，刚过十点，前台的小姑娘就把 Lisa 叫了过去："Lisa 姐，前台有个客户找你。"

Lisa 放下手中的事来到门口："请问您怎么称呼？"

"我是张染，我父亲张名扬在你这里买了一张大额保单，我想跟你聊一聊。"

Lisa 的眼皮不自然地眨了两下："您跟我来吧。"

两人来到里间的一个小会议室。"请坐，张先生。"她关上门道，"请问有什么可以帮到您？"

"这张保单不算数，必须立即作废。"张染没有丝毫拖泥带水。

Lisa 的表情变得严肃起来："这个恐怕我无法帮到您，要退保必须是投保人亲自过来，而且要给出合理的理由。"

"我爸没空过来，他委托我来处理。"

"那请您出示一下客户签字的委托书。"

"我是他儿子，要什么证明！"他不耐烦起来。

"对不起，我们必须按照规则来办，没有委托书的话我们也帮不到您。"

"你什么意思啊？！我爸就是受了你们的蛊惑才会买这种东西！他现在后悔了，觉得上当了！"他的嗓门不由大了起来。

"张先生，请您冷静一点，您大喊大叫是没有用的，公司有公司的规定，不是我个人可以决定的。"Lisa 绵里藏针地说道，"买这份保单是您父亲的决定，没有任何人强迫他的。"

"我要告你们违规销售，你在推销时行为不当！"Lisa 的话似乎激到了他，"你的经理是谁？我要见他！"

对付这种客人，Lisa 自然不是头一次，她定了定神，转而问道："要不我先跟您的父亲联系一下，看看他怎么说？"

"他的意思就是退保啊，我不是已经说得很清楚了吗？！"

"按照惯例我还是要给他打个电话确认一下的，即便是要退保也需要他的签字啊。"Lisa 边安抚边起身开门，"我出去一下，很快回来。"

赵然时不时地瞄向走廊尽头的那间会议室，两人进去也有一会儿了，不知道情况怎么样了。她看见 Lisa 走了出来，躲在角落里打电话，八成是在跟张父汇报吧。

过了大约五分钟，张染听见门外的敲门声，说道："请进。"

Lisa 推门而入："我刚刚跟您父亲通了电话，对于这里的情况他大概也了解了。他提出一个折中的办法，修改受益人，希望您能接受。"

"怎么修改？"他皱着眉急促地问道。

"他会把您加到这份保单的受益人名单当中，同您的哥哥一起做这份保单的受益人。"

"要我跟他平分，凭什么？！"他气急败坏道。

"您听我说。您父亲在买这份保单的时候做了保费融资，有六十万美金是从银行贷款出来的，有一定的利息，如果现在退保的话手续上面会很麻烦，还会出现不必要的损失，所以真的不建议退保这条路。考虑到您的诉求，我们才想出了修改受益人的办法。"

张染没有再说话，若有所思。

"如果您不想跟您哥哥平分收益，您父亲说可以修改分配比例，您的收益份额可以为百分之七十，您哥哥是百分之三十。您看怎么样？"

张染深吸一口气，说道："你等等，我出去打个电话。"

Lisa 扬起嘴角点了点头，心中默默祈祷着。

赵然看见张染走出了会议室，心里一阵好奇：这两人到底在聊些什么？进进出出不嫌麻烦。

张染此时正向母亲汇报情况，母子二人商量了一番后，决定大家各退一步，接受张父的提议，不再退保。

Lisa 总算是松了口气，这个皆大欢喜的结局保住了所有人的利益。

"修改受益人的话还需要您父亲过来一次，我会跟他确认时间的。"Lisa 笑着把张染送到门口，"有什么其他需要随时找我。"

赵然看着两人恭谦礼让地走出会议室，越发纳闷起来。本以为会是一场狂风骤雨，没想到最后云淡风轻。

"Lisa 姐，你还好吧？你脸有些红。"见 Lisa 回到了座位上，她凑过去套话道。

"哎，刚有个客户要退保，弄得我好紧张。"

"那后来呢？"

"没事啦，我怎么可能让他退呢？"Lisa 拿起水杯大口灌进嘴里，"为来为去还不都是为了利益。"

"你真厉害，怎么搞定的啊？"

"争家产的老剧情了，既然都吃到肉了，总得给别人留根骨头吧。好啦，快去跑单啦，你要加油哦！"

赵然回到座位上，看看周围忙碌着的同事们，暗暗想，什么时候她也能捡一根别人剩下的骨头……

Chapter 3 鱼跃龙门

　　天气逐渐暖和起来，冻结了一个冬天的水分一下子跑了出来，在维多利亚港的海面上形成一团团雾，时浓时淡，飘忽不定。

　　联邦办公室的落地窗前聚集着不少拍照的人，面对这海市蜃楼般的景色，大家纷纷好奇地按下快门。

　　赵然没什么热情，朝人群望了一眼继续埋头打电话。三个月的宽限期眼看就要到了，这些天她抱着公司给的通讯名册逐个打推销电话。她放下心魔，从不敢开口到被逼上梁山，每天重复一样的话，说到口干舌燥。她的电话十有八九都石沉大海，无数次被无情地挂断后，她的神经被磨粗了不少。

　　又是傍晚时分，她在名册上做着标记，凡是已经打过的就画钩。她往回翻翻这些天的成果，整本册子已经划了将近一半。团队长对她说过，把这本名册打完，她差不多就可以出单了。革命尚未成功，同志仍须努力。

　　"还在忙啊？"阿 Paul 走到她身后轻声道，"这个点公司都下班了，别再打了，休息一下吧。"

　　赵然伸展了一下双臂说："累死了，头昏眼花的。"

　　"晚上有没有空一起吃饭？"

　　"今晚我约了朋友，改天吧。"她没有胃口，只想一个人理理思路。

　　"好啊，下次约。"阿 Paul 说完随即离开，没走多远又转过头看了看这个从一进公司就引起他注意的姑娘，他也说不清楚她身上哪里吸引他，总之跟他认识的香港女生不一样，或许是她时不时表现出来的那股迷糊劲儿总能激起他的保护欲。

　　阿 Paul 是土生土长的香港人，父母一辈子在底层打拼，母亲是足浴店的按摩师，父亲是大厦修理工，他读大学后就再没回家住过，因为父母住的是面积很小的出租屋。阿 Paul 一家三口的住房面积不到十几平方米，厨厕合一，经常是母亲一边上厕所父亲一边煮饭，他的床架则摆在电视上，无数次睡醒后起身撞到天花板。

　　大学里阿 Paul 就半工半读，攒钱租房，毕业后听人介绍说卖保险挣钱快，于是便投身于此。他每年看着团队里新人入老人走，感叹这行更替之快，想要常年立于不败之地，必须得有几把刷子。

　　阿 Paul 没有背景，没有名牌学历，唯一的长处就是头脑活络，早早就混迹社会的他练就了一双毒辣的眼睛，直觉告诉他，赵然一定会出单，搞不好还是大单。

办公室空荡荡的，赵然一人在打印资料，她打算把各类保单的特点带回去研究一遍。

她忘我地整理着文件，丝毫不顾窗外暗下来的天色。一声门铃响打断了她的专注，她懒得管；不一会儿又响了几声，她看看空无一人的四周，只得放下资料跑去应门。

前台都下班了，怪不得没人开门，她嘀咕了一句便来到大门前，只见两个穿戴整齐的陌生男子正站在门外。

"你们好，请问找哪位？"

"你好，我们想咨询一些关于保险的事情。"其中一位中年男子客气道。

她有些惊讶，都这个点了，还有人找上门来。"二位请进，你们之前有跟哪位同事联系过吗？"她说着把二人领进来，在前台沙发处坐下。

"没有，我们是第一次来。一直听别人说起联邦保险，想过来看看。现在还能找到相关的同事跟我们聊聊吗？"

大家都下班了，能聊的就剩她了。她的紧张感瞬间袭来，毕竟她还没有正式面对面跟陌生客户谈过保险，万一说错了可不是打了自己的脸？

"二位请跟我到会议室来。"她打开了灯，"请坐，我去拿点资料来。"

她快速回到办公桌，压了压惊，拿起自己刚刚打印的资料，心里不停回忆着团队长之前教的话术技巧。去会议室的路上经过茶水间，她顺便倒了两杯水一起端过去。

她在门外平复了一下心情，故作从容地走进去，说道："二位请喝水，今天其他同事都不在，就由我先给二位做个介绍，如果后续有什么问题，我们可以再跟进。"

"麻烦你了，小姑娘，"中年男子拿起水杯，"干到这么晚的肯定是好员工。"说罢三人都笑了起来。

她递上名片："我叫赵然，刚加入联邦不久，请问二位怎么称呼？"

"我叫林茂德，这是我儿子林淼淼，我们是从温州过来的，下午飞机误点了，所以来晚了。"

赵然的脑子里立马浮现出团队长教她的话，遇见客户，男的都叫"总"，女的都叫"姐"，于是她脱口而出一句："林总，大老远专程过来，辛苦了！"

她打量着眼前这位林总，消瘦的脸庞嵌着一双炯炯有神的眸子，面色黝黑，像是常年在外奔波。她认出了他衣领的格子纹，这牌子她知道，这件衣服看起来普通却要好几千了。

"不知林总对香港保险有哪些方面的需求？"赵然又记起了团队长的教导，先不要说，听客户说，尽可能收集信息。

"我们主要想考虑两个方向：一个是我自己买，一个是我儿子买。你看看有没有合适的保险产品？"林总言简意赅，虽然他说话时谦和礼貌，但赵然总感觉他气场逼人。

她的大脑飞速运转，简单理了理思绪后把桌上的材料挑出来几份。

"林总，我觉得二位可以考虑一下寿险、重疾险和分红险，这几个也是我们的客户买的最多的。"

两人接过赵然递来的资料，认真翻阅起来。

"相信二位对我们的分红险应该有所耳闻，联邦的分红险是业内分红比例最高的，过去十年的历史记录达到了百分之七。"

林总低头看着资料上的数据，没有作声。

"我们的寿险和重疾险都自带分红性质，也是非常实用的选择。"

赵然的推销显得有些稚嫩，她照本宣科地把资料上的内容都讲了一遍，生硬老套的话术并没有激起林总的兴趣。毕竟是才入行的新手，她很快就词穷了，尴尬地僵在那里，不知接下来该说些什么。

眼前不苟言笑的林总让她局促不安，她张口结舌，只希望时间过得快一点，再快一点。

"你们家跟其他家比，优势在哪里？"这时，一旁的林淼淼如救场一般打破了冷场。

"我们采取的是英式分红，也就是真正的复利，虽然其他公司也有在效仿我们的这款产品，但目前看来都不如我们。"她看着这个年轻小伙，这个人不像林总那样让她紧张。

林淼淼笑着点了点头，她这才慢慢放松了下来，尝试着说出了一些自己平日里对保险的看法："其实我觉得保险也不只是用来投资的，保险在生活中可以发挥很多作用。比如说寿险：假设我不幸意外身亡，如果当初我买了一份寿险，那我的父母在我走后可以得到一笔赔偿金，他们可以用这些钱养老，或多或少弥补了一些失去亲人的痛苦；如果是家里的主要劳动力突然离世，那留下一份寿险给配偶或子女就可以帮助他们继续生活。"

林总抬起头，聚精会神地听着。

赵然看到林总有了些反应，便接着说："再比方说重疾险，如果不小心得了顽疾，那买了重疾险的人可以一次性得到一笔赔付，他可以用这笔钱去治疗，而不会给家里增加额外的负担。"

林总点着头："这话说得对，保险就是规避生活中的风险。"

他直截了当地问："如果我要买的话，你们有没有折扣？"

"折扣的话，要看您买多大的单了。"

"两百万。"

她顿时一惊。"两百万？"她重复了一遍。

"是的。"

被一个馅饼砸到是惊喜，被一筐馅饼砸到是惊吓。

"这个……我要跟我们团队长商量一下。可是她已经回去了，不知道二位明天是否有空过来？"

"可以啊，明天上午十点。"林总爽快地答应，"我还来找你，小赵。"

"你也早点回家吧，明天见！"一旁的林淼淼对她笑道。

赵然将他们送出大门，回到座位上，头靠椅背望着天花板。这是真的吗？她的脑袋还在嗡嗡作响，对自己刚刚说了些什么间歇性失忆了。

过了良久，她猛地起身，把资料收拾好装进包里。管他真的假的，今晚复习一遍，明天把他们拿下！

　　早晨十点，林茂德父子准时出现在联邦保险的前台。赵然已经早早地在那里候着了。

　　她的眼睛里有些许红血丝，昨晚看资料睡晚了。

　　"林总好，二位真准时。"她打起十二分的精神说道。

　　"你好，小赵，又见面了。"林总边说边伸出手和她握手，比昨天热情了不少。林淼淼则站在一边冲她微笑。

　　赵然把两位贵宾带去了会议室后，便去通知团队长。她心里默念老天保佑，今天有 Lisa 姐帮忙，一定顺利把客户拿下。

　　"资料都好了吗？"Lisa 问了一句。

　　"嗯，都齐了。"赵然回道。她一大早就跟 Lisa 交代了两个客户的情况，按照 Lisa 的指示把资料分门别类。

　　两人来到会议室门口，敲了敲门："二位林总好！我是联邦的团队经理王丽莎，你们可以叫我 Lisa。"她递上名片，又道："不好意思，我的普通话真的很普通，请多多包涵！"

　　会议室传出一阵笑声。

　　"丽莎小姐在联邦几年啦？"林总发问。

　　"我已经五年了，这里是我待得最久的一家公司，因为真的有很大的发挥空间。"

　　林总点了点头："小赵昨天给我推荐了几款保险，我听下来觉得寿险和重疾险还不错，你怎么看？"

　　"林总很懂行啊，这两款的确是我们卖得最好的。"Lisa 说。

　　赵然心中暗喜，自己的推荐被采纳了。

　　"可否问一下林总的年纪？"Lisa 问道。

　　"我今年五十三。"

　　"哇，看着像四十出头。"Lisa 恭维道，"那请问您吸烟吗？"

　　"已经戒掉了。"

"太好了！像您这样不吸烟的话，一般寿险的保额可以达到保费的四倍。打个比方，如果您一次性趸交一百万，那将来赔偿可以达到四百万左右。像小林总那么年轻，保额就更高了。"

"是这样啊……"林总若有所思。

"重疾险的话也很适合二位，我们的重疾险里包含两百多种重大疾病，如果中了任何一种就可以获得一次性赔偿。当然，如果没有生病的话呢，保单会继续滚下去，享受红利。"

赵然趁机把打印好的资料发到二位手上。

"如果我在你这里买，有多少折扣？"林总把资料放在一边，直奔他最关心的问题。

"我们每个阶段都会有保费回赠的活动，买得越多就越划算。"

"除了保费回赠之外呢？"林总直勾勾地看着 Lisa，"不瞒你说，有一些保险经纪找我，会分给我一定的回扣。"

Lisa 一听立刻变了脸色："林总，返佣在香港是绝对不允许的，这是香港保险局明令禁止的。我们跟那些保险经纪不同，不是靠价格战来赢得客户，而是靠服务和信誉。一旦被发现有返佣行为，立即开除。"

林总眼睛里闪烁着犹豫，沉默了一会儿道："谢谢二位美女经理，我们回去考虑一下再做决定。"

林总准备起身告辞，Lisa 也站了起来："要是二位中午没事的话，我们一起吃个便饭如何？我们都订好了，就在边上的海港城。"

他看了看身边的林淼淼，挤了下嘴角道："好呀，那就麻烦你们了。"

四人一起来到门外等电梯，Lisa 负责陪林总说话，赵然就跟林淼淼并排闲聊。这个点遇到不少也准备下楼吃午饭的同事，其中就有阿 Paul。

机灵的阿 Paul 一眼就看出了赵然身边站着的是客户，特意给她使了个眼色，让她加油。

赵然偷偷在身后朝阿 Paul 跷了跷大拇指，迅速随大伙钻进了电梯。

四人在一个中档的饭店坐下，点完菜后，开始闲话家常。

"小赵跟我们家淼淼差不多大吧？来香港几年啦？"

赵然看了看身边的林淼淼："我来香港四年多了，在这里毕业后就留下来工作了。"

此时的林总不像会议室里那么犀利，有了点邻家老伯的味道。

"小赵一个女孩子，年纪轻轻就独自在香港打拼，你要向人家学习。"他指着林淼淼道。

赵然有些腼腆，低头小啜了一口茶，余光扫到林淼淼正看向她这里。

"香港的生活压力挺大的吧，我有一些朋友在香港，时不时听他们吐槽样样都贵。"林淼淼转向赵然。

"是啊，"Lisa 抢道，"所以现在香港结婚率都好低，讨老婆成本高，要买房买钻戒。"

"怪不得，我看你们一个个都没结婚。"林总笑道。

"其实钻戒这种都是摆设，以前上学的时候，化学老师就说过，钻石其实就是碳，不明白为什么那么多人执着于此。"赵然漫不经心地说。

她或许没有察觉到，自己不经意的一句话引起了林淼淼的注意。还有女人不喜欢钻石的？他突然觉得眼前这个女孩很特别，不落俗套，跟他圈子里的女生不一样。

"你平时除了工作都做些什么呀？"他好奇地问。

"我比较喜欢一些艺术类的东西，会看一些画展，巴塞尔艺术展也连续去了几届。"赵然回复道。

"下次有机会我也去见识见识。"他眼睛一亮。

四人谈笑风生，席间多是 Lisa 主导，赵然附和。待送走了二位林总后，两人一同走回公司。

"这个客户要继续跟进，很有潜力。"Lisa 有意提点，"你看他虽然穿着低调，但都是大牌；他儿子也是。要知道温州好多有钱人，能被你碰到，很幸运！我想他们现在应该在跟其他家比较，才会决定跟谁买，你要跟他们保持紧密的联系。"

赵然使劲点了点头，她的心情同这春天一样，一片明媚。

晚上六点，江盈枫难得准点离开办公室，今晚要和客户兼闺密陈美玲一起吃饭。

她来到了中环的一家高级日料店，刚一坐下就听到不远处传来了陈美玲招牌式的高八度嗓音："亲爱的——你已经到啦！"

陈美玲裹得像参加时装发布会一样脚踩猫步进来，自带一股妖风。四十二岁的她保养得当，看不出一根褶子。

"哟，美玲姐，我们前后脚呀。"

陈美玲爽朗的性格跟江盈枫特别合拍，每次跟她出来聚会都可以让江盈枫释放压力，一吐为快。

"你怎么看起来脸色不太好？"江盈枫关心地问道。

"你也觉得哦？最近我总是腰疼，不知道怎么了。"

"是不是约会太多，累到了？"

"那是你吧！年纪大了各种毛病都出来了。"陈美玲一脸无奈，"我们先点吧！"

她很熟悉这家日料店，因为食材新鲜而备受欢迎，提前两周就得定位，价格自然不菲。

"鲣鱼、虾一定要的，海胆和鱼子是这里的特色……"她翻着菜谱说。

"差不多就行了，点那么多吃不完。"江盈枫看她没有收手的意思，及时劝阻。

"好了，先这点。"她把菜谱合上，给两人的杯中倒上温热的清酒。

"我跟你说呀，我上周参加了一个约会，认识了一个人。"陈美玲按捺不住兴奋之情。

"哇，你真的去啦？你这个贼心不改的老妖婆！靠谱吗？"江盈枫问道，对感情一向保守的江盈枫对这种活动想都不敢想。

"比我小，我们很聊得来呢。"宝刀未老的陈美玲多年前与丈夫离异后就一人住在香港。

"你是老少通吃啊！"江盈枫没个正经。

"我觉得你也应该去！"她指着江盈枫说，"你这条件过去迷死一大批啊！要不我帮你报名吧？"

"报你个头啊！"江盈枫立马让她打住。

"你都已经单身那么久了，难道还在想那个姓王的？人家早就潇洒快活去了，你怎么那么想不开！"

也就是陈美玲能这样毫无顾忌地戳中她的痛处，换作别人她立马就要翻脸。

"哎哎哎，哪壶不开提哪壶！"

"什么和不和的？打麻将啊？"

江盈枫咧开嘴大笑："没文化，真可怕！"

江盈枫很少有如此谈得来的香港朋友，虽然常有一些语言障碍，倒也是乐事一桩。

谈话间，两人的刺身上桌了。美食当前，陈美玲却一反常态没有立即动筷，而是两只手捂住了腰。

"你怎么不吃呀？别装了啊。"江盈枫笑道。

可陈美玲的表情越发凝重，不一会儿额头开始冒汗。

江盈枫察觉到了情况不对，放下筷子定睛一看，连忙问道："你怎么了？"

"盈枫，我好痛，这里……啊——"陈美玲话未说完便横卧在长椅上，叫声凄惨，无法动弹。

江盈枫见状吓得不轻，立即让服务生帮忙叫救护车，自己则守在满头虚寒的陈美玲身边陪她熬过这疼痛。

幸好救护车来得快，抬上陈美玲一路驶去就近的医院。

"再忍忍，我们马上就到了。"江盈枫一路握着她的手，为她擦汗。

车子停在了圣玛丽医院，几个医护人员一路小跑把陈美玲安置在了急诊室外等候。江盈枫迅速帮她办完手续，焦急地等待医生过来。

圣玛丽医院是香港最大的公立医院之一，每天的病人流量是私立医院的好几倍。危急病人进来后一般等待十五分钟，可眼看二十分钟都过去了，还是没轮到陈美玲。

急诊等候区喧嚣嘈杂，看着陈美玲躺在那里痛不欲生的模样，江盈枫急得快要哭了出来。她四处搜寻医生护士，又不敢走远，猛然间抬头，发现不远处有一个穿着白大褂的身影，不管三七二十一，她冲上前一把抓住了那人的臂膀。

"医生，求你……"话音未落，江盈枫便愣住了，她看到那人转过身来，原本要说的话被卡在了喉咙口。"张医生？"

"江小姐？你又来看急诊了？"张少华，看是他，也有些吃惊。

"不，不是我，是我朋友，就在那里！"说罢就把张少华拽了过去。"求你看一下，她快不行了。"

张少华弯下腰，几番查看后皱起了眉头："急性肾绞痛，不排除有肾结石，要马上照 X 光。"

"会不会有生命危险？"江盈枫神经紧绷，用力握着张少华的手不放。

"放心，不会。你先在这里陪着她，里面床位紧，我去看一下。"张少华拍拍她的肩膀。

江盈枫悬着的心稍稍得到了宽慰："美玲姐，医生说没有危险，我们马上就可以进去了。"

此时的陈美玲早已神志不清，说不出话。

不一会儿，张少华带着一个护士跑了过来，准备把陈美玲推进急诊室。偏偏这时陈美玲吐了起来，吐得床头和地上一片狼藉，整个人都在抽搐。周围的人见状四散躲避，护士立即去拿清洁工具，张少华则示意让江盈枫退到一边。

江盈枫看着自己的好姐妹被病痛折磨得如此狼狈，心中不由一酸。平日里陈美玲是最爱美的，出个门都得提前两小时开始化妆，现在却躺在这里遭人嫌弃，她实在看不下去，决心要为好姐妹守住尊严。

江盈枫脱下外衣，从包里拿出纸巾，不顾旁人的眼光，蹲下细心地帮她把头发清理干净。她一点一点抹去床头的呕吐物，一边擦拭一边泛着泪光，一阵阵刺鼻的酸腐气味好几次让她犯起恶心。

张少华在一旁默默看着，这姑娘的有情有义深深烙在了他的心里。虽然与她接触的次数不多，他已先入为主地认为她是那种作风硬朗的大女人，而此时卸去铠甲的她变得如此细腻，加上那一汪泪水，惹人怜惜，刹那间触到了他心底里最柔软的地方。

张少华上前将她扶起，与护士一起把陈美玲推进了急诊室。

江盈枫在门外看着来来往往的人流，脑袋一片空白。也不知过了多久，张少华从里边走了出来。

"已经没事了，打了止痛针。"他安慰道，"X光显示她右边的肾脏里有一粒结石，先试试保守治疗，让它自然排出。等下你就可以去看她了。"

江盈枫无力地点点头，哽咽道："我刚刚差点以为她……"

"好啦，没事啦。"张少华轻轻握住她的手臂，垂着望着她闪着泪光的眼睛，"都没见你对自己的身体那么上心，我刚刚看到你，还以为你又来看病了。"

江盈枫这才记了起来："对了，你怎么会在圣玛丽医院？你不是应该在佳和吗？"

"我只有周一和周三在佳和，其他时间都会在这边，这里是港大医学院的教学医院，看的病人会更多。"张少华答道。

两人一起来到陈美玲的病房，见她睡得正香，便来到病房外说话。

"今晚我留下来陪她，有什么需要特别注意的吗？"江盈枫询问道。

"我建议你还是回去休息，你的朋友已经没有大碍了，这里有护士和医生值班，不会有问题的。这里不是私立医院，你留下来也没有地方休息。"

江盈枫勾了勾嘴角："今晚真是把我吓坏了。我们先前在吃刺身，好端端的她就突然变成这样……"

"刺身？"张少华惊道，"她都肾结石了还吃刺身，真是乱来！还有你，你觉得你的胃可以吃生冷的东西吗？我真是被你们气死。"

他吐了口气继续说："你的朋友一定是早就有肾结石了，只是今天碰巧急性发作，肾结石疼起来就是这样的，放射到整个腰腹。接下来她要非常小心，争取让结石早点排出。"

江盈枫一言不发，低头从包里拿出一张名片，交到他的手里："如果她有任何情况第一时间给我打电话，今天真是谢谢你了。"

张少华点了点头，目送她离去。待她走远后，他低头看了看手中的名片，目光定在了"G&C"上。

他笑了笑把名片塞进了口袋，转身赶赴急诊室。

赵然早早地来到办公室，一路哼着小调跟身边的同事说早安。

自从来了联邦，她的心情就像过山车，时而丧气低落，时而满血复活。这两天她正处于复活状态，林总的出现让她充满干劲。

她屁股还没坐热，桌上的电话就响了。谁这么早？她不紧不慢地拿起电话。

"请问是赵然吗？"

"我是，您是哪位？"

"我是林淼淼。"

她心中一颤，正愁要怎么跟进这个客户，人家居然主动找上门来了。她立马坐直了身子，用专业的口吻回道："小林总，早上好！有什么需要帮忙的吗？"

"早上好，我有些保单的问题想再请教你一下，不知道你晚上有没有空一起吃饭聊聊？"

"好啊！其实白天我都有时间，如果你方便的话我随时可以过去给你讲一下。"

赵然的木讷脑袋完全没有领会林淼淼约她吃晚餐的含义，这倒让林淼淼觉得这姑娘心思单纯。

"不着急，我们就晚上见吧。"他笑了笑，"你的微信号是什么？我一会儿把地址发你。"

"微信就是我的手机号，那我们晚上见！"

一旁的 Jessie 听到了，蹬了一下座椅滑到赵然身边，问道："又是那个两百万？"

"嗯，约了晚上聊保单。"

阿 Paul 也闻声走了过来："看来第一单快啦？要么不开单，一开就是大单！"

"老天保佑！借你吉言！"赵然话音刚落，三人不约而同大笑起来。

待阿 Paul 走远，Jessie 凑近赵然，露出贼贼的笑容："我觉得阿 Paul 对你一直很关心啊！"

"哪有！他就是这样热心的人吧？"

"咦，他怎么就没对我热心过？"Jessie 撇撇嘴，"我觉得阿 Paul 人挺靠谱的，要不你考虑考虑？"

赵然低头面露羞涩，被 Jessie 一提醒，她倒也留意起阿 Paul 的一举一动了。她对阿 Paul 印象不错，跟他相处自在轻松，他比她资历长，能适时地指点她。

想入非非了一会儿，她突然意识到晚上还有重要任务。离饭局还有不到八小时，她已经有点坐立不安，她生怕又跟之前一样，到了嘴边的肉最后又没吃到。为了确保自己不犯错误，她决定再次向江盈枫请教。

她跑到会议室，关上门，给江盈枫拨去了电话。

"喂，盈枫姐，你在忙吗？"

江盈枫此时正在圣玛丽医院看望陈美玲，她走到病房外轻轻关上门，说道："我在医院看朋友，怎么了？"

"是这样，我晚上要去见一个大客户谈保单，想问问你有没有什么秘诀能帮我顺利出单？"

"你如果这样想，那肯定出不了单。"江盈枫斩钉截铁道。

"啊？什么意思呀，盈枫姐？"

"如果你只想着做成眼前这单，那就变成了一锤子买卖，这样的销售做不长。不能老想着卖产品，而是要抓住客户的心。"

"我要怎样才能抓住客户的心呢？"

"两个字：用心。天下事唯用心不破，每个人都有弱点，有些客户需要的是陪伴，有些需要的是尊重，你如果攻下了一个人的弱点，那人就会一直跟着你，而不是只买一单产品。"

赵然还是第一次听到这样的出单技巧，回味无穷。

"总之，你要推销的不是产品，而是你自己。"

江盈枫给的建议太抽象，不像团队长教的话术那样直白。不过有一点她倒是记下了，今晚不要推销产品。

江盈枫挂了电话，转身推开病房大门的时候跟迎面走来的张少华打了个照面。

"早上好！江小姐。"

"早上好！我看美玲姐已经好多了，正想问什么时候可以出院呢。"

"我一早来看过她，没什么大碍，中午应该就可以出院了。"

"太好了！那她的结石要怎么办呢？"

"最好是自然排出，手术的话病人会很辛苦。出院之前我会再关照她的。"

"一粒小石头居然那么麻烦，"江盈枫两手交叉在胸前，"要是可以像《神奇旅程》里拍的那样就好了。"

张少华不解："那是什么？"

"是一部电影，小时候我爸让我看的，讲的是一群科学家把自己缩小了，坐潜艇进入人体内，把人损伤的器官修好了。是不是很神奇？"

"哈哈！"张少华觉得她异想天开的样子很是可爱，没想到她还有天真烂漫的一面。

两人一起走进病房后，张少华又对着陈美玲一番叮嘱："要多喝水，海鲜和奶制品暂时不要吃了，我给你开的药按时吃，会帮助你排出结石的。哦，还有尽量多运动。"

"多谢你啊张医生，昨天我真是半条命都没了，多亏了你和盈枫。"陈美玲说完又拉着江盈枫的手，道："我昨晚妆都没卸，现在是不是很丑啊？"

"不丑！要不要我把你那个外国小男友叫来陪你啊……"

见她俩闺密情深，张少华会心一笑，自觉告辞。走到病房外，他拿出手机好奇地搜索着《神奇旅程》。

晚上六点半，赵然准时来到林淼淼订的都爹利会馆。这家餐厅位于中环一条怀旧的小路上，两边是各色精品名牌店，她路过无数次，却不知道这些大牌商店的上面还藏着一家米其林二星餐厅。

一进门，她就被这里迷住了。与其说是餐厅，这里更像是一个艺术大宅。

这家由英国设计师打造的中西合璧的粤菜馆，在冰冷的都市丛林间创造了一个慵懒舒适的悠闲角落。很难想象，在直钻天际的高楼之间，有如此一方天地，绿意围绕，一张沙发，耳边是轻柔的音乐缓缓飘扬。

她环顾四周，心想这个小林总还挺有品位。

除了专营传统粤菜，这家餐馆还会定期举行艺术展览活动，馆内也收藏了许多例如齐白石、张大千等大师的中国山水画。

就因为赵然的一句"我喜欢艺术类的东西"，林淼淼没少费心思。他向朋友打听到了这家艺术气息浓郁的餐厅，只为博美人一笑。

他老远就看见了赵然，笑着朝她挥手。

"你好，小林总，让你久等了。"

"以后别叫小林总了，都是同龄人，叫我林淼淼吧。"

一番寒暄后，他把菜单交到赵然手中。每一道菜都价格不菲，她翻了半天不知从何下手。

"要不你点吧，我都可以。"她憨笑道。

林淼淼爽快答应。赵然看着他熟练地点完一桌菜，觉得他平时肯定没少下高级馆子。

开始上菜，在昏黄浪漫的灯光之间，西式餐具赋予中式菜肴不同的面貌，中式的灵魂以奢华的洋风洋味呈现，颇似中西文化合璧的香港所散发出来的味道。

两人还开了瓶红酒，相信随便一个人进来看到这场景，都会觉得这是一场浪漫的约会。

赵然可丝毫不在约会的状态，她有些拘谨，不善于打破冷场的她一直在努力寻找谈资。好几次她都想说说保单，可话到嘴边硬是咽了下去。她谨记江盈枫的教诲，不主动提及保单，而是试着去了解眼前这位客户。

"你们是怎么想到来香港买保险的呀？"她若无其事地问。

"是我爸的主意。"他娓娓道来，"我们家以前是做外贸的，有自己的工厂，但这些年利润越来越薄，所以我爸一直在想着转型做投资，这次来香港就是来考察的。"

"原来是这样，那你也是跟着一起来考察的吧？"

"嗯，我从澳洲的大学毕业后就一直在当地一家 IT 公司上班，去年底刚回国，就是为了帮我爸打理投资生意。我在这方面也没经验，还要从头学起。"

赵然看着眼前略显谦逊的林淼淼，还真是一个不折不扣的富二代。她想起了江盈枫说的"每个人都有弱点"，他这种人什么也不缺，能有什么弱点呢？

"你是哪里人？"林森森打断了她的思绪。

"我老家是杭州的，来香港读的研究生，后来就一直留在香港了。"

"那我们很近啊，哈哈！"两人放声大笑。

"你一直在澳洲，爸妈肯定特想你吧？"

"我妈在我很小的时候就去世了，"他平静地说道，"之后我爸再婚，继母生了一个弟弟，现在在读大学。"

她完全没想到，这个在她眼里顺风顺水的幸运儿还有这么一段身世，顿时改变了刚才的想法。

"我也好想有兄弟姐妹呢，好羡慕你！"她打了个圆场。

两个年纪相仿的年轻人相谈甚欢，同样在异乡漂泊的他们交流着彼此的感受。

一顿饭下来，赵然对林淼淼有了更深入的了解。走在回家的路上，她终于明白了江盈枫所说的"了解你的客户"是什么意思。整个饭局她对保单只字未提，却感觉跟他更能说上话了。

林淼淼独自回到了位于九龙站的豪宅。父亲回温州办事情去了，留他一人在这空荡荡的公寓里。

这些年，他见过父亲周围一波波的客户经理，这些人大多目的明确、直奔主题，那就是把你口袋里的钱变到他们的口袋里。可赵然不同，她不怎么推销产品，也不吹嘘自己，甚至连说话都有些青涩，完全不像这个圈子里的人。

他从冰箱里拿出一罐饮料，站在窗边，回想着刚刚饭局上的美好。他突然觉得，她是现实世界中的一股清流，在他的心里激起阵阵涟漪，这些年他独自在外生活，已经很久没有过这样的喜悦了。

不知道她有没有男朋友？他整个人被点燃了一般，抑制不住想要接近她的冲动。他决定要和这个女孩走下去。

今晚有浪漫晚餐的可不只赵然一人。在中环另一家精致的西餐厅里，吴一婵和她的白马王子也正在晒月光。

"干杯！"两人在烛光下碰杯，庆祝王志渊加入 ZBC，成为大中华投资总监。

王志渊能顺利加入 ZBC，吴一婵功不可没。对此她心知肚明，正好以此为筹码推进两人的关系。

"我想安排我父母跟你见一面，他们一直很想认识你。"她放下酒杯，流露出催促之意。她知道王志渊是匹受不得约束的野马，若是不在后面给一鞭子怕是等个十年也没个结果。

志得意满的王志渊一如既往潇洒地说道："好啊，看他们什么时候有空，我来订个餐厅。他们喜欢吃什么？"

"我来订吧。"她见他爽快答应，便乘胜追击，"我们什么时候一起去看房吧？"

王志渊目前位于跑马地的公寓是老东家金时资本提供的，当时他被金时从美国派到香港，公司为他租了这套高级公寓。现在他要离开金时了，自然要搬出来，另找住处。

"香港的房价还要涨，我们不如趁现在把房买了，这样就能住在一起了。"她继续说道。

他低头抿了一口酒，自然知道她的用意，想用房子套住他，现在还为时过早。

"买房是大事，我这个月底就要从现在的房子里搬走，这么短的时间很难立刻决定买什么房。"他抬眼扫到了她不悦的表情，毕竟才有功于自己，他不想得罪了她，"要不我们先租一起，过渡一下，毕竟房子得慢慢挑。想租哪你来定，租个好的！"

王志渊的经济实力她还是知道的，在香港的房价面前，他的积蓄付个首付是没有问题的。可眼下他给出的理由也无可厚非，一周的时间要敲定一套房子的确有些仓促。

"行吧，那就先租一起，过渡一下。"她平静地说道，"那我周末就去看房子。"

"好呀。对了，你父母什么时候过来？我接下来会比较忙，得规划一下时间。"

"没那么快，我想再过一阵子吧，我妈身体不是很好，让她先休息一下。"

"都听你的！"

身经百战的吴一婵不会急于一时，她对自己的驾驭之术从不怀疑。她很清楚,为了实现事业上的抱负,王志渊需要她。他俩的这场博弈正渐入佳境,她乐在其中。

熙熙攘攘的中环迎来了新一天的忙碌。

G&C 的会议室里,Ken 正在主持每周的晨会,三令五申合规部的重要性。

"我再说一遍,销售材料不要带出香港,要用邮件发给客户!聊产品的时候一定要小心小心再小心!"

他手底下的一个银行经理上个月把销售合同带去了台北,让客户在午餐的时候签字。后来产品亏了,客户很不高兴,向银行投诉了这个经理,并且拿出了当日的吃饭记录,证明他违规销售。Ken 为此也被合规官警告。

江盈枫一大早去给客户办事,进公司时晨会早已结束。她一踏进办公室,Ken 就叫住了她。

"Amy 本周五要结婚去当富太太了。她的客户要分给其他人,你也有份。"Ken 伸手把一份资料送到她面前。

她翻开资料,第一页赫然写着客户的信息:"罗雅瑛,五十六岁,香港人……"

她不解 Ken 为什么会把香港客户拨给她,道:"你知道我广东话不好,香港客户怕是会有沟通障碍。"

"人家指名道姓要你。"Ken 逗趣道,"谁让你那么受欢迎啊,江大小姐。"

江盈枫也是纳了闷儿,她压根儿不认识这位罗雅瑛女士,怎么就被翻了牌子?

"赶紧看资料准备一下,客户十一点就过来。"

"这么快?怎么也不事先通知一下?"

"这不是通知你了吗?她好像只有这个时间可以,抓紧啊!"

她立刻放下包,坐下来一目十行地快速翻阅资料。她发现这是一个相当优质的客户,在 G&C 的时间已经超过了十年,目前的资产量也不小,有将近五千万,主要投的是一些稳健型的产品。看得出,这是一个相当成熟且忠实的客户。

她刚刚把情况摸清楚,前台就告诉她罗女士已经到了。她起身整理了一下衣装，三步并作两步前去迎接。

来到大堂，只见沙发处站着一位衣着得体的中年女人，梳着盘头，手里的戴妃包恰到好处地衬托出她的优雅气质。

"罗女士，您好，我是江盈枫。"江盈枫展现出一贯的自信大气，伸出手与她握手。

"你好，江小姐，临时过来，打扰你了。"罗女士一开口更显温婉。

江盈枫诧异这位罗女士的普通话竟说得如此流利，不像是这个年纪的香港人该有的水平。

二人在会议室坐下，很快攀谈起来。

"江小姐是哪里人呀？"

"我是上海人，来香港四年多了。"

"我老家也是上海的！"罗女士一脸惊喜，"我六岁的时候跟着爸妈来到香港，一待就是五十年。"

"怪不得您的普通话说得那么好！"江盈枫顿觉亲切。

"是 Amy 跟我推荐了你，她说你很棒，让我放心。"罗女士莞尔一笑。

原来是 Amy，江盈枫的疑惑算是解了，可转念一想，自己和 Amy 平日里往来不多，也不是一个团队的，Amy 没有理由把罗女士这么优质的客户留给她啊。

"今天过来主要是想给我儿子开一个联名账户，以后投资的事情就交给他了，我老了，管不动了。"罗女士一脸慈祥，"他平时很忙，只有今天上午能抽出空，应该马上就到了。"

"没问题！"江盈枫立即给助理拨去电话，让她把开户表格拿过来。

没过多久，就听见有人敲门。"我的助理来了，请稍等。"她笑着起身开门。

"Tracy……"她开门的瞬间，脱口而出助理的名字，可谁想眼前出现的人不是 Tracy，她目瞪口呆地看着这人的脸，一时间哑口无言。

罗女士探头张望，瞧见了门后那人的样子，咧开嘴笑了："是我儿子到了！"

江盈枫回头惊讶地看着她："您儿子？"

罗女士道："是我儿子张少华。"她满心欢喜地向儿子介绍："阿华，这是江小姐。"

张少华看着江盈枫摸不着头脑的样子实在好笑："怎么了江小姐,不认识了?"

"脱了白大褂还真有点认不出来了。"她尴尬一笑。

"你们认识呀?"罗女士在一旁好奇。

"江小姐之前来过我们医院。"张少华边说边来到母亲身边。

"你们先坐,我去看看助理好了没。"江盈枫借机离开,心里有些不安,前不久她还在医院甩狠话要投诉人家,今天人家竟摇身一变成了座上宾。

她回到会议室,熟练地指导张少华填完表格,又言简意赅地向母子俩交代了目前账户的投资情况。

"阿华,以后你有什么问题要多请教江小姐。"罗女士认真地说道。

"不如我们加个微信吧。"他顺水推舟地对江盈枫说道。

"好啊。"江盈枫爽快答应。

待她把两人送到门口,不知不觉快要中午一点了。

"耽误你吃午饭了。"罗女士客气道。

"没关系,我平时也不怎么吃午饭。"

江盈枫无意间的一句话却被有心的张少华逮个正着。

"你居然不吃午饭?!"他神情严肃起来,直直地看着她。

她这才意识到自己说漏了嘴,连忙说:"我开玩笑的,我现在就去吃。"

罗女士嘴上不说,心里一早察觉到了儿子今天有些异样,总觉得他浑身洋溢着一股喜悦。她说不出其中的缘由,儿子开心她便也跟着开心。

林茂德和林淼淼这对父子档一直在香港潜心咨询各种投资机会。经过这几日的深思熟虑,林淼淼决定向刚刚回到香港的父亲提出自己购买保单的计划。

"爸,我这两天做了一些调查,比较下来还是联邦保险的性价比最高,服务也靠谱。"他泡了一杯茶端到父亲面前。

林茂德这些年对儿子越来越器重,看着儿子靠自律和勤奋在外闯荡,没怎么伸手向家里要钱,着实感到欣慰。要知道,他圈子里不少朋友的孩子都还在靠家里过活。

"老爸听你的。"他爽快道，"既然决定了就赶早不赶晚。"

林淼淼高兴至极，马上给赵然去了电话，告诉她下午就过去签单。

幸福来得如此突然。赵然的心里翻江倒海，激动得难以自持。三个月了，这单生意来得正是时候。

她小跑到团队长身边："Lisa 姐，客户说下午就过来签单！"

"哇！太好了，赵然！赶快去准备文件吧。"

阿 Paul 在一边拍手叫好，Jessie 也站起来与她拥抱，像是自己签了大单一样。

"我还没签过单呢，那些文件怎么弄呀？"兴奋之余，她茫然地看着 Jessie。

"很简单，我来帮你！"阿 Paul 闻声走了过来，Jessie 识趣地退到一边。

阿 Paul 三下五除二就把每份保单的签署材料理得一清二楚："等下你就根据这个顺序让客户签，如果材料不足下次补交也可以。"

赵然接过材料，又跟阿 Paul 确认了一遍细节，生怕出错。

"签那么大的单，晚上要请客哦！"阿 Paul 笑嘻嘻地说。

"没问题！今晚就请你们吃大餐！"三人大笑。

约定的时间很快到了，林茂德父子跟先前一样准时出现在前台。此时正是一天的签单高峰，三人挤过摩肩接踵的走廊，来到赵然单独给他们开的小会议室。

"你们这里每天生意都这么好啊？"林茂德坐下问道。

"是啊，这个时间正好是人最多的时候。"赵然奉上两杯茶水，"谢谢林总最后选择了我们，合同都给您准备好了，一份寿险，一份重疾，各一百万。"

林茂德拿起合同，翻看了几页，说："我先前可能没说清楚，我说的两百万是一份，我们买两份，就是四百万。"

赵然愣了几秒，努力抑制住狂喜，平静地说："您买多少都可以，保费越高回赠越多。"

"我听儿子的，他说你们家好，两份都在你这里买了。"林茂德大笔一挥。

林淼淼在一旁给赵然做了个鬼脸，心里美滋滋的。

赵然接过二位签完的保单，双手有些颤抖，人生第一笔生意就这样完成了。

这薄薄的几页纸，为她赚取的佣金已经超过了她过去半年的收入。她头一次尝到了做销售的甜头，这份成功不单单带来了物质上的富足，更让她对自己的能力有了认同感。这一刻，她感觉自己有了质的飞跃，从原来娇羞迷糊的小女孩变成了可以做一番事业的大女人。

几个月前她还在为突破零而发愁，现在签下大单的她已经跃升为本周的业绩明星，等着给别人分享经验了。

"我们还有点事要办，先告辞了。后续有问题，让淼淼再跟你联系。"林茂德边起身边说。

赵然把林家父子送到门口。林淼淼有些依依不舍，若不是要跟着父亲去见一个房产商，他这会儿就能约赵然吃饭了。

两张保单的后续事宜还真不少，这都要下班了，赵然还没处理完。

"我们先去餐厅啦，点好菜等你来哦！"Jessie 和阿 Paul 说完先走一步。

赵然很想加快速度，但又担心忙中出错，只得慢慢来。其间 Jessie 发了信息来催，她也只能安抚两人耐心等待。

好不容易大功告成，都快下午七点了，她伸了个懒腰，拿起包夺门而出。

刚到底楼，手机就响了，准是 Jessie 又来催了，她伸手在包里一阵乱找，拿出手机一看，是林淼淼，她心里一惊，该不会他反悔了吧？

"喂？"她的心里像揣了一只小兔子乱跳。

"你还在公司吗？"电话里的他口气有些着急。

坏了，是想退保？她的心跳得更快了，怯怯地问："我在啊，有什么事吗？"

"太好了！我刚刚忙完，要是你晚上没事的话，一起吃饭吧，我就在你楼下。"

她悬着的心瞬间落了地，可自己已经答应了要跟 Jessie 他们吃饭，菜都点好了，这会儿就等着她过去。

她一抬头看见了不远处站着的林淼淼，一脸欣喜地在跟自己通话的样子，她内心的天平又开始倒向他，人家毕竟是大客户，不能一签完单就弃而不顾吧。

没时间考虑了，人家还等着呢。

"好呀，"她一口答应了他的邀请，"你稍等我一下。"

她立即给 Jessie 发了信息："亲爱的，客户叫我一起吃饭，我今天不能跟你们吃了，下次一定补请！"

刚刚放下手机，Jessie 就来了回复："就是下午那个小林总？"

"嗯，不太好推，帮我跟阿 Paul 打个招呼。"

Jessie 看着一桌子的菜，只能对阿 Paul 实话实说。阿 Paul 也是个明白人，对人情世故洞若观火的他心里跟明镜似的，非亲非故的给一个姑娘下那么大的单，八成是有所图。只怨自己没有一个有钱的老爹，活该吃瘪。

林淼淼的心里跟吃了蜜似的，直接带赵然奔向一家高级牛排馆。他俩有说有笑地动着刀叉，晃着酒杯，方寸之间谈天说地。

作为签单的答谢，赵然提出这顿由她请客，可他说什么也不同意。

"你要真想谢我，就陪我去海边走走吧，就当饭后散步。"

离开了高楼遮天、抬头不见星星的都市丛林，两人慢慢踱步到了中环的海滨长廊。前方是维港无与伦比的广阔景致，身后是璀璨繁华的金融中心，时不时有情侣在摩天轮下合影，这美好的气氛在林淼淼心里荡漾开去。

晚上降温，海风吹过，卷起了赵然的长发，发梢触到了他的脸颊，他心里一阵酥麻。赵然下意识地打了个哆嗦，他迅速把自己的外套脱下，披在她身上。

她心中一荡，似乎感觉到了什么，一股暖流由心蔓延，直至耳根，不知是不是远处霓虹灯照亮的关系，她的脸上泛起了红晕。

夜色下，两人就这样继续缓缓前行，谁都没有挑明。

过了试用期的赵然打算给自己放个小假，过去几个月所经历的工作强度是她从未有过的，如今大单签完，她可以缓一阵子了。

她刚到团队长那里请完假，就被 Jessie 叫了过去。

"你是不是在跟那个小林总拍拖啊？"Jessie 问。

她含含糊糊道："谁跟你说的？"

"昨天我跟阿 Paul 在那里等了你那么久，结果你跟人家吃饭去了，阿 Paul 别提多失落了。"

赵然眼神躲闪，不知该说什么。

"这些富二代，你还是要小心一点的，他们这种人请女孩吃饭太容易了。"Jessie 好意提醒，"你知道隔壁组的阿琳吗？她之前就是跟一个广东的富二代在一起，孩子都生啦，还没结婚呢。"

赵然瞪大眼睛听得出神。

"她每个月都有一笔不小的赡养费，应该是衣食无忧的。不过你爸妈应该不会同意你这样吧？"

"我怎么可能那样……你想多了。"赵然嘴上坚定，心里还是有些发怵。

"其实我觉得阿 Paul 还是蛮好的，虽然家里穷了点，但是他自己还是很努力的，做了这么多年保险，每年赚得不少的，我听说他已经在看房了。跟这样的人在一起才放心啊。"

赵然知道 Jessie 是为她好，来香港这么些年，能跟自己推心置腹说几句大实话的人不多，Jessie 肯定算是一个。Jessie 跟她的背景相似，普通家庭出身，独自在香港打拼，自然会站在她的立场去想问题。

就像 Jessie 说的，她们这样的女孩最保险的选择就是阿 Paul 这样的普通男孩。跨越阶层的婚姻，总会有一些跨不过去的坎儿。

她还没有准备好去面对这个重大问题，总觉得婚姻离自己还很遥远，周围的姐妹哪个不是过了三十才结婚的，怎么转眼间她就要做人生的选择题了？

她暂时把这难题搁在了一边，今晚要请吴一婵和江盈枫吃饭，庆祝自己签下大单。想到姐妹相聚，她心里轻松了许多。

中午，中环写字楼间人烟稠密，大家三三两两结伴觅食。江盈枫没有吃午饭的习惯，如果没有饭局，她一般就在办公室里看看上午的市场评论，或者去附近的瑜伽馆练上一小时，这样能让她在下午不犯困。

她刚刚拿起瑜伽装备准备出发，桌上的电话响了。她接起电话，公司前台的声音响起："江盈枫，前台有你的外卖。"

她愣了一下："我没叫外卖啊……"

"你出来看一下吧，人家仕等。"

她赶到前台处，发现一个餐厅小哥正提着餐盒站在那里。

"江小姐，这是你的海南鸡饭。"小哥递上餐盒。

她接过餐盒，发现上面写的的确是自己的名字和号码。

"你知道这是谁订的吗？"

"这个我不清楚。"小哥转身离去。

她皱着眉看了看四周，谁会跟她开这样的玩笑？她回到座位上，看向周围几个留守的同事："你们谁没吃午餐？我这里有。"可惜无人笑纳。

她打开餐盒，发现这家的海南鸡饭做得还挺精致，让人看着食欲满满。本着不浪费粮食的原则，她坐在桌前开动起来。

Ken 从她身边经过，无意间扫到了正在用餐的江盈枫："咦，你在吃饭？你不是都不吃午餐的吗？"

江盈枫猛一抬头，Ken 的话让她想到了什么，这几天好像也有人问过她同样的问题，对了，是张少华！当时她还因为"不吃午餐"这句话被那位张医生瞪了一眼。难道会是他？

她思前想后，一个医生就算再关心病人也不会把手伸那么长，他有这么多病人，怎么可能一日三餐都管？不去想了，她迅速吃完饭，就投入下午的工作中。

午饭一过，她收到了市场部的邮件，公司赞助了明晚马友友在香港的大提琴演奏会，有多余的门票可以派发给客户。

江盈枫对大提琴知之甚少，可马友友这个名字还是很有分量的。她在朋友圈里发布了信息，就当做个顺水人情。

一个下午过去了，没人找她索票。果然自己的圈子都是只爱金钱不爱艺术的，她心想。她收拾东西准备赴姐妹的约，这时手机响起，准是赵然催她快点过去。

她点开一看，跳出来的居然是张少华。

"江小姐，我也买了马友友的票，能否邀请你明晚一起去？"

她颇为意外，这位张医生居然还懂大提琴？她想推脱，这周她很疲惫，想在家休息，但既然是客户提出的请求，语气还很诚恳，她也只能舍命陪君子。

"张医生好雅兴，我们明晚音乐厅见。"她将手机丢进包里，无奈地吐了口气。

这是三人今年的第一次聚会，大家知道吴一婵对饮食的挑剔，特意选了一家健康的意大利餐厅。

"今天我请客，咱们开瓶红酒吧！"赵然兴高采烈地翻着酒单。

"你们喝吧，我最近胃不舒服，医生关照不能喝酒。"江盈枫接道。

"这么严重？没听你说起过。"吴一婵惊讶。

"老毛病了，之前半夜里还去了次急诊，这阵子得收敛一点了。"

"少喝一点不要紧的吧？"赵然问道。

"还是算了，医生叮嘱好几次了，我不想再被他训了。"江盈枫也诧异自己现在怎么变得这么听话，看来张医生的碎碎念还是有点作用。

"难得我请客一次，这次最要感谢的人就是你了，盈枫姐！"赵然眼睛里闪着光，"要不是你给我的建议，我还没那么快拿下客户呢！"

"哈哈！我倒也好奇，你那客户到底什么样？最后下了多大的单？"

"你们猜？"

"五十万？"吴一婵随口一说，她觉得赵然的客户也就这个水平。

"四百万！"赵然掩饰不住喜悦。

"四百万啊？"吴一婵震惊地说道，"那还是真是大客户呢！"

"嗯！客户是温州的，家里做外贸生意，还有自己的工厂和品牌呢。我当时也吓了一跳，第一次见这么大的客户，不知道怎么应付，幸好有盈枫姐教我。"

这真是如假包换的土豪，敏锐的吴一婵一下子就嗅到了，她怎么都不会想到毫不起眼的赵然手里居然能变出这么厉害的客户。她习惯性地用手托着下巴，定睛看着赵然，若有所思地盘算着什么。

"能一次下四百万的客户的确不小，他能买四百万保单，说明他至少有四千万的流动资产。"江盈枫道。

江盈枫的话让吴一婵更加好奇，她又问赵然道："你跟这个客户关系怎么样？"

"还行吧，挺聊得来的。"

都下了这么大的单，怎么可能还行，若不是特殊的交情，谁会平白无故把这么一大笔钱交给她？吴一婵笃定赵然跟这客户关系非同一般。

"盈枫姐，你们私行的客户都是这么大的吗？"赵然好奇地问道。

"我们的开户门槛是三百万美金，那些都是最小的客户，大的客户可就没底了，多少个亿都有。"

"那这客户还挺适合你的，要不要我介绍给你认识呀？"

还没等江盈枫接口，吴一婵就急不可耐地打断道："嗨，人家盈枫才不缺你这点小客户呢，你不知道她的客户都是亿万富翁？"

江盈枫谦虚笑道："哪有这么夸张，不过客户我倒是真的不缺，这几天又平白无故多了一个。"她似是想到了什么又问道："对了，你们谁今天中午帮我买了海南鸡饭？"

二人四目相对，连连摇头。

"好吧，今天中午居然收到神秘午餐，也不知道是谁帮我订的。"

吴一婵嘴角一抿，转头看向江盈枫："别怪我多嘴，最近我可听到了关于你的一些八卦哦。"

"哦？我这样的千年单身狗也有八卦？"

吴一婵是当仁不让的八卦女王，想知道中环金融圈有什么新闻，找她准没错。

"你刚刚说你最近多了一个客户？有人眼红了，说是你的老板对你'特别关照'，这么好的客户，别人不给就给你。你跟你老板之间没什么吧？"

"哈哈哈！"江盈枫差点笑得岔气，"你说 Ken？天哪，你见过他的，他都五十多了，长得还没我高呢，我跟他？"

"谣言猛于虎啊，圈子那么小，一下子就传开了，你自己当心点。"

一旁的赵然紧张了起来，说："盈枫姐，那怎么办呢？"

"随他们去吧。谁不被人说，谁又不说人呢？"

江盈枫的洒脱中带着几分无奈。社会对女人的偏见随处可见，女人干得好，很容易被联想成是借潜规则上位，似乎不依附着男人就无法实现自身的成就。

她看赵然还在替她担心，便岔开话题："我有明晚马友友的票，你们谁想去？赵然，你不是一向对这些很感兴趣的吗？"

"明晚我有事，去不了了。"她想着明天跟林淼淼约好了踩单车，怕是赶不上晚上的音乐会了。

三人有说有笑，时间刚过九点，江盈枫要回去准备明天一早的电话会议，先走一步。这正合了吴一婵的意。

吴一婵从去年开始就在为光展银行苦苦搜寻手里有内地客户的银行经理，只可惜一直未果，连江盈枫这张最后的王牌都拒绝了她，可今晚赵然的一番话令她重燃希望。

赵然跟江盈枫比，虽然嫩了不少，但只要手里有客户就不是难事。而且说服赵然要比搞定江盈枫容易多了，吴一婵对这点还是胸有成竹。

"亲爱的，你喜欢卖保险吗？"她为赵然添了点酒，问。

赵然抬起头，不假思索地回答："我现在还挺喜欢的，之前是误打误撞进了这行，没想到收获很大。"

"那你想一辈子卖保险呀？"

赵然呆呆地看向前方，她还没想得那么长远，不知如何作答。

"想不想跟盈枫一样，去私行发展？"

"私行？"

"你好好想想，上半年你的业绩是没问题了，可是下半年呢？明年呢？后年呢？保险说白了就是一锤子买卖，这个客户买过一单之后就不会再重复买了，开发价值也就一次，你只能不停地去找新的客户，多辛苦呀！"

"那不然呢？"

"你如果去了私行就不同了，客户的钱全都交给你打理，今天买股票明天买基金，后天可以赎回来再买别的。"

赵然听得一愣一愣的，对私行一知半解的她第一次听到这些言论，内心不知如何判断。

"你如果可以带着这个客户去私行，就能实现事业的飞跃，和江盈枫一样，成为银行经理！"

赵然有些恍惚，三个月前她还只是一个公关公司的市场文员，如今卖了两单保险就能和江盈枫一样了？

"我没接触过私行，只听盈枫说起过，很复杂的样子。而且我跟客户认识不久，还没完全建立起信任，不知道客户是否愿意去私行呢。"

"把客户约出来一起吃个饭，我过一下眼就知道行不行。"

赵然三下两下就被说动了，她当即约了林淼淼明天一起吃午饭。吴一婵内心充满期待，忙活了好久的光展项目终于要有眉目了。

赵然对吴一婵抛出的机会心痒痒的。从保险代理变成私人银行家，活脱脱的鲤鱼跃龙门。她的体内被埋入了一颗希望的种子，正默默地期待着生根发芽。

林淼淼在约定的餐厅坐下，心里有些小紧张，他没想到赵然会突然安排自己和她的闺密一起吃饭，这姑娘一定在考验自己。

吴一婵和赵然约好了似的一起来到餐厅，林淼淼立刻起身，招呼二人坐下。

一番介绍后，吴一婵上下打量着这位大客户："你的名字很有意思啊，这么多水。"

林淼淼有些腼腆："是我爸起的，我出生的时候有个师父给我算了一下八字，说我五行缺水，我爸就拼命给我灌水。"桌上一阵欢笑。

林淼淼把菜单递给她俩："这家的清炒虾仁很不错，还有豆腐煲，你看看。"他看向赵然，掩饰不住关爱之意。

赵然自然知道这些都是自己平日里最爱吃的，她顾及身旁的吴一婵，没有立刻接话，默默地回了他一个柔情蜜意的眼神。

"下午还要去踩单车，多吃点，需要力气。"

他毫不避讳地撒着狗粮，同桌的吴一婵早就鸡皮疙瘩起了一身。从一进来，林淼淼对赵然的喜欢就都写在了脸上，势不可当。吴一婵心知肚明，果然不出她所料，凭赵然的实力怎么可能搞得定这么大的客户，准是另有原因。

她感叹自己从没见过像赵然这么幸运的人，刚一入行就遇到了这么一个憨憨的富二代，多少姑娘做梦都能笑醒。就凭二人在饭桌上的样子，赵然必有吃定对方的把握。

"你以后就常住香港了吗？"吴一婵看向他。

"我会在香港和温州两头跑，大部分时间会在香港，帮家里打理投资。"

"香港是亚洲金融中心，投资方面的选择太多了，你自己会看花了眼，还是需要专业的机构帮你打理才行。"吴一婵进一步试探。

"没错，我跟我爸就是来香港考察调研的，看哪家机构适合我们。"

"这么说你们还没最终选定？"

"还没有，我们才来不久，我爸也在问一些朋友，推荐靠谱的客户经理。"

吴一婵十分隐晦地给赵然递了个眼色，就看这姑娘能不能把握这天赐良机了。

"有什么问题你也可以问我和赵然，我们在香港待得久了，说不定就能帮你找到一些关系。特别是赵然，身在金融圈，每天接触的都是专业人士。"

说罢，她以茶代酒，跟林淼淼碰了一下："以后常出来聚！"

赵然也在边上附和着："是啊是啊，大家保持沟通！"

一顿饭的工夫，吴一婵已摸清了局势，她自信赵然胜算很大，只是还需要人推一把。

走出餐厅大门，吴一婵与二人告别，待他们走远后拿出手机给赵然去了一条信息："晚上空了找我。"

四月的香港，春光明媚，正是户外踏青的最好时候。赵然和林淼淼一身轻松打扮来到了今天踩单车的始发地大围，在附近的单车铺租了两辆车，开始了他们愉快的骑行之旅。

从这里出发，沿着城门河一路骑行就到达了大埔海滨公园，然后再绕一圈折返回到起点。这里是香港最受欢迎的骑行路线之一，单车径的一边绿树丛荫，另一边贴着城门河，河中有人在划船，与鸟儿为伴，同微风亲吻。

"这里一点都不像香港！"林淼淼爽朗地笑道。

"是啊，都说香港的节奏快，其实也有惬意的地方。"此刻的赵然把一切顾虑抛在脑后，尽情地享受这放松的时光。

林淼淼放慢车速，来到赵然的右边，与她并排骑行。

"你可以单手骑车吗？"他转头看向她。

"可以啊！"她轻松地将右手抬起。

说时迟，那时快，她刚抬起的右手迅速被他握住，两人就这样手拉手，并排前行。

这突如其来的一握，握得她慌了手脚，差点没把住车把，幸好他大而有力的手在一边给她支撑，摇摇晃晃了几秒后她又找回了平衡。她不敢转头看他，只觉得脸发烫，下意识地将被握住的右手往回抽了一下，可他握得太紧，她便放弃挣脱。

她渐渐放松下来，调整呼吸，转头将目光落在他身上，发现斜晖映照下的他也正笑盈盈地望向自己。两人会心一笑，彼此的手握得更紧了。

都说牵手会把女生的心牵走，赵然对林淼淼就此一牵定情。任由这滚动的车轮带她去天涯海角，只要与他一起就好。

夕阳西下，落日余晖照亮河面，波光粼粼。太阳就要落山了，两人加速往回折返。等回到起点还了车，夜幕已经降临。在附近的茶餐厅随意吃了点东西后，两人便搭地铁回去。

在摇晃的车厢中，她突然感到小腹一阵熟悉的抽痛，掐指一算，糟糕，是例假来了，一定是刚才骑得太猛，引起了宫缩。地铁上冷气大，骑完车一身汗的她顿时蜷缩了起来。

林淼淼见状一把揽住了她，问道："怎么了？哪里不舒服？"

"我肚子有点疼，好像是……姨妈来了。"

他将她的背包摘下，挂在自己身上，双臂紧紧地把她抱在胸前："还冷吗？"

她的肾上腺素迅速飙升，注意力从疼痛上转移了："不冷了。"说罢把头埋进了他的胸口。

她感觉到了自己怦怦的心跳声，要是这时来一个熟人，她定会羞到无处躲藏。

她慢慢伸手搂住他的腰，上半身彻底倒在了他怀里。她感到一阵踏实的温暖，闭上眼睛，仿佛车厢中只有他俩。

与此同时，尖沙咀的音乐厅里座无虚席，马友友的演奏会即将开始。

江盈枫正在大堂等着张少华，不能让客户等是她一贯的原则，一下班她就片刻不停地赶往这里。

演出还没开始，她已经哈欠连天。她努力地让自己振作精神，还有两个小时要撑。

"江小姐！"远处终于出现了张少华一路小跑的身影。

"不好意思，让你久等了！我刚刚去买了点三明治，我想你可能还没吃晚饭。"他拿出一个交到江盈枫手里，"现在还有点时间，我们不如吃完再进去。"

她还不饿，但也只能硬着头皮吃了。"对了，你怎么会喜欢听大提琴？"她问道。

他咽下食物，笑着说："我平时自己会拉着玩，小时候学的。"

"厉害啊！"对大提琴一窍不通的她没有更多可恭维的话了。

为了迎合客户，她对名表、红酒、高端楼盘等都烂熟于心，可大提琴嘛，她还真没什么研究。她老觉得自己的客户有钱但缺乏品位，如今真赐给了她这么一个文艺青年，反倒不知所措了。

"大提琴学的人不多吧？算是冷门乐器，你怎么会想起来去学呢？"

"我爸以前很喜欢大提琴，他觉得大提琴的声音柔和、安详，就像一条河，缓缓流淌着。"

她一下子被他的语言迷住了，若不是真心热爱，绝说不出这样的话。

"像你这样的年轻人，能这么静得下心的，还真是不多。"

明明是夸赞，他却听得别扭，说道："什么年轻人，大家都是同龄人，好像你有多大似的。"

她咧开嘴笑了："我们可不能算是同龄人哦。要是我没记错，我应该虚长你五岁，俗话说三岁一个代沟……"

他赶紧辩解："干吗那么认真嘛！你看上去也跟我差不多啊，哪有什么代沟。"

此时，最后的进场铃声响起，二人清理了一下手中的食物，快步入座。

不愧是马友友，他一登场就气势不凡，几首巴赫的大提琴独奏曲更是让厅内掌声雷动。

张少华激动不已，他没注意到身旁的江盈枫此时正在与瞌睡虫作战。

大提琴的悠扬声似乎变成了催眠曲，阵阵睡意向她袭来，任她多么无坚不摧也招架不住。她真想用竹竿把自己的眼皮撑开，毕竟在客户面前睡着是多么丢脸的事，可她的身体已经不受大脑指挥，意志力在此刻彻底瓦解。慢慢地，她终于放弃挣扎，进入梦乡。

一首曲子完毕，厅内再次响起轰鸣般的掌声。他边鼓掌边转头看向她，期待着她的共鸣，可看到的却是已然熟睡的她。

这么大的掌声，她竟浑然不觉，这是该有多累啊。他拿起自己的外衣轻轻给她盖上，在一旁静静地看着她酣睡如泥的样子。

他的心里还是有几分不悦的，跟他约会就这么无聊吗？竟然都睡着了！可赌气之余，他更多的还是心疼，心疼她为什么把自己搞得这么疲惫，或许今晚就不该约她，应该让她早点回去休息。

演出继续进行着，他时而沉浸在大提琴的音色里，时而转头看看身旁的她，直到最后一首曲子演奏完毕。

观众慢慢离席，江盈枫被周围人起身离场的动静吵醒了。她迷迷糊糊地还没搞清楚状况，就看到张少华在冲她笑。

"你醒啦？睡得可好？"他笑问。

她这才恍然大悟，自己居然一觉睡到了散场。她赶紧坐直了，身上盖着的外衣滑落了下来。

"真是对不起，我没想到……睡了那么久。"她捡起外衣，一脸尴尬，"真是对不起！"

"你不知道刚刚马友友都哭了，他觉得自己这么多年的琴都白拉了。"他一边逗她，一边自己也笑出了声。

两人踱步到音乐厅外，他推了推眼镜，又摆出了一副医生的姿态："你太累了，要注意休息，不然身体长期处于疲惫状态很容易生病。"

"谢谢你，只是这周事情比较多而已，你不用担心，我身体挺好的，平时也常锻炼。"

"哦？你平时都做什么运动？"

"我平时练瑜伽，周末会爬山。"

"爬山我也很喜欢！我知道一些不错的地方，都有点小难度，要不要周末一起去试试？"

她看着他神采奕奕的双眼，笑着答应了。他如孩子般瞬间开心了起来，两人就这样有说有笑地消失在尖沙咀的街头。

清晨，赵然还在熟睡，一阵手机铃响将她吵醒。

她闭着眼，伸手在床头一阵乱摸，心里抱怨着谁这么大清早来电话。好不容易摸到了手机，不耐烦地将眼睛撑开一条缝，凑近一看，屏幕上赫然显示着林淼淼三个字。她立即睁大了眼睛，迅速清醒过来。

"你好点了吗？"电话那头传来他温暖的声音。

"我没事了，上午请了半天假。"她清了清嗓子说道。

"那就好。我就是跟你说一声，我家里有点事要回温州一趟，周五晚上才回来。周末我们一起过好吗？"

她在被窝里暗喜，他已经开始向自己报告行踪了。

"嗯！等你回来。"她挂了电话，心里一阵甜蜜。

睡意已无的她躺在床上无聊地刷着手机，无意间翻到了吴一婵昨晚给她留的消息："明天中午一起吃饭吗？"

她笑着回了一个"OK"，起身去冲澡。

刚过九点，江盈枫在办公室楼下买咖啡，碰巧 Ken 也在排队，便聊了起来。

"周末在上海的投资峰会你也会过去吧？"Ken 问道。

她一脸茫然地看着 Ken，说道："没人通知我要去啊。"

"这是我们银行每年在内地最大的峰会，不少大客户都会去的，去年你不是就去了？"

"去年我是去了，但今年我的客户去的不多，所以就没打算跟着过去。"

"去听听吧，机会难得！据说这次阵容强大，香港一半的金融机构都被邀请了。"Ken 语气坚定。

老板发话，不能不去。她只得让助理即刻订了周末去上海的机票。她习惯性地打开手机日历进行标注，惊讶地发现周六的方格里已经标注了"爬山"二字。

她这才记起周六约了张少华爬山！上次看演出她就睡着了，这次又要放人家鸽子，她顿时充满了负罪感。

张少华一大早就泡在了医院里，此时刚给一个病人做完腹部检查，正在写报告。桌上的手机在震，一旁的护士提醒他："张医生，你有电话。"

他无心理会，随口答了一句："帮我看下是哪位。"

"江盈枫。"护士拿起手机。

他正在打字的双手停顿了一下，脸上露出又惊又喜的表情，但顾及眼前的病人，只好故作镇定。他三言两语同病人交代完后，迅速接起了电话。

"张医生，很抱歉，我周末不能跟你去爬山了。"江盈枫开门见山，"我临时要出差去上海，所以只能改日了。"她的声音饱含愧疚。

这一盆冷水浇得他表情凝滞："噢，没事，工作要紧。"看演出睡着，出来玩又爽约，这个江盈枫还真不好搞，他心中念叨着。

"要不我们改下个周末？如果你有时间的话。"

"好啊！那等你回来，注意安全。"

挂了电话，张少华的征服欲彻底被激起，不就是多等一周嘛。他打起精神，让护士叫下一个病人进来。

中午，吴一婵和赵然在一家拉面店坐下，吴一婵直奔主题："你跟林淼淼在拍拖吧？还不告诉我！"

赵然低头把弄着筷子："我也还没完全确定要不要跟他深入发展……"

"我的大小姐，你在担心什么？"

"我的一个朋友说富二代都很花心，让我小心一点。"

"我的天，你那朋友就是个裹脚老太！"吴一婵嗤笑一声，"你真是身在福中不知福！要是换作别人，早就赤膊上阵了！"

看赵然愣在那里，吴一婵继续给她洗脑："香港是什么地方？一个男生的周围总有三四个女生围着，那些身价不怎么样的男人一到香港也都奇货可居，都被宠坏啦！"

她猛喝了一口水，继续说："你还没意识到竞争有多激烈吗？不是一对一，也不是一对多，而是多对多，像一个矩阵。"

赵然被她这当头一棒敲得似醒非醒，眨巴着眼睛一语不发。

"跟什么样的人在一起，就会有什么样的未来。眼前这么好的晋升机会，你还要犹豫？放心吧，这绝对是一笔划算的买卖。"

吴一婵放下杯子，把话题拉回到私行。

"你们俩将来能走多远，谁也不知道，但眼下他就能助力于你的事业，这个机会一定要把握住了！"

赵然点了点头，听得越发聚精会神。

"你知道要进私行有多难吗？不是我小看你，如果没有人帮你，靠你自己积累，要混进土豪圈子怎么也得十年八年。"吴一婵越说越来劲，没有收声的意思，"你看看江盈枫，她就没你那么好的运气，她的客户都是一个个凭硬本事跑出来的，比你可苦多了。银行经理们表面上看着光鲜，游走于各类富豪之间，背后不知要付出多少辛酸，她的胃病估计就是喝酒喝多了落下的。你有她那样的本事吗？"

赵然无奈地摇摇头，这点自知之明她还是有的。

吴一婵朝她使了个眼色，说："你呀，可以对林淼淼主动一点，谁都看得出他有多喜欢你。"

"真的？"赵然心中一喜，"那我要怎么做才能让他跟着我去呢？"

"推进你们的关系，让他充分信任你。"吴一婵的精明全写在了脸上。

吴一婵的话沾满了浓烈的世俗味道，让赵然有些抵触。她抵触的不是机会本身，而是不愿被说得跟卖身一样。

她的内心是矛盾的。她自问对林淼淼是真心实意的，并非像吴一婵嘴里说的那样功利。可她又实在不愿错失这天赐良机，尤其是经历了过去三个月的摔打，她更知一个人到处碰壁的窘迫。

她回到公司，刚刚坐定就被团队长叫去扫描资料。她捧着一沓文件站在打印机前捣鼓了半天，机器就是不见任何动静。

"这台机器一直不稳定，需要多刷几次。"阿 Paul 看到她在那里皱着眉忙活了半天，主动走了过来，"用我的卡试试。"

她有些尴尬，已经下定决心跟林淼淼在一起的她不想再给阿 Paul 任何希望，她决定不再接受他的帮助，找了个借口避开他："我去用另外一台机器好了。"

看着她远去的背影，阿 Paul 心里已了然。

因为家境清贫，阿 Paul 的内心一直有挥之不去的自卑感，他表面上看起来聪慧机灵，其实遇事会自保性地后退一步，心里掂量着有个七八成把握后再出手。可没想到刚要对赵然出手就遇到了林淼淼这样强劲的对手，他感叹自己还是输给了金钱。

他也庆幸这一切还未开始便已结束，在赵然身上没有什么花费。他攒点钱不容易，还得留着买房呢。

他从一开始就觉得赵然并非池中物，这姑娘爱做梦的外表下积蓄着一股隐隐流动的能量，他说不清那是一股什么能量，说不定哪天梦醒了就会爆发。

随着周末的到来，赵然盼来了林淼淼。他火急火燎地赶在周末前回来，原来是想趁着父亲不在，邀请她来家里给自己过生日。

她得知后有些措手不及，什么都没准备。可他哪里需要她准备什么，连夜把家里收拾得整洁如一，恭候美人大驾。

两人约好了在九龙地铁站见，他一路把她领到了地铁上盖的超级屋苑。这是她第一次亲临豪宅，早就听说九龙站的豪宅很受内地富豪喜欢，今天终于可以一饱眼福了。

九龙站上共有五个豪宅楼盘，每一个都配有顶级设施。其中位置最佳的当属正对维多利亚港的一栋，林淼淼就住在这里。

如五星级酒店般的大堂，尊贵感无处不在。一踏进这里，赵然就如刘姥姥进了大观园，看花了眼。在他的带领下，她先后参观了屋苑里的数码影院、健身中心、钢琴室、无边泳池、按摩池、雪茄室，待转晕了之后，终于来到了他家。

他住在十八层，在这个七十三层的屋苑中算是低层。打开房门，进入视线的是正对维多利亚港的大客厅。"哇！"她忍不住兴奋地叫道，一股脑地朝客厅的落地窗快步走去。

"对面就是中环，我以前就在那里上班！"她激动朝西面指去，"那边就是我家了！"

他看着她不忍打断，过了一会儿，才问道："要不要参观一下其他房间？"

在偌大的三房一厅里转了一圈，赵然感叹这里比江盈枫家还大，再想想自己租住的陋室，真是一天一地。

"下午要不要打游戏？晚上去外面吃。"他边说边拿出了游戏设备。

"要不我们在家吃吧，我来做几个菜，算是给你庆祝生日。"她觉得自己空手而来挺不好意思的，总得有所表示。

"真的呀？你会做罗宋汤吗？我一直特别想念以前家里阿姨做的罗宋汤。"他两眼放光。

"没问题啊！还想吃啥？"

"要不我来煎牛排吧，这几年在澳洲别的没学会，牛排倒是挺拿手的。"他打开厨房的柜子，"这里还有瓶红酒，是我爸之前带来的，你看看喜不喜欢。"

赵然对红酒没有很在行，只看懂了瓶身上的波尔多，心想应该算是不错的吧。

两人来到楼下的超市选购食材，林淼淼像老师一样传授她如何挑牛排，上楼后又给她示范了煎牛排的要领。赵然也大显身手，熬了一锅浓浓的罗宋汤。两人在宽敞的厨房里分工合作，很是默契。

夜晚降临，精彩正式拉开帷幕。她摆好了桌子，倒上红酒；他则把屋里的灯光调暗，方便欣赏窗外美景。

她做梦都不会想到，自己会在这样一间全海景的屋子里与心爱的人共进晚餐，这一切美好得不像是真的。

她拿起酒杯小酌了一口，转头看向窗外驶过的巨大邮轮，突然感到恍若隔世，仿佛一路走来所经历的种种都是上辈子的事。

他看她陷入沉思，似乎猜到了她的一些心思。

"再美的风景，看多了也就这样。"

"那是你身在福中不知福，这种美景天天看我也不会腻！"

他笑着摇了摇头："我在这里才住了半年不到，就已经对这海景没什么感觉了。现在满脑子装的都是如何帮我爸找投资机会。"

他无意间的一句话触到了她的神经，今晚气氛这么好，何不把握机会试探一下他？

"不瞒你说，我有一个机会可以去私行工作，去了之后说不定可以帮到你。"

"真的呀？"他睁大了眼睛，"你要去哪家？"

"光展，欧洲的老牌私行。"

"我知道，之前我们也去了解过。据说能做那里的客户经理都是厉害的角色。"

她嘴角一抿："也是朋友介绍的，比做保险代理有前途。"

"有你在我就不怕了。"他兴奋道，"回头我就跟我爸说，一起去你行里走一趟。"

她心里一阵激动，听起来胜利在望。

晚餐过后，两人在沙发上品酒闲谈，他从卧室里拿出了吉他，为她弹奏了一曲《一生何求》，她听得痴醉。

气氛正好，情意正浓。昏暗的灯光下，他放下吉他，慢慢贴近她的脸庞，不假思索地吻了上去。她本能地往后一闪，像一只受到惊吓的小兔子，扑闪着眼睛，躲避他的目光。她的羞涩让他无法把持，一把将她抱紧，疯狂地吻着。她有些推搡，不想发展得这么快，可转念一想，快一点不正好吗？

这一晚，她留在了这里。

周六的夜晚，霓虹照亮了东方之珠的夜空。散布在各个角落里的人纷纷出动，聚集到最热闹的地带。

兰桂坊的酒吧里，王志渊跟吴一婵正在大宴宾客。王志渊新官上任，一刻都没闲着，他需要尽快把自己的基金做大，建立属于自己的品牌和业绩。吴一婵帮他攒了今晚的局，把认识的机构都请了过来，里面有不少是两人过去的好友，如今都活跃在香港金融圈的舞台上。

王志渊一杯杯地喝，不厌其烦地与大家推杯换盏。一旁的吴一婵穿针引线，把他介绍给在场的新朋友们。

觥筹交错间，新老面孔交替，大家交换信息，各取所需。

"王总觉得香港怎么样？人家李嘉诚都撤资了，转战欧洲啦。"说话的是一家亚洲养老金的投资部主管。

王志渊淡定道："香港市场还是有不少机会的，一些在内地买不到的优质公司在这里可以买到。"

他身边坐着的好友忍不住跳了出来："不瞒你说，我想回北京了。"

"哦？怎么这么突然？"他很是不解，这位与他相识近十年的好友竟会萌生去意。

"主要原因还是儿子无法融入这里。"好友感叹。

"有这么严重？你儿子我见过的，很聪明的小伙子，人见人爱啊！"

"我也没想到会这样……他每天回家郁郁寡欢，我跟他妈觉得不能再这样下去了。"

看着王志渊一脸迷惑的样子，好友继续道："小孩子跟大人是不一样的。我们大人在职场里都是专业人士，即便意见相左，也会懂得保持该有的风度，更何况大家还要做生意，不能伤了和气。但学校不同，孩子们是不懂得掩饰的，不喜欢你就会排挤你，都摆在明面上，是最直接的。"

王志渊不语，与好友干了一杯。王志渊心中不免失落：一方面是好友决定离去；另一方面，这位好友是某大型机构在香港的主管，手里管着不下百亿资金，有他在自己就有分一杯羹的希望，要是换了人，又得重头建立关系。

好友的话也给了他当头一棒。在香港的这几年，身边撤退的不止好友一人，眼看之前的关系一个个断了线，他不得不面对生意越来越难做的局面。

他竟陷入沉思，自己多年前放弃美国的一切来到香港，究竟是对还是错？

来到了香港，回到了祖国的怀抱，没了先前的玻璃天花板，本以为可以大展拳脚，却又遇到了新的难题。

　　吴一婵听见了二人的谈话，起身从对面的座位挪了过来。

　　"我在香港那么多年，从来没遇到过什么不能融入的事。"她一副不以为然的样子，"对于我这个外来人，香港能让我融入的原因就是能赚钱呗。"

　　她接着说道："很多内地富豪的孩子都在香港的国际学校读书，很不错呢！"

　　"富豪当然不一样啦，那些都是顶级的国际学校，一般人要进太难了。"好友摇了摇头，"而且那里中文教学相对弱，我们还是希望他能学好中文。"

　　还没说上几句话，左右逢源的她很快被另一桌叫了过去。好友见状凑近王志渊问道："听说江盈枫在 G&C 做得风生水起，你跟她还有联系吗？"

　　王志渊放下酒杯，微微一笑："我有所耳闻，她到哪里都能做得风生水起。"

　　"现在香港的私行都在做内地客的生意，增量惊人，你也应该去走动走动。生意归生意，我想她不会公私不分。"

　　"还被你老兄说中了，我下周就会去 G&C，约了他们业务部的老大。"

　　两人碰杯，一切尽在酒里。王志渊心里也没底，时隔多年，他是否已经准备好了去见这位昔日的恋人。

　　快乐或是郁闷，太阳都照常升起。与林淼淼道别后，赵然回到自己家中，把钥匙往桌上一扔，横倒在沙发上。

　　要不是下午要回来见房东，这会儿林淼淼还不让她走呢。

　　她望着眼前局促狭小的空间，落差感油然而生。她的脑海中浮现出昨晚的缠绵瞬间，嘴角露出一丝笑意。

　　她突然想到了什么，拿起手机给吴一婵发了消息："亲爱的，我决定去私行。一会儿把简历发你。"

　　不知不觉夜幕降临，她在沙发上翻看最近的新剧，此时林淼淼发来了视频请求。她迫不及待地打开，屏幕上立刻出现了他嬉皮笑脸的样子。

　　"我好想你，小然然！"他噘起嘴对着屏幕亲了一下，一改平时的刻板模样。

　　"我也想你，大喵喵（淼淼）！"赵然回道。两人俨然一副热恋中的模样。

　　就在这时，吴一婵的电话插了进来，打断了这对恋人的缱绻。赵然跟他打了个招呼，便迅速接起了电话。

"你的简历我修改了一下，"吴一婵透着专业的口吻，"周二上午面试，我先跟你说说具体情况。"

赵然一听立刻竖起耳朵坐直了。

"你要去的是光展的内地团队，一共有三个人，面试你的团队负责人叫Vincent Ho，香港人，四十出头，在内地生活过多年。他面试你的时候，你一定要重点突出你手里的客户资源，我已经帮你在简历里总结了，你自己展开吹嘘一下，可以详细介绍你卖这单保单的情况，让他知道以后你还会有更多这样的客户。"

赵然边听边打开了吴一婵修改的简历，她惊讶地发现里面的内容被添油加醋得面目全非：

"……在弈兴公关担任市场策划期间，与不少内地上市公司高层交流密切，至今仍保持往来；在联邦保险担任代理期间，曾多次获得团队销售冠军，签下百万大单……"

在简历的最后，还特意标注着"浙江同乡会会员"以及"大湾区金融同业公会会员"。

这还是她吗？

"你改的简历会不会有点夸张啊？"她怯怯道，"我在弈兴只是参与一些公关活动，从来没有跟高层交流过啊！至于同乡会，也只是报了个名而已，跟委员会压根儿扯不上关系的。还有那个大湾区的公会又是什么？"

吴一婵不紧不慢道："别人又不知道你到底做了些什么，这些都是必要的包装。"

"可是……这样会不会有问题啊？"

"有我在，你尽管大胆地说。"

挂了电话，赵然忐忑的心平复了不少，她看着这些修改的文字，顿时觉得自己以前都白活了。真是撑死胆大的，饿死胆小的。

她关上电脑，不愿去多想，还是跟自己的大喵喵在一起开心。她转身拿起手机，继续先前的甜蜜视频。

一晃到了周二，赵然来到位于中环的光展银行大楼，一路坐电梯到了三十层。

一进门，她就被这高贵气派的大厅震住了。这里的布置低调舒适，色彩简约，兰花被恰到好处地放置在了沙发边，柔软的地毯减轻了脚掌踩着高跟鞋的压力。这里谈不上豪华，却透着一股直沁人心的舒适感。

赵然被带到一间小会议室里，安静地等待面试。想到以后自己会在这样的地方上班，她心里就止不住地兴奋。她望着墙上的一幅画。那应该是幅名画吧？正当她若有所思时，传来了几下敲门声。

"你好，赵小姐，我是 Vincent。"

她赶忙起身，恭敬回道："你好，Vincent！很高兴认识你！"

Vincent 在她的对面坐下，随和的表情掩盖不了沉淀多年的世故气质。到底是在内地生活了多年，他的普通话很是流利。

一番自我介绍后，他翻开了赵然的简历。

"赵小姐来应聘我们的银行经理职位，请问你先前有没有相关的客户经验？"

她清了清嗓子，照着之前准备好的东西说："我先前的工作经历都有要求跟客户打交道。之前做市场策划时负责上市公司客户，现在做保险代理也需要挖掘大客户下单。"

"有多大？"

"我上个月刚刚签了一个四百万保单的客户，还有两个差不多的客户在跟。"

"四百万的保单，那客户的总资产有多少？"

她一时间答不上来，故作思考状拖延时间。"客户很有钱，是做外贸生意的。"突然，她想起了江盈枫说过的，"能买四百万保单的话手里最起码有四千万。"

Vincent 点了点头："你除了卖保险，还卖过其他产品吗？"

"其他的产品接触的比较少一点。"她垂眸朝下瞥了一眼。

"那你对结构性产品有了解吗？"

她愣了一下，这个词她似乎在江盈枫那里听过，但具体是什么就不得而知了。

"我有听周围的朋友说过，这个好像很受客户欢迎。"

"哦？说说看，哪些卖得最好？"

她一下子被将了一军，没想到他问得这么细，她只觉得脸发烫，不敢直视眼前这个面试官。

Vincent 见状并不打算停下来，继续追问："你知道我们行卖得最好的是什么产品吗？"

几秒后，见她没有作答，他笑着抛出下一个问题："如果你是我们的银行经理，你会对客户怎样介绍我们？向他推荐哪些产品？"

一头雾水的她像是被人吊打一般，这怎么跟吴一婵之前说的不一样呀！她嘴里勉强挤出几个字应付 Vincent，心里明白自己完全没答到点子上。

"我们今天就先到这里吧，如果有任何消息会再通知你的。"Vincent 露出了进来时的笑容。

她的直觉告诉她，没戏。她不知道要如何向吴一婵交代。原来要成为江盈枫是这么难，是她想得太简单了。这种地方，果然不是随便谁都能进的。

她拖着沉重的身体刚刚上了地铁，就收到了吴一婵的电话。

"亲爱的，面试怎么样？"

"不怎么样……他问了很多关于产品的问题，我就像个白痴一样。"

"还有呢？没问你客户吗？"

"也问了，我把准备好的都说了。"

"你别急，我先去探探口风。"吴一婵安慰道，"别这么垂头丧气的，成败还不一定呢。"

挂了电话，吴一婵立马给 Vincent 发了消息，约他下午喝咖啡。凭她跟 Vincent 这么多年的交情，她自恃有办法把局势扭转过来，让他重新考虑赵然。

在中环的另一栋楼里，G&C 的银行经理们正聚在一起开例会。

"明天我们有一个重要的培训，"Ken 看着大家说，"ZBC 新任的投资总监给我们介绍他们的大中华基金。我们接下来会跟 ZBC 有一系列合作，他们的基金将是我们架上的主打。"

"他们新来的首席投资官什么背景？"有同事打岔。

"资料都已经发到大家的邮箱了，自己看吧。"Ken 强调，"明天几个团队负责人必须到。"

"是靓仔啊！"江盈枫身边的同事打开了 Ken 的邮件。

"谁啊？"她好奇，凑了过去，突然整个人像被定住了似的。居然是他？他跳去了 ZBC？她瞬间变了脸色，心里像有一面小鼓咚咚敲个不停。

Ken 见她沉默不语，故意点了点她："江盈枫，明天准时出席哦，你们内地团队也要全部出席。"

"知道了。"她淡淡地回道。

这一天终于还是要来了。

下班后，赵然回到家中，心里还在为白天面试的窘迫遭遇耿耿于怀。

林淼淼今晚跟父亲应酬去了，她便没了人陪。何以解忧，唯有可乐。心情不好的时候，她的手里总是拿着一罐可乐。刚刚打开灌下一口，便接到了吴一婵的电话。

"亲爱的，我刚刚给你发了一个邮件，是光展要你填写的潜在客户名单。"吴一婵语速有些快，"我已经帮你填好了，你看过没问题就尽快发给 Vincent。"

赵然被这突如其来的一通电话弄得一头雾水，她立马打开了邮件查看这张已经填好的客户名单表。

整整写满了一页！除了客户的姓名不能公开，客户的背景、职业、资产规模等一应俱全。她睁大眼睛一个一个看下来，除了能认出第一行是林淼淼外，其他没有一个是自己认识的。

"这……这些都是谁呀？"她不敢相信自己的眼睛。

"是我帮你填的潜在客户。放心，都是有根有据的。"

"要是 Vincent 问起来，我怎么回答呀？"

"你进了光展以后，就先搞定林淼淼，之后的客户嘛，可以慢慢来，先过了三个月试用期再说。"

赵然还没来得及问为何要填这些，吴一婵说要去赶一个饭局就匆匆挂了电话，难道是 Vincent 改变主意，重新考虑自己了？她真想知道吴一婵都跟他说了些什么，能让他这么快回心转意。

不管怎么说，她又多了一丝希望。发完邮件，她合上电脑，兴冲冲地出门觅食去了。

临近夏日，天亮得越来越早。才早上五点多，阳光就已穿过窗帘落到了屋子里。

江盈枫一晚没睡好，就因为今天要出现的那个人。

她也说不上来到底为什么会这么紧张。整整三年，她跟王志渊形同陌路，连他的一点消息都没有。她不敢去打听，也不愿去了解。

她很少像这样沉不住气。喜欢素颜的她今天在镜子前化起了淡妆。她在衣橱前站了良久，决定放弃冷淡风的职业装，选择了一条略带飘逸的连衣裙。可刚穿上身，又觉得哪里不对，立马脱了下来，换成了她习以为常的职业装。

她戴上平日里最喜欢的耳环，在手腕和脖子处喷了几下香水，踩着高跟鞋精致地出门了。

江盈枫一打扮起来真是个美人，这一路上朝她看的人还真不少。好久没有这种被人注视的感觉，她心中有些窃喜。

一到公司，她便马不停蹄地开始了忙碌的一天。ZBC 的培训被安排在下午四点半，她忙完一件事便会看一下时间，就像灰姑娘畏惧十二点的钟声，江盈枫也害怕四点半的到来，一副心神不宁的样子。

中午，神秘午餐照例送到，可今天她却毫无胃口。她甚至有了一丝可笑的念头：这会不会是王志渊送来的？她靠在椅子上望着天花板，干笑一声，自觉愚蠢。

下午的时间过得飞快，眼看培训临近，她心如撞鹿。终于，Ken 招呼大家去楼上的阶梯会议室，这一刻终于到了。

大家纷纷进入电梯，江盈枫也随其他人一起来到了会议室门口。她听见里面传来了 Ken 的声音："王总亲自来给我们培训，不胜荣幸！今天我们的银行经理大部分都到了，等下我把几个团队负责人介绍给你认识。"

"您太客气了！今后两家合作离不开您团队的支持。"王志渊那熟悉的声音一下子钻进了江盈枫的耳朵里。是他，果真是他！

她深吸一口气，踏进会议室，想不被发现快速穿过讲台进入后面的座位席。可事与愿违，她还是被 Ken 叫住了。

"盈枫啊，来来来，来跟王总认识一下！"

她僵住了几秒，知道这下是躲不开了。她稳住呼吸，慢慢转过身去。

这一转身，恍如隔世。情怀依旧，物是人非。

她的眼神无法控制地落在了王志渊身上，她惊讶地发现，他也正用饱含期待的眼神看着自己。

"王总，这是我们的内地团队负责人，江盈枫。"Ken 笑眯眯地介绍着自己的得力干将，"江小姐可是我们这里最厉害的银行经理之一啊，这几年我们的内地业绩稳坐业内第一，全靠她团队的努力。"

王志渊礼貌地对 Ken 笑了笑，便转向了不动声色的江盈枫。

"你好吗？江小姐。"他直勾勾地看着她，伸出手与她握手。

百转千回，江盈枫也曾想过两人再见的样子，但还是没猜到会是今天这样的场景。

"你好，王总。"她面无表情地伸出手，哪怕心中早已翻江倒海。

王志渊立即握住了她的手。这温暖有力的握手，是他的风格，她心里念道。

"那我先过去了，一会儿洗耳恭听。"她把手抽了回来。

Ken 在一旁给她使眼色，对她的冷淡表示不满。而她毫不理会，扭头走开了。

"她就是这样，不太爱说话。"Ken 急忙打圆场。

"没事。"王志渊默默看着她离去，对刚才的握手显然意犹未尽。他目光锁定了她坐下的位置，那是靠后排的一个座位。还是这样高冷，还是喜欢坐在后排，他心中感叹。

培训开始。看着王志渊在台上讲话的样子，风度翩翩、气宇轩昂，江盈枫感叹这几年他又长进不少。他一身西装笔挺有型，台下几个年轻的女银行经理都开始忍不住上下打量他。

他讲的内容她竟一个字都没听进去，呆呆地坐在那里，满脑子都是三年前的画面，那些尘封已久，无数次折磨她并让她不愿再去触碰的画面。

三年前，那是她跟王志渊从美国来到香港的第二年，两人还甜蜜地住在王志渊当时位于跑马地的公寓里。

那一天，她出差回来，比原定的日子提前了一天。

刚进家门，她就觉得客厅异常脏乱。放下行李，她发现地上散落着王志渊的衣服，打翻的红酒溅得到处都是，沙发上有一个香奈儿包，旁边还有一只高跟鞋。

女人的直觉让她开始觉得不对劲。她立刻直奔卧室，慌乱中踢倒了脚边的一只红酒瓶，发出了重重的声响。

这一响让半梦半醒间的王志渊惊醒了过来，没等他起身穿衣，江盈枫就推开了卧室的门，呈现在她眼前的画面是她这辈子都忘不掉的，那便是王志渊和一个陌生女人赤裸裸地躺在自家床上。

一时间天昏地暗，她颤抖着走出门外，五脏俱焚的感觉让她整个人快要被撕裂。她的脑袋一片空白，只想快点逃离眼前的一切。

王志渊在她身后一边提裤子一边往外追，一直追到楼下。可此时任凭他说什么她都听不进去，只能眼睁睁看着她跳上了一辆刚刚下了客的的士。

一上车她便泪如泉涌。一时也想不到该去哪里，她随口对司机说了一句"去山顶"，心想那里应该人烟稀少。

她哭干了眼泪，身在山顶，心却陷落深渊。她花了一个下午的时间才开始接受现实：这个要与她共赴一生的男人背叛了她。

一阵掌声将她的思绪拉回到培训中，她才发现自己的眼眶竟已湿润，她用手轻轻擦拭了一下。这个小动作被台上的王志渊捕捉到了，从开讲的那一刻起，他就时不时地望向江盈枫。

她再次陷入回忆。后来她就大病了一场，没有地方去，就在酒店里住了一周。她死都不会再回王志渊的公寓了。

王志渊找不到她，心急如焚，只能联系陈美玲，把实情都告诉了她。陈美玲听后立刻报了警，警察查到她最后使用身份证是在假日皇冠酒店，直接找了过去。

一冲进门，江盈枫正躺在床上浑身发烫，也不知病了多久，身边一个照顾的人都没有。陈美玲见状想都没想，转身给了王志渊一巴掌，说："人家放弃一切跟你来香港，你就这样对她？你要害死她啊！"

没人知道那一周她是怎么熬过来的。待恢复了一些后，她便以最快的速度收拾行李搬出了他的公寓。再后来，大家都知道他们分手了。

她一度厌极了这座城市，想一走了之，可她不想让父母担心，不想就这样像个逃兵一样灰溜溜地回去。她明白，心里装着事，逃到哪里都一样。

她的心自那天起就如死灰一般，再也没有为谁打开过。不管心中对王志渊如何留恋，都一并埋入心底，由时间封印。

可三年后的今天，只因这个人的出现，这股汹涌的力量又开始翻腾，当一切重新被揭开，那还未愈合的伤口又再次暴露了出来。

培训结束后，Ken 邀请王志渊共进晚餐，几个团队负责人作陪，江盈枫也被点了名。

一群人在附近大楼的一个高端餐厅坐下，江盈枫无巧不巧地被安排在了王志渊的身边，Ken 则坐在他的另一边。一番寒暄后，大家便开动起来。

两人都觉得有些不自在，还是王志渊先拿起了酒杯，打破沉默："我听说江小姐在 G&C 很久了，以后我们两家的合作还要请您多多支持。"

"王总太客气了，您才是年轻有为。"

江盈枫的心中掠过一丝凉意，曾经最亲密的两个人，如今只能客套相对。

她的余光扫到了被冷落在一边的 Ken，立即把酒杯伸了过去，说："老板怎么说，我们就怎么做。来，敬一下老板！"

Ken 乐呵呵地举起了酒杯，同桌的其他人也纷纷响应。王志渊这才意识到自己居然把 Ken 跳过了，直接敬了他的下属。要不是急着跟江盈枫说话，他怎么会连这样的基本常识都忽略了。幸好江盈枫机灵，替他解了围，不然连怎么得罪了 Ken 都不知道。

席间，王志渊几次按住桌上的转盘，把江盈枫爱吃的菜停在她的面前。她自然心领神会，难得他还记得。两人虽交流不多，却也不如先前那般拘束了。

王志渊想替她加点酒，刚拿起酒瓶就被她用手挡住了。

"不好意思，我的胃不好，不能多喝。"

"哦？什么时候开始的？"他一脸惊讶，轻声问道。

"有一阵子了。"

他抬头仔细端详着她，温柔细语道："那就别喝了，身体要紧。"

一股久违的温暖在她的心中荡漾开来。她的内心深处一直想打探他的近况，她很想知道他是怎么去了 ZBC，现在过得怎样，身边是否有人陪伴。

可自尊心作祟，她欲语还休。

天下无不散的筵席。饭局结束，两人起身握手道别，各自离去。

王志渊钻进的士，手中还留有跟江盈枫握手时沾上的淡淡的香水味，他依稀记得这股味道，是她最喜欢的鸢尾花的香味。

回到家中，他来到阳台上，点了一支烟。他在国外时还不怎么抽烟，到了香港后越发离不开了。

或许是这些年疲于应付各色人等，今晚他的脑海里竟像放电影般地回忆起与江盈枫的过往。这是他记忆里为数不多的真情画面，这个曾经给他带来欢乐和希望的女人，他曾经深爱和愧疚的女人。

他遇到江盈枫时，正是她最孤独的时候。她不怎么跟 MBA 班上的同学交流，酷酷的她表面上看似无坚不摧，但明眼人一眼就能看出她内心的敏感。

他喜欢她骨子里的温柔细腻、重情重义，也为她的独立能干而着迷。有她在身边，他无比安心。

一阵夜风打断了他的思绪，吹散了他吐出的烟雾。他不经意地望向两边，看到了对面窗户里一对正在亲热的情侣。这竟让他想到了江盈枫的初夜。

她娇羞的样子如今想来还是那么惹人怜爱。他看着床单上她的血迹，一把将她抱在怀里，他发誓要让江盈枫成为这个世界上最幸福的女人，他要倾尽所有给她想要的一切。

原来他也是深爱过的。

他爱江盈枫，可终究敌不过他的事业。

　　来到香港后，他的压力越来越大，野心也越来越大。在他的世界里，男人逢场作戏没什么好大惊小怪的。三年前，他和那个女人上床也只是利益交换。古往今来，哪个做事业的男人不是这样？

　　他一直认为江盈枫是一个大度的女人，对朋友、对自己都很大方，为何在这件事上就不能识大体？他自认为错就错在不该让那个女人到家里来，要不是那晚被灌醉了，他也不至于犯如此低级的错误。如果不被她捉个正着，她或许还不至于那么决绝。

　　江盈枫坚决离开的时候，他也努力挽回过，疯狂打电话、办公室堵门，甚至还求了婚，准备买一套新房彻底告别那套公寓，掏心掏肺地就差没自宫谢罪了。可这一切都弥补不了他闯下的大祸。

　　他了解她的自尊心，也知道她宁为玉碎不为瓦全的傲骨，裂痕已经造成，勉强无意，他便不再执着。如果说这几年事业一路飙升的他有什么遗憾的话，那便是她了。

　　自那之后，便没有哪个女人走进他的心里，身边的女伴倒是换过几个，不过也是各取所需罢了。

　　"亲爱的，还在抽烟啊？"客厅里的吴一婵正催促他进屋。

　　他掐掉烟头，吐出最后一口烟，若无其事地走进房间。

　　女人要爱情，男人要世界。一个同样要世界的女人，或许才是最合适王志渊的。看着眼前的吴一婵，倒和他是同类人，前程大过感情，相处起来没有压力。

　　一别两宽，各生欢喜。

　　在这样一个复杂多变的世界里，或许合作比感情来得更长久。聚有时，散有时，人生的滋味尽在这聚散中。

　　五月的香港，气温会在某一天突然飙升到三十摄氏度以上，正式宣告夏天的到来。

　　今天是赵然加入光展的第一天，她挑了一套自己最喜欢的套装自信地出门了。

　　她顶着大太阳，一路走进地铁站。在晃动的车厢里，她还想着昨晚林淼淼给她加油打气的话语，倍感窝心。

在吴一婵的运作下，她最终被光展破格录取，如同中了一张百万彩票。

几个月后，她再度回归中环，斗志昂扬。

她在三十楼的大厅里等待 HR 领她去办入职手续。一转头，落地窗外一只老鹰正舒展着翅膀滑翔而过，据说香港是全世界唯一在天空有老鹰盘旋的大城市，这是她第一次目睹中环的飞鹰，看来是个好兆头。

她在翻看着手机，HR 走了过来，带她去填写表格，复印证件。

这七七八八的入职表格填得她两眼昏花，现在就差一个证件复印了。她来到打印机前，才想起来自己还没有开通打印机权限。她环顾四下，看见角落里坐着一个年轻姑娘。

她走上前去，礼貌地问道："能不能麻烦你帮我复印一下证件？"

只见那姑娘抬头一瞥，给了她一记白眼，起身走开了。

她愣在那里，好一个高冷的眼神，等她回过神来，HR 已经站在了她的面前。

"你敢指挥她做事？"HR 睁大眼睛说道，"你知道她是谁？"

"她不是这里的同事吗？"

"她可是我们老大的人！"HR 凑近了说，"我们连对她大声说话都不敢，更别说让她做事了。你第一天来，以后就知道了。"

赵然追问："哪个老大呀？"

"就是整个运营部的大老板啊！"人力资源悄悄说道。

"我还是提醒你，你刚来这里，第一步要紧的就是把人记住，不然，后果自负。"

"啊？"她战战兢兢地问道，"我怎么知道哪些人要记住呀？"

"那就看你自己的本事了。"HR 在她耳边半捂着嘴说道，"听说你们银行经理那里也有。"

赵然的心揪了一下，这上流的地方还真是不好混，先前那股新鲜劲一下子烟消云散。

忙完了入职的事，她终于来到了自己的团队。Vincent 讲完了电话，开始带她认识周围的同事。

"我们内地团队本来有五个银行经理，走了三个，有些是因为业绩不够，也有的跳槽去了其他行。"

Vincent 说着就把赵然带到了同组的一个女同事面前。

"这位是琳琳，她在光展已经有十年了。"

"你好，我是钱琳琳，欢迎你加入我们团队！"钱琳琳热情打招呼。

"以后有什么不懂的地方多向琳琳请教，她是我们这里的元老，待得比我还久。"Vincent 看着钱琳琳笑道。

他看了看四周，问钱琳琳道："Sabrina 今天在吗？"

"她上午去见客户了，等下会回来。"钱琳琳答道。

"Sabrina 是我们团队的另一个同事，现在不在，等下回来后让琳琳介绍你们认识一下。"Vincent 看了看手表，"我有一个会议，先过去了。"

赵然就这样被撂在了一边。她傻站在原地，看着这一屋子的人，不知所措。

钱琳琳看她杵在那里，便招呼她坐下，道："这是你的电脑，你先打开看看，有问题的话找电脑工程师。"

就像 Vincent 说的，钱琳琳是这里的老人了，十年的时间，进进出出什么人没见过。她望着赵然，一看就是个新手，整个人透着拘谨和稚嫩。

不久前 Vincent 对组员们说组里要来一个新同事，虽然没什么经验但是客户资源丰富，能拉升整个组的业绩。钱琳琳心中不禁疑惑，眼前这个姑娘真的可以办到吗？难不成又是一个富二代？

赵然还在专注地操作电脑，没留意一位高挑美女正从自己身边走过。

"谁把文件夹丢在地上了呀？差点滑一跤。"这位美女一边用广东话抱怨一边看向周围。

赵然闻声探头望去，那不是 HR 刚刚交给自己的文件夹吗，怎么躺在地上了？

"不好意思，我不小心掉地上了。"她立刻起身，小心翼翼地捡起。

美女瞥了她一眼，没有作声，踩着高跟鞋径直到自己的座位，只留一股香水味挥散不去。

她放下包，从背后打量着赵然：普通的包，衣服看不出什么牌子，鞋子也很普通。她露出不屑的眼神，似乎猜出了赵然就是那个新来的同事。

"就是她吧，那个保险妹？"美女转向一旁的钱琳琳问道。

钱琳琳给她使了个眼色，示意她小声一点。

"我来给你介绍一下我们组的新同事。"她带着美女来到赵然身边，"赵然，这位是 Sabrina，我们组的另外一个银行经理。"

赵然一抬头，是她呀，直觉告诉赵然这个姑娘不是善茬。

她连忙站起来，热情地说："你好，Sabrina！很高兴认识你。"她边说边挥手，就像刚才什么也没发生一样。

Sabrina 挤了挤笑容，回道："你好，我跟琳琳坐在你的后面，有什么事可以随时找我们。"说完便扭着腰走开了。

钱琳琳看赵然无所事事的样子，便好心给她当起了向导。

"这一片是银行经理坐的，我们三个是内地团队的，负责内地客户。那边主要是香港和台湾的团队，还有其他亚洲区域的团队。"她一路把赵然领到了里面的区域，"这片是投资顾问的位置，以后你跟他们交流得会比较多。"

赵然听江盈枫说过，银行经理把客户带进来，投资顾问就负责帮客户做具体的投资操作。

"光展的投资顾问还是很有地位的，客户的很多投资都是由他们来执行，接触多了你就知道了。"钱琳琳补充道。

两人继续往里走，来到了这层楼的另一边。

"这里就是后台部门了，合规部、法务部什么的都在这里。"钱琳琳悄悄在赵然耳边说，"合规部的人可不能得罪，他们绝对是食物链顶端的。"

赵然第一天进来就被这里的阵势吓到了，她觉得自己像一只闯进了瓷器店的大象，笨拙得很，一个转身就会闯祸。

待她俩回到座位上，赵然就被 Vincent 叫去了会议室。

Sabrina 对刚刚坐下的钱琳琳说道："不就是一个小小的助理，你那么热情干吗？"

钱琳琳哪里是热情，她也只是想做个好人，拉拢一下赵然罢了。"你知道她什么来头啊？万一是个什么二代，跟这里的高管关系好呢？"

"就她那样的，还二代？"Sabrina撇了撇嘴，"她那身裙子是问她妈借的吧？"说完扑哧一笑。

"好啦好啦，千万别让人家听到！又不是人人都像你，有家里罩着。"钱琳琳摇摇头说。

Vincent关上了会议室的门，请赵然坐下，问："第一天上班，感觉如何？"

赵然笑得有些生硬，说："挺好的，我看大家都很忙的样子。"

"你接下来也会忙起来了。"Vincent双手交叉放在桌上，"我大致跟你说一下接下来的关键绩效指标考核。"

赵然一下子紧张起来，她没想到这么快就开始谈业绩指标了。

"作为一个新进的银行经理，我们会给你一定的时间去跑客户，一般来说两到三年要做到八千万美金，之后每年要有百分之三十的增量。"

赵然心中默算，八千万美金相当于五个亿人民币，要在三年的时间里找这么多钱，怎么可能？！

"当然，这八千万美金不一定都要新客户的钱，如果老客户的钱你管得好，每年的收益增长也算。"

不管怎么算，她已经被这个天文数字吓得说不出话来。之前卖的四百万保单在Vincent的面前根本就是九牛一毛。

"你知道这些年私行竞争激烈，合规成本又节节升高，很多行都把开户门槛调高到了五百万美金，按照这个要求来算的话，你每一年做五个客户就可以了。"Vincent笑了笑，接着说道，"我们每个月都会有内部排名，如果做得好自然有激励。但要是业绩没达标的话，公司也只能请你离开了。"

赵然的心一凉，这比联邦的考核还要严格，这哪里是鲤鱼跃过了龙门，根本就是从火坑跳进了地狱。

她听得双腿发软，心里七上八下的。

"我们组之前就有两个银行经理因为连续两年业绩没达标，只能选择离开。"Vincent 口气略显严肃，"能留下来的都是很优秀的。"

"你是说琳琳姐和 Sabrina？"

"是啊，琳琳因为在这里时间最长，积累了很多客户，十年里有不少银行经理离开，留下的客户很多都拨给了她，所以她是不会离开光展的。"

"Sabrina 就更厉害了！"Vincent 继续说道，"她的爷爷是某部部长，父亲是小有名气的商人，她的夫家也十分富有，对她来说，找钱不是什么困难的事，他们两家在我们银行就放了几个亿了。"

怪不得她这么目中无人，赵然算是明白了，估计 Vincent 都要把她好好供着。

"你之前发给我的潜在客户名单，我觉得很好！希望你马上行动起来，尽快把客户做进来。如果你对开户流程什么的有问题，可以问我和琳琳，我们都会帮助你的。"Vincent 鼓励她道。

走出会议室，赵然感觉身上被几座大山压着似的，动弹不得，这股巨大的压力是她这辈子从未感受过的。她还没来得及把这里的职场规则摸清楚，又立马背上了一串沉重的数字。

在中环的金融圈混，要么有背景，要么有脑子，资质平庸的她混在高手如林的江湖中，不知要如何绝处逢生。

来时满心欢喜，走时垂头丧气。她的私行第一天就这样画上句号。

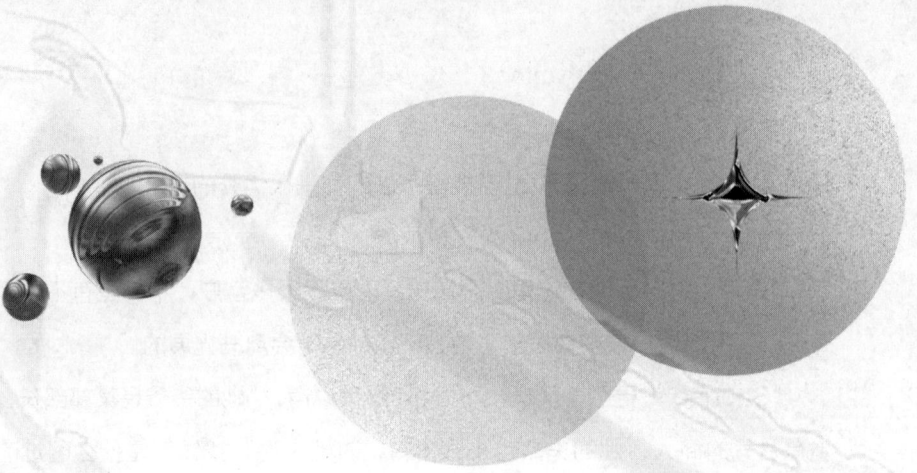

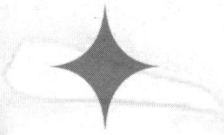

Chapter 4 下马威

同往常一样，中环大楼里的屏幕正滚动播放着隔夜全球新闻，似有什么大事发生。

赵然一踏进办公室，就觉得气氛不对，大家的脸上都流露着一丝紧张。

她放下包，转向身后的钱琳琳："琳琳姐，发生什么事了吗？"

"你没看新闻吗？昨晚美国经济数据大幅低于预期，外汇、股市一起跳水，客户资产缩水，今天港股估计也完蛋。"

市场大跌，前线都在焦头烂额地忙着应付客户，只有赵然一个大闲人在电脑前浏览网页。

她把今早的新闻看了一遍，头一次真实地感受到金融市场的严峻。以前总觉得这些新闻跟她没半毛钱关系，懒得去关心，直到此刻，她才真正觉得自己是一个圈内人了。

私人银行是财富管理金字塔尖上的金融机构，自然一切都要向最好的标准看齐。市场上任何风吹草动都会直接影响客户的资产，银行经理们必须随时做好准备，给客户一个交代。

"研究部的市场评论出来没有？"Vincent 行色匆匆地朝钱琳琳走了过来。

"还没有呢，我们都在等。"

"已经有几个客户在问了！你去跟投资顾问说一下，拉一份客户目前的资产表，等下一个一个给他们打电话。"Vincent 把一沓资料放到钱琳琳的桌上，转身又去接电话了。

钱琳琳快速答道："知道了！"她立刻行动起来，嘴里喃喃自语："今天有得忙了！"

这时，她发现有一个台湾客户还没有人接手，这个客户之前的银行经理上个月离职了，还没来得及分配出去。这位离职的银行经理也是他们组的，所以该客户照例应该被分配给同组的其他人。

她跑去 Vincent 那里，跟他说明了情况。两人一番交谈之后，Vincent 便来到了赵然跟前。

"赵然，之前同事留下一个客户，打算给你练练手。"说罢让钱琳琳把客户资料给了她。

"给我？！"她接过资料，又惊又喜。

"这个客户的投资顾问是 Amanda，你多跟她讨教一下目前客户投资组合的情况，争取明后天去拜访一下。"

钱琳琳站在赵然面前，一副欲语还休的样子，最后还是吐了一句："你多问问 Amanda。"便走开了。

赵然不敢相信，自己的第一个客户就这么不劳而获了。她扫了一眼客户的基本信息，就跑去找了 Amanda。

"你是新来的银行经理？"Amanda 看着她问道。

"嗯，我昨天刚刚加入。"

Amanda 拿出手边的几份报告："我跟你把这个客户的资产配置过一遍。"

赵然仔细聆听，做着笔记。

"这个客户目前的总资产量是两千六百八十万，其中百分之三十做外汇操作，股票部分有百分之四十，余下的钱买了基金，整体算是比较激进的。这个月市场波动大，加上昨天晚上的突发事件，估计今天还得再跌一跌。"

赵然看着这些柱状图和折线图，脑子一时间还没转换过来。

"你还没见过这个客户吧？"Amanda 好奇地问。

"还没，老板让我明后天就过去拜访，所以这两天有问题还得麻烦你。"

"哦……我跟你说啊，这个客户是出了名的难搞，量又不大，没人想接手。估计看你是新来的，就推给你了。"Amanda 轻声道，"上次在电话里，我差点被他骂死！就因为他买的基金跌了一点，不依不饶的，怎么解释都没用。"

赵然这才恍然大悟，还以为她运气好，没想到接了个烫手山芋，心情一下子跌到谷底。

"对付这种人，你就记住：打不还手，骂不还口。客户最想要的其实是发泄，你让他发泄一通就好了。"Amanda 好心支招。

赵然谢过 Amanda，觉得这姑娘是这里为数不多的好人。她回到座位上，看了一眼正在忙碌的钱琳琳，心中有些不平，表面上对自己挺热情，关键时刻没一句实话，假模假样。

她还从未应付过如此复杂的办公室关系，刚来两天就吃了不少哑巴亏。每每此时，她便会习惯性地陷入沉思。被沮丧感包围的她对着电脑屏幕发呆，不一会儿后面传来了钱琳琳的声音："赵然，一起吃午饭吗？"

她才意识到，不知不觉都到了饭点了。"我就不出去了，在楼下买个外卖吧，还要抓紧时间看资料。"她答道，"Sabrina 今天不来吗？"

"她呀，想什么时候来就什么时候来，没人管得了她。"钱琳琳无奈一笑，独自觅食去了。

同人不同命啊！赵然叹了口气，自觉没什么胃口。这时，吴一婵来了电话。

"亲爱的，晚上约你跟林淼淼吃饭，有时间吗？"吴一婵在电话里问道。

"行啊，晚上我跟他本来就约好了吃饭，你一起来吧。"

"好啊，我男朋友也一起来。"

赵然心里一惊，没听错吧，吴一婵有男朋友啦？她本想多问几句，可对方已经挂了电话。晚上她可得好好见识一下吴一婵的这位神秘男友。

她下楼买了个三明治，随便对付了两口，一个下午都泡在一堆数据里，其间没少往 Amanda 那跑，好多不懂的专业术语一个一个在网上查找自学，总算把这个客户的投资情况拼凑得七七八八了。

猛然一看都要晚上七点了，她从未觉得时间过得如此之快，稍微收拾了一下便赶去饭局，脑子里还是那些挥之不去的数字。

进了餐厅，发现只有林淼淼到了。她飞速坐到了他的身边，两人迫不及待十指相扣。

赵然光顾着跟林淼淼诉说白天的遭遇，压根儿没注意到吴一婵和她男友朝他们走来。

"不好意思，我们来晚了。"吴一婵大方地走到他俩跟前，"这是我男朋友王志渊。"

赵然盯着面前这个衣冠楚楚的男人，一时间不知如何开口。还是一旁的林淼淼打破了尴尬。

"我们也是刚到，二位请坐。"说完在桌子底下用脚踢了一下她。

"王总，你好……好久不见。"她回过神来，这吴一婵藏得真够深的。

赵然第一次见王志渊还是在三年多以前，那时候她即将从城大毕业，正忙着找工作。王志渊没怎么变，依旧是一副成功人士的样子。只是，那个时候，他的身边坐着的是江盈枫。

王志渊对赵然这样的小角色应该是没什么记忆了，他的脑子向来只记得住对他有用的人。

赵然打量着眼前这两个人，有一肚子的问题却无法一吐为快，只能先把心中的不安按下去，若无其事地继续吃饭。

"王总一表人才，在哪里高就呀？"林淼淼见赵然不说话，先来了一通恭维。

"我在 ZBC 做投资，目前是那里的投资总监。"王志渊拿起酒杯，"小林总，幸会幸会！"

林淼淼客气地跟王志渊碰了一下："以后要多向王总讨教！"

席间，赵然始终有心事似的少言寡语，其他三人倒是有说有笑，打成了一片。

"去了光展，感觉怎么样？"吴一婵看向她。

"压力好大呀……不知道能不能坚持下来……"她恨不得把头埋进酒杯里。

"没事，你有贵人相助，一定行的。"吴一婵故意瞥了眼旁边的林淼淼。

"小林总，你住在哪呀？"她又看向了林淼淼。

"我住九龙站那里。"

"九龙站？我们也是！以后可以多走动了！"吴一婵眼睛一亮，推了推身旁的王志渊，"那里有几家不错的餐厅，以后就约那里吃饭吧。"

在套近乎这点上，王志渊最佩服的就是吴一婵，不管是谁，总能被她找到共同点拉拢过来。

"小林总住的是哪个楼盘呀？"他问道。

"我在君临天下。"

吴一婵点了点头："果然不一样，那可是最好的一栋。我们在旁边的天玺，有空过来串门。"

见赵然一语不发，她有意撮合道："你也早点搬过去跟小林总一起住吧，以解相思之苦。"

吴一婵的一句多嘴让两人尴尬了起来。赵然看向林淼淼，只见他低着头不作声，她也便笑而不语。

林淼淼心里也希望赵然搬过去同他一起住，可父亲时不时要来香港，若是看见赵然住在那里还怎么得了？父亲的性子他是最清楚的，未婚同居这种事在父亲眼里就如同乱搞男女关系，而且他跟赵然才认识不久，更加难以说服父亲。

"以后再说吧，不着急。"赵然嘴上洒脱，心里还是对林淼淼的沉默有些不满。

这顿饭赵然吃得郁闷，加上白天的压力，她只想赶快回家。饭局结束后，林淼淼看出了她有情绪，便主动送她回家。

"然然，我不是不想让你搬过来住，只是我爸一直要来香港，我怕撞见了对你不好。"他在地铁上着急地解释起来。

赵然叹了口气："我知道，我没有怪你的意思。"

"那你怎么还是不高兴呢？我看你吃饭的时候一直都不怎么说话。"

她停顿了两秒叹道："这个王总就是盈枫姐的前男友。"

"哦？就是你之前说的那个很厉害的银行经理吗？"

"嗯。我们三个是好朋友，她们两个都帮了我不少，现在这样好尴尬。你说我既然知道了，要不要告诉盈枫姐呢？"

"我觉得你最好别去掺和他们的事，"林淼淼想了想说，"你是个局外人，帮哪头都不好。就当作什么都不知道吧。"

林淼淼说得没错，赵然的内心也不想得罪吴一婵，毕竟她才刚刚加入光展，未来没准还需要吴一婵的帮助。

如此一来，她的心里便更觉得对不住江盈枫了。烦躁的她一头扎进林淼淼的怀中，停止了思考。

吴一婵和王志渊此时也在开往九龙的地铁线上。

"这个赵然看起来挺弱的，行不行啊？"王志渊疑惑地问道。

"我们的主要目标是林淼淼。"吴一婵眉眼一挑，"林淼淼家底丰厚，未来对我们肯定有用。"

"这姑娘坐在那里像个木头，能进光展也是奇迹。"他摇摇头。

"嗨，便宜呗，她的工资大概只有同组人的三分之一。"吴一婵对他摊牌，"要是她真能给团队带钱进来，用这么低的成本那简直太划算了。Vincent又不傻，一个助理也不占他什么名额。"

"那你得祈祷她能过了试用期，不然你也拿不到提成。"王志渊好意提醒。

吴一婵自然有她的打算。她是没把赵然卖个好价钱，因为她一开始就知道赵然这条件也开不出好价钱。把赵然介绍去光展，是为了打开与光展合作的口子，只要成功把光展签下来，她在公司的合伙人位置就板上钉钉了。

到家后，赵然心中难安，还是给吴一婵发了信息："你跟王总在一起，不怕盈枫姐知道吗？"

吴一婵料定了她会来问，淡定地回了一句："人弃我取。"

好一个"人弃我取"，要不是拥有一颗强大的心脏和一张厚实的脸皮，一般人还真难说出这样一句话。

她很佩服吴一婵，同时也担心江盈枫。

对于江盈枫和王志渊的分手，她并不清楚究竟是怎么回事，可她总觉得她所认识的江盈枫是一个重情之人，江盈枫这几年从不跟人提及这段感情，说明江盈枫心里并未完全放下，就算是放下了，若是知道好朋友跟前男友背着自己在一起了，会是个什么结果？

赵然筋疲力尽，脑袋再也转不动了。她拖着沉重的身躯钻进了浴室。

早晨七点，张少华披上白大褂，走进办公室跟值班医生交班。

新入病人、出院病人、危重病人的情况逐一交代清楚后，他和其他医生开始在各个病区忙碌起来。

医生在香港的社会地位非常高，也十分辛苦，内科尤甚。

在夏季这样的流感高发季节，一个公立医院的内科医生通常需要照看二十几名住院病人。

张少华是一个负责的医生，在巡视病房的时候会询问患者一切吃喝拉撒的信息，患者病情的一丝好转都会让他高兴不已，比如食量改善了一点点，炎症降低了一点点，等等。虽然那些变化对常人来说如空气一样无足轻重，但对患者而言却是无比艰辛的一步。

完成巡视病房的工作后，他回到电脑前为病人开单写医嘱。到十一点他便开始为门诊病人看诊，一直到下午两点才能吃饭。简短的午餐过后，还要继续投入看诊当中。就是在这样连轴转的情况下，他还不忘在十一点的时候给江盈枫订午餐。

早年，内科是许多医科学生争相进入的科室，近几年由于工作压力太大而逐渐失宠，更有医生到内科工作一天后便辞职。

好不容易可以喘口气，张少华在走廊里找了个空位坐下，仰着脸深吸一口气，脑袋里想着他的江盈枫。自上次行山之后，江盈枫就一直在出差，他也没有机会再约她出来。这周她回香港了，行动的时候到了。

他刚掏出手机要给她发信息，就发现有一条江盈枫的未读消息。

"张医生，免费午餐到此为止，谢谢你的关心。"

上次两人一同行山时，张少华便坦白了自己是神秘午餐的背后之人。

他有些不安，立刻拨通了她的电话，问个究竟。

"我送的午餐，你不喜欢吃吗？"

江盈枫笑了笑："你送的午餐都很好吃，只是哪能一直麻烦你呢？留点额度给其他病人吧。"

"那你答应我一定要按时吃午餐！"

"你放心，现在只要我一顿饭没吃，就会有一个魔鬼般的声音在我的脑中响起。"

"魔鬼？！"他愤愤不平，"我怎么说也是天使吧？白衣天使啊！"

"是是是，我口误了，是可爱的天使弟弟。"

她边说边笑，张少华那头却突然安静了下来。

"喂？张医生？"

几秒后，张少华的声音再次出现："你是不是觉得我很幼稚啊？"

"不是啊，怎么这么问？"

"你老是'弟弟''弟弟'的，我还以为你觉得我很幼稚呢。"

她这才意识到这位张医生不高兴了。男生一般不喜欢别人说自己小，她连忙一本正经地解释道："对不起，我只是开玩笑，真的没有别的意思。你一点都不幼稚，我觉得你比同龄的男生更有担当。"

他嘴角一扬，道："那你以后不许再说什么'弟弟'。"

"是，张先生！"

"对了，天气开始热了，你想不想一起去滑水？"

"滑水？我从来没玩过，不太会。"

"我可以教你啊！放心吧，我认识一群很专业的人，绝对保证你的安全。"他越说越来劲。

"可是在水里我总是觉得没有安全感……"她吞吞吐吐，"那这样吧，我跟你一起去看看，我也挺好奇，如果觉得害怕我就在边上看你玩。"

"好呀！好呀！"他别提有多兴奋。

"需要带什么专业设备吗？"

"不用，你带上普通的泳衣就可以了，那里什么都有。这个周六如何？我们在西贡码头见。"

她心中一算，周末正好"姨妈"驾到，便说："这周六我不太方便，要不下周六？"

"没问题！"

张少华挂了电话，脑子里已经开始浮想联翩。这样一来，他是不是可以看到江盈枫穿比基尼的样子了？他像个情窦初开的男孩一样在医院的走廊里一个人低头傻笑，路过的护士纷纷朝他看。

在医院里，张少华的人气是所有男医生中最旺的，长得帅、家境好，再加上正直阳光，去问问这里的护士，谁不知道内科的张少华。

刚进医院那会儿，他的桌上隔三岔五就有小护士送的礼物，其他同期进来的医生都跟着起哄，搞得他怪不好意思的。下班后，还有三三两两的小护士躲在门口偷偷看他，指指点点地说"那个就是张少华"。

即便享受着众星捧月般的待遇，他为人一直踏实低调，这一点跟他良好的家教不无关系。

从小生长在医生世家的他，似乎注定就要成为一名医生。他的爷爷和父亲在香港的医疗界都颇有名气。他的父亲早年担任外科医生，后来转而从事跟医疗相关的商业活动，可谓名利双收。可惜由于工作过于拼命，不幸英年早逝，留下了丰厚的遗产给这对孤儿寡母。

张少华的母亲是一位传统的中国女人，婚后就一直在家相夫教子，她淡泊名利，见过她的人都会赞叹她身上那股脱俗的气质。对张少华她几乎倾注了所有的心血，虽然从小就把他送去英国顶尖的寄宿制学校，她仍坚持每个月飞去看望他一次，每次都会待上一周，既培养他的独立能力，又不缺席他的成长。

张少华与母亲的感情自然很好，他深知自己能有今天的成绩，离不开母亲的付出。在得知父亲病危后，他便下定决心陪在母亲身边，撑起这个家，为她遮风挡雨。

与父亲选择从商不同，张少华是一个学者型的医生，每天除了诊断病人之外，他最感兴趣的就是自己的研究课题。虽然之前他在港大医学院的导师已经去了美国，他依旧跟导师保持着密切的联系，时不时地把自己的研究报告拿给导师过目，并与导师交流。

对此，张母倒是乐见其成，她不希望儿子再走他父亲的老路，平平安安地度过一生就好。

忙碌了一天后，张少华并没有像往常那样直接回家，而是开车前往浅水湾参加一个饭局。

今晚吃饭的对象是佳和医院的院长邱震宁和他刚刚回到香港的女儿邱可儿。邱家与张家算是世交，张少华的父亲在世时两家关系甚是亲近，有事没事就一起出来聚餐活动。张少华与比他小两岁的邱可儿从小相识，两家也有点结娃娃亲的意思，一直希望两人能在一起。多年前邱可儿远赴美国读医，两人便联系得少了。

　　张母提前两周就开始关照儿子，今晚的饭局一定不能马虎，邱可儿趁着休假回到香港，难得有机会约他们母子吃饭。张父过世时，张少华还太稚嫩，没能把他父亲苦心经营的社会关系全接过来，如今，邱家算是为数不多的还跟他们走得近的老友，张母自然十分珍惜。

　　由于两家都住在浅水湾，张少华便订了附近的一个高级餐厅招待二位贵宾。

　　他把车停好，径直来到餐厅，老远就看到母亲正和邱家父女有说有笑。

　　还是母亲先发现了他，喊道："阿华来啦！"

　　"邱伯伯，可儿，好久不见！不好意思，医院有事来晚了。"张少华在长辈面前显得格外谦逊礼貌。

　　"阿华！哎呀，越来越帅了啊！"邱震宁忍不住上下打量他。一旁的邱可儿也把目光落到了他的身上，眉眼浮现出笑意。

　　"可儿几时回来的？"张少华刚刚坐定就看向她。

　　"周末刚到的。"邱可儿高兴地说，"这次休假两周，回来陪爹吧。妈妈还在美国，下个月才回来。"

　　"我刚刚还在说，可儿真是女大十八变，越变越漂亮。以前小时候你们就经常一起玩，一转眼都是大人了。"张母露出慈祥的笑容。

　　邱可儿与张少华四目相望，眼神接触了几秒后便各自收了回去。

　　张少华能感受到母亲对这对父女的热情之意，她平常是没有这么多话的。若不是邱伯伯的帮忙，以他的资历是无法这么快在佳和坐诊的，对此，他心存感激。

　　"邱伯伯，我敬您一杯，谢谢您这些年对我们家的关照。"

　　邱震宁蓦地一笑，拿起酒杯说："哪里话！我从小就很看好你，聪明上进又踏实，现在的年轻人，很少有你这样的了。你妈妈把你教得那么好，真是不容易。"

　　张少华一抿嘴，转头向母亲会心一笑。

　　"你也应该早点成家，让你妈妈放心。"邱震宁放下酒杯，"我也一直这样对可儿说，成家立业，没有家哪来业嘛。"

　　邱可儿偷瞄了张少华一眼，心里有了些期待。张少华是邱父心目中女婿的不二人选，这几年邱可儿没少听父亲念叨他。阔别多年后的再次相见，她对眼前这位小时候的阿华哥哥一见倾心。

张母听出了邱震宁话里的意思，她本身对邱可儿印象就很好，文静乖巧、聪慧好学，两家又知根知底，既然邱震宁有意撮合，她便乐得添一把柴火。能与邱家结亲，对张少华的未来也是大有助力的。她本不是一个功利的人，但为儿子的前途着想，她也不得不在这方面多做考量。

"你邱伯伯说的没错，"她看向张少华，"你平时工作太忙，哪有时间交女朋友呀。"

说完，她又转向邱可儿："可儿有男朋友了吗？你这么优秀，肯定很多人追吧？"

"哪有啊！我跟她妈妈也是着急，她太内向了，到现在还是一个人。"邱震宁抢道，"她要是能找一个像阿华这样的男朋友，我真是做梦都要笑醒了。"

再傻的人这会儿也听出来了，邱伯伯和母亲这是在联手撮合他和邱可儿。张少华不敢抬头，一边大口吃菜，一边努力扯开话题。

"我们医院的确是比较忙，但也可以学到很多东西。我的研究项目也需要很多临床病例的支持，这一点邱伯伯最清楚了。"他驴唇不对马嘴地说了一通。

邱可儿低头不语，似乎感受到了张少华在有意躲避。

四人推杯换盏，不知不觉晚饭就接近了尾声。

"两个年轻人留一个联系方式吧，以后常联络。"邱震宁说道。

"好啊。"张少华大方地跟邱可儿交换号码。

"可儿接下来几天都会在香港，可以跟你阿华哥哥一起出去转转，毕竟你也好久没回香港了。"邱震宁笑着说道。

"是啊，阿华，你平时上班忙，周末可以带可儿出去玩玩，人家难得回来的，你要照顾周到。"张母也在一边帮衬。

待把邱家父女送上车，已经快要九点了。

张少华陪母亲散步回家，一路上沉默不语。

"你是不是对可儿没有那个意思？"知子莫若母。

张少华在母亲面前毫不掩饰："可儿是很好，但不是我的那杯茶。"

"一点感觉都没有吗？多接触一下兴许能培养出感情呢？"

"妈……这个事你就不要管了嘛。"他一副恕难从命的样子，"你说过不干涉我的私人生活。"

"好，好，你放心，我是不会勉强你的。"张母拍了拍他的肩膀。

看着母亲进了家门，他便掉头回餐厅开车。为了上班方便，他平时住在香港大学附近，只有周末才回来看望母亲。

他坐进车里，深呼吸了一口，终于不用再装了。

此刻，他无比想念江盈枫。他好想立刻驶到她的身边，抱紧她，告诉她自己的心意。

他一点都不想和邱可儿有什么关系，甚至有股冲动想立刻辞去佳和的工作。和江盈枫以外的任何一个姑娘独处，都会让他觉得坐立不安。

他摇下窗户，让风吹进车内。车一路向西，马达声渐渐消失在夜色中。

每一天，香港的中环都在为积聚财富而上足发条。

ZBC 正在发行最新一期的大中华对冲基金，由王志渊亲自操刀管理。作为本次基金的主要发行伙伴，G&C 此刻的募集正如火如荼地展开着。

"募集期一共十五天，今天已经第十二天了，都抓紧啊！"Ken 在办公室里催促大家。

来签单的客户络绎不绝，都是冲着 ZBC 的大名而来的。在资管行业越来越不景气的当下，也只有 ZBC 的势头依旧火热。短短几天，基金的规模就已经超过了原定的上限，王志渊在 ZBC 的第一仗打得很漂亮。

这档基金也创下了 G&C 多年来的募集之最，为公司创造了丰厚的收益。Ken 自然是笑得合不拢嘴，这个月的业绩指标算是提前完成了。

江盈枫连喝水的时间都没有，前一个客户刚刚送走，马上又要迎来下一个。她抓住间隙来到洗手间，满员，便不假思索地转身走楼梯到了下一层的洗手间。她从来不愿把时间浪费在等待上，尤其是在这分秒必争的日子里。

　　就在大家忙得热火朝天的时候，Ken 接到了产品部的一个电话。电话中说：
"由于规模超出上限太多，ZBC 决定提前结束募集，截止日是今天中午。"

　　消息一出，办公室立刻炸开了锅。

　　"赶紧打电话给客户！中午前必须赶到！"香港组的几个银行经理马上行动了
起来。

　　"怎么说结束就结束了呀？客户上午没空啊，怎么办？"江盈枫团队的几个银
行经理在一边嚷嚷。

　　江盈枫刚刚回到座位，几个下属就围了上来，她听完后也是一筹莫展，下午
三点还约了两个客户过来呢。

　　她快步走到 Ken 的身边，小声问道："这次搞得动静太大了，不好收场啊。
有没有可能让 ZBC 拖到今天下午再结束？我们跟客户也好有个交代。"

　　Ken 拧了拧眉心。"我要是有办法，也不会站在这里啦。"他思考了几秒，"产
品部那边是指望不上了，我直接找一下 ZBC 的王总，看看能不能说动他。"

　　一听到王总两个字，她立刻闭了嘴，站在一边看着 Ken 给 ZBC 打电话。

　　不一会儿，其他组的人也闻声凑了过来，大家围在一起等着 Ken 的消息。

　　"王总正在开会，他的助理接的。"Ken 挂了电话，抬头看向大家，"我已经跟
他说明了情况，他说中午前会给我们消息。"

　　说罢，众人四散开去，继续各忙各的。江盈枫的心中已是做好了最坏的准备，
大不了这两单不要了，以后用其他方式弥补客户。

　　大约过了十分钟的样子，Ken 桌上的电话响了，是王志渊的助理。由于时间
紧迫，Ken 便开了免提，让大家过来一起听。

　　"我刚刚去问了王总，他非常感谢大家对他的抬爱，但是基金真的不能再接受
新的客户了，因为超募实在太多，会影响建仓。"助理在电话里显得很为难。

　　"没事没事，我们能理解，谁让你们的基金太受欢迎了嘛……"Ken 一边客套
着，一边对着大家耸耸肩。

　　"不过，王总说了，江盈枫的客户除外。"助理又道。

　　此言一出，所有的目光一时间都聚焦在了江盈枫的身上。

她眨了眨眼睛，一脸无辜地望着大家。显然，王志渊因为他俩之间的特殊关系，给她开了后门。

想到这里，她心跳加速，面前的这一双双眼睛像是要把她看穿。她不自觉地看向 Ken，似是在寻求帮助。

"大家都去做事吧！"Ken 一声令下，"ZBC 就卖到中午为止。"

大伙纷纷转身离开。Ken 眯了眯眼睛，朝她瞥了一眼，这眼神分明在说"真有你的"。

身后几个银行经理已经在窃窃私语，江盈枫知道他们一定是在议论自己，她坐在位置上发着呆，不知是该高兴还是烦恼。

"江盈枫的客户除外。"这句杀伤力十足的话估计要让她在公司一举成名了。

她在职场打拼多年，还从未受到过什么特殊待遇。她可以理直气壮地告诉所有人，今天她所拥有的一切都是她一步一个脚印走出来的。她不知道王志渊是怎么想的，难道就没有考虑过她在公司的处境？她并不知道，王志渊原本只是想告诉 Ken 一个人，并未料到其他人都会听到。

尽管如此，她的心里明明白白地洋溢着一股喜悦，因为王志渊还念着旧情，他还是想着她的。

他是不是还单身一人？他们之间还有复合的可能吗？她竟开始胡思乱想起来。

三年，说长不长，说短不短，长到足以让人忘记心碎，短到无法让人忘记心动。彼时的愤怒和怨恨早已随时间淡去，如今重逢，他若有意，她可还有情？

她不敢往下想，怕一步走错，再次掉入深渊。

下午，赵然抱着一摞资料走出办公楼，去拜访她在光展的第一个客户。

即便是要面对一个难缠的客户，她的心情倒是比待在公司里更轻松一些。加入光展的这几天，她一直夹着尾巴做人，生怕一不小心就踩到雷。现在，办公室对于她才是最可怕的地方。

她来到客户位于湾仔的公司，怀着无知者无畏的精神，在他的门口敲了敲门。

"进来。"房间里传出一个中年大叔台湾腔的声音。

"庄总您好！我是 G&C 的赵然。"

庄总抬眼看了她一下，说："你有十分钟的时间。"说完继续低头打字。

她心里一阵紧张，秘书没跟她说只有十分钟啊。她快速走到庄总的桌前，卑微地拿出一沓资料："庄总，我是您的新银行经理，今天来主要是想跟您交代一下您账户的情况。"

她趁机打量眼前这位庄总，眼袋下垂，前额光秃，说话时爱皱眉，一看就是个急性子。这个人虽然傲慢，却不如林淼淼父亲那般气场强大，给人压迫感。

"你们把我的账户管成什么样子了？"庄总瞟了一眼桌上的资料，口气冰冷。

赵然按照事先操练好的说道："最近市场不太好，您的股票和外汇部分有所亏损，但有些基金还是赚了的，特别是债券基金……"

没等她说完，庄总就急躁地打断了她："我真是不知道你们这些人的脸皮到底有多厚，还好意思再拿这些话来敷衍我！我原先在你们银行放了三千万，短短一年多的时间，就亏掉了将近五百万！"

他眉头皱得可以挤死一只苍蝇。

赵然像个木头一样站在那里被他训话，她第一次被客户骂得根本不知如何招架，只能靠抓紧手中的资料夹来抑制紧张。她有一肚子的不服气，庄总的钱又不是她亏的，凭什么让她来背这个锅？

"你之前的那个银行经理居然对我说，要是再亏下去，我的钱就不够三百万美金，不够资格做你们的客户！唉，有没有搞错，明明是你们把我的钱亏掉的，居然还要把我踢出去？！这什么流氓逻辑啊！"

赵然的脸涨得通红，她真想甩开这个烂摊子，转身一走了之。眼前的场景让她想起了小时候被老师训话时的样子，那种无助和羞耻感瞬间占据全身。此刻，她是真的后悔去了光展。

不管庄总怎么骂，她就是将"打不还手，骂不还口"的八字箴言贯彻到底。这新来的还挺能扛，庄总心里琢磨着。

骂累了，他停下来看着眼前这个惊慌失色的姑娘，觉得她倒是跟之前那些个满嘴跑火车的人不一样，至少她没有骗自己说"市场大跌的时候是进场的好机会"，让他再多买点。

"你是新来的？"他压低了声音问道。

"嗯，这周刚刚加入光展。"她故作镇定地挤了挤嘴角。

"你坐吧。"此刻他的台湾口音显得柔和了许多。

赵然在他面前坐下，像是刚刚经历了一场狂风暴雨的洗礼，惊魂未定。

"你是哪里人啊？之前做什么的？"庄总第一次平视她。

"我是杭州人，来香港四年多了，最早在公关公司做市场策划，后来去了联邦做保险代理。"她怯怯地答道。

人还算老实，庄总心想，虽然背景不怎么样。在香港做了这么多年生意的他自然知道如何识人用人，靠谱是永远排在聪明之前的。这姑娘虽然无法帮他赚钱，但至少不会像那些聪明人一样坑他，更何况那些聪明人也没给他赚到钱。

"你回去跟你们老板讲，不要动不动就拿市场不好做理由。"他像个长者一样，语重心长地教育她，"从现在起，你每周给我汇报一次账户的情况，我要看到客观的分析报告。"

她连连点头："没问题，庄总！我这就回去准备。"

"你不要先夸海口，以后有问题我还会来找你的。这些材料都留下吧，我马上要去开会，今天就到这里。"

赵然心中的大石头总算落了地，就像是被关了一天的学生听到了放学铃声一样，迫不及待想夺门而出。

正当她起身准备告辞时，庄总又叫住了她。

只见他从抽屉里拿出一个精致的小盒子，放到她跟前："有件事要麻烦你，我有一块百达翡丽的手表，不知怎么了最近一直走得慢，你帮我拿去店里问一下，该修就修。"

她双手接过盒子，恭敬地说道："放心吧庄总，修好了我给您送来。"

她走出办公室，关上门，看了看时间，才进去半小时都不到，感觉却像一个世纪。君子忍人之所不能忍，大概就是她刚刚那个样子。一想到以后每周都要来聆听他的咆哮，真恨不得立刻辞职。

她走在路上，脑子里想起了吴一蝉说过的话，果然银行经理都是表面光鲜，背后辛酸。此时，赵然无比佩服江盈枫，真不知道她是怎么坚持下来的。她琢磨着要是在进私行前能听听江盈枫的意见，或许可以少走一些弯路。

她好想对她的盈枫姐倾诉这几天的遭遇，就像之前每次遇到难题，江盈枫都会给她提点，帮她渡过难关。可吴一蝉和王志渊的事始终横亘在心，她见了江盈枫该如何面对呢？

她回到公司，把东西往桌上一放，开始查阅邮件。这时，路过的 Sabrina 瞧见了她桌上的百达翡丽盒子，不禁两眼放光。

"我可以看看吗？"她嗲声嗲气地问。

赵然不以为意地回道："行啊。"

"哇，卡拉特拉瓦系列，经典款，男士的，打算送给谁啊？"

赵然一脸茫然道："这表很贵吗？"

Sabrina 睁大眼睛说："这款怎么也得四十万打底……"她又好奇问道："这不是你的呀？"

天呐，四十万！幸好这一路上没出什么闪失。

"这个是客户的，他让我拿去修。"她看向 Sabrina，"你知道去哪里修吗？"

Sabrina 立刻面露不屑，眼神充满了揶揄，道："你打电话去维修中心问一下。"

她回到座位上，小声对钱琳琳嘀咕："你说 Vincent 怎么招了这么个人，真是傻得可爱。"

钱琳琳听到了她俩刚刚的对话，看向赵然说："以后这些奢侈品你还是得关注起来，什么十大名表、八大珠宝，至少都得懂一点，不然跟客户没话题聊。"

赵然笑着应了一声，转过头，心中升起一股自卑感。她感觉自己到了一个完全不同的世界，几十万的手表，几百万的珠宝，这些都是她这样身份的人不可能去关心的东西。她不明白，她的工作是帮客户理财，为何还要花时间在这些无关紧要的东西上？

她想到了林淼淼，难道他也潜心于这些名表珠宝？她好想去问问他，可最终还是打消了这个念头。她怕被他笑话，毕竟他将要成为自己的客户，在他面前还是尽量保持专业一点的好。

她抓了一阵头皮，实在走投无路，最终忍不住给江盈枫发了消息。

"盈枫姐，周末有时间一起吃饭吗？好久没见你了。"

"好呀！最近忙什么呢？"江盈枫还是那么亲切。

"最近很郁闷……求安慰……"

"那周末请你好好吃一顿！"

赵然开始自怜起来，觉得自己像一根风中之烛，只要轻轻一口气，就有被掐灭的危险。

要是江盈枫是她的老板就好了，那她这根小蜡烛也算有人罩着了，她又做起了白日梦。

依山傍水的浅水湾周末吸引了不少游客光顾。张少华的家就在这"天下第一湾"身后的高档住宅区。

他推开窗户，早晨的空气中夹带着海风的新鲜，远处水清沙细的弯月形海滩映入眼帘。每个周末他都会回家看望母亲，陪她吃饭、聊天、去海边散步。

今天，他的主要任务不是母亲，而是要带着邱可儿去中环吃饭。虽然不情愿，但也谈不上讨厌，毕竟他俩从小相识，这份儿时的情谊还在。

阳光明媚，他载着邱可儿一路来到了中环的一家餐厅。这家餐厅优雅气派，菜系是经典粤菜，邱可儿在美国待久了，这会儿想吃一口地道的家乡菜了。

"来，想吃什么，尽管点。"张少华把餐牌递给了她。

她兴高采烈地翻阅着，说："阿华哥，你喜欢吃什么呀？"

"不用管我，"他眼睛弯弯，露出迷人的笑容，"你难得回来一次，以你为主。"

他的座位朝向餐厅大门，便无聊地看着进进出出的客人。刚过中午十二点，来的人还不多，因为是周末，大家都放慢了节奏。

突然，一个熟悉的身影出现在门口，他眉头一紧，定睛一看，那不是江盈枫吗？只见她在门口驻足片刻，便由服务生带路朝里面走来。

她怎么会在这里！老天啊，他才跟其他女生吃一顿饭，就让她逮个正着。

果然，跟不喜欢的人在一起，不会有故事，只会有事故。

张少华一脸忐忑，看了一下面前的邱可儿，恨不得钻到桌子底下去。他心虚地低头摆弄着茶杯，似是面临着人生的重大危机。

"咦，张医生？这么巧，你也来吃饭。"是祸躲不过，江盈枫一进来就看到了他。

"江小姐，好巧！你也来这家店。"他装作才看到她的样子，心里一直在打鼓。

"是啊，我约了朋友，那不打扰了。"

他还没来得及回应，她就微笑着转身走向她的座位。

邱可儿见他的目光一直跟着这位江小姐在走，便好奇问道："你朋友啊？"

"嗯，她是我的银行经理。"他回过神道。

邱可儿笑了笑，没有再多问，继而叫服务生过来点菜。

两张桌子离得不远，江盈枫坐在他斜后方，完全在他的视线范围内。今天这顿饭，他注定要身在曹营心在汉了。

不一会儿，赵然赶到，她在江盈枫的对面坐下，两人一阵欢笑。

这一切都被张少华看在眼里。原来她是跟女生吃饭，她会不会多想，以为他在跟其他女生约会？她要是没多想，那是不是说明她压根不在乎他？他的大脑就没停下来过，趁邱可儿不注意，眼睛时不时地瞟向那边。

"盈枫姐，最近好吗？我看你气色不错啊。"赵然见到江盈枫就如同见到了救星一般，喜悦溢于言表。

"我一直挺好的，倒是你，怎么又郁闷了？"

赵然嘬了嘬嘴，道："有个消息我还没告诉你，我加入光展了，现在是内地团队的初级银行助理。"

"哇！你去了光展？"江盈枫眼睛一亮，不可思议道，"恭喜恭喜！我们是同行了！"

她刚想说点杯酒庆祝一下，余光就扫到了不远处坐着的张医生。她突然觉得这位张医生最近在自己面前的出镜率还挺高，连吃个饭都能碰上。

"去了光展是好事啊，比之前卖保险强，干吗还要郁闷？"江盈枫看赵然神情低落，又问道。

赵然叹了口气："盈枫姐，我真是佩服你能在这样的环境里坚持这么久，而且还做得这么好。我现在算是体会到了银行经理的艰辛。"

江盈枫笑了笑："怎么，才去了几天就要打退堂鼓啊？跟我说说你都怎么艰辛了。"

赵然抓着机会开始吐苦水："我进去的第一天就被吓得不行，我们那里人员复杂，一个看起来很不起眼的人都是有来头的，我在里面真的是最最卑微的。"

"有人欺负你了？"江盈枫点完菜，看向她。

"谈不上欺负，但是也不怎么友善。"赵然嘟哝着，"我一去就被分配了一个大家都不要的客户，我在他公司被他骂了足足半小时，临走还要帮他修理手表。"

江盈枫喝了口水，说："只是让你修个手表你就闷闷不乐啦？我还要帮客户的孩子找学校呢。"

"客户孩子的学校为什么要你来找啊？"赵然瞪大双眼问道。

"我不找，自然有人愿意找。像这种献殷勤的机会，大家抢还来不及呢。"

菜慢慢上齐了。"先吃吧。"江盈枫招呼赵然开动起来。

"可是我们的工作难道不是帮他们理财吗？为什么还包括其他这么多事呢？"

江盈枫放下筷子："我的老板之前给我讲过一个他自己的故事。他曾经问过一个跟了他二十年的客户为什么愿意跟他那么久。"

她停顿了片刻，看向赵然："你觉得是为什么？"

赵然做思考状，回答道："他一定帮客户赚了很多钱，客户很信赖他吧？"

江盈枫笑着摇摇头："答案是：他帮客户找到了在伦敦失之交臂的一把古董椅。"

"啊？古董椅？"

"私人银行所做的本来就不是单纯的金融理财，而是生活中全方位贴心管家式的服务。"江盈枫像老师一般给她启蒙，"有时令客户感激涕零的并不是一年百分之三十的收益，而是一幅二十世纪的名画，或是在结婚纪念日时戴在太太脖子上的一串特殊意义的项链。"

赵然连连点头："你说得比我们老板好多了！"

"客户愿意骂你其实是好事，至少他还愿意跟你交流，要是他直接关了账户去别家，你就真的没机会了。"

赵然恍然大悟，她怎么就没想到这一层呢？

"你有了解过这个客户的个人情况吗？家里有什么人、公司运营状况、他的个人爱好等？"江盈枫继续追问。

赵然摇摇头，有些惭愧。

"那你凭什么能留住客户呢？要知道，每一家私行能提供的服务都大同小异，他为什么选择光展而不是其他银行？很大程度上跟他的银行经理有密切的关系。"

赵然知道，江盈枫之所以能做得这么成功，离不开她对客户无微不至的关心。正常情况下，一个银行经理最多能服务三十名客户，再多就力不从心了。要做到对每一个客户都如数家珍，绝不是一件容易的事。

"在投资方面你更要亲力亲为，虽然很多事可以丢给投资顾问，但你还是要过问客户的每一笔投资，把客户的资产烂熟于心，做到任何一个客户打给你咨询时都能答得上来。"

赵然终于明白了自己跟江盈枫的差距，不再怨天尤人。

两人聊得正欢，丝毫没有留意到不远处张少华正看向她们。

江盈枫的存在似给他带了一副紧箍咒，珍馐在前，味同嚼蜡。他不敢对邱可儿太热情，不敢放开了笑，也不敢给邱可儿夹菜，生怕被江盈枫和她的朋友看到产生误会。他心不在焉地跟邱可儿聊着天，说些有的没的，心里期盼着快点吃完离开这里。

要说邱可儿也算是个大家闺秀，跟张少华又是同行，虽说长相没那么出挑，但也算甜美可人。凭她的家世和条件，想跟她约会的人可以绕山顶两圈，可偏偏张少华不在其中。

邱可儿从小就是乖乖女一枚，小时候就爱跟着他屁股后面转，还被他弄哭过几回。张少华一直像对小妹妹一般待她，至于其他感情还真谈不上。

"对了，你怎么会去光展的呢？"江盈枫好奇地问道。

"是一婵介绍的，她可是帮了大忙了！"

江盈枫沉默了几秒，想起去年底吴一婵曾经想挖她过去，顿时了然于心。

"这么说你已经有不少客户了？"

"算是吧，就是之前买了大额保单的那个客户……他现在是我男朋友。"赵然有些不好意思。

"哈哈！原来如此。"江盈枫笑道，"看来是爱情事业双丰收！"

"你就别拿我寻开心了。"赵然撒起娇来。

"有一点我想还是得提醒你，"江盈枫突然有些严肃，"跟客户谈恋爱还是要把握好度，关系好的时候自然没什么，可万一关系不好了，也不要让他影响到你的工作。"

"放心吧，盈枫姐，我记住了！"赵然给江盈枫的碗中夹了些菜，继续说道，"我们组长给我们定的指标太吓人了，根本是不可能的任务。"

江盈枫抬起头，似是想到了什么："我这里有个活动，或许可以帮到你。"说完便把信息发到了赵然手机上。

"'第二代协会'，这是什么呀，盈枫姐？"

"是一群香港本地的富二代成立的组织，对我来说他们都太小了，对你还挺适用的。"江盈枫说道，"下周末他们有一个'船趴'，你可以参加，多认识一些人。"

趁赵然在细细阅读，江盈枫打量了一下眼前这个姑娘，又道："给你个建议：别这样去参加，去买个像样的包，再买一身好看的长裙。那种圈子，行头还是需要的，毕竟搞定客户最好的办法就是把自己变成客户那样。"

赵然低头扫了一眼自己的装扮，吐了口气，是时候脱胎换骨了。

"下周末你不跟我一起去吗？"

"我有约了，跟朋友去滑水。喏，就是那边坐着的那位。"

江盈枫朝张少华的方向看了一眼，只见他正低头用餐，不苟言笑。

"就是那个戴眼镜的男生？"赵然的好奇心一下子被吊了起来，"挺帅的呀！他约你一个人去滑水啊？"

"嗯。"

"他肯定对你有意思！"

"你想多了……"江盈枫干笑一声，"他跟你差不多大，在我眼里都是小朋友。"她又转过头看向张少华那桌，"那个说不定就是他女朋友吧？"

江盈枫的连连回头引得张少华内心七上八下的。她们是在议论他吗？会说些什么呢？难不成真的误会了？此时的他真恨不得有一双千里眼和顺风耳。

赵然止不住要对他一探究竟，不停地观察他的一举一动。

"我觉得他肯定不喜欢那姑娘，根本没什么互动。"她看向江盈枫，"林淼淼跟我吃饭的时候完全不是这样的。"

江盈枫觉得好笑，这姑娘竟开始教导起她来了。

"你相信我，男生单独约你出去玩，肯定是对你有意思。管他多大呢，你别故步自封。"

赵然努力开导眼前的江盈枫，多么希望她去尝试一段新的感情。赵然恨不得大声告诉她不要再想王总了，可话到嘴边却难以启齿。

"盈枫姐……"她直直地看着江盈枫，吞吞吐吐。

"怎么了？"

"没什么……你要是谈恋爱了我就放心了。"她露出诚恳的笑容。

江盈枫愣了一下，瞬间咧开嘴笑了："连你都用这种口气跟我说话……拜托！"

赵然笑不出来，憋着真相不敢说的心情只有她自己能体会。

赵然看了看时间，说："我差不多得走了，下午约了林淼淼谈开户的事。"

两人买完单起身朝门口走去。江盈枫突然想起还没跟张少华打招呼，便回头跟他说再见。她发现张少华也正看着她，便微笑着同他挥手拜拜。

张少华露出欣慰的眼神，同她挥手道别。待她们走出视线，才彻底松了口气。

他像一根紧绷的皮筋突然松弛了下来，整个人靠在椅背上，对着面前的邱可儿笑了笑。一想到下午还要陪她继续逛，顿觉提不起精神。

江盈枫走在去瑜伽课的路上，脑袋里还在想着刚刚与赵然的谈话。连赵然都开始担心起她来了，难道自己真的这么可悲吗？赵然鼓励她开始新的恋情，偏偏王志渊在这个时候出现了，这是不是冥冥中的安排，让他俩重新开始呢？

江盈枫又不自觉地给了自己希望，她嘴角露出一丝笑意，走进了瑜伽馆。

与江盈枫告别后，赵然就跟林淼淼在外面的商场会合。今天他俩没有去林淼淼的豪宅，因为林父在家。

林淼淼买了最新的电影票，离开场还早，他们便在边上的甜品屋吃糖水。

"看你心情不错，你的盈枫姐都跟你说什么了？"他笑着问道。

"她给了我很多指点，你说我怎么运气这么好呢，有一婵和盈枫两个这么给力的好朋友。"她边说边往嘴里送了一口双皮奶。

"那我呢？"他瞪了她一眼，似有些醋意。

"我的大喵喵当然是最最重要的啦！"她伸手轻捏他的脸，调皮道，"你打算什么时候来开户呀？"

"我得问我爸，他同意了才行。"

"还得你爸同意啊？"

"钱在我爸那，最终都得他点头啊。"

赵然突然不吭声了，搞了半天，自己是水中捞月——空欢喜。

她早该想到，林淼淼虽说是个富二代，可没有实权。钱是他爸赚的，豪宅是他爸买的，说白了，他就像个打工的，什么都得请示汇报。

"下周我约我爸一起到你们行里坐坐，再一起吃个饭。他对你印象很好，你好好跟他说说，我觉得他会答应的。"

"那你可得在边上帮我。"她娇嗔道。

他一把搂她入怀，亲了一口，说："放心吧！"说罢，两人起身步入电影院。

一转眼到了周一，赵然特意穿得比平常更加职业，为的是中午与林父的饭局。

说实话，她并没有十足的把握可以说服林父，他是一个思想固执的人，不会被别人轻易说动。一想起他身上透着的那股凌厉，她就有些胆怯。好在林淼淼会在一边帮衬，让她安心了不少。

她特意挑了一张安静的桌子，恭候林家父子的到来。

不一会儿，林茂德矫健的身姿就出现在餐厅门口，林淼淼跟在他身后一同走了进来。

"小赵你好，有阵子没见了！"林茂德热情地同她打招呼。

"你好林总，快请坐！"赵然立刻起身迎接。她悄悄对一旁的林淼淼挤了下眼睛，道："小林总也坐吧。"

林淼淼"嗯"了一声，抿嘴偷笑了一下。

"听淼淼说你去了光展，不简单啊！"林茂德边说边给赵然倒茶，"第一次见面我就看好你，为人踏实，不浮躁。"

赵然双手接过茶杯，一脸郑重。"林总太客气了，我来吧。"说罢拿起茶壶给二人倒茶，"听小林总说，你们在寻找合适的私行打理资产，有什么我可以帮忙的地方，您尽管说。"

"没错，这是我们来香港的重要任务之一。"林茂德睁大双眼，"身边的朋友推荐了几家，我们也去聊了聊，但还是拿不定主意。这些客户经理啊，拿出来的名片不是总监就是总裁，一见到我就说得天花乱坠，让人不太敢相信。"

赵然笑了笑，招呼两位动筷。

"你跟他们不一样，小赵，我们在你这里买过保险，是老客户了，算是有交情的，你是不会对我说大话的。"林茂德跟她套着近乎。

"您放心林总，对您我是知无不言的。"

"赵然现在可厉害了，每天见的都是投资精英。"林淼淼在父亲耳边说道，"上次她还介绍了 ZBC 的投资总监给我认识，学到了不少东西。"

"是嘛！那是要跟小赵好好学学。"林茂德点了点头。

赵然冲林淼淼会心一笑："小林总过奖了，你如果需要，我还可以组个局，给你介绍更多的人。我们在香港有一个浙江同乡会，里面都是像我们这样来自浙江的'港漂'，大部分都是做金融的。"

"哦？还有这样一个组织呀？"林淼淼好奇地问道。

"是啊，同乡会的副会长是常世武，据说此人很有来头，在浙商圈举足轻重。"

林茂德的眼睛顿时一亮，盯着赵然问道："你认识常世武？"

赵然眼睛扑扇了两下，脱口而出一个"嗯"，为了在林总面前充胖子，她故意说道："我跟他吃过几次饭，他为人很亲切，没什么架子。"

"小赵果然厉害！"他看了一眼林淼淼，"常世武可不是一般的人物，我跟他以前有过几面之缘。他跟我们这些小老板可不一样，我们在他面前头都不敢抬的。"

看父亲对赵然一番夸赞，林淼淼内心一阵激动，朝她递了个赞许的眼神。

赵然不自觉地回忆起了今年元旦的迎新会，早知道常世武这么重要，当初她真应该跟着徐青他们上去敬几杯酒的。想想那时她还端着架子装清高，此刻真是肠子都悔青了。

"放眼现在香港称霸一方的富豪们，不少都是早年的'港漂'，他们因为各种原因来到香港，智慧、勤奋、机遇造就了他们的今天，也改变了香港的发展和格局。"林茂德这番话令两位后辈豁目开襟。

坐看香江百年风云，不少耳熟能详的大亨都在这座城市创造了奇迹。

"在你们出生之前，我就来过香港了。"林茂德今天特别有兴致，开始给两个年轻人讲起了往事，"那个时候的香港正是经济发展的鼎盛时期，我的外贸公司有些单子需要走香港，每次来都会惊叹香港人的高效和拼搏。"

看得出，林茂德对香港是有感情的，由于生意关系，他早早地就以儿子的名义在香港办理了投资移民，在房价疯涨之前就购置了豪宅，颇有眼光。

"言归正传，我对私行的确是有一些问题。"他又露出了犀利的眼神。

"我最关心的还是资金安全的问题，之前金融危机的时候国外有些银行都倒了，你们银行会不会发生这种情况？"

赵然深吸了口气，幸好 Vincent 之前给她的资料里有很多关于光展的介绍，她便对林茂德娓娓道来："您的这个问题的确是很多客户关心的。银行会不会倒闭？理论上这个可能性是有的，但真正发生的概率非常低。即便是在金融危机的时候，那些摇摇欲坠的金融机构最终都通过各种方式存活了下来，有些是国家出手相助，有些是被其他机构收购了，不管是哪种情况，客户的资产是不会受到影响的。"

林茂德似乎认同了这个回答，继续问道："客户的信息会不会对外泄露呢？"

"这个您绝对放心，我们对个人身份信息的管控是非常严格的，不是核心的员工都接触不到客户信息。而且香港最讲法治，一旦有违规行为，是要坐牢的。"

赵然诧异，林总关心的点都好奇怪，他对银行的投资产品能赚多少钱一概不问，反倒对这些看似不是问题的问题如此较真。

"我知道了，这么说我就放心了。"他喝了口茶，"我下午还要去见朋友，你们行里我就不去了，有什么事你就找淼淼。"林茂德咽下最后一口饭，便先行离去。

赵然嘴上答应得快，心里吃不准他的态度，便凑到林淼淼身边，一改刚才严肃的样子，转悠着眼珠问道："我表现得怎么样？"

"一百分！我觉得我爸基本同意了。"

"真的？你怎么这么确定？"

"他刚刚都说让你找我了，就是准备放手了。"他挑了挑眉回答。

赵然心里乐开了花，恨不得扑上去亲他一口。本以为要斗智斗勇几个回合，没想到如此顺利。殊不知，在这之前，林淼淼就已经对父亲三番五次地进言，这才有了她今天的一击即中。

午饭过后，她兴奋地回到公司，立刻向钱琳琳请教起开户流程，心里盘算着这周就把户开了，Vincent 定会对她刮目相看。

钱琳琳把开户相关的信息邮件给了她，她只打开扫了一眼，就被这严格烦琐的流程吓到没了声音。

怎么跟平常去银行开户完全不一样呢？她一脸不解："琳琳姐，我们这里开个户怎么这么复杂呀？"

"那是，你以为是大街上的银行随便开个户呀？这里可是私人银行，三百万美金起，这么多钱，当然得严格审查啊。"

赵然盯着屏幕上那些资料，要把这些都吃透了还真需要些时间。

私行的开户分为两步，第一步是由银行经理负责向客户收集各种身份和资产证明文件，第二步就是交送给开户委员会进行审批，通过后客户方可划钱进来做投资。

开户委员会由高级合规官和其他几位管理层人员共同组成。其中，合规官的角色至关重要，他是决定各项文件能否通过的最关键的人。

她看着长长的证明文件清单，这上面的问题基本把客户问了个底朝天。难怪江盈枫会说客户的家人还没银行经理知道得多，这话还真有道理。也难怪林总会担心信息泄露的问题，这么多机密资料要是落到了有心人的手里，指不定会闯多大的祸呢。

钱琳琳在她身后提醒道："就算客户乖乖配合，提供了全部证明，委员会还是有权继续提问，要求客户进一步提供其他文件。你就做好准备吧，没一个月开不下来。"

这闯关游戏才要开始，赵然就已觉得心累了。她得尽快把这套流程琢磨透了，不能在林总面前掉链子。

她一头埋进资料中，很快便忘记了时间，连钱琳琳下班时对她打招呼都没怎么留意。她伸了个懒腰，才注意到窗外天都黑了。呀，已经八点了，怪不得有点饿了呢。她自语道。

她准备把明天要用的几份材料打印出来就回家去。她来到走廊边的打印机，发现没纸了。环顾四周，突然想起来小会议室里还有一台机器，便径直走了过去。

她推门而入，顺手按了门边的电灯开关，灯光亮起的瞬间，眼前的一幕将她吓了一跳。

只见一对男女在会议室的角落里搂抱在一起，被她当场撞个正着。男的靠墙，脸被落地盆栽挡住了，他的手臂绕在女人的腰间，那女的则依偎在他怀里，侧着身背对着赵然。

赵然条件反射般地迅速关上了门，躲在门外，她的脑子里还是刚刚的画面，她清楚地看到了那女人的侧脸，竟然是 Sabrina。

就在她惊魂未定之时，Vincent 突然朝这边走了过来。

"还没走啊？"他笑着说道，"我来拿打印材料。"

赵然的大脑应急机制瞬间开启，急中生智道："这个打印机也没纸了，我刚刚看过。"

"是嘛，那我去投资顾问那边打印吧，你也早点回去吧。"

待他走远了，赵然悬着的心才落了地。

那男的是谁？她没有看清，她只记得 Vincent 说过 Sabrina 已经结婚了，而且夫家也很有钱。

她突然有一种不祥的预感，她不敢久留，打印材料也不要了，快步回到自己桌前，拿起包夺门而出。

叮叮车清脆的声响夹裹着双层巴士的轰鸣，开启了中环新的一天。

早高峰时，光展大楼的电梯前依旧排起了长队，人们手里端着咖啡给还没睡醒的大脑提神。

自从来了光展，赵然便不再去家门口的早餐店买豆浆和包子了，她每天都会在大楼里买三明治和拿铁咖啡。今天，她的心情有些忐忑，因为昨晚她在办公室踩到了雷。

她自认倒霉，这办公室偷情的戏码怎么偏偏被她撞见了。明明是 Sabrina 行为不检，自己倒是紧张得跟做贼似的。Sabrina 昨晚有没有看到自己？今天会不会来找自己麻烦呢？

她惶惶不安地踏进办公室，女主角还没到，她便坐到了自己的位置上，眼睛时不时瞟向走廊口。

不一会儿，Sabrina 就进入了赵然的视野，她还是跟往常一样，一套修身的职业连衣裙配高跟鞋，踩着充满优越感的步伐扭了进来。

赵然立刻把眼神收了回去，盯着屏幕不敢出声。

"中午一起吃饭吧。"Sabrina 路过她的身边特意停下说道。

赵然一时间没反应过来，这是在跟她说话吗？这口气不像是之前对她一脸不屑的 Sabrina 该有的。

"好啊。"赵然笑了笑，心想：不会是鸿门宴吧？

整个上午她都无法静心工作，除了跟林淼淼打电话交代了一下开户所需的材料外，其余时间都在磨洋工。

一过十二点，Sabrina 就主动来到赵然的身边，问她："想吃什么？"

"我都行，要不你挑一个？"赵然有些紧张。

"有家意大利菜挺好的，我们去那里吧。"说罢，两人一同去坐电梯。

这倒把身后的钱琳琳看傻了："今天是什么日子，这两人怎么凑到一块儿去了？"

在餐厅坐下后，两人迅速点完餐，聊了起来。

"谢谢你昨晚帮我解围，我在会议室里都听到了，你跟 Vincent 在门外说的话。"Sabrina 开门见山。

赵然一惊，看来这顿该是答谢宴了。

"没什么，大家都是同事，应该的。"

"不是所有同事都会这样的，"Sabrina "哼"了一声，"说明你是个厚道人。"

这还是 Sabrina 第一次夸她，赵然有些受宠若惊，她浅笑了一下，不知如何接话。

"想问什么就问吧。"Sabrina 看着她，一副兵来将挡、水来土掩的姿态。

"你放心，我没看到那个男人的样子，我不会乱说的。"赵然急忙澄清。

Sabrina "呵呵"了两下，说："快吃吧。"

要说有什么想问的，赵然心里还真有。她琢磨着既然 Sabrina 都让她问了，不妨直言不讳。

"我听说你已经结婚了，你就不怕老公知道吗？"

"我跟他早就各玩各的，互不相干。"她一边低头切着牛排，一边语气平静地说道。

赵然只在八卦新闻里看到过某些名人有类似的婚姻模式，没想到今天碰到了一个活生生的案例。

"我们是不会离婚的，财产分割太麻烦，离婚只能是两败俱伤。"

虽然赵然没有切身体会，但她还是感受到了 Sabrina 语气中透露出的一丝无奈。

"你有男朋友吗？"她抬头看向赵然。

"嗯，我们挺稳定的。"

"你在私行做银行经理，他放心吗？"

赵然不解道："这有什么不放心的？"

Sabrina 干笑一声道："你是真不知道还是假不知道？我们这行成天泡在富人堆里，容易出事。"

她压低了声音："隔壁香港团队的几个女银行经理，据说不少都跟富豪有一腿。"

"啊？真的假的？"赵然瞪大双眼。

"啊什么啊，这又不算什么秘密。那个 Eileen，你见过吗？"

"没有，谁呀？"

"就是办公室里最风骚的那个，前两天还有人看到她挽着一个客户从酒店里出来。"

赵然眨巴着眼睛，这也太劲爆了！

"我们这行啊，说白了，跟小姐也没什么区别，客户一个电话打来，我们就得套上香奈儿麻溜地打车赶过去，你不去，自有大把的人去。"

赵然垂下眼帘，若有所思道："你说的也不全是吧，难道所有的银行经理都要以色示人？我就认识一个不是这样的。"

"那就各凭本事了，以色示人是来钱最快的，相比来来回回跟客户磨耐性，你会选哪个？"

赵然不假思索道："我还是会选择后者。"

"等你完不成业绩快要被公司开掉的时候，再来跟我说吧。"

吃着吃着，赵然突然停了下来："对了，我想买个名牌包，参加聚会用，你对这些熟悉，有什么推荐的吗？"

"你要买的何止一个包，全身上下都得买！"Sabrina毫不客气，"你这品位，我实在不敢恭维，哪个客户会正眼瞧你？"

赵然憨笑了一声，竟没有生气。

"该包装的还得包装，至少要对富豪们感兴趣的东西有一定的辨识度，不然一个人站在你面前，你如何在最短的时间内判断他是不是有钱人？"

赵然说："你传授我几招吧！"

"有些东西是装不了的，比如他是否有各种黑卡，是不是高端俱乐部的会员，类似游艇和赛马，他住的地方是不是豪宅区，这些功课你都得补上。"

赵然点了点头："那我就从包开始吧。"

"下班后我陪你逛商场，我有各大名牌店的会员卡，可以帮你打折。"Sabrina眼睛一亮，两人笑成一片。

"包"治百病这话真是有道理的，两个女人的友谊就从一个包开始了。

很快到了周五，整个办公室仿佛都在伸着懒腰。赵然这个星期是大出血，前几天刚刚同Sabrina逛完名牌店斩获颇丰，今晚她又要跟吴一婵去中环的一家礼服店打探。

赵然还是生平第一次挑选礼服，为的是参加下个周末在香港举行的常春藤大学校友舞会。

要说赵然跟常春藤并没有什么关系，此次她和林淼淼能参加完全是受王志渊和吴一婵的邀请。活跃在当下各个行业的优秀人才不少都出自这八所大学，大家在舞会上互通有无、交换资源，是一个难得的高端社交机会。为了拉拢林淼淼，吴一婵特意邀请他跟赵然一同参加，开开眼界。

赵然和吴一婵在半山自动扶梯处碰头，两人一同往上，在一栋陈旧大厦的三楼，找到了这间礼服租赁店。

香港的大楼很神奇，外表破旧不堪，里面五脏俱全。按摩、牙医、餐厅、美容，很多有名的店铺都深藏在这些陈旧的大楼里，引得不少人慕名前来。

"这间店是我的两个好朋友开的，"吴一婵看向赵然，"她俩原先都在投行工作，去年辞职创业，做起了高级礼服租赁的生意。据说不少香港的小明星都会光顾这里呢！还好我们来得早，不然好看的礼服都要被人订走了。"

"你的朋友真厉害，在香港创业真是不多见呢。"

一进门，里面别有洞天。一套套风格各异的晚礼服齐刷刷地靠墙陈列，脚下是柔软的地毯，头顶偌大的水晶灯射出柔和的光，把人照得神采奕奕，前方试衣处的三面落地镜从各个角度呈现出梦幻般的效果。

赵然的公主梦被瞬间点燃，都不用穿上礼服，她觉得自己已经变美了。

"真是看花眼了！"吴一婵对店主说道，"有没有推荐的呀？"

店主打量了一下二人，从一堆礼服中挑出了几件，先拿给吴一婵道："一婵的腰身曲线很好，适合收腰包臀的式样，红色和黑色比较配你的气质。"

店主说完看向赵然，说："这位美女比较古典婉约，蓝色和白色的拖地长裙显得优雅。"

两人一套套比画上身，仿佛忘记了时间的存在。

"这套好是好，就是太贵了。"赵然在镜子前嘀咕，"我前几天刚刚花了不少钱买了包。"

"贵点怕什么，你有林淼淼在，还怕没钱花？"吴一婵打趣，"你怎么想起去买包了？你不是一向对这些不感兴趣的。"

"后天我要参加一个'船趴'，里面都是些有钱人，我也得打扮打扮。"

"哟，总算开窍了！"吴一婵笑道。

赵然在镜子前停住了片刻，似是想到了什么。

"我觉得盈枫姐好像谈恋爱了。"她眼珠一转，转向吴一婵。

"哦？你怎么知道的？"吴一婵面露惊讶。

"我上周和她吃饭了，还看到了那个男生，是个小鲜肉，很帅呢！好像是她的客户。"

"她总是有那么好的运气遇到优质男。"吴一婵看着镜子中的自己说，"就这件了！"

两人付了定金，约定了取货时间后便动身离开。

吴一婵这几天的心情并不怎么样，王志渊和江盈枫见面的事很快在圈子里传开，"江盈枫的客户除外"也传到了她的耳朵里，更有身边的好姐妹直言提醒她要看好王志渊。

她没有去质问王志渊，把这事压在了心里。她正愁要怎么办时，今晚赵然对她的一席话说得正是时候。

对于王志渊和江盈枫的见面，吴一婵并不意外，都是一个圈子的，见面是迟早的事。可她没想到王志渊居然还会对江盈枫特别关照，这就有问题了。她了解王志渊，工作是他的一切，他决不会拿自己的前程开半点玩笑，可他居然可以为了江盈枫放宽原则，可见他还心存幻想。

现在好了，江盈枫既然有了个年轻帅气的富二代男友，还需要王志渊做什么？吴一婵松了口气的同时，内心对江盈枫泛起阵阵羡慕。

回到家中，王志渊在沙发上看着研究报告，她便跟平常一样坐到他的身边聊着白天的琐事。

"……对了，江盈枫好像谈恋爱了，交了个富二代男朋友。"她故意透给王志渊，"据说是个帅气的小鲜肉。"

王志渊摆出一副事不关己的样子，目光都没离开手里的报告："是吗？对她来说是好事。"

"我去洗澡了。"吴一婵看了他一眼，朝卧室走去。

待她走远，王志渊放下报告，双眸游离。他的内心是不淡定的，上次跟江盈枫重逢的画面还历历在目，她分明还没有放下。

毕竟是曾经最亲密的人，他知道她素来不喜打扮，除非有特殊原因才会化妆擦香水。而且，她心里越是在乎就会表现得越高冷，那是她开启了自我防御机制。

还有，就是在座位席上她擦拭眼角的动作，那神态分明是在擦拭泪水。他太了解她了，她最大的特点就是念旧。

这样的她，怎么会突然有了个男朋友？

他转念一想，她有或没有，跟自己还有什么关系呢？他早已没了资格去质问和关心。他俩的缘分早在三年前就结束了，他纵有千般不舍，都已随风飘远。事到如今，他居然还心存幻想，真是自不量力。

尽管如此，他还是无法控制地涌起了一股醋意。他始终觉得自己对江盈枫有着一份责任，只要她愿意，她随时都可以回到他的怀抱，哪怕他身边已经有了其他女人。

在王志渊的心里，她像是一颗藏在地下深处的宝石，没有一定的眼力便无法发觉她的与众不同。不喜言辞的她总是喜欢把自己包裹起来，为了那份所谓的安全感。

如今，有一个男人同他一样，发现了这块瑰宝。他的雄性竞争意识似是被唤醒了，要是有机会，他真想会一会这位幸运的鉴赏家。

充满生机的夏天是张少华最爱的季节，透蓝的天空悬着火球似的太阳，能把烦恼瞬间蒸发。

他按照约定的时间来到西贡码头，等不及要带江盈枫去体验他最喜欢的滑水运动。

江盈枫正在码头边吹着海风，她一身清凉打扮，戴着草帽，颇有点画报里海滩女郎的味道。

"盈枫！"他跑上前去喊道，"我们的船到了，在那边。"

两人上了一艘快艇。"这位是 Sam 哥，今天他会带我们玩。"张少华跟 Sam

称兄道弟，很快勾肩搭背起来。

三人在船内坐下，十分钟后便来到了一处海湾。他跳下船，踩在柔软的沙滩上，望着眼前的碧海蓝天一阵兴奋。

"你们可以去那边的更衣室换衣服，之后在这里集合。"Sam 指着不远处的一排矮房说道。

"你去吧，我在这里等你。"张少华冲江盈枫一笑，他哪里需要去更衣室那么麻烦，摘下眼镜，直接脱去了 T 恤和外裤。

江盈枫瞬间被他摘下眼镜的脸吸引住了，就像……就像是在看王志渊。她目不转睛，想起自己第一次见到张少华时就觉得似曾相识。是轮廓，两人的脸部轮廓特别像，棱角分明，线条硬朗，摘掉了眼镜更加明显。

"怎么了？"张少华有些不好意思，他才脱了衣服就要这样被盯着看。

"没什么……你不戴眼镜还真有点不习惯。"她微微低头，"不戴眼镜更好看。"说完便朝更衣室走去。

她快速换好泳衣大方地走了出来，引得张少华两眼发直。

与他期待的不同，她没有穿比基尼，只是一件传统的连体泳衣。阳光下，深色的泳衣将她的曲线修饰得凹凸有致，她饱满的臀部微微上翘，雪白的大长腿甚是撩人。

张少华闪烁着双眼，目光没有收回来的意思。好兄弟 Sam 看不下去了，救场道："来，你们先穿上救生衣吧，准备上船。"

滑水是用快艇制造波浪，滑水者站在宽板上，手拉拖绳，随浪滑行的一项水上运动。滑水算是最容易入门的极限运动，对于初学者来说，最难的部分在于如何在宽板上保持平衡站立起来。

"等一下在水里，快艇会慢慢加速，你慢慢试着站起来，不要急，先半蹲，然后再发力。"Sam 边说边示范着动作要领。

作为教练级别的滑手，Sam 驾轻就熟。船提速后，他拉起拖绳，轻松地侧身站在宽板上，随着阵阵浪花上下起伏。只见他一跃而起，在空中翻了个跟头，之后稳稳地落在水面上，继续向前滑行。

江盈枫看得连连称赞，想到下一个就轮到自己，不免一阵紧张。

"他那是花式滑水，我们不用。"张少华似是猜到了她的心思，说道，"不用紧张，我跟 Sam 都会帮你。"

Sam 上船后，换她下水。在二人的帮助下，她双脚套上了宽板，慢慢进入水中，全身感到了一丝凉意。她抓紧了拖绳，随时待命。

"要开始了！"Sam 对她喊道。

不一会儿，她就感受到了船的加速度，过了几秒，就看到 Sam 在船尾示意让她起立。

水花打在她脸上模糊了视线，耳边掠过呼呼的风声，身下水的阻力越来越大，她用力踩着宽板想站起来，可大腿的劲不够，没过多久便一屁股坐在了水里。

这时船渐渐停了下来。"没关系，就差一点点！"张少华在船尾鼓励道，"我们再试一次！"

江盈枫调整了一下宽板的位置，再次进入备战状态。可惜，第二次她还是没能站起来。这次是手抓拖绳的力道太大，重心没稳住。

"要不要休息一下？"张少华喊道。

江盈枫摇摇头道："再来！"她将了将湿答答的头发，身体里那股不服输的劲头又上来了。第一次恐惧，第二次摸索，第三次怎么也能站起来了。

可惜，她又失败了。

还没等张少华开口，她就冲着快艇喊道："再来！"

张少华为她的毅力所动，之前行山时她也是这样铆足了劲向前冲。他不厌其烦地在船尾为她呼喊打气，终于，经过了前三次的失败，她摸出了门道，成功地站了起来！虽然还做不到放松自如，但已经有模有样了。

张少华激动得跳了起来，拍手呐喊，那兴奋的劲头就像打了一场大胜仗。待她回到船上，两人击掌相庆。

"接下来就看我的了。"他迫不及待跳入水中，总算可以在江盈枫面前表现一回了。

他在水上身姿轻盈，单手拉绳，一会儿跳起，一会儿侧身，好不刺激。虽然不如 Sam 那般专业，但也游刃有余，潇洒自如。

江盈枫看着眼前热情奔放的张少华，很难把他和那个在医院正襟危坐的张医生联系在一起。静若处子，动若脱兔，用来形容他正合适。

与此同时，在不远处的大浪湾水域，赵然所在的"船趴"也正精彩上演。

一艘硕大的豪华游艇，载着近二十人，一路从中环码头驶到了这里，马达声响彻耳边，船头的水被推得哗哗作响。

不一会儿，游艇在海中央泊了下来。晴空万里，碧波荡漾，放眼望去，四周只有这一艘游艇，如同把这片海包场了一样。

姑娘们脱去轻薄的外衣，露出诱人的比基尼，钻入水中嬉戏。男生们吵吵闹闹地拥入楼上的甲板，一个个从二楼往水里跳。谁若害怕了，就被大伙推着下去。

赵然在一边看得兴致高涨，自上船后她就没什么说话的机会，她本就不善交际，更别说是在一群让她自卑的富二代面前了，她的一口普通话也跟大家格格不入，很难有什么话题能插上嘴。

她不像这帮人放得开、玩得疯，只是挽着新买的包包，飘逸的长裙在甲板上随风飘扬。她的这身行头，配上墨镜，倒是比以前优雅了不少，远远望去，颇有点孤芳自赏的味道。

"怕晒太阳？"

一个陌生男人的声音在她的耳边响起。回头一看，一个文质彬彬的男人正朝她走来。

"我不太会水，就不下去了。"她礼貌地笑了笑，心想这人的普通话说得真好。

"我也不爱凑那热闹，宁愿在这里凉快凉快。"他边说边灌下一口冰镇啤酒，随意问道，"你是哪里人？"

"我老家是杭州的，来香港四年了。"她吃不准这个人的来路，但能在这艘船上出现的不是富二代也是精英人士吧。她继而从包里掏出一张名片，说道："我叫赵然，很高兴认识你！"

"我叫金铭顺，幸会！"他接过名片低头一扫，嘴角往上浅浅一笑。

"你的国语说得真好，不像是香港人。"

"我是北京人，高中的时候跟着家里移民来了香港，就一直住在这里了。"他一只手插在裤兜里，一只手摇晃着啤酒，"这艘船上估计只有咱俩说普通话。"

她笑了笑，顿感亲切："你是怎么会来这个'船趴'的呀？"

"我是这个游艇俱乐部的会员，跟这些本地二代一起玩过几次，他们虽然年纪小，有些还挺专业的。"他的口气听着像个老司机。

游艇俱乐部的会员！赵然的心头似有一道亮光划过，本以为今天没什么收获，没想到这会儿让她交上了一个不折不扣的富豪。

"你看着跟他们也差不多大呀。"她有意套着近乎。

"那是你吧，我都奔四的人了。"他眯起了眼睛笑着，抬手理了理头发。

他眯起眼睛的样子还挺迷人，赵然好奇地望着他，只见他皮肤偏黑，脑门高高的，眼眶略显深邃，稍稍靠近就能闻到他身上的古龙水味道。她没认出他上衣的牌子，只觉得此人浑身透着一股考究的气质，若是不开口，准以为他就是个香港人。

"你来这里还真是来对了，今天这些个二代的家里可都不是一般的殷实。"他指着一个在水里扑腾得正欢的男生，"他家是做保险柜的，国内各大美术馆拍卖行的保险柜都让他们家包了。"

"还有那个穿红色泳衣的女生，她家是做高端教育的，代理了不少英美的学校品牌，天价学费，据说国内的富豪们争相把自己的孩子送去里面读书。"他像说书先生似的说了很多，手里就差把扇子了。

趁赵然的注意力在这些二代身上，他不露声色地退后两步，从侧后方打量这姑娘。长裙虽然遮住了她的曲线，身材比例还是能够判断的。

他若有所思地观察着她的表情，似有了几分拿捏她的把握。这姑娘笑起来竟还带着一丝天真，越发惹得他内心萌动。

"你在光展多久了？"

"我刚刚加入，还不到一个月。"她谦虚地说道。

"赵小姐年轻有为啊。我有一些朋友也在私行做事，以后可以约出来一起聊聊。"他不经意地说道，"我也有一些钱放在私行，不过收益一直不理想，最近也想着换一家试试。"

"是吗？"她果然上了钩，"如果有需要，我可以给您介绍一下我们银行的业务。"

"好呀，有赵小姐这句话我就放心了。"说完顺手递给她一瓶饮料。

赵然喜不自胜。谁说富豪都高高在上，这位就平易近人得很。她的心情如这晴天骄阳一般火热，心里想着要好好感谢江盈枫给她的这次机会。

话说江盈枫和张少华滑完水后便来到岸边休息，两人换下湿透的衣裤，冲了把澡，在海滩边散起步来。已是傍晚，气温没有先前那样高，或许是运动后有些疲乏，这徐徐海风吹得人懒洋洋的。远处的夕阳把海面染成了金色，波光闪动。

"刚刚我拍了一段你滑水的视频，你对水上运动很有天分，以后我们可以经常出来玩。"张少华一脸欣喜地说道。

"有吗？我怎么觉得我很一般，倒是你玩得这么好，我都看呆了！"

"Sam 哥都说你有天分了，连我都是他教的，他最有发言权。"

"谢谢你阿华，以前看到这种运动我都会躲开，没想到今天也体验了一把。"

她叫他阿华，一股暖意在张少华心中荡漾开去，比这夕阳还要暖。

"看来我是太闭塞了，很多事情都没有去尝试。"她低头一笑，一缕发丝垂于脸庞，"跟你一起玩真的很开心。"

他感觉自己已经飘在了天上，真想把她抱起来转几个圈。

"说实话，刚刚认识你的时候，我真的以为你是那种古板的医生，后来才发现你活泼开朗，想做什么就做，毫不掩饰。"

"看来你对医生真的很有偏见哦！"他凑近了嗔怪道。

"其实，我一直很羡慕你这样的人，到哪里都可以成为焦点，不像我，从小就默默无闻，从来不会引起别人的注意。"

张少华安静地看着她，又嗅到了她身上那股迷人的忧伤。

"有些人就是可以一出场就惊艳全场，毫不费力地吸引注意，像太阳一般光芒万丈，而我只能默默用功。"

"你也是太阳，你在我心里就是太阳。"他不假思索，脱口而出。

"我充其量就是个月亮，只能靠太阳的反射发光而已。"

"那我就做你的发电厂。"说罢两人大笑。

不知从何时起，江盈枫对他有了一种信任感，一些不愿为外人道的想法在他面前不用避讳。在香港的这几年，感情、工作让她身心疲惫，她很久没有这样释放自我了。

夕阳映照下，她的头发和睫毛泛起了金色，半干半湿的头发随海风飘起，散发着一股洗发水的香味。这美得窒息的画面让张少华无法自持，他像被施了魔法一般，情不自禁地靠近她，欲探头就这样吻上去。江盈枫沉浸在海面的景色中，并未察觉，这时风把她的发丝吹到了他的面前，挡住了他的视线，他这才停住把头转了回去。

"下个周末你怎么安排？"他问道。

"下周六我要去会展中心参加一个活动，过往几年都没去，今年我正巧在香港，想过去凑个热闹。"

"这么巧，我下周六也在会展中心，我们香港医学界的周年宴会也在那里举行。"

两人对望而笑。

"不过这种宴会也挺无聊的，要不是我以前香港大学的导师正好回来参加，我也没什么兴趣过去。"他抿了抿嘴角。

"你要是无聊了，可以过来找我啊，我们的活动可是热闹得很呢，保证不无聊。"

"你说的哦，到时候我就过来找你了！"

说着说着，天色瞬间变了，远处的乌云渐渐压近，海面逐渐失去了刚刚的平静。

"我们早点回去吧，看来要下大雨了。"张少华说罢，便和江盈枫快速朝船的方向走去。

香港的夜最是迷人，像一个披戴着五彩霓裳的摩登女郎，轻盈地舞蹈着。

位于湾仔的会展中心灯火通明，这里向来是举办各类宴会典礼的最佳场所。今晚，两个重要的宴会将在这里举行。

一辆辆气派的轿车在门口接踵而至，下来的人无不盛装打扮。一楼大厅内人头攒动，大家纷纷跟着指示牌前往自己的会场。

二楼是香港医学协会年度宴会的会场，这是一年之中香港医生们的大联欢，本地医学界有头有脸的人物济济一堂。

张少华一身修身挺拔的黑色西装，佩戴领结，精神抖擞，气宇不凡，鼻梁上架着的无边眼镜更为他增添了几分优雅气质。

刚到二楼的自动扶梯口，他就看到了邱伯伯和邱伯母，热情地过去同二位问好："叔叔！阿姨！"三人有说有笑一起来到宴会厅外的中庭，等待入席。

张少华左顾右盼，眼睛一直在搜寻今晚对他来说最重要的人物——他在港大的导师梁博滔。自老师去了国外教书后，两人就再未见过面，只是通过邮件和视频互通有无。今晚，给了他许多帮助的梁博滔回到了香港，让他兴奋不已。

"梁 sir！"他从人群中发现了远处走来的梁博滔，快速迎了上去。

"阿华！"这对多年未见的忘年交抱作一团，彼此含笑凝视。

"你几时落地的？"张少华迫不及待关心道。

"下午刚刚到的，香港还是那么热。"梁博滔开心地说道，"你真是一点没变啊！你妈咪好吗？"

"她很好，还一直提起你呢。"

"你有没有女朋友啊？不要让你妈咪等太久啊。"梁博滔拿他打趣。

"梁 sir 不要取笑我啦……"张少华腼腆道，"你这次回来有什么重要的事吗？"

"这次回来要见几个港大的老同事，我们大学要在亚洲寻找合作伙伴，在全球范围内开展合作项目，从各个层面提供支持。"

这真是一个令人振奋的消息，张少华心里似划过一道亮光，不知他的研究课题是否可以借此机会得到扶助。他随老师慢慢进入宴会厅，两人挨着落座，把酒言欢。

告别二楼，来到三楼。与二楼医学界含蓄内敛的风格不同，这里的常春藤校友们早已等不及释放热情，整个三楼似乎被点燃了一般，给这个夏天又添了一把火。

舞会尚未开始，宴会厅外就已人声鼎沸。到处都是身着华丽宴服、珠光宝气的姑娘，今天的装扮似是使出了她们的看家本领，这阵势绝不输给奥斯卡红毯上的女明星们。男士们齐刷刷的黑色礼服，一个个身姿笔挺，风度翩翩。

校友相见，分外亲热。大家互相拥抱，在签名墙前合影留念，一片笑语喧哗。

江盈枫从远处的自动扶梯上缓缓出现，她身着一袭白色露背晚礼服，头发盘在脑后，用简单的珍珠配饰，如同一朵高贵纯洁的白玫瑰，让人不忍采摘。她优雅的步伐带起飘逸的长裙，仿佛月光在她身上流淌。

她站在一边看着这些活泼的人，抿嘴一笑，心里添了些许雀跃。上一次来参加这个活动，还是刚到香港不久，那时她的身边还坐着王志渊。想到这里，她心中不禁掠过一丝期待，今晚他会不会也在这里？

她无聊地等着进场，漫无目的地四下张望，突然，签名墙前的两个姑娘吸引了她的目光，定睛一看，那不是赵然和吴一婵吗！她一阵欣喜，快步走过去与姐妹们打招呼，奈何长裙束身，迈不开大步，只得加紧了小碎步前进。

她慢慢靠近她俩，只见吴一婵一袭红色露肩长裙，美丽的锁骨若隐若现，长长的裙摆拖在地上，纤纤细腰不盈一握，整个人宛若一朵绽放的红玫瑰，耀眼夺目。身边的赵然被一身宝石蓝的长裙衬托得优雅动人，显得比平日里成熟了不少。

两人站在签名墙前忘我地摆着各种造型，对面站着一个男生正在为她俩拍照。那人想必就是赵然的男朋友吧，江盈枫暗自猜想。

就在她要上前喊她俩名字的时候，一个人的出现使她停住了脚步。

只见那人上前搂住吴一婵入怀，与她深情对望；吴一婵则紧贴在他的身上，一副亲昵无比的样子。两人在镜头前肆无忌惮地秀着恩爱，丝毫没有察觉不远处一双冰冷的眼睛在盯着他们。

江盈枫怎么都不敢相信眼前看到的画面，就像她不敢相信三年前看到的画面一样。这个让她一直无法忘怀的男人，此刻正与她的好姐妹恩爱有加。

她两眼无神地看着他，努力确认那到底是不是王志渊，她多么希望是自己看错了，好让她的梦得以残喘。

就在这时，一旁的赵然无意间扫到了前方一身洁白的江盈枫，她一阵惊恐，眼神露出慌乱，赶忙移步到吴一婵身边，用胳膊碰了碰吴一婵。

"怎么了？"吴一婵正在兴头上，她顺着赵然的眼神望去，发现了正前方寒意逼人的江盈枫。

她的表情瞬时凝住了，一动不动站在那里。身旁的王志渊感到奇怪，便顺着她看的方向望过去，他仿佛看到了幽灵一般，刹那间收起了笑容。

"盈枫，你也来啦。"吴一婵走上前去，淡定地注视着她，"一直没跟你介绍，王志渊现在是我男朋友。"

上天要告诉一个人真相可以有很多种办法，可对江盈枫，王志渊总是选择最残酷的一种。

江盈枫像是一尊雕塑伫立在原地，悲伤的情绪排山倒海般地压来，她感觉整个人快要失去支撑，随时都会崩塌。

她艰难地挤出一丝笑容来维护她的尊严，那股意志如同即将战死的士兵拼尽最后全力不让自己的帅旗倒下。

"我去下洗手间，失陪了。"她无力招架，用最快的速度钻进自己的壳里，躲避眼前的一切。

一路上她思绪混乱，心里一阵热，跟着传递到了眼睛，化为泪水涌出。

王志渊看着她转身离去的背影，心中五味杂陈。就像三年前她转头离去时一样，任她如何掩盖，心痛与失望都已写在了她的脸上。她是在乎他的，他更加坚定了自己先前的判断。

入场的铃声响起。"我们一起进去吧。"吴一婵看了大家一眼，带头朝里走去。

赵然早已没了刚才的兴奋，望着远去的江盈枫，心中既愧疚又害怕。她停在原地，内心有股冲动，此刻她应该陪在江盈枫的身边。林淼淼似乎看出了她的心思，一把拉住了她，说："走吧，进去吧。"她被半推搡着进了会场。

女人的友谊开始于讨厌同一个人，终止于喜欢同一个人。

江盈枫靠在洗手间的墙边，看着镜子里的自己，一抹红唇似在滴血。原来，他早已有了他的红玫瑰，而她这朵白玫瑰注定只是衣服上的一粒饭粘子。

她又想到了赵然，原来这个姑娘先前对自己的关心都是事出有因。赵然早知一切，却对自己只字未提。

今晚，她注定要同时失去两个朋友。

入场铃声传入了江盈枫的耳朵里。她犹豫了片刻，起身擦干泪痕，抬了抬下巴，走出洗手间前往会场。她的自尊心不允许她就这样离开。

推开宴会厅的大门，一阵眩晕的灯光扑面而来。硕大的会场里摆放着不下五十张布置精美的大圆桌，按学校划分区域。舞台上五颜六色的灯光随着音乐忽明忽暗，令人眼花缭乱。

江盈枫寻着指示牌在中间的一张桌子上找到了自己的姓名牌。其他四人也坐在同一区域，与她一桌之隔。

王志渊看到了她。她是一个人来的，她的那个小男友呢？

江盈枫看向四周，发现了四人落座的位置，就在她的三点钟方向。她与王志渊的目光接触了几秒，迅速把头转了回去。

不一会儿，主持人上台宣布晚会正式开始。场内一片欢腾，掌声、尖叫声、欢呼声，声声刺耳。

主持人举起酒杯，滔滔不绝："……让我们借琼浆玉液，追忆似水年华……"江盈枫突然感觉内心一阵撕扯，她的似水年华呢？

错把陈醋当成墨，写尽半生纸上酸。她拿起酒杯连灌两杯红酒，她厌恶自己此刻的模样，像极了宫斗剧里某个不受宠的娘娘。她努力把愤恨不平的情绪压下去，可这情绪就像个不倒翁，按下去又竖起来，反而摇晃得更厉害。

"我们去跳舞吧！"吴一婵起身，笑着看向王志渊。此时舞池里只有三三两两几个人，一向敢为天下先的她已经按捺不住了。

"我刚刚喝了两杯，有点晕，你去吧。"

"没有男伴我跟谁跳呀……"她嗲声道。

王志渊没有办法，只得起身陪她步入舞池。

江盈枫看着这对男女在舞池里亲密勾搭的样子，再也坐不住了。这华丽的舞会似是对她莫大的讽刺，让她最无地自容的就是她只身前来，没有男伴。

她收拾东西准备离开，刚拿起包，手机响了。

"你的舞会怎么样了？"电话里传来张少华温柔的声音。

会场太吵，江盈枫走到门外："就这样。你呢？"

"无聊得很……我的导师已经先回去了，他还在倒时差。你的舞会缺不缺人呀？"

她犹豫了几秒："你来吧，我到门口接你。"

挂了电话，张少华偷偷溜出会场，快步朝三楼的自动扶梯走去，脸上的神情如同孩子奔赴游乐园一般。

江盈枫在门外面无表情地站着，没过多久就看到张少华从远处走来。她第一次看他穿西装打领结，比平日里更加帅气。

张少华越走越近，他看着眼前的江盈枫，觉得她简直美得不像真的，他梦中的新娘也不过如此。若不是周围有人，他真想一把搂她入怀，狂吻一番。

"哇，全世界的男人都要为你倾倒了！"他来到她跟前，毫不吝啬地赞美道。

"哪里！全宇宙的女人都等着你拯救呢。"她回敬道。

两人对望而笑，慢慢走进会场。江盈枫一反常态地挽起了他的臂膀，默不作声地同他并排走着，两人像在走婚礼红毯似的，倍显亲密。

张少华惊讶于她的举动，转头看向她，心里美滋滋的。

两人落座后，他探头张望："你们这里也太热闹了吧！"他掩盖不住兴奋，跟着现场的音乐不由自主地左右摇摆。

"我们去跳舞吧。"江盈枫对他抛了个媚眼，拉着他进了舞池。张少华对她突如其来的主动有些受宠若惊，心中暗喜。

两人一踏进舞池就立刻吸引了其他四人的注意。

"哟，那个就是江盈枫的男朋友吧？姗姗来迟啊。"吴一婵对王志渊说道。

王志渊一语不发，他比吴一婵更早注意到张少华的到来，他看见了两人一路挽着走进来的样子，总觉得哪里不对。他的身体跟随吴一婵缓缓舞动着，目光时不时地瞟向那里。

赵然看到了张少华的脸，想起了他就是自己那天吃饭见到的男生。这么说来，江盈枫还真是在跟他交往。她如释重负，内心如犯人得到了特赦一般。

"这下你放心了吧？"林淼淼看向她，"你的盈枫姐有归宿了。我们是不是也该去跳舞了呀？"

赵然笑了笑，被林淼淼拖进了舞池。

江盈枫并不怎么会跳舞，加上今天抑郁的心情，她只是原地画圈象征性地摆动几下而已。张少华倒是兴致正浓，他拉起江盈枫的手，示意让她转圈。

"这个舞会很棒，你应该早点叫我过来！"他的眼睛笑成两弯新月。

这时，舞池变得拥挤起来，来跳舞的人越来越多，也越来越嘈杂。江盈枫完全听不清他的话，把脸贴近了他，大声问道："你说什么？"

"我说：这个舞会很棒……"

还没等他说完，她就被身后跳舞的人向前推了一把，她失去重心往前倾，唇就这样触到了他的唇。张少华睁大眼睛，整个人仿佛被电到一般。

江盈枫居然吻了他？

江盈枫真的吻了他！

他立刻奋不顾身地吻了回去。他闭上眼睛，用最大的热情来回应她的吻，他柔软有力的唇裹住了她的唇，舌头不停缠绕着她的舌头，上下起伏，每一下都仿佛在说我爱你。

或许是他的真情感动了上天，周围的人纷纷注意到了这对热吻中的情侣。舞池瞬间沸腾了起来，越来越多的人开始为他俩欢呼喝彩。

吴一婵他们也随声望去，四人还真是被眼前的画面惊到了。王志渊变了脸色，他早就跳不下去了，手从吴一婵的腰间滑落到身体两侧，直直地盯着那两个人，心里有一种想冲过去把张少华按在地上暴打一顿的冲动。

赵然和林淼淼也看得停下了脚步，四目相对。

江盈枫哪能想到会有这么一出，她使劲推开张少华，奈何他一手搂住她的肩膀，一手挽住她的腰，把她牢牢锁在了怀里。她实在没有别的办法，最后只得狠狠咬了他的舌头，他方才停住。

本来只是想让张少华帮她撑撑面子，没想到玩过火了。她趁势把他推开，看了看周围起哄的人群，心里一阵委屈。

她转身冲出舞池，目光撞见了正前方的王志渊，她含着眼泪，委屈的眼神分明在说："这一切都是因为你！"

她拿起包夺门而出，刚走到门外，高跟鞋就踩到了裙子，人往前冲了出去，幸好张少华一路跟了出来，一把接住了她。

"没事吧，盈枫？"他一脸紧张。

她站稳后，一把推开了他："你不要再跟着我了。"她语气冰冷，像换了个人似的。

"盈枫！盈枫！"他寸步不离地伴她左右，不明白为什么她刚刚还对自己主动热情，现在说翻脸就翻脸了。

出了会展中心，她直接跳上一辆的士，一不留神，张少华也跟着钻了进来。

"我说了不要跟着我了！"她气道。

"今晚我必须跟着你，你到哪里我就到哪里。"

随他吧，她已没了力气，对司机说了一句："卑利街。"她一言不发，看着车窗外的夜景，心想：还有比这更糟糕的夜晚吗？

不久，车子在一间酒吧前停下，江盈枫径直朝里走去，熟门熟路的她来到吧台的角落，这是她常坐的位置。第一次来这里的张少华对这个小巧精致的威士忌酒吧颇有好感，自然而然地坐在了她的边上。

"江小姐！"调酒师热情地过来同她打招呼，"晚上好！"他看了看边上的张少华，问她："你的朋友？"

江盈枫瞥了一眼张少华，没有作答。

张少华平时虽然不怎么喝酒，但在英国待了这么多年的他对威士忌还是很熟悉。江盈枫要的喝法十分浓烈，让他内心一震，劝道："你不能这么喝，你的胃受不了的……"

她完全不予理会。

调酒师很快把一杯 Yamazaki（山崎威士忌）放到了她的面前，就当她要拿起时，张少华一把夺了过去："这么烈的酒，你真的不可以！"

江盈枫转头看向他，双眸像沉在水潭下的黑宝石一般闪着凄楚的光："求求你，就这一次。"

他松开了手，作为医生，他绝不该这样松手，可此刻的她让他无法拒绝，这杯酒是她用来续命的。

她拿过酒杯，一刻都不曾停留在手，直接一口气灌下了喉咙。

"再来一杯！"她放下空杯喊道，那气势颇有金庸笔下侠女的风范。

没想到她喝酒如此痛快，张少华看着眼前这个失魂落魄的女人，平时一定没少喝。

很快，她又干了一杯。酒精开始上头，这晕晕乎乎的感觉正是她想要的。

"你别喝了，"张少华在一旁恳求，"是我不好，我……不该那样吻你……你不要生气了，好吗？"

　　酒劲终于开始发挥作用，她内心深处积压了多年的苦楚如火山爆发般喷涌而出，眼泪止不住地往外流，记忆伴着泪水一同滚落了喉，杯中酸苦的滋味只有她自己才懂。

　　酒不过一杯接一杯，心不过碎了又再碎。第三杯下肚，她开始痛恨自己，究竟还要为那个男人流多少次眼泪才甘心。

　　张少华的心揪作一团，感觉自己闯了大祸。他立马站了起来，脱下西装盖在她的背上，紧紧抱她在怀中。酒吧里还有其他人，他用自己的身体把江盈枫哭泣的脸挡住，不让人看见她的脆弱。

　　她倒在他的怀里痛哭流涕，哭到撕心裂肺，无法自控。此时的她根本分辨不清旁边站着的是谁，哪怕是一根柱子，她也会抱得肆无忌惮。

　　张少华的心被这泪水融化了，眼前的悲伤竟让他想起了父亲离开时的画面。他的胸中波涛翻滚，渐渐湿了眼，他越抱越紧，感觉与她融为了一体。他下定决心从此不再让她受伤，这就是他一辈子要保护的女人。

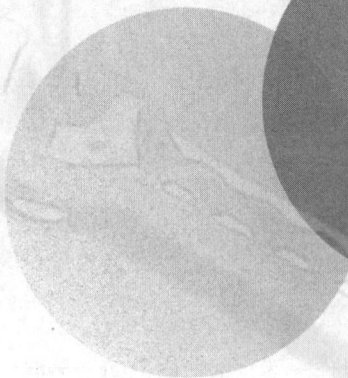

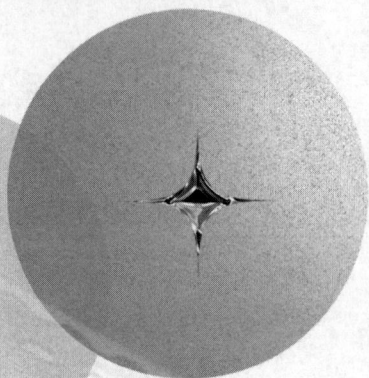

Chapter 5 真

相

江盈枫的眼皮微微动了一下，她缓缓睁开眼，逐渐有了意识。犹如刚刚降临到这世上一般，她不知自己身在何处，发生了什么。

她抬起目光，眼前一个男人的脸模糊可见，她下意识地眯了眯眼睛让眼神聚焦，是张少华，他安静地躺在她的身边，呼吸均匀。

她试着转身翻开被子，刚抬头就一阵眩晕，只觉得头里灌满了铅似的。她只得继续倒下，头似乎落在了什么东西上，是张少华的手臂，原来一直被她枕在颈下。

她起身的动静吵醒了他，他迅速睁开眼睛，用沙哑的声音说道："你醒啦，感觉怎么样？"

"这是哪？"她一动不动地看着天花板。

"这里是酒店，昨晚你醉得不省人事，我只能把你送来这里。"

醉知酒浓，醒知梦空。她这才像穿越时空一样，慢慢回忆起昨晚的画面。

江盈枫在威士忌酒吧喝了不下五杯后，终于瘫倒在张少华的怀里。

"你知道她住在哪里吗？"他看向吧台的调酒师。

调酒师摇摇头，说："这附近有一家酒店。"他笑着指了指东面。

张少华一把将她抱起，踩着高高低低的台阶一路来到了酒店。这还真是个体力活，待把江盈枫在房间里安顿下来，他已浑身湿透，汗水夹杂着她的泪水，他的衬衫可以拧出水来。

他为她盖上被子，坐在床边看了她许久，低头亲吻了她的额头，心中祈祷她今晚可千万别吐。

待她安然入睡后，他来到洗手间，脱去衬衫擦拭了一把身体。就在这时，房间里传来了江盈枫的喊声："张少华！张少华！"

她在喊他的名字，他不敢相信，快步来到她的身边，只见她眉头紧皱，像是在呓语。他轻抚她的脸庞："我在这里，盈枫。"几秒后她又归于平静。

半夜里，她几次辗转呓语，他索性钻进被子里躺在她身边，将她抱在怀里，像哄孩子那般轻拍她的后背。不久，她便睡了过去，再也没有出声。

他也渐渐睡了过去，一只手臂被她枕在颈下，另一只则隔着被子搭在了她的身上。

"已经快中午了……"他看了看床边的手机，揉了揉眼睛。

江盈枫恢复了清醒，掀开被子的一瞬，看见了张少华一丝不挂的上身。她本能地惊叫了一声，立刻用被子捂住了自己的身体。

"你别误会，我什么也没做！"他着急起身澄清，奈何被压着的那条胳膊麻到无法动弹，他只得捂着胳膊露出痛苦的表情。

江盈枫惊吓道："你没事吧？"

"你还说，都是你弄的！"他的口气颇像卖乖讨糖吃的小孩子，心里期待她能过来揉揉什么的。

她无心理会，慢慢把身体从被子下面挪到了床边，跟着双脚踩在了地板上，拉开厚实的窗帘，热烈的阳光瞬间占满房间。

"收拾一下，准备走吧。"她看了一眼张少华，朝洗手间走去。

"想睡就睡……想走就走……"他似乎还依依不舍，嘟囔着从床上跃起，套上衬衫，发现身上还有一股她的香味。

他好奇她在洗手间做什么，便推门而入，不巧江盈枫正在整理衣服，他一眼就看到了她的内衣。

"你别进来！"她狠狠瞪了他一眼，立刻拉上门反锁。

他像偷吃了糖的孩子在门后偷笑，隔着门对她得意地喊道："昨晚你在梦里还叫我名字呢！"

她闷不作声，昨晚她似是梦到了跟张少华一同行山的情景，梦里他贪玩走到了山的边缘，差点掉下去，她这才大声喊住他。

不一会儿，两人走出房间，来到了酒店大堂。就在这时，不远处陈美玲正跟朋友往大堂方向走来，江盈枫一眼看到了她，心里一慌，要是被她看到自己一夜未归还跟张少华在一起，那真是跳进黄河也洗不清了。

她立即走到了张少华的内侧，低着头假装在翻包找东西。

"哎呀，张医生啊！"陈美玲激动地喊道。糟糕！江盈枫忘了，她也认识张少华。

还没等张少华反应过来，她就看到了边上扭捏的江盈枫。

"呀，你也在啊！你们……穿那么隆重是要去干吗啊？"她有点蒙。

"好巧啊，美玲姐，你来这里做什么呀？"

"我跟朋友来吃饭啊，这间酒店的意大利餐厅很有名的。"

"我们也是来吃饭的，"江盈枫顺势接道，"真不巧，我们刚刚吃完，要先走一步了。"说罢拽了一下张少华。

"这么快啊，才刚过十二点呀……"

江盈枫又在身后推了他一把，面带笑意地看向他："我们走吧。"

他看了一眼江盈枫，脱口而出一句："我们还没退房呢。"

此言一出，江盈枫哑口无言，真该把他的嘴缝起来。

陈美玲瞬间明白了，打量着江盈枫，给她递了个风骚的眼神。

待张少华走去前台，她立即来到江盈枫的身边推了推她："这么快就下手啦，眼光不错！"她跷了跷大拇指，转身跟朋友朝餐厅走去。

江盈枫朝她翻了个大白眼："不是你想的那样……"但她的辩解轻如空气，没人在意。

张少华办好了退房朝她走来："我送你回家。"

"不用了，我自己回去，免得人家误会。"

"误会什么？"

"误会我们昨晚在一起啊。"

"我们昨晚是在一起啊。"

"我的意思是误会我们开房。"

"我们是开房了啊。"

"谁跟你开房了啊？！"

"你啊！"

"你不要乱说啊！我们什么也没做！"

"这个嘛……亲也亲了，睡也睡了，其实也做了蛮多了……"

两人像一对小夫妻一样在酒店门口你一言我一语斗嘴。最后，江盈枫面红耳赤地上了一辆的士，张少华挡住车门硬是跟着挤了进去。车子就这样一路驶向了她的家。

周末的狂欢过后，一切回归平常。大家各归其位，就像什么也没发生过。

赵然把林淼淼的开户文件递给合规部已经有几天了，今天上午，合规部的老大 Jacky 终于给她发了邮件，让她过去沟通一下。

"你递的材料我看了，有些问题要跟你说一下。"Jacky 开门见山。

"这位客户的身份证明没什么问题，主要问题是在资金证明方面。"他指着一份文件说道，"对于这笔资金，他没有提供合理的证明来说明这笔钱的来源。"

"这笔钱目前是存在他香港的银行账户里的，这还不能证明是他的？"赵然不解地问道。

"你是第一次开户吧？"Jacky 笑了笑，"我说的是证明这笔钱的来源，客户可以提供税单证明这笔钱是他赚的，或者他公司的资产报表证明是他公司赚的。你明白吗？"

赵然顿了顿，这要求还真是好笑，明明是自己的钱，还要证明就是自己的钱，就好像让她证明她爸就是她爸，不是别人的爸一样。

"好吧，我再去跟客户说说。"

她回到座位上给林淼淼打去了电话："我跟你说啊，你爸的资金证明没过，我们合规官说要他提供税单或者公司报表，证明这笔钱是他赚的。"

"这个还真是难办了……"林淼淼露出为难的口气，"我爸的公司都是自家作坊，哪有正规的税单啊，公司过去的流水也早就找不到了。近几年的报表行吗？我爸是公司大股东，这钱肯定假不了啊。"

"我再去问问。"赵然挂了电话，又跑去了 Jacky 那。

"他这些钱都是最近几年赚的吗？如果是就行，如果不是，那过去的报表还是要拿来。"Jacky 义正词严。

"就不能变通一下吗，Jacky 哥？"赵然软磨硬泡，"客户是大股东，这公司的盈利一直都很好，这钱肯定是他的呀！"

"不行就是不行，这是银行的规则，也不是针对你客户一个人的。"Jacky 那铁面无私的表情活像电视里的包青天，那口气丝毫没有商量的余地。

赵然又把合规官的话传给了林淼淼。

"香港人做事情怎么那么死板，给他送钱都不要。"林淼淼一顿牢骚，"我再去想想办法，你也问问还有没有其他办法。"

赵然叹了口气，她感觉自己夹在中间，像个受气包。果然被钱琳琳说中，没一个月这户还真开不下来。眼看她加入光展就要两个月了，要是再不抓紧开户，她就过不了三个月的试用期了。

身后的钱琳琳似乎猜到了赵然的烦恼，好意劝道："你别太在意了，每个私行都是这样的，合规官的世界里只有'不'，所以那个时候我才让你千万不要得罪他们。"

赵然无奈地抿了抿嘴。钱琳琳继续说道："其实这也不能怪他们，金融危机之后反洗钱查得更严了，他们也是为了确保大家的安全。"

赵然一筹莫展，每每此时，她就习惯性地想到了江盈枫。她心里知道，经过了上个周末，恐怕她再也没脸见江盈枫了。她本不想在吴一婵和江盈枫之间选边站，可现在她的实际行动已经让她站了边。

要不问问吴一婵吧，她见多识广，没准知道其他银行都是怎么做的。

中午，她来到了约定的餐厅，吴一婵一改往常迟到的做派，已经坐在了那里。

"干吗愁眉苦脸的呀？"她点完菜看向赵然。

"哎，林淼淼的开户出了问题，提供不了资金证明……"

"哦？具体什么问题？"

"他爸既没有税单，也没有公司的流水，现在合规部不依不饶，觉得他这钱来路不明，不给开。"

看着赵然火烧眉毛的样子，一向稳得住的吴一婵倒也有点着急了。她也听私行的朋友说起过开户的艰难，有些客户就是因为卡在了资金证明上，硬生生被挡在了门外。当初她把赵然介绍到光展，纯粹是因为赵然手里有个现成的客户，可以立马带钱进来，没想到临门一脚出了这么个幺蛾子。她知道留给赵然的时间不多了，要是赵然卷铺盖走了人，会连累自己在 Vincent 面前失了面子，以后想跟光展谈长期合作就难了。

"要不你跟林淼淼说说，让他爸找点其他材料，反正都是温州的，这里也很难查出来。"

"比如说？"赵然瞪大眼睛。

"我记得上次他说过，温州人亲戚之间喜欢给彼此的公司做担保，能不能让他亲戚的公司开个证明，让他爸在里面挂个职，然后拿那个公司的财务报告做证明？"

赵然眨巴着眼睛，问道："这不是造假吗？"

"这也不算造假吧，"吴一婵眼珠一转，"本来这些亲戚的公司之间就有业务往来，帮忙开个证明也没什么。"

赵然犹豫着，觉得吴一婵说的似乎也有道理。赵然本就对这些规章制度一知半解，便坐井观天地琢磨着应该可行。

回到公司后，她悄悄来到小会议室，关起门对林淼淼说了这个办法。林淼淼二话不说地采纳了，让他父亲在温州加紧办理。

很快到了下班的时间，正当大家关上电脑准备离开时，Vincent 快步走了过来，喊："大家走之前不要忘记收拾桌面卫生，明天 Angelina 要来！"

话音刚落，大家纷纷把重要资料塞进抽屉锁起来，一张张平时摊得满满的桌子一下子变得整洁有序。

这个 Angelina 是谁？看着大伙争分夺秒的紧张样，赵然心中一堆问号。

"琳琳姐，什么情况啊？"她看向手忙脚乱的钱琳琳。

"'女魔头'要驾到啦！"钱琳琳挤了挤眼睛轻声说道，"明天你就知道了。"

不知怎的，赵然心中涌起一股不安，这家银行究竟还有多少惊吓在等着她……

早晨九点，赵然像往常一样来到公司，一踏进办公室就惊讶地发现所有人都已经各就各位了。平时这个点最多只到了一半的人，今天连一向来去自由的

Sabrina 也奇迹般地坐在了电脑前。

自己居然是最后一个到的。这如临大敌的阵势，着实让赵然冒冷汗。

Sabrina 给她递了个眼神，指了指手机，示意两人在微信上说。

"你怎么来这么晚啊？不知道今天 Angelina Lee 要来啊？"Sabrina 问。

"晚吗？不是九点正常上班？ Angelina Lee 是谁？"

"晕……她，你都不知道？就是我们部门的大老板，一个让行业内所有人闻风丧胆的女人。她平时不太来公司，基本在外面见客户，每个月大概只来几天而已。但只要她来公司，都是不到八点就到了，所以大家也都跟着早到。"

"这么可怕？那我今天岂不是完了……"

"你是新来的，不知者无罪。她今晚要参加一个业内的颁奖晚会，好像授予她一个什么奖项。等下你就会看到她啦。"

良久，走廊里传来一个女人清脆的声音，那声音越来越近，越发响亮——

"这个月我要看到每个团队的增量，不要老是拿老客户说话。"未见其人，先闻其声，只见办公室里大伙都一副严阵以待的模样，没人出声。

真人驾到。从 Angelina 快步走进办公室的那一刻起，赵然的眼睛就没离开过她。

这个看起来气质出众，穿着考究的女人走路带风，自信和干练印满了全脸。没人相信她已年近五十，那张细腻紧致的脸看着不到四十，至少在赵然眼里她比钱琳琳看着年轻。据说她至今未婚，也没有孩子。在男人称霸的金融行业，她用青春和汗水杀出了一条血路。

她最常穿的是香奈儿套装，永远化着精致的妆，还有她最心仪的 RV 方扣鞋，据说她有不下一百双，且不重样。

她大部分时间都在飞，到处见客户，不飞的时候每天八点不到就进公司，总是最晚一个走，大家都不知道她一天睡几小时，反正她永远都是那么精神抖擞。

她对团队的严格是出了名的，她身后站着的几个组长个个俯首帖耳。赵然还是第一次看到 Vincent 点头哈腰的样子，心里直想笑。

跟 Angelina 关系铁的客户可都是些显赫的人物，包括香港和台湾的几个大家族，以及近期她的团队在加紧开发的内地富豪们。据说光展现有的管理规模里有一半都靠她支撑着，说她是光展的灵魂人物一点不为过。

她的个人生活总是大家津津乐道的话题。有人说她养了个小情人；也有说不止一个；还有传言说她是某位大佬的秘密情妇，碍于显赫的身份不能公开。她，似乎永远是一个谜。

或许私行本身就是一个云山雾罩的地方，这里每天都能接触到顶层生态圈的潜规则和奇妙故事。离名利中心越近，离自己的内心就越远。这是一个被祝福也被诅咒的行业，一个风光无限也危机四伏的行业。

Angelina 将手中握着的一张报纸举起摊开，所有人都看到了上面醒目的标题："内地富商包揽新一季 Top 10 豪宅楼盘"。

"这份名单上面的内地富豪有几个是我们的客户？"她放下报纸，看着面前所有的人。

"估计你们连这十个人是谁都不知道吧？"她把报纸往桌上一扔。

"我要你们在一周内去房产中介查清楚这十个买家，然后用一切方法约到见面机会，把他们变成我们的客户！"

整个办公室鸦雀无声。她习惯性地开始了她的鞭策："不要老是说没有资源、找不到客户，有钱人不是天上掉下来的，是要你努力争取的。实在不行就学空姐去薄扶林跑步啊，那里动不动就可以遇到有钱人，空姐都比你们拼啊！"

她转身看向 Vincent："听说你的团队新来了一个银行经理，是哪位呀？"

Vincent 立刻把她领到了赵然面前，并示意赵然起身同她打招呼。

还没等赵然开口，Angelina 就笑着主动与她握手："欢迎你赵然！你们内地团队现在是最重要的，是整个部门的增量所在。现在内地的富豪那么多，其他家都在抢夺，你们也不能落后。"

赵然的心跳到了嗓子眼，她总觉得 Angelina 礼貌的问候像是一层诱人的糖衣，裹在里面的真实意图让人瑟瑟发抖。

巡视了一圈后，Angelina 终于回了自己的办公室，大家这才松了口气。Vincent 回到座位，一脸苦闷，在几个组长里，他是最不受 Angelina 待见的，原因很简单，业绩差呗，手底下人本来就少，他自己的资源又不够，也难怪回回都被她点名训斥。今天她又给他下达了新任务，作为组长，他下个月必须做进新客户。

这着实让他犯愁，只要这老妖婆一日不走，他就一日不得安宁。

此时，G&C 的办公室里也正热闹着，大家都在议论今晚业内一个重要的颁奖典礼。

G&C 作为老牌私行，每年都会拿奖拿到手软，这也是一年之中 Ken 最得意的时候，他每年都会代表公司前去领奖。可今晚他有事不能参加，而代替他去领奖的人正是江盈枫。

消息一出，立刻在公司内部引发了不小的轰动。大家都知道 Ken 不久后就要退休，他的接班人肯定是从现有的几个组长里找。今晚他指派江盈枫代替自己去领奖，是不是暗示她就是将来的继任者？

最不想看到这个局面的，自然是香港团队的组长 Jason 了。要说现有的几个团队当中，香港和内地两个团队的业绩最好，这两个团队的组长自然就是 Ken 未来接班人的最佳人选。

对于这两个团队，Ken 可都是爱护有加。香港团队大多是 G&C 内部培养出来的，从管培生开始，经过各种培训，成为银行的中坚力量；内地团队则相对较新，为了尽快发展业务，银行直接从外面请来了有经验的人，虽不比香港团队"根正苗红"，却也是"虎狼之师"。要说业绩，两个团队各占半壁江山，撑起了 G&C 在业内前三的地位。

通常来说，一个班里成绩最差的两个往往是好朋友，而成绩最好的两个往往是敌人。Jason 对 Ken 的位置觊觎了很久，他比江盈枫更早加入公司，人缘也比她好，平时在 Ken 身上也没少下功夫。可今晚 ken 居然让江盈枫去，这让他心里没了底。

为了拉近跟 Ken 的关系，Jason 经常在 Ken 去机场的路上跟他套近乎，因为这个时候周围没有其他人干扰。他会陪着 Ken 坐机场快线到机场，待 Ken 进安检后再独自坐回来，如此用心良苦只为能和老板说上几句话。

Jason 虽然表面上跟江盈枫关系不错，但心里一直是忌惮她的。江盈枫作为一个内地人，凭什么做前线的第一把交椅？公司的历史上还从未开过这个先例。要不是这几年内地经济蓬勃发展，她仗着自己拉来了许多内地富豪的钱，怎么可能有机会跟他竞争。

树欲静而风不止。G&C 内部的明争暗斗愈演愈烈。

夜晚，四季酒店的宴会厅内，年度私人银行颁奖典礼正在举行。

各大私行的主帅悉数登场，平日里的竞争对手此时变成了切磋交流的伙伴，有些在吐槽压力，有些则套取信息，还有些在为挖人做准备。不来不知道，原来香港竟有大大小小那么多家私行。

奖项一一揭晓。江盈枫代表 G&C 领取了年度最佳私人银行、最佳服务等三个重要奖项，可谓满载而归。即便如此，江盈枫的风头还是被此次颁奖典礼的最大赢家 Angelina Lee 抢去，因为她获得了几年才颁发一次的终生成就奖，堪比私行届的奥斯卡影后。

在颁奖典礼后的鸡尾酒会上，江盈枫正和其他行的几个朋友举杯庆祝。此时，她的身后传来一个陌生女人的声音："江盈枫小姐，你好！"

她转身一看，原来是 Angelina Lee 主动过来问候，她惊道："Angelina！恭喜你！"

"谢谢！也恭喜你啊，G&C 这么成功，离不开你们的努力。"

Angelina 跟 Ken 是旧友，她很早就听说过 Ken 的手下有个江盈枫，她很羡慕他能拥有这样得力的干将帮他打开内地市场，比她队里的 Vincent 强太多。

光展走的是小而精的精品私行路线，在欧洲名声显赫，但在亚洲却业绩平平，人才方面也是乏善可陈，抢夺内地客户的能力更是明显落后于其他私行。这背后的深层次原因其实同光展高层的理念脱不开关系，光展的股东们心中始终根植着欧洲贵族的理念，总想着服务那些老富豪，对内地的新贵却态度不屑。可 Angelina 是个思路清晰的人，她明白哪有这么多新富豪给你留着，若不拓展新客户无异于等死。眼下的风口正是内地财富的跨境管理，如果牢牢把握住了，可保光展十年不愁。

今日一见，她对江盈枫有一种莫名的好感。她一直很欣赏同自己一样靠实力打拼的职场女性。香港是一个对女强人相对包容的地方，女人不结婚也不是什么大不了的事，这倒成全了她们追逐梦想的心。

说来也奇怪，香港的女人们似乎在走两个极端，要么像 Angelina 一样投身工作成为资本的永动机，要么削尖脑袋征战豪门。本来嘛，爱情、婚姻、事业这三件事都拥有的情况也只有偶像剧里才会发生。

江盈枫的胃不太舒服，便提前告辞。自上次威士忌宿醉后，这几天她的胃就一直不太正常。

她刚刚踏进住所大楼，保安就热情地同她打招呼。

"江小姐，你隔壁的租客今天已经把家具都搬进来了，这个周末就要入住了。"

江盈枫礼貌地笑了笑，继而上到十八层。她看了看隔壁紧闭的大门，那里原先住着一家三口，据说是因为房东涨租就搬出去了，后来一直没找到合适的租客，已经空了快两个月了。

她所在的这栋屋苑是西半山上的老牌高档住宅，一层六户，北面是两部电梯，东南西面各并排两户，同一面的两户门挨着门，客厅共用一堵墙。

她进到家中，放下包，习惯性地来到窗边，望着窗外出神。自己不知不觉已经在这里住了三年多了。与刚刚搬来时的样子相比，这里几乎没有变化。她不经意地看向餐厅的桌子，想起了去年圣诞和赵然、吴一婵一起过平安夜的画面，不禁一阵唏嘘。

活着活着，朋友就越来越少，学会孤独成了成年人的必修课。

望着窗外的夜色，她开始惆怅起来。白天的忙碌使她没有时间去思考，而这夜晚最能让她听见内心的声音。

大悲之后有大悟。自那晚舞会之后，她算是彻底醒悟了。

她本以为自己会再次一蹶不振，陷入痛苦无法自拔，可出乎意料的是，这次她没有。

王志渊再也不是她的禁忌，听到他的名字不会再心惊，想到他的模样不会再怀念，他与她的过去再也不能牵动她，他的现在与未来也与她再无关系。就像压在心头的一座大山弹指间化成粉末，阳光终于照了进来。

纠结了三年的心结终于解开了，如同智齿被拔除后的那份轻松和舒畅。临界点过后，放下只是一秒钟的事。

鼓掌，是为了把我们从精彩的戏剧中拉回来。入戏太深？为自己鼓鼓掌吧。

一个普通的工作日，光展的三十层楼闯入了一位不速之客，打破了平静。

"Sabrina！ Sabrina 出来！"只见一个相貌平平的女人踏进大厅，怨气十足地叫嚷着，直冲走廊内侧的办公室。

两个柔弱的前台小姐在她面前形同虚设，她很快突破第一道防线进入里面的办公区域。

最前面的几排是银行经理的座位，她的到来很快吸引了赵然的注意。见她口中高喊 Sabrina 的名字，赵然便上前询问："请问你有什么事吗？"

那女人用近乎凶恶的眼神瞪着她："你就是 Sabrina？！"那气势就快要吃了她。

"不，不，我不是 Sabrina，"赵然见状连忙否认，"我是她同事，你找她有什么事？"

"什么事？！她勾引我老公！"

此言一出，惊煞全场。大家互相对望，交头接耳，一时间没人干活了。这么劲爆的现场直播估计是要红遍中环了。

与其他同事不同，赵然是唯一一个知道内幕的人，只是她没料到，这原配手撕小三的戏码这么快就上演了。她灵机一动，先稳住这个女人，大家去外面私下解决。

"这位太太，有什么事好商量，我们去外面的会议室坐下慢慢说。"赵然边说边上前扶她出去。

"你放开！叫 Sabrina 出来！"她一把推开赵然，"我就在这里等！"

赵然被她推得往后退了几步，撞到了身后的桌子才止住。钱琳琳见状也上前帮忙，可这女人不依不饶，三人竟推搡起来。

就在一片混乱之时，正前方传来一个响亮的声音："住手！"是女主角到了。

"我是 Sabrina，你是哪位？"她一如既往地趾高气扬。

"我是哪位？我是 Jacky 的太太！"她的声势压过了 Sabrina。

原来是合规部的那个 Jacky！赵然同在场所有的人一样，下巴都要掉下来了，她怎么都不会想到 Sabrina 出轨的对象居然是那个一脸正气、成天把原则挂在嘴边的合规官 Jacky。

赵然的三观再次被颠覆，原来天天让别人合规的人，自己却是最不合规的。

Sabrina 闻声变了脸色，收回了先前的高傲，她垂目朝下一瞥，似有些心虚。

"你想怎么样？"她很快恢复镇定，语气处变不惊。

"你怎么这么不要脸？你也是有家庭的人，你不怕你老公知道吗？！"这女人越骂越来劲，把其他部门的同事也吸引了过来。

也不知是谁跑去通知了 Jacky，就在他太太闹得不可开交的时候，他终于现身。

"你怎么到这里来了？"面红耳赤的他上前一把拽住她的手臂就往外拖。

他太太怎么可能就这样被他拖走，一时间反弹得更凶了。Sabrina 在边上双手交叉放在胸口，面无表情地打量着这位太太，暗自不屑道："一看就是个没见过世面的家庭主妇。"

不一会儿，人事部带着保安过来救场，三人被强行带走。

办公室归于平静，大家还意犹未尽。

Vincent 在外头开完会便火急火燎地赶了回来，他放心不下的是公司会如何处置 Sabrina，她可是组里的大金主啊，要是她被开除了，好几个亿都得跟着飞了。

他片刻都没有休息，直奔人事那里，神色匆匆。大概过了半个小时，他回到了自己的座位。

钱琳琳跟赵然立刻来到他的桌边问道："老大，怎么样？"

"两个人暂时被停职，等候处分。"Vincent 叹了一口气，无奈地摇摇头，"真是搞不懂，这两个人怎么会搞到一起去的……看来工作还是太清闲了！"

赵然抿了抿嘴，突然想到了林淼淼的开户申请，问道："那 Jacky 的工作由谁接替呢？"

"我们组的开户申请由 Tina 接管，刚刚毕业没几年，应该比 Jacky 好应付。"

这对赵然绝对是个利好消息，在林淼淼开户的当口，最大的障碍居然自动清除了，真是天助她也。

她没时间替 Sabrina 惋惜了，立刻跑去处理林淼淼的材料。Jacky 只是暂时停职，不知道什么时候就会回来，这段空档对她来说是宝贵的时间窗口。

林淼淼在赵然的指点下，还真把他亲戚公司的税务账目要了过来。他们家亲戚果然给力，还开出了证明，说林父就是公司的股东之一，每年公司的盈利林父都有份。

赵然拿着这些热腾腾的材料跑到 Tina 面前，好言好语地跟她解释，有了之前应付 Jacky 的经验，对付眼前这位稚嫩的 Tina 显得易如反掌。

"你放着吧，我稍后再审一遍，有消息了会告诉你。"Tina 接过材料，对赵然笑了笑。

又过了一星期，赵然被告知林淼淼的开户顺利批下来了。她终于通过了试用期，心中默念阿弥陀佛。看来，运气好也是一种实力。

开完户后，林淼淼就可以开始做投资了。赵然要找一个投资顾问同她合作，为客户打理资产。她一下子就想到了 Amanda，这个姑娘在她刚进公司的时候就提点过她，教她如何应对难缠的庄总。

如果说银行经理的客户是富豪，那投资顾问的客户就是这些银行经理了。能让银行经理放心地把客户的钱交给他们管理，本身就是对投资顾问的一种认可。

Amanda 自然是满心欢喜地接过林淼淼的账户，她与林淼淼和赵然坐下商讨后，决定先从一些保守的产品开始为他做资产配置。

"您的总资产一共是三千五百万，我建议百分之四十做外汇，百分之四十买债券，还有百分之二十可以买一些相对稳定的结构性产品作为尝试。"

赵然对投资是个门外汉，她信任 Amanda，觉得她说什么都是对的。

"行，那就先这样吧，过一阵子看看收益情况再说。"林淼淼满意地签了字。他与赵然约好了下班一起吃饭，为这来之不易的成功好好庆祝。

　　一眨眼到了周末，江盈枫打算睡个懒觉，今晚上她还有任务在身，可得养足了精神。正当她睡得迷迷糊糊时，响起了一阵门铃声。她一动不动，就算天王老子来了也休想让她起来。

　　可这按门铃的人就是比天王老子还嚣张，不把她按醒誓不罢休。

　　她伸出手摸到了床边的手机，凑近一看，才九点。到底是谁啊？！她憋着一股起床气，披上外衣来到门口，透过猫眼一看，惊得她退后了两步。张少华？怎么是他？她晃了晃脑袋。是不是看花眼了？

　　她打开门，一脸茫然地看着他。

　　"当当当当！惊不惊喜！"张少华睁大眼睛，一脸顽皮的模样。

　　"你这是……大老远的，也没事先打个招呼……"她皱着眉，声音沙哑。

　　张少华看她那样子就知道还没起床。"哪里远了，几步路而已，我就住你隔壁。"说着用手指了指旁边的门。

　　她一头雾水，这不会是在自己梦里吧？

　　"俗话说'远亲不如近邻'，邻居间就应该多走动，以后我们……"

　　还没等他说完，她就朝他做了一个打住的手势："你说什么？你……就住隔壁？"

　　"是啊，刚刚搬来的，一搬来就来跟你打招呼了。"

　　她这会儿是彻底醒了，原来保安说的新租客就是他。

　　"可是你怎么突然就搬到这里来了呢？"她的心里一串问号，"这里不离你的医院更远吗？"

　　他收起了嬉皮笑脸，深情地望着她："我想照顾你。"

　　她愣在那里。"照顾我？"她只觉得好笑，"为什么？"

　　"我喜欢你。"

　　这下她不觉得好笑了。

　　"而且你也喜欢我。"

　　前面一句已经让她瞠目结舌，后面一句更是把她雷得里嫩外焦。她深吸一口气，今天是什么日子，一大早蓬头垢面的她就这样站在家门口被一个有钱有颜的

"小鲜肉"荒诞式地表白了。

要是搁别人身上，说不定得偷着乐。可江盈枫却生起一股莫名的怒气，或许是太久没被人表白了，她觉得张少华是在拿她寻开心。

"张少华，你是不是韩剧看多了？"她没好气地说道。

他眨巴着眼睛，不知此话何意。

"你们医院不够忙是吗？"

他面露惊色，张大了嘴似要为自己辩驳，可她压根就没给他开口的机会。

"你不要告诉我，你也来自某个星星，到地球上拯救大龄单身女青年？"

他做思考状，拽拽地说道："上次宴会的时候你自己都说了，全宇宙的女人都等着我拯救。"随即眼珠一转，又道："那就从你开始吧！"

见他没个正经，她也不甘示弱，故意指着对面的门凑近他小声说道："C 室住了一个四十二岁的女人，单身，我上次看到过，长得还不错呢，你不是专门找大龄的吗，这个够大了吧？祝你成功！"说完还对他眨了下眼睛。

"这个建议不错，"他故意气她道，"你愿意让她插队？要不两个一起吧？"

这句话还真戳中了她的痛点，真是哪壶不开提哪壶。她瞪着眼珠子，往门后一退，欲把他关在门外。

"哎哎哎，我跟你开玩笑的嘛！"他立刻用身体顶住了门，"你还真生气了……"

她还是板着脸不说话。

"你吃醋了？"他露出贼贼的笑容。

"呵。"她冷笑一声。

"你干吗不肯承认你喜欢我呢？"

她仰天长叹："请问我到底造了什么孽，让你觉得我喜欢你？"

"你不喜欢我为什么要吻我？"

他那一本正经的样子让她哭笑不得。

"好吧，就算我不小心吻了你一下，你就要这样赖上我吗？"

他瞪大眼睛说："对！我就赖上你了，赖你一辈子！"

这时，对面的邻居出来倒垃圾，瞟了两人一眼，捂嘴笑道："你们继续。"

　　两人尴尬对望。"你不想让整层都听见，就让我进去吧。"他探头朝她的家中张望道。

　　她挡在门口："你到楼下等我，十五分钟后我下来。"

　　她关上门，迅速梳洗了一番，闭上眼睛用冷水泼脸的刹那，还是不敢相信刚刚发生的一切。

　　与张少华会合后，两人去吃早餐。

　　"这顿我请，吃完你就别闹了，该干吗干吗。"江盈枫摆出了大姐大的架势。

　　"你觉得我在胡闹？"张少华一脸委屈，"我是真心喜欢你！"他直直地盯着她，"我们相处也有一阵子了，这一点我可以百分百确定。而且每次我们出去约会，你不是都很开心吗？"

　　"约会？"她一脸诧异。

　　"是啊，我们一起看演出、行山、滑水，还……"他停顿了。

　　"还什么？"

　　"还吻过，睡过……"

　　"停停停！"她立刻打断了他，"你听好了，我们没、有、睡、过！也不许再提吻的事！"

　　他一脸无辜道："我们一起经历了这么多，你怎么能说我是在胡闹？"

　　江盈枫看着眼前这个大男孩，心中感到无语。他难道真的是外星人？单纯的有些不像是真的。她心软的毛病又犯了，快要被他那可怜巴巴的眼神感化了。

　　"你交过几个女朋友？"

　　"嗯……"他若有所思，似在努力回忆。

　　"呵，数不过来了？"

　　"一个。"

　　"就一个？"

　　"嗯，她是低一级的学妹，后来毕业了她就去国外了，过了一年我们就分手了。"

　　江盈枫还真是不敢相信，像张少华这样的优质男生居然如此洁身自好，真可算是个稀有物种了。

她望着他，吐了口气："你有认真地分析过我们之间的可能性吗？"

他没有作声，只是好奇地看着她，那神态颇像学生看着老师。

"首先，我比你大五岁，我出来混社会的时候你还在读高中；其次，你是医生，我是银行经理，这就表示我们两个都很忙，根本没有时间坐下来谈恋爱；再来，你现在是我的客户，跟客户谈恋爱在我看来是有很大风险的，万一我们的关系破裂了，我就会失去一个客户。最后，你觉得你真的了解我吗？你了解我的背景和过往吗？"

江盈枫用强大的逻辑客观地分析了两人目前的状况，想让他知难而退。在她心里，张少华不过是学别人赶个姐弟恋的时髦，对熟女产生了一些富有新鲜感的幻想，这种幻想就像小孩手里的肥皂泡，一触即破。

张少华低头沉默了几秒，再抬头时，眼神忽然变得凌厉，他推了推眼镜，仿佛变回了那个霸气的张医生。

"你说完了？那我也来分析一下你说的几个问题。"他不紧不慢道，"首先，你比我大五岁是事实，正因为我已经落后了你五年，所以更不能浪费时间只想不做，我不需要什么分析，我要马上和你在一起；其次，我们的确都很忙，可总统还要谈恋爱呢，难道我们比他们还忙？再来，跟客户谈恋爱的风险很大，可是拒绝跟客户谈恋爱的风险更大，你就不怕现在就失去我这个客户啊？"

江盈枫眉头一紧，没等她开口反驳，张少华继续说道："你就不想想，我把钱都交给你管了，你对我还有什么不放心的？"

她双手交叉放在胸前，一副气呼呼的样子。

"还有最后一条，关于你的背景和过往嘛，我根本不需要了解，因为我会创造你的未来。"

话音刚落，她内心一颤，他不再是刚刚那个可怜无助的大男孩，他瞬间变成了一个敢作敢当的大男人。这股坚定和强势足以俘虏一个女人的心。

说实话，张少华也是捏了一把汗的，跟优秀的女人谈恋爱还真是烧脑，不过要是连这几招都接不了，还怎么抱得美人归？

天色渐渐暗了下来，江盈枫对着镜子把嘴角的口红抹匀，换上鞋后出门了。

她暂且把张少华的事放在了脑后，今晚她要出席一个重要场合，那便是半山总会每年举行的会员酒会。

半山总会是香港最难进的私人俱乐部之一，会员的会籍分为两种：第一种是终身制会员，除了要缴一百万的入会费，申请人还需要两名活跃会员投票通过；另一种是赞助式临时会员，申请人可以由公司赞助入会，每家公司每年只有两个名额，每个名额最长两年。正是因为门槛高，半山总会在整个香港只有不到两千名会员。

能建在半山，就意味着里面的人非富即贵。这些会员里有香港本地的老牌家族成员，也有早年来香港发展生意的内地人，近几年又多了不少初来乍到的内地新贵。新老富豪彼此结交，表面上一片热闹，实则各揣算盘。

G&C 每年都会选出两位成绩优异的银行经理送进半山总会，与富豪们建立关系，带来生意。今年江盈枫的会籍就要到期了，她要抓住今晚的机会，尽可能地多拉拢一些会员。

晚宴前先是鸡尾酒会，那正是结交人脉的好时机。

江盈枫今天特意选了一套裤装套装，高雅之余不失干练。这样的场合，她不喜欢被人物化成花瓶。

她从服务生的托盘里拿起一杯香槟慢慢转悠，身边的每一个人都被她猫头鹰似的双眼扫过。

眼前走来一个年轻男子，潮牌加身，外加一顶鸭舌帽，她迅速从他身边走过，目光一刻都不停留。这样浮夸多半是个纨绔子弟，不用在他身上浪费时间。

前方有两三个西装笔挺的男人围在一起高谈阔论，她看了看也没有要加入的意思。这些头发油亮、一脸严肃的男人搞不好跟她一样也是来钓鱼的。

还有斜对面的一群女人，她们打扮得体、珠光宝气，看着年龄都不小。她有意走到她们边上，听她们聊的都是些儿女家常、明星八卦，定是些没事做的富太太来这里消遣的，她很快离开寻找下一个目标。

忽然，她停下了脚步，一个身影引起了她的注意。离她不远的这个男人头发花白，身材挺拔，戴着黑框眼镜，身着一件蓝色 T 恤和白色休闲长裤，底下配着一双乐福鞋。他手里摇着的那杯似是金汤力，整个人低调却掩不住锋芒。

她要找的人终于出现了。

她二话不说走上前去，望着他的眼睛问道："请问您知道晚宴几点开始吗？"

"应该快了吧。"他显得颇有礼貌。

"谢谢。我是第一次参加，今天的人还真不少。"她看了看周围，"您也是一个人吗？"

"呵呵，"他不太热情地说道，"我不爱凑热闹，一个人待会儿。"

"您的普通话说得真好，应该也是内地人？"她继续打扰道。

"我老家是宁波的，来香港几十年了。"

"宁波好地方啊，我妈妈老家也是宁波的，我也算是半个宁波人。"

他笑而不语，估计这些年来跟他攀老乡的人不在少数。

这时，他的手机响了，他把手伸进裤兜里，刚要往外掏，手机就顺着裤兜滑到了地上。他赶忙弯腰拾起，脖子里挂着的一块玉佩从领口跳了出来。

江盈枫定睛一看，这是一块手掌大的方形玉，洁白无瑕，如凝脂般细腻，没有任何装饰。她听陈美玲说过，不少有钱人都爱佩戴无事牌，看这玉的成色，她大胆地猜测应该是上等的羊脂玉。

"您这块羊脂玉无事牌真是精致，您戴了很多年吧？"

"你懂玉？"他摸着玉，有些得意地笑道，"我这块是一等一的羊脂玉，二十年不离身，你看这包浆。"

"我谈不上懂，不过我认识一个不错的玉器师傅，以后可以一起交流交流。"

"是嘛，不瞒你说，我很喜欢玉，喜欢收藏各种玉器，我还给一个博物馆捐过一个汉代玉器。"

"有机会我一定要去看看。"她委婉地笑道，"您是做什么的呀？"

"我们家早年是做船舶生意的，后来又做了房地产投资。"

"我也是做投资的，那真是要好好向您请教了。"

"你是哪家的？"

"G&C，我叫江盈枫。还没问您尊姓大名呢？"

"常世武。"

她眼中闪过一道光："您不会就是桐澳地产的常总吧？"

"正是鄙人。"他笑道。

江盈枫这回是碰见大鱼了，桐澳地产在香港地产界虽排不上第一梯队，但光凭在尖沙咀和葵青码头的几处地产就足以让常家成为各大私行竞相争抢的对象。

"常总听说过我们 G&C 吗？"

"如雷贯耳啊。"他打趣道，"可惜我已经在别家开了户，不想动了。"

她心领神会，但还是奋力争取："您就不多挑挑？您挑玉还得货比三家呢。G&C 的优势是综合实力强，我们家除了有私行外，还有投行和资管，不仅可以管理您的个人财富，还可以助力您的企业发展。"

常世武斜睨了一下某处，说："你说的这个，我的朋友或许用得到。一会儿你跟我坐一桌，我介绍你们认识。"

随着服务生招呼大家入席，江盈枫便坐在了常世武的边上。很快，他们那桌就坐满了人。

常世武侧身同身边的好友攀谈起来："老弟什么时候回的香港啊？"

"上周就回来了，一直忙到现在。"好友答道。

"贷款的问题还没解决？不是你儿子在管着吗？"

"他终归经验不足，我还是要盯着点。"

"我们都一把年纪了，还是身体第一。该放手的还是要放手。"

江盈枫也忙着跟同桌的其他三位男士寒暄，一会儿的工夫，她就把这三人的背景大致摸清了。待常世武回过身来，她便当起了临时中间人，把这三位一一介绍给他。

她身边的这位姓顾，在家中排行老三，大家都叫他顾老三。顾老三目前主营零售和餐饮，在广东地区有一个自家的点心品牌和几十家餐厅，规模不可小觑。他本是潮汕人，幼年随父母移民香港，已然是一位老香港了。

第二位陆总是个青年才俊，看着也就跟她一般大。他在内地经营着一家游戏公司，两年前把大部分股权卖了之后便携全家来到香港。

　　紧挨着陆总的是祁总，他是土生土长的香港人，过去十几年一直往返于内地和香港，做着珠宝生意。他大概四十出头的样子，仪表堂堂，左手的中指上一枚硕大的翡翠戒指极为惹眼。

　　服务生上完菜，大家便聊开了。

　　"祁总手上的翡翠戒指可真不是一般的物件。"陆总恭维道，"我听说好的翡翠价值连城啊。"

　　祁总挑了挑眉，似是在等着人夸："我这是顶级的缅甸绿翠，之前我在缅甸的朋友刚刚开出新矿，就把最好的让我先挑。我那里还有一些存货，你们要是感兴趣，我给你们优惠。"

　　"翡翠是硬玉，说到玉，常总也是专家啊。"江盈枫转头看向常世武。

　　常世武没有言语，礼节性地一笑。他低头轻声对她说道："戴翡翠的人多半招摇炫富，我看这祁总也就是半瓶子墨水，晃荡得厉害。"

　　江盈枫抿嘴一笑，不再作声。

　　"陆总来香港几年啦？"祁总问道。

　　"刚刚两年，老婆孩子一起过来了。"

　　"你们是走的投资移民吧？"顾老三插道，"你们运气可真好，投资移民下个月就要关闭了。"

　　"我认识的一些人现在都忙着准备材料，赶在下个月前把申请送进去。"祁总摇着手中的红酒，"现在好多像你这样的有钱人都来香港，整个房价都被推上去了。"

　　"这个就要请教常总啦，你是地产大佬，在你面前我们都是小弟。"顾老三的眼睛笑成了倒三角，一口龅牙，还时不时喷着口水，"香港的房价有没有到头？我那几间餐厅的租金年年涨，搞得我们都没油水了。要不我们都搬去常总的商场算了，常总给我们优惠一点啦。"

　　常世武看着大家笑道："请教不敢，我是做商业地产的，回答顾总的问题，租金可能暂时还跌不下来，价格都是由市场供需决定的，也不是我能左右的。至于住宅，那就要问我身边这位谢兄了，他是做住宅开发的，尤其是豪宅。"他拍了拍好友的肩膀。

其他三人立刻投来询问的目光。祁总先发话道："谢总的楼盘在哪里啊？"

"我们两年前在九龙塘新开了一个高端楼盘，还有一些在港岛这边。"

话音刚落，陆总就跳了出来："哎呀，我们就买在九龙塘，搞了半天是谢总的盘啊！早点认识你就可以要内部价了。"众人齐声大笑。

江盈枫调侃道："陆总的房子这两年应该涨了不少，还得感谢谢总呢。"

常世武似乎想到了什么，转向好友说道："这位江小姐对资本运作很在行，你要是有这方面的需求可以找她帮忙。"

"谢总，幸会！"江盈枫立即向谢总伸出了手。

"你好，江小姐！"他笑眯眯地与她握手，"我们饭后交流。"

大家谈笑风生，桌上的盘子不一会儿都见了底。

常世武向江盈枫使了个眼色："要不你跟谢兄单独聊聊？"

她立刻起身，同谢总一起来到宴会厅外的休憩处坐下。

"谢总有什么需求尽管提，我看看我这边能不能出个方案。"

"是这样的，你也知道我们做地产的最要紧的就是现金流，最近我们的一笔贷款出了点问题，要延后，这样会导致我们的项目跟不上。所以想问问江小姐有没有办法帮我们做短期的贷款？"

她下意识地点了点下巴，思考了几秒后道："我实话实说啊，您这个情况，要再贷款比较难，银行不一定会批。不过有另外一种融资的方法，您不妨尝试一下。"

谢总听此，双眼发亮，急切地问道："请说。"

"我们的私行部和资管部一直是紧密合作的，资管部可以把私行大客户的企业项目打包做成证券化产品，卖给其他客户。我们之前做过不少这样的产品，短期融资规模都还不错，成本可能会比银行贷款高一点。您的公司已经很成熟了，我相信尽职调查不是问题。我们还需要对您的项目进行一个评估，才能计算出现金流。"

谢总双眼闪烁着希望的光芒，咧开嘴笑道："太好了，救人如救火，周一我就来你这里开户，尽快搞起来。你预计多久能出产品？"

"您开户需要一点时间，再加上对您的公司和项目进行评估，我想最快也要两个月。"

"两个月可以！"

生意落地，江盈枫露出自信的笑容："那就合作愉快啦！那我们一起回晚宴吧。"

她拉开宴会厅的大门，让谢总先进。

香港的半山层层叠叠，犹如这个城市的社会等级一般。每往上一级，就预示着相应的付出。中环街头随处可见弓着背推纸板车的老人，这汗水和辛酸浸泡的晚年让人唏嘘不已。

的确，香港不管哪个阶层都是很勤奋的。王志渊也是这些拼命三郎中的一员，他的努力绝对对得起 ZBC 给他的这份高薪，在他的世界里，所有的一切都要为工作让路。

刚刚落地香港的他这会儿正往公司赶。作为一名基金经理，他满世界地会见客户、调研公司，即便是在出差的路上也要抽出时间来阅读研究报告，从纷繁复杂的信息中抽丝剥茧，找出影响价格变动的核心要素。虽然手下有不少分析师为他提供支持，他还是喜欢亲力亲为。

他就像是一台不知疲倦的机器，让他休息对他来说是一种羞辱。

新基金才成立不久，他没日没夜地辛苦操劳，个人的业绩和品牌是他最看重的东西，为之付出一切也在所不辞。

他刚拖着行李踏进办公室，助理就迎过来说道："CEO（首席执行官）找你。"他放下行李，马不停蹄地来到 CEO 的办公室。

"志渊，辛苦了，快坐！"CEO 热情地起身迎接他。

"谢谢 Wilson。"王志渊笑着在他面前坐下。

这位 Wilson 是个做业务的能手，公司把他放到这个位置就是想借他的能力提升亚洲的销售业绩。

俗话说本事有多大，脾气就有多大，Wilson 就是个典型。他行事强硬，果敢决断，但凡他认定的事很难被改变。

"这次新基金募集很成功，几个销售都很给力，我知道你也费了不少心。" Wilson 先来了一顿夸赞，"接下来有什么安排？"

"谢谢老板的支持！"王志渊信心满满，"新的基金已经在逐步建仓了，我上周在内地调研了一圈，有些标的真的很不错，适合中长期持有。"

"由你管着，我绝对放心。但是中长期是多长？"

"每家公司不一样，有些优质公司的市盈率还不到九倍，我觉得拿个三五年是没什么问题的……"

没等他说完，Wilson 就打断道："三五年还是太久，我们只争朝夕。"

王志渊没有立刻接话，等着 Wilson 把话说完。

"我希望能在半年内迅速看到你的业绩，最好有两位数的回报。当然，我知道半年的时间对投资来说不足以说明什么，但我们的客户等不了，我们正在洽谈几个内地的机构，年底前他们就会给出答复，所以接下来的半年至关重要。"

王志渊倒吸一口气，明白了 Wilson 找他的用意。投资嘛，谁都想看到立竿见影的回报，可天底下哪有这么好的事？半年，也就是建仓完才不久，除非运气特别好，遇到市场大涨，不然怎么可能会有大幅的回报？

"这个，恐怕有点困难。"他开诚布公，"今年的市场是出了名的动荡，上半年已经出现了'黑天鹅'，下半年估计也会持续波动，所以我们的观点是以稳健为前提进行布局。现在组合还处在建仓阶段，为了不让净值一开始就出现较大波动，我们会逐步加仓，而不是一下子就加满。"

"我明白你的意思，你的风格就是稳中求胜，这点我很欣赏，我也愿意把钱交给你管，放心嘛。可是现在是非常时期，你要想想办法往前推进一下。必要的时候也可以用点衍生品。"Wilson 的口气不像是在商量，而是在下命令。

王志渊的内心是反抗的，这简直是拿投资当儿戏。半年就定成败已经是闻所未闻，还要用衍生品？亏他想得出来！别说合同中有明确的限制，就算能用也是风险巨大，稍有不慎就会被杠杆吞噬，这与基金预先设定的策略完全不符。这种赌上职业名誉的事，他是绝对不会做的。

此刻的他终于明白，为何上一任投资总监会负气离去。

官大一级压死人，但拂袖而去不是王志渊的风格，既然无法改变，那就只能隐忍。多说无益，他没有再为自己和团队辩解，他知道在 Wilson 面前那都是浪费时间。

"我会尽力的，希望年底的时候能有一个大家都满意的结果。"他先打了个太极稳住 Wilson，起身离开。

从 CEO 办公室到他的办公室，短短几米，不会有人知道他的内心正在发生转变。他面不改色地回到座位，一个酝酿已久的想法此时在脑中越发清晰起来。

在大公司里打拼多年的他，表面风光，背后压抑。他经常接完一通电话就忍不住想骂人，没完没了地等着各个部门的批复，被各种各样的规章制度五花大绑，还得时刻留意办公室的暗箭难防，日复一日在这些没有意义的事情里耗去大好年华。

他曾无数次地想过跳出这个狭小的盒子，可是他不敢，盒子里虽有各种不悦，但外面的世界更加充满未知。

时至今日，这个小盒子再也装不下他的雄心。他不甘心屈于人下，被不懂投资的外行人领导。他要施展自己的抱负，摆脱这一切束缚，而唯一的办法就是自立门户。野心也好，理想也罢，创业的念头在他的心中像一团熊熊燃烧的火焰，越燃越旺。

夜晚，吴一婵又在某个餐厅的包房里钻着，此刻她正在参加清华大学香港校友聚会。

要说清华在香港的校友会也有几百号人，可每次能出来聚餐的最多也就那么两三桌。今晚的聚会是为了欢迎一位新同学到港，那人便是翟纲。

这位翟纲和吴一婵在大学里是同班同学，同是数学系的高才生，大学四年里他一直爱慕吴一婵，奈何心高气傲的吴一婵不会为任何人停留，毕业后直接远赴美国，翟纲则在清华继续读到计算机博士，如今在 IT 领域做得风生水起。这次他被领导派到香港，参与建设大湾区的科技创新项目，校友们都逗趣地叫他"未来的马化腾"。

"哟，翟博士来了！"随着一位校友的喊声，大家纷纷转头向包房门口望去。

只见翟纲站在门口露出憨憨的笑容，镜片后的双眼被脸上的肉挤成了两条线，道："不好意思，我来晚了！"他背着双肩包，一身休闲打扮，与在座西装革履的金融圈人士们画风迥异，就像在一盘色拉拼盘里混入了一撮酸辣土豆丝。

"没事没事，快坐！"靠门边的那桌校友们起身给他让位。

他一坐下，就看见了坐在对面的吴一婵。不懂掩饰的他两眼直直地盯着她，这是毕业后两人第一次相见。

"翟博士别这样盯着人家了，一婵的脸烫得都能煎鸡蛋了！"同学们当场拿他俩开涮。

老实巴交的翟纲只得傻笑一下，他那朴实的性格一点没变。

"翟博士，这次来香港打算待多久？"吴一婵倒是丝毫不介意大家的起哄，大方地与他打招呼。

"我是跟着任务走，其实我大部分时间都会在深圳，不把大湾区的科技联动做好了就不能回去。"翟纲的笑容有点僵硬，跟大学时一样，他一见到吴一婵就一阵莫名的紧张。

"厉害啊！以后还得多关照我们这帮在大湾区混的老同学！"吴一婵话音刚落，大家便跟着拿起酒杯敬了敬这位新任"港漂"。

"那你家里人也跟着一起来吗？"一位校友问翟纲。

"我父母还在北京，我嘛，还没成家呢，'单身狗'一个。"

"呀，你居然还单身？"校友不相信道。

"嗨，我也是一直太忙了，没工夫谈情说爱。"说罢，他偷偷看向吴一婵，似是故意说给她听的。

"没事，兄弟，来香港就对了，这儿女生多，像你这样的靠谱型最有杀伤力！"他边上的男生打趣道。

吴一婵没有再跟翟纲互动，而是同边上的女生们相谈甚欢。席间，她的余光扫到了时不时瞄向她的翟纲，洞若观火的她已大致猜到了翟纲的心思。

饭局过了大半，陆续有同学离去。"我也差不多要回去了。"吴一婵起身向大家告别。

如她所料，翟纲也站了起来，道："我也要走了，明早还要开会。"两人便一同走出了餐厅的大门。

"你今晚还要回深圳吗？"她问道。

"今天不回去了，下周都在香港开会。我的酒店在上环，离这里不远。"翟纲心跳加速，两只手不知如何摆放，只得插进裤兜里。

两人已毕业整整十二年，可时间并未在吴一婵的脸上留下什么痕迹。翟纲感叹她看起来还是那么青春洋溢、身材曼妙，那双大眼睛跟以前一样扑闪扑闪的，像是会说话似的。反观他自己，难掩的啤酒肚倒是多了几分中年的油腻味。

"你真是一点没变，不像我，已经是大叔了。"翟纲叹道。

"哪里，你心态年轻，比那些做金融的人思维更活跃。"

两人并肩走着，路上的人不多，翟纲竟穿越似的找回了过去走在校园里的感觉。此刻，他清楚地意识到自己对吴一婵还保有当年那份美好真挚的情感，她始终是他未曾实现的梦。

"你成家了吗？"他壮胆问道。

"没呢，跟你一样，一直太忙了。"

"你这么优秀，居然还单身，这个社会真是没天理。"翟纲心里顿时心花怒放，女神还是那个女神，命运再次向他开启了机会的大门。

吴一婵没有坦白自己有男朋友的事实，她一向奉行谈恋爱要广撒网的恋爱宗旨，无论何时，备胎总是需要的。翟纲是最合适的备胎人选，他对自己一心一意，平时也不常在香港，与王志渊撞见的概率很低。最重要的是，她看好翟纲的价值，毕竟，年过三十的她是不会在平庸的男人身上拎不清的。

她本来也是一门心思地想跟王志渊走下去，可自从他跟江盈枫重逢后就一直让她不安。是上次的舞会她看得一清二楚，他的心里分明还装着江盈枫，这让她不得不为两人的关系担忧。

与其最后被抛弃，不如现在就未雨绸缪。她可不会像江盈枫那样，在爱情里拼尽全力，最后把自己搞得遍体鳞伤，几年都缓不过来。

"我们早点回去吧，据说明天有八号风球（香港热带气旋警告信号名称）。"她对翟纲说道，"这会儿风已经开始大了。"

两人一起走进了地铁站，身后风声渐远。

靠海的香港历来受台风青睐，尤其是夏天，盛产八级以上的强台风，俗称"T8"。

这不，今天的 T8 不负众望，在工作日如期降临，香港市民终于可以窝在家里享受难得的台风假了。

昨天半夜就开始狂风大作，窗外的呼啸声、雨水拍打窗户的敲击声让人无法入睡。每每这时，香港就成了一座空城，平时热闹的大街上见不到半个人影，几棵大树被吹得东倒西歪，广告牌也摇摇欲坠，活像科幻片里的末日之城。马路上的车寥寥无几，只有几辆的士还在台风天兜生意，这种天气不管去哪里，起价就是五百元。

赵然可没心情享受这台风假，她今天本来约了客户的。这位客户是林淼淼在澳洲的前同事小张，林淼淼觉得自己在光展的理财收益还不错，便推荐给了小张。小张的家中也算有点底子，见林淼淼在香港做得不错，便着急跟风。

小张昨晚落地香港，本来约好了今天上午赵然去他的酒店见面，谁料这鬼天气把这会面吹黄了。

赵然打开手机，在团队群里发着牢骚："这 T8 是不是要吹一天呀？"

钱琳琳："应该是吧……刮风天还是在家待着吧。"

Vincent："给你们休息一天还不好？平时也没见你们这么热爱工作。"

赵然："可是我今天还要去酒店见客户呢，第一次见面居然就爽约……"

她刚刚打完这句话，就收到了 Vincent 的小窗私信："我上午正好要去公司，酒店在哪里？我可以帮你跑一趟。"

赵然内心激动，老板居然是活雷锋，狂风暴雨都挡不住他助人为乐的脚步。

"客户就住在中环的文华酒店，我本来是要给他送点资料过去的，顺便给他介绍一下我们银行。可是老大，这天气你还要出门？不要紧吧？"

"不要让 T8 影响我们的业绩，我帮你送过去，跟客户说明一下情况。你们之前认识吗？"

"不认识呢，是朋友介绍的，今天第一次见面。那就拜托你了老大，千万注意安全！"

说罢她便建了一个三人的群，满心欢喜地把 Vincent 介绍给了这位小张，自己在家等着好消息。

香港人大概是对上班最有热情的一群人了，再强大的自然灾害都无法阻止一个香港人返工的愿望。

台风后新的一天照常开始。T8 肆虐过的城市满目疮痍，被狂风吹爆的玻璃窗掉落在路中央，走在路上不小心就能踩到玻璃碴，到处是横七竖八被刮倒的大树、倒灌的海水，香港的交通几乎全面瘫痪。

然而，这座国际都市的城市精神此时尽显无遗，正常营业的早餐店、行色匆匆的上班族、努力使城市恢复正常的一线工作人员，大家齐心协力，才一个上午的工夫，这些台风留下的作品就基本被清理干净了。

赵然步调欢快地来到公司，她看了看 Vincent 的座位，人还没到，估计昨天的台风把他折腾得够呛，她给他发信息他都没回复。想到这里她就对老板越发感激。

不一会儿，Vincent 就快步走进办公室，赵然起身想去询问他昨天与小张见面的情况，可他却一副忙碌的样子，似乎没时间同她说话。

也罢，她知道老板一向日理万机，昨天还要抽出时间帮她这么大的忙，就等他空了再说吧。

一晃到了下午，赵然好不容易在走廊里逮着机会能跟 Vincent 说上话。

"老大，昨天那个客户你见得怎么样？"

"你说张总？我们聊得很好，他已经决定在我们这里开户了。"

"真的呀！谢谢老板！那我问问他什么时候过来开户！"

面对这么高兴的事，Vincent 的笑容里却透着一丝尴尬。

"他今天上午已经来过了，"他故作镇定地说道，"该签的字都已经签了，有些缺的材料之后会补齐。"

赵然眨巴着眼睛，结结巴巴地问道："他已经……来过了？"

"是啊，"他的嘴角轻轻抽动了一下，"昨天客户跟我聊得很好，一定要我做他的银行经理，我也没办法，只好答应他今天过来开户。"他那勉为其难的样子，就像是客户拿枪逼他这么做似的。说完，他便找了个借口迅速走开了。

赵然呆呆地站在原地，一时间没反应过来。她怎么都不会想到，在不到二十四小时的时间里，自己的客户就悄无声息地被别人抢走了，而这个别人正是自己感激涕零的老板。

如果是其他人，她或许还能据理力争，可偏偏是自己的直属上司，真让她哑巴吃黄连，有苦说不出。

她自认倒霉，都怪这不长眼的台风给了 Vincent 机会。

她表情僵硬地回到座位，像霜打的茄子一般萎靡不振。钱琳琳看出了她情绪不对，关心道："你还好吧？"

"没什么。"赵然被她一问，难过的情绪反倒涌了上来，她起身快步走到门外，躲进了洗手间独自擦拭眼泪。

G&C 的办公室里，江盈枫坐在电脑前敲打着键盘，这周 Ken 休假，她要帮忙处理一些行政上的事务。

电话响起，她看了一眼来电显示，下意识地顿了顿。

"喂，行长？"

"盈枫啊，有件事要麻烦你，有个大客户要你跟进一下。"

"好呀，"她的回答有些迟疑，"是什么样的客户呀？"

"这个客户来头可不小，是我们一个股东的朋友，要在我们这里放五个亿。"行长一本正经道，"Ken 不在，我就直接找你了。"

"客户是做什么的呀？"

"早年在国内做地产开发，后来全家移民到海外了，做起了风投。客户的材料你要仔细过一下，稍后我发邮件给你联系方式。"

"好的，行长，谢谢您对我的信任。"

挂了电话，她没有丝毫的兴奋，而是疑惑不断。这么重要的客户，怎么就轻易到了她的手里？她转身望向不远处香港组的组长 Jason，他似乎毫不知情，像往常一样在跟组里的人说话。

大家都知道 Jason 人缘好，尤其是跟老板们，去年他还得到了行长亲自颁发的"最佳客户经理奖"，可谓是行长面前的大红人。五个亿的大客户，按照 Jason 的做派，他怎么也要争一争的，过去也不是没有过这样的事。可这次他居然全然无知，难道行长这么快就把他忘了？

她想不明白其中的道理，便不去想了。还是想想怎么伺候这从天而降的五个亿吧。

她刚要打开行长的邮件，投资顾问就来找她探讨张少华的母亲罗女士的投资配置，投资顾问想说服她让罗女士购买波动较大的股票类结构性产品，而她坚决反对，两人在会议室里争执不下。

"罗女士目前的投资过于单一，大部分钱都用来买债券，还有一两个大的基金。出于资产分散的考虑，我建议她可以适当参与一些结构性产品。"投资顾问说道。

"我不同意。"江盈枫斩钉截铁道，"罗女士的情况很特殊，她自己没有收入来源，需要这笔钱每年带来的稳定收益维持生活，所以我不建议她投资高风险的产品。"

江盈枫的难缠是出了名的，只要是她认定的原则，谁来说都没用。这些年来，她的处事风格在公司得罪了一些人，对此 Ken 也很头疼，但她出色的工作能力对 Ken 来说至关重要，所以私下里他也为她挡掉了一些暗箭。

"我知道你爱惜客户，可要是每个客户都这样，我们还怎么卖产品完成业绩啊？"投资顾问有些耐不住性子了。

"你的业绩跟我无关，别打我客户的主意。"

"这不也是你的业绩嘛？"

"这种业绩我宁可不要。"

投资顾问被呛得不行，脱口而出一句："你是不是只卖 ZBC 的产品啊！"

江盈枫眉头一紧，眼神冰冷，"你什么意思？"

投资顾问止住了怒火，没敢往下说，负气走出了会议室。

她自然猜到了他话里的意思，自王志渊的基金在 G&C 募集完后，公司里对他俩的传言就沸沸扬扬。

她来到茶水间，走到门口就听见有人在议论她。

"别放在心上，江盈枫就是那种脾气。"说话的正是 Jason，他正在开导刚刚被江盈枫气走的那个投资顾问。

"我也习惯了，也不是第一次受她的气，要她配合真是比登天还难。"

"你知道她为什么这么维护这个客户吗？" Jason 故意挑拨。

"为什么？"

"呐，这个罗女士的儿子就是她的男朋友，有人亲眼看到他们在舞会上抱在一起亲吻。" Jason 一副唯恐天下不乱的样子，"上次卖 ZBC 基金的时候，大家都没额度了，只有她的客户不受影响，其中就包括这个罗女士。"

"这就不奇怪了，"投资顾问眼珠一转，"这个江盈枫可以啊，拿着现任的钱买前任的产品，旧爱新欢两不误，真会玩。"

这些不堪入耳的话气得她双拳紧握，她真想冲进去把这两人的嘴撕烂了。可是她忍住了，她知道与小人争论只会越描越黑，她不愿见到这些恶心的嘴脸，抵住怒火扭头走开。

她来到会议室的落地窗前，望向眼前宽阔的维港，还没来得及感叹人生，手机就响了。

"盈枫啊，有件事我一定要告诉你哦！"陈美玲的尖锐嗓音充斥着耳膜。

"怎么了，美玲姐？"

"我知道你跟那个张医生在拍拖，所以就托我朋友帮你打听了一下他。唉，结果你知道吗？这个张少华真是风流成性！"

江盈枫一脸茫然，只得继续听下去。

"他跟佳和院长的女儿在拍拖，人家大老远从美国飞回来找他。他这么年轻，能在佳和当医生，估计就是因为跟院长女儿的这层关系。"

江盈枫闭上眼睛，拧了拧眉心。

"还有，他在医院的那帮护士之间也是吃香得不得了，据说他的一张照片在护士那里可以卖一百块钱！"

"什么？这种事他也干！"江盈枫睁开了双眼怒道，"谢谢你美玲姐，不过我跟他之间什么也没有，以后也不可能会有！"

"你干吗那么生气啊？你不会是真喜欢上他了吧？"陈美玲好意相劝，"这次我可是提醒过你了哦，你可千万别重蹈覆辙，不然我真的要疯了。"

挂了电话，江盈枫青筋暴起，一想到张少华之前对她说过的那些话，就气不打一处来。他居然大言不惭地骗她说自己只谈过一个女朋友，一个？一个排都有了吧！江盈枫刚才因为张少华惹得一身闲言碎语，这会儿陈美龄又狠狠告了他一状，数罪并罚，这下张少华怕是要万劫不复了。

到了下班的点，她一刻都不想在公司待下去，拿起包迅速走人。回到家中，刚出电梯就碰见了正在开门的张少华。

"你今天回来得好早！"他一脸欢喜，"一起去吃饭吧？我知道一家不错的餐厅，就在……"

没等他说完，江盈枫就自顾自地进了家门，视他如空气。她重重地关上门，瞧都没瞧他一眼。

"砰"的一声后，张少华愣在原地，望了望空无一人的楼面，搞不清她发的是哪股无名之火。他移步到她的门口，不停地按着门铃，誓要打破砂锅问到底。

江盈枫被这门铃声吵得烦躁，只得开了门。

"你刚才那样对我很不礼貌，你知道吗？"他皱着眉。

"呵！"她冷笑一声，没抽他两巴掌就算不错了，还跟她谈礼貌？

"我真是搞不懂你，怎么说翻脸就翻脸，我只是叫你吃饭而已，到底哪里得罪你了？"

她忍住怒火道:"你应该跟佳和的千金吃饭才对吧?"

他瞬间收声,表情僵硬,原来她已经知道了上次他是跟邱可儿一起吃饭,这会儿一定是在怪他没跟她坦白。

"我……其实我跟她只吃了一次饭,就正好被你撞见了,其他真的什么也没有了!"

她恍然大悟:"原来那次我看见的就是她?"

她的表情让他一头雾水:"难道你说的不是那次?"

她一脸不耐烦,懒得再说话。

"这里面一定有误会!你听我解释……"

"没兴趣。"她欲关上门。

"就算是死刑犯,也总该有辩解的权利吧!"他一手顶住门,一手抓住门框,一脸严肃。

两人就这样僵持了几秒。

"好吧,你跟我来。"她关上门,把他带到了隔壁的楼梯间。"这里没人,你说吧。"

"我跟邱可儿,就是佳和院长的女儿,我们从小就认识,因为两家关系很近,所以小时候会一起玩,但是长大后就没怎么联系了,后来她去了美国,就接触得更少了。"他急忙一本正经地说道,"上次她回香港,出于礼貌,我就请她吃了顿饭,谁想这么不巧就被你看到了。"

"她不是你女朋友?"

"不是不是!哎呀,我就知道你还是误会了!我对她绝对没那种意思!"

"那你的那群小护士呢?"

"什么小护士?"

"据说你的照片在小护士那里可以卖一百块哦,我真是应该多拍一些你的照片,这样我就不用工作了,每天到你医院逛一圈就赚得盆满钵满。"

他张大嘴,惊得不知如何是好:"这是谁告诉你的?这都是我刚进医院不久发生的事……居然还有人拿出来说!"

"刚进医院就如此出挑，你真是一路风流啊，张医生。"

"照片的事我根本不知情，都是她们私下里搞出来的，我也是后来才知道……"他一脸委屈道，"我真不知道是谁跟你说了这些，有什么目的，但是你只信别人的一面之词对我很不公平！"

"所以我就应该信你的一面之词？"她直直地盯着他，"是我太小看你了，张医生。"她推开了他，径直回了自己的家中。

他看着她离去，心中的委屈与愤怒交织，他不明白为何这祸事会从天而降。

回到家中，他仰面倒在床上，双眼无神地盯着天花板，不一会儿，转身把脸蒙在了床单里。

一大早，光展的办公室照常忙碌着。钱琳琳放下电话，猛一抬头，看见了久违的 Sabrina 正朝里走来。

"你回来啦！"她激动的声音引来了赵然的注意。

"Sabrina！"赵然站了起来，恨不得冲上去给她个拥抱。

Sabrina 停在原地，得意地一笑，朝二人眨了下眼睛，说："刑满释放啦！"三人立刻笑作一团。

不知何时起，Sabrina 成了团队的核心人物，她的回归振奋了其他两位组员的心，这一点连 Vincent 都做不到，换作他消失几天，估计没人会这般念叨。

中午，赵然和 Sabrina 一起去半山吃饭庆祝，钱琳琳也想参加，可无奈要赶去女儿的学校见老师，只得下次再约。

Sabrina 踩着细高跟鞋，扭着性感的臀一路来到半山。一旁的赵然从心底里佩服这些摩登女郎穿高跟鞋的本事，尤其是走在半山斜坡的石头台阶上，那景象不亚于悬在峭壁上吃草的羊，看着怪励志的。

两人坐定后，赵然忍不住感叹："你天天这么走路不累呀？"

"女人这辈子有两样东西必须要驾驭：体重和高跟鞋。"

Sabrina 的这套哲学赵然怕是这辈子都无法理解，三寸的鞋跟已经是她能驾驭的极限了，让她穿十厘米的鞋走斜坡，她宁愿光着脚。

点完菜，赵然的话匣子终于打开了："你这么快就复职了，那 Jacky 呢？"

Sabrina 叹了口气："他要走了，这周做完交接就离职。"

赵然的心一沉，在 Sabrina 和 Jacky 之间，公司选择放弃后者。合规官走了可以再找，可上亿的资金要是跟着 Sabrina 一起走了，可就损失大了。舍卒保车，也算情理之中。

"不过合规官现在吃香得很，每家银行都在招，不怕找不到工作。"

"那他太太会跟他离婚吗？"赵然好奇。

"当然不会，他太太还靠他养家呢。"Sabrina 放下手中的杯子，"你呢，这些天怎么样？"

等了许久的倾诉时刻终于到了，赵然露出一副幽怨的面孔："别提了，说出来你都不信，我居然被 Vincent 抢了客户。"

"啊？！怎么回事？"

"就是 T8 那天，他假装好意帮我去给客户送资料，第二天客户就在他那里开户了，完全把我跳过了。"

"哎，之前没有提醒你，我们这个老板可是老奸巨猾，但怎么也没想到他能干出这种事。"

赵然望着眼前的美食，只觉索然无味。

"也怪你自己太大意，私行是什么地方呀，各种显规则、潜规则，竞争太激烈了。"Sabrina 说道，"你必须寸步不离你的客户，稍不留神，就有其他人迎了上去。"

"啊？不带这么玩的吧……"

"也就你最天真……银行经理们哪个不是互相提防？好多都彼此之间看不顺眼。"Sabrina 继续给她上课，"你看隔壁组的 Celine 跟 Cindy，表面上姐妹相称，其实背后互相拆台。有一次他们组长让 Celine 给组里的人发培训资料，我亲眼看到 Celine 在发 Cindy 那份的时候故意抽掉了两张。"

赵然仿佛置身于皇帝的后宫，她那爱幻想的大脑瞬间编排出一套戏码，Sabrina 一定是个厉害的角色，而她则是其中最弱的一个。

"客户就是你的战场，怎么都得守住。之前有个女同事已经临盆了，仍在电脑前为客户下完单才肯去医院，生完孩子后才休了两个月就来上班，还不是怕自己地位不保。"Sabrina 一脸认真地说。

"你说琳琳姐不声不响的，怎么能坚持那么久呢？"赵然好奇。

"能在这行混下去的，都是有两把刷子的。你别看琳琳姐平时少言寡语的，心里跟明镜似的，她是永远都不会离开这间银行的。"

"怎么说？"

"她在这里待了十年，别人都走了她还熬着，等着接手离职银行经理留下的客户，这是用时间换金钱啊。"

赵然恍然大悟道："可她都待了十年了，为何还没做到组长呢？"

"还不是因为她生了两个孩子，失去了晋升的机会。"Sabrina 惋惜道，"琳琳姐也挺不容易的，她自己一直要飞去见客户，老公是证券研究员，也要一直出差，他俩以前约会基本都是在机场候机的时候完成的。"

"这样也可以？"

"怎么不可以，人家不仅结婚了还生了两个娃，平时都是菲佣带着，现在都读小学了呢。"

生活不易，必须努力。听完 Sabrina 一席话，她不得不思考自己未来要走的方向，是像钱琳琳那样媳妇熬成婆，还是学宫斗剧中的狠角色？

她把客户被抢的事也告诉了林淼淼，希望他能帮自己把这位客户争取回来，可林淼淼也无力挽回，人家字都签了，一切都晚了。

为了安慰赵然郁闷的心，林淼淼今晚特意请她听演唱会。晚上七点，两人约了在会场外见。

这是她一直以来都很喜欢的一支丹麦乐队，她手握荧光棒，在人群里望眼欲穿。这时手机铃声响起，是林淼淼的。

"然然，我爸刚给我来电话，说家里有急事，要我马上回去一次。我现在就得去机场，不能陪你看演唱会了。"

她一脸沮丧，可纵有千万个不愿意，她也只得扮懂事放他回去："那你快回家吧，路上小心！"

说完这几句言不由衷的话，她独自进场，坐下后看向身旁空空的座位，孤独感从四面八方涌来。

自从跟林淼淼在一起后，她就觉得两人中间始终夹着一个林父，林淼淼无论做什么都得看他父亲的脸色，只要林父在家他俩就只能在外面约会，林父一声召唤他就立马撇下她赶回家中。她的委屈和不满在不知不觉中慢慢积累，就像一个不停在充气的气球，不知何时会到达极限。

演唱会在千呼万唤中拉开序幕，熟悉的老歌响起："……That's why you go away I know……"在现场的欢呼声中，她渐渐红了眼。

此时，江盈枫正在家中的沙发上躺着，她的胃病又发作了。

自上次威士忌醉酒后，她的胃就一直处于随时爆发的状态。以往吃了药之后半小时就没事了，可今天怎么都不起作用。

她感觉越来越不对劲，只觉下腹一阵抽搐，立刻跑去了厕所，这已经是今晚的第二次拉稀了。

她浑身无力，腹部的绞痛更加厉害了。她第一时间想到了隔壁住着的张少华，他不是信誓旦旦地说搬过来就是为了照顾她吗？现在就是他表现的时候了。

可她不久前才把这位好邻居得罪了，两人的不欢而散还在进行时，这几天都没说过话。现在过去找他，不等于宣告投降？

可她实在撑不下去了，谁让她的身子这么不争气呢？只能厚着脸皮跑去隔壁敲门。

她弓着背，按了一下门铃，心想：他怎么说也是医生，不会见死不救吧。

门很快开了。他连忙问道："你怎么了？"

"你有胃药吗？"她使劲按着腹部，有气无力。

"快进来！"他一脸关切，扶她在沙发上躺下。

"哪里疼？"

他才轻轻碰了一下，她就疼得蜷缩成一团，"这里一片都抽住了……"

"有拉肚子吗？想吐吗？"

"下午的时候有点犯恶心，晚上拉了两次。"

"你这是急性肠胃炎引发的痉挛，需要马上去医院打针。"他边说边换上衣服，扶她起来。

刚跟跄跄跄走到门口，她就觉得胃里一阵翻滚，立刻捂住了嘴。他赶忙带她到卫生间，让她趴在马桶边一吐为快，并为她倒了一杯水漱口，轻拍她的后背。

"好点了吗？"他皱着眉问道，眼神中夹杂着心疼和责备。

她几近虚脱，已无力张口。他一把将她抱起，夺门而出。电梯里，她缓过来一些，轻声说道："你放我下来，我自己走。"

他看着怀里的她，嘴角一扬道："还好我平时有锻炼身体，随时准备抱你上路。上次抱你去酒店，这次抱你去医院，下次……是不是该抱你去洞房了？"

她无力反击，白了他一眼，就知道他一定会趁火打劫。

到了车库，他让江盈枫平躺在后座，自己迅速坐进驾驶位，朝佳和医院驶去。

七拐八绕地到了医院，没等她双脚落地，他继续将她抱起，大步走进大厅。她躲在他怀里，目光扫到了周围看着他俩的护士们，她一阵羞涩，转过头把脸扎进了他的胸口。

"麻烦帮我开一下诊室。"张少华对其中一个护士说道。

护士赶忙过来帮忙，问："张医生，这个病人怎么了？"

"急性肠胃炎，我马上开单，你帮我去拿一下针剂和药。"他边说边把江盈枫放在了检查床上，来到电脑前马不停蹄地打字。

"好，我先帮她量体温和血压，她的身份证给我一下。"

张少华一抬头，才想起两人走得匆忙，江盈枫的身份证没来得及拿，便道："身份证暂时没有，明天我再送来。"

"医院规定，没有证件不能登记的喔……"护士有些为难。

他停顿片刻，说："她是我女朋友，你放心，我明天一定把她的证件带来。"

护士一脸惊讶，张医生的女朋友难道不是院长的女儿吗？怎么变成了这位？她看了看床上的江盈枫，不敢多言，只得点头答应。

很快，护士把药和针剂都拿了过来，张少华起身来到江盈枫的身边："来，我给你打针，打完就不疼了。"

江盈枫有些扭捏，双手拽紧裤子："能不能让护士给我打呀？"

"你还不放心我的技术？"他笑道，过了几秒才反应过来，她这是怕羞呢。他摇了摇头，顿觉好笑，都这个时候了，她还担心自己的屁股会被他看见。他只得叫来了护士为她打了针。

不一会儿，痉挛就逐渐缓解，江盈枫在护士的帮助下吞下了药，躺下继续休息。

张少华坐在床边问候道："感觉怎么样？"

"好多了。"

见她慢慢恢复了精神，他轻抚她的额头，打趣道："你居然相信护士都不相信我？你就不怕这里的护士嫉妒你是我女朋友，对你下黑手？"

江盈枫笑了笑："做你的女朋友风险还真大。"

她回想着刚刚进入医院后的画面，他还是那个专业有素、认真负责的张医生。他不计前嫌第一时间把她送来医院，还在护士面前谎称她是他的女朋友，看来他跟佳和院长的女儿是真的没什么。

"看来我搬到你的隔壁真的是搬对了。"张少华得意道，"幸好有我这样的绝世好邻居，不然现在你还在马桶上坐着呢。"

江盈枫的感激中夹杂着羞愧，正想开口感谢他时，发现他正一动不动地望着自己，那严肃又饱含诚恳的眼神将她震慑住了。

"盈枫，人这一辈子会做很多愚蠢的事，而最愚蠢的就是不在乎自己的身体。"张少华郑重道。

她垂目，无言以对。

"这已经是我第二次看你的急诊了，我希望不要再有下次。"

见她不语，他继续说道："那晚在威士忌酒吧，我就不该让你喝这么多酒，是我不好，一时心软，没有劝住你，以后你绝对不可以再碰酒！"

她应了一声，这次她是真的下了决心。

"其实我很好奇，那天晚上你干吗喝那么多酒，还哭得那么伤心？是有什么伤心事吗？"

他的问话让她不自觉地泪光闪烁，这熟悉的表情让他明白，她那层忧伤的面纱还需要一点耐心才能揭开。

"我已经好多了，我们回家吧。"

他扶她下床，两人慢慢朝医院门口走去。

周末，张少华在浅水湾的家中陪母亲吃饭。

每每此时是张母最开心的时候，偌大的公寓里，平时就她一个人住，只有阿姨时不时会来打扫卫生。她偶尔也会叫上好姐妹来家中喝下午茶，可大部分的时间还是一个人待着。她不会做饭，也没有兴趣学，倒是对插花和音乐情有独钟，没事便在家中摆弄一下，颇有情调。

她照例吩咐阿姨做了张少华最喜欢的菜，坐下来用欢喜的眼神看着儿子，问道："阿华，你是不是有中意的女生啦？"

"你怎么突然问这个？"他一惊，莫非母亲有读心术？

"你邱伯伯都跟我说了，有一天夜里你抱一个女子去佳和看急诊，你说她是你女朋友。"

他放下筷子，略显严肃，问道："邱伯伯是不是不高兴了？"

"你太小瞧你邱伯伯了。"张母笑道，"他从小看你长大，一直很疼你。虽然你跟可儿有缘无分，但也不影响他对你的欣赏。他自己也知道，你们两个毕竟是异地，在一起很难。"

"难得邱伯伯这么大度，我真是不好意思……"他低下头，难掩心中的愧疚。

"那个女生是做什么的？"张母的注意力早已转向了儿子的这位神秘女友。

"其实你见过的，"他有些腼腆，"就是 G&C 的江小姐。"

"是她？"张母一脸惊讶，停住片刻，"跟我说说，你们是怎么在一起的？"

"说来惭愧，她都还没答应做我女朋友。"

"哦？这世上居然还有女生不愿意做我们阿华的女朋友？"张母拿他打趣道。

"妈……你就别拿我寻开心了，你儿子已经单身很久了。"

张母充满爱意地捋了捋他的头发："我记得这个江小姐说过她是上海人，她的家人现在都在上海吗？"

"她高中的时候就跟着父母去美国了，她爸爸也是医生呢，上次来香港的时候我们见过，聊得很投缘。"

"你连人家父母都见过啦？"

看着母亲焦急的样子，他忍不住想笑，说："妈，不是你想的那样……你就别操心了。"

江盈枫一个外来人，在张母心中并非儿媳的第一人选，她在香港无根无蒂，对张少华未来的助力有限，这点跟邱可儿相比，相差甚远。

除此之外，张母还担心她阅历丰富，会把张少华攥在手心里，进而把控他们家。可看儿子如此在意她的样子，张母一时也不好说什么。张母突然想起了别人常说的一句话：你用三十年把一个男人养大，可另一个女人用三分钟就把他勾走了。

张母想了想，眉眼浮现出笑意："把她带来家里坐坐。"

张少华笑着点头，他正在爱情的赛道上奋勇向前。

说起比赛，没有比此刻的沙田马场更热闹的地方了，每个周末的赛马都吸引了众多马迷参与。光展今天在这里包了一个大大的包间，宴请新老客户。

赛马于香港是一种文化，它源于竞技，光大于博彩。香港人对赌马的热情不亚于工作，在这个七百多万人口的城市中，喜爱赛马的人超过百万，马迷的人口比例称霸世界。香港赛马会的投注点密集地设在各个大街小巷，里面装修考究，人头攒动。投注点里的老马迷人人手捧"马经"，不放过任何一条赛马消息，他们对马匹状态、场次排位、赛前晨操和赔率等烂熟于心。

沙田马场的设施是世界一流的，场内设有草地、泥地两条跑道，周长一千九百多米，看台共可容纳八万五千人观赛，两块巨大的屏幕把比赛时的细节捕捉得一清二楚。马场里共有二十座马房，为一千多匹赛马提供安身之所。每个周末，这里都是人山人海，欢声雷动。

光展的包间位置极好，露台正对跑道，一览无余。包间里好不热闹，几个大圆桌坐满了人，银行经理们把自己正在开发的客户都请了过来，算是培养感情。客户们彼此都是初次见面，一阵寒暄后有些倒也聊得投缘。

赵然手里的客户不多，她第一个想到的就是上次"船趴"认识的金铭顺，今天这样的场合，正适合深入交流。

"承蒙赵小姐邀请，今天认识了不少新朋友。"金铭顺对身旁坐着的赵然说道，"我之前在这里也有一匹马，可是我对这养马实在不懂，最后只好送给了朋友。"

赵然听别人说过，在香港，不少成功人士会用闲钱来养马，一些议员、明星和商人都是赛马会的会员，养马参赛成了他们的爱好。当然，当马主也可以提高自己的知名度，如果自己的马匹赢了大奖，会令更多人认识自己，以及自己背后的公司。

"我只养过猫啊狗啊的，马可养不起。"赵然自嘲。

"哈哈，赵小姐说笑了，你们银行经理养马的也大有人在，你们的老板 Angelina Lee 不就是吗？这也是一种投资，用来结交上流社会。"

说罢，他故意打量了一下她，继续说道："赵小姐这样的美女，哪里需要自己养马，有的是人想帮你养吧？"

她一愣，差点红了脸，连忙回应道："金总说笑了。"

这可不是他期盼的回答。他一看她那放不开的样子，就知道是个生瓜蛋子。换作一个有经验会来事的银行经理，这时定会迎上来一句"金总帮我养吗？"而不是"金总说笑了"。

就在两人聊得正欢时，Sabrina 走进了包间。金铭顺一眼看到了她，大声打了个招呼。

"哟，金铭顺，怎么是你呀？"

"这么有意思的活动你都不告诉我。"他故作矫情，"你不请我，自然有人请我。"

赵然惊讶地看着 Sabrina："你们认识呀？"

"金总谁不认识呀！怎么，是你邀请他来的？"

"嗯！"

Sabrina 看了两人一眼，朝金铭顺丢了一句："你可不许欺负我们赵然哦！"

"哎哟，欺负？开玩笑！我就是赵小姐的马前卒，抢着效力还来不及呢。"

Sabrina 斜睥了他一眼，走去了邻桌的座位。

"赵小姐玩过赌马吗？"金铭顺兴致上来了。

"我没怎么玩过呢，金总很在行？"

"来！今天我就教你赌一局。"他指着包间里的显示屏，有板有眼地跟她说起了如何下注，"一般初学者有两种下法，可以买'独赢'，或者买'位置'，也就是买前三……"

赵然大开眼界，原来这就是大家常说的赌马呀。

金铭顺继续道："你看六号和九号，今天的成绩很不错，可以继续压，你也可以买一些冷门的，赔率高……"

"麻烦帮我们下注。"他招呼服务生过来，从钱包里掏出两张五百元，"一个九号'独赢'，一个六、九、十三号'位置'，给这位小姐。"

她连忙推谢："这怎么好意思呢，金总，还是我自己下吧。"

"小赌怡情，你就别跟我客气了，就当是给你初次赌马的见面礼。"说罢他拿起酒杯，同她碰了一下，"祝我们旗开得胜！"

不一会儿，两人起身来到包间外的露台观看即将到来的下一场比赛。这里视野开阔，整个跑道尽览眼底，其他一些宾客也陆续来到了这里，其中也包括Sabrina。

只见骑手们身体前倾，半蹲在马匹上各就各位，蓄势待发。

"你看那些骑手，平时训练都很艰苦，尤其是六号那个英国骑手，连续几年跑第一，人气旺得很。"他轻轻搂了一下她的肩膀，"来，到这边来看，更清楚。"

她瞪大双眼，这紧张的气氛让她的心脏扑通扑通直跳。

此时，全场静了下来，一声枪响，马儿们以迅雷不及掩耳之势冲了出去，现场瞬间沸腾，欢呼声震耳欲聋。

赵然仿佛回到了小时候参加运动会时的情景，扯着嗓子喊"加油"。金铭顺也目不转睛地盯着押注的那几匹马，攥紧了拳头满心期待。

最后一圈了，六号果然不负众望，保持领先；九号紧随其后，咬得很紧；至于十三号，则被远远地甩在了后面。

"冲，冲，冲啊！"他不由自主地叫嚷着，她则在一旁紧张地说不出话。

最终，六号率先冲到终点，再次获胜，九号夺得第二。

"我们赢了！位置中了两个！"他激动地一把抱住了她，趁势闻了闻她头发的香味。

兴奋的她丝毫没有感到被冒犯，她的双臂也下意识地抱住了他的背。

"我们出去领奖吧。"他朝露台大门的方向伸出胳膊，示意让她先请。

这一切被不远处的 Sabrina 看在眼里，她一路跟着两人来到了走廊处的兑奖窗口，待他们领取了奖金后，她便走上前去，道："哟，金总今天手气不错呀，赢了这么多。"

金铭顺一回头，说："这你就说错了，今天是我们赵小姐红运当头，刚才那一局是托她的福。"

赵然谦虚道："金总客气了，全是你的功劳。"

"你一晚上都缠着赵小姐，现在能把她让给我说说话了吧？"Sabrina 嗔怪道。

"这可不能怪我，谁让赵小姐这么受欢迎呢？"金铭顺笑着看向两位姑娘，转身离去。

见他走远，Sabrina 立刻转向赵然，问道："你是怎么跟他搅在一起的？"

"我们在一个'船趴'上认识的，今天也就第二次见面。"赵然好奇问道，"你们是怎么认识的呀？"

"我老公跟他是朋友，都认识好几年了。他这个人是出了名的精明，你可得长个心眼！"

赵然一惊："怎么个精明法呀？"

"他是有钱，这点不假，但这几年都是靠炒'老千股'为生，他家里的产业早就不行了。"

赵然眨巴着眼睛问："什么是'老千股'呀？"

"他们家在香港有个上市公司，可公司业务早已没了起色，他脑筋一转，就把这公司变成了老千股，骗小股东的钱。"

Sabrina 凑近赵然的耳边轻声说："他这人满嘴跑火车，还自封为'中环四少'之一，笑死人了。"

"中环四少？"赵然还是第一次听到这个称呼，"那其他三个都是谁呀？"

"谁知道啊……"Sabrina 捂嘴笑道，"我只是听说'中环四少'的名头已经流传很久了，入选者要符合相应的条件，比如有资本、有权力、有身材、有迷妹，每年'四少'的版本都不同，长江后浪推前浪呗。"

赵然回到座位，金铭顺正在跟同桌的其他人交谈。她看着身边这个能说会道、洞悉人情的富豪，觉得他并不像 Sabrina 说的那样令人生厌。像他这样身家丰厚的人，能对她这样一个普通的小银行经理如此礼貌周到，着实超出了她的预期。

如果精明是错，难道愚蠢才值得表扬？同许多银行经理一样，在赵然眼里，金铭顺的钱是怎么赚来的并不重要，只要能帮自己完成业绩就好。

"我跟赵小姐还真是有缘，第一次合作赌马就赢了。下周你有没有时间，我们一起吃个饭？"金铭顺抛出了邀请。

"好呀，看金总哪天方便。"

看来，用马泡妞，果真马到成功。

傍晚，江盈枫独自在家煮粥喝。自上次肠胃炎后，她已经乖乖喝了几天的粥。

此时门铃响了，她放下碗，跑去应门。如她所料，门口站着的正是张少华。

"我来看看你好点了没。"他微笑道，"没打扰你吧？"

"没有，你进来吧。"

张少华搬来这么久，这还是她第一次主动让他进她的家门。他一阵窃喜，在玄关处换了拖鞋，走进了客厅。

这就是江盈枫的家呀。他一脸好奇，像在参观白宫。家中布置素雅，跟她的气质很符，沙发柜上一束简洁的百合让房间温馨了不少。

"你坐呀，想喝点什么？"

"不用客气，你也坐嘛。"他看了看客厅四周说，"你的房间格局跟我的一模一样，我们之间就隔着一堵墙而已。"

她笑道："是啊，有时候晚上我都能听到你在隔壁拉大提琴呢。"

"真的？"他又惊又喜，"不会吵到你吧？"

"有免费的现场音乐会听，求之不得。"

两人笑作一团。

"对了，下个周六你有安排吗？"他问道。

"下周我要去上海出差，周六晚上才能回到香港。怎么了？"

"这样啊……"他眼前一亮，"那不如我们在上海过个周末如何？我也算是半个上海人，但是都没怎么去过上海，一直很想去看看。"

她对他这突如其来的请求感到奇怪，问道："你怎么突然想去上海了？"

"我就是想去嘛……你是地主，我就跟你走了。"他调皮道，"我能蹭你的房间吗？"

"不行！"她语气坚决，"你又在打什么坏主意？"

"好好好，我自己订房间，"他立刻求饶，"那你答应了，周末在上海做我的地陪！"

"行！为感谢你的救命之恩，去上海我请你吃饭。"

他两眼放光，一个计划正在他的脑中酝酿着。

夜晚，林淼淼搂着赵然躺在自家床上。

他知道自己这阵子有些忽略了她，便想着今晚好好同她说说心里话。作为一个工科男，他不怎么懂女人，只会用最简单直白的方式表达感情。

"然然，上次让你一个人听演唱会，是我不好，可我是真的有急事。"他抚摸着她的头发。

"出什么事了？"

"是我爸公司的事。我们家的公司跟几个亲戚的公司一起互相担保，现在其中一个亲戚的公司出了问题，也连累了我们家。我爸正头疼呢，我也得跟着一起想办法。"

"严重吗？"她抬起头看向他。

"我爸在跟几个亲戚交涉，都是一家人，也拉不下来脸。"他叹道，"我爸白手起家一路走到现在很不容易，他经常告诫我：富人活得像穷人，才能守住财富；穷人活得像富人，只能梦想财富。"

赵然一语不发，回味着这句话。

"我们家情况特殊，你知道我有个同父异母的弟弟，已经在读大学了，我必须在他毕业前尽快把家里的大权接过来，不然未来在爸爸面前竞争会很激烈。"他向枕边人道出了心中的苦水，"所以我现在必须对父亲唯命是从，你要理解我，然然。"

她起身凝视着他："我明白，不管怎样，我都会支持你的。"

"在私行的投资也很关键，你要帮我在父亲面前做出成绩，只要买的产品能赚到钱，我爸就会把更多的资产交给我来管。"他搂着她的肩膀说道。

她使劲点头。两人就这样整晚相拥在一起。

第二天，赵然照常来到公司，昨晚与林淼淼的谈话在脑海中挥之不去。对于林淼淼与他弟弟之间的竞争，她并没有什么思想准备，出身简单的她是无法设身处地体会这一切的。她不禁开始担心，他复杂的家庭关系会不会给两人日后的交往带来麻烦？

她无法集中精神上班，苦闷的她想找个人倾诉，便顺手给吴一婵发了消息。正巧吴一婵在光展楼下办事，便约她一起喝杯咖啡。

"你想开点，才开始争家产，你就紧张啦？现在他不还是占上风的嘛。"吴一婵抿了口咖啡说道。

"他满脑子都是他爸，再这样下去，对我会越来越不重视。"

"那就努力抓住他的心，投其所好，看他最在乎什么，你就往那个方向努力。"

"他平时最在乎的就两件事：爱和赚钱。"

"哈哈！"吴一婵捂嘴笑道，"既然都知道了，还不好好加油？你要继续帮他赚钱，成为他的贤内助，这个你可以多问问你们银行的人，看哪个产品赚得多。"

"不过像林淼淼这样的富二代，你还是得看紧点的。"吴一婵提醒道，"你最好能打入他的朋友圈子，摸清他平时都跟什么人混在一起，这样才保险。"

这句话倒是点醒了赵然，她脑筋一转，想起林淼淼周末又要回温州，她准备来一个突然袭击，看看他回温州的时候到底在做些什么。

"我先走了，晚上约了我爸妈跟王志渊吃饭。"吴一婵边说边起身离开，前往酒店接父母。

这是王志渊第一次见吴一婵的父母，早就说好了要一起吃饭认识一下，奈何前几个月他刚刚换工作，一直太忙，与吴父吴母的时间碰不上。这周老两口终于来到香港，满怀欣喜地来见未来的女婿。

时间刚过下午六点，吴一婵接上父母，在中环的一间高级餐厅坐下。母亲依旧在咳嗽，为了这次饭局，她出发前还特地多吃了几勺咳嗽药膏，不让自己在未来的女婿面前失了礼貌。

"志渊还要一会儿才能出来，他平时忙，晚上还要出差，我们再等等。"吴一婵边说边为父母倒茶。

"没事，我们有的是时间。"父亲摇了摇手。

等待最是无聊，老两口不经意地聊起了吴一婵的过去。这些年女儿不在身边，他们对女儿的记忆也就停留在了她出国前。

"你们班上以前有个同学叫翟纲，这个小伙子我印象深刻，以前我们去北京的时候还请我们吃饭呢。他现在怎么样了？"父亲问道。

"人家早就是博士啦！巧了，他也来香港了，在做大湾区的 IT 项目。"

"我就说这孩子有出息，他既然在香港，要不要喊他一起吃个饭？"

"好呀，我安排一下。"

三人谈论得正欢，不远处王志渊拖着行李箱风尘仆仆地赶了过来。

"伯父，伯母，对不起，让你们久等了。我才下班，所以来晚了。"他还在喘着气。

"爸，妈，这就是王志渊。"吴一婵招呼他坐下。

自他一进餐厅，老两口的目光就没离开过他。女儿说的没错，果真是一表人才，两人打量着眼前这位仪表堂堂的年轻人，眼睛里浮现出笑意。

"小王还拿着行李，是要去哪呀？"吴母问道。

"真是抱歉，我等下要飞欧洲，接下来要在欧洲出差一周，见那里的机构客户，他们对亚洲很感兴趣，特别是大中华。"王志渊三句不离工作。

"还真是忙啊。"吴母朝老伴看了一眼，笑着说道。

王志渊招呼服务生点完菜，便同二老聊了起来。

他向来不是个有长辈缘的人，跟客户吃饭口若悬河的他，应付这种场合却是捉襟见肘，他不懂得如何哄老人开心，谈话显得有些生硬。他的记忆中，上一次见家长还是在江盈枫的家中，为的是说服她爸妈让他们的宝贝女儿随他来香港。

"小王的父母现在在哪里呀？"吴父问道。

"我爸常年在美国；我妈一直世界各地飞，她喜欢工作，没个定所。"

"噢，看来你是随你妈妈呀，也闲不下来。"

王志渊咧开嘴笑了笑："我们这行就这样，没办法。"

说到这里，吴一婵突然想到了王志渊倒是很少提起自己的父母，他跟父母似乎也不太联系。

"小王现在住在哪里呀？"吴母问道。

"我跟一婵一起住在九龙站，离公司不远。"

话音刚落，吴父脸色大变。居然都住一起了？思想保守的他一时接受不了女儿跟眼前这个男人同居的事实，他怕女儿吃亏，一时间竟焦急地在饭桌上催起婚来："既然都住一起了，就早点结婚吧，成家了人才安定嘛。你说是不是啊小王？谁让我们是男人呢，责任是跟随男人一生的。"

王志渊顿时有些尴尬，他看向边上的吴一婵，"嗯"了一声搪塞过去。

吴一婵立刻出来打圆场："结婚我们自己会定的，你们就放心吧。"眼看气氛不对，她岔开话题，说了许多关于香港的奇闻轶事。王志渊则在一旁附和着，他时不时看看手表，怕误了飞机。

饭局刚过一个小时，他就抹了抹嘴，告辞道："伯父伯母，实在抱歉，我得去赶飞机了。今天第一次见面，没能陪你们吃尽兴了，是我不对，我给你们带了点小礼物，不成敬意。"

说罢，他把两个包装精致的礼盒放在桌上，同吴一婵打了声招呼："单我已经买了，你好好陪陪他们。"随即起身匆匆离去。

老两口嘴上不说，心里还是有些不痛快。待他走远后，便向女儿吐露了想法。

"第一次吃饭，就不能挑个宽裕的时间嘛，这么匆忙，像完成任务。"吴母责怪道。

"忙就算了，基本的责任感一定要有。都住在一起了，怎么还没想过结婚呢？难道对你就不打算负责了？"吴父插道。

看着父母对王志渊颇有微词，吴一婵只能替他好好解释："你们天天在家，不知道外面竞争的激烈，不这样分秒必争怎么行呢？至于结婚，我们已经在计划了，你们就不要催了……"

看来，老两口与未来女婿的第一次见面没有想象中的顺利。

第二天，翟纲登场，同吴一婵一家吃午饭。这是自吴一婵大学毕业后，老两口第一次见到翟纲。虽然时隔多年，二老记忆中的画面依旧如昨天，对过去岁月的留恋使他们对翟纲分外亲切。

"哎呀，翟纲你胖了呀！"吴父满脸笑容地看着他，那口气像是在跟自己儿子说话。

"是啊，这些年除了体重，别的也没积累啥。"翟纲还是一副憨憨的模样，"叔叔阿姨身体都好？"

"我们都好。我就是有些咳嗽，不过一婵定期给我从香港带滋补品回来，倒是缓和了不少。"吴母眉开眼笑。

吴一婵看着父母高兴的神情，颇感欣慰，这翟纲像是有魔力似的，他的出现竟能逗得二老如此乐呵。

四人忆过去，畅未来，欢声笑语不断。席间老两口时不时给翟纲夹菜，翟纲也屡屡为他们添茶，画面甚是和谐。眼看饭局接近尾声，大家都有些意犹未尽。

"我们也加个微信吧，现在不是都流行这个嘛。"吴父眯着眼睛对翟纲说道。

"行啊叔叔，现在老年人玩微信比我们都厉害！"

四人走出餐厅，互相告别。吴一婵和翟纲各自去上班，老两口则闲着没事，在街上溜达。

虽然吴一婵在香港已经待了十年，可老两口却不常来，一是地方太小，二是不适应这里太过湿热的气候。

"再走几步就回酒店吧，太热了。"湿了衣衫的吴父对老伴说道。

就在二人准备走进地铁站时，两位香港警察朝他们走了过来，拦住了他们的去路："麻烦二位出示一下身份证。"

两人大眼瞪小眼，不懂广东话的他们完全不明白眼前这位警察在说什么。

阿 Sir 似是猜到了他们来自内地，用普通话重复了一遍刚刚的要求。

"身份证没带出来，在酒店里……"好端端的怎么查起了身份证？吴父不明真相，心中有些发怵。

"不好意思，请你们跟我们回警局。"阿 Sir 说道，"香港法律规定，居民出街必须随身携带证件以备抽查，如果拿不出证件，只能跟我们回警局。在你的家人或者朋友送来证件之前会被拘留。"

二人瞬间慌了神，出来逛个街居然要被拘留？真是闻所未闻。

"我们的证件就在酒店里，你们可以跟我们回去拿呀！"吴母眉头紧蹙，语气仓皇。

"你们的酒店离这里远吗？我们只接受步行五分钟范围内的距离。"

"这哪够呀，要坐几站地铁呢。"吴母急道。

"那只能请你们跟我们去警局。"

见阿 Sir 态度强硬，吴父自知是没得商量了。

"别怕，去就去，我们又没做什么坏事，我倒要看看香港警察能把我们怎么样！"他安慰身边紧张的老伴，拉着她的手一同上了警车。

坐上警车后，吴父立即给女儿打电话求救，可不巧的是吴一婵下午都在会议室开会，手机放在了办公桌上没有听见。打了几次都没人接，二人焦急万分。此时，吴父突然想到了翟纲，他是除女儿外，二人在香港唯一认识的人了。

谢天谢地翟纲接了电话，吴父立即向他说明了事情经过，翟纲一边稳住二老的情绪，一边赶到湾仔警署，与二老碰面拿到酒店房卡后，以最快速度前往酒店取出二人的港澳通行证，再马不停蹄地赶回警署救人。

待吴一婵从会议室里出来，才发现有十几个未接来电，打过去才知道父母出了事。她一刻都不敢耽搁，火急火燎地赶到警署，见到了刚刚被释放的父母。

"虚惊一场，叔叔阿姨在里面没什么事。"翟纲在一旁安慰道。

"打了多少电话都不接，你干什么去了呀？幸好有翟纲在，不然我们真要死在里面了！"吴母激动道，言语中对女儿充满了责备。

"香港这地方也真是，出来遛弯还要带证件，不带还要被拘留！"吴父愤愤不平，他跟老伴还是生平头一回进局子。

三人谢过翟纲后便与其道别，吴一婵陪父母回酒店，一路上都在跟二老解释香港的法律："都怪我不好，事先没跟你们提过，香港人流密集，很有可能会夹杂着一些不法分子或偷渡移民，警察也是为了保障公共安全，才会在巡逻时对路人进行抽查。"

"难道我们看上去像坏人？怎么就偏偏查我们呢？"吴父耿耿于怀。

吴母的注意力已经转到了翟纲身上，她一边挽着女儿的胳膊，一边语重心长地说："还是翟纲这个孩子好，细心稳重，关键的时候靠得住，比那个王志渊强多了。"

吴一婵瞥了一眼母亲，撇起了嘴。"王志渊又怎么招你惹你了？"她辩驳道，"人家王志渊为了见你们，那也是花了心思的，他请的那顿饭，可以抵翟纲的三顿。还有他给你们买的礼物，也都是高级货。"

"我看他没什么好的，赚那么多钱干吗？他是洋气，但接地气才最重要。这个道理等你以后结婚了就懂啦。"

吴一婵对母亲的话不以为然，她心里很清楚，像王志渊这样的优质男，在香港不知多少女人盯着呢。光是那些卖方的女销售，一个个如狼似虎地恨不得巴结到他的床上；还有他们公司的女下属，哪个不是一有机会就上来套近乎？就是这样一个钻石王老五，父母竟然还挑三拣四，她只能连连摇头。

她继续听着父母的唠叨，一路附和着送他们回酒店。

Chapter 6 突

变

周六的凌晨，当大部分人还在被窝里酣睡的时候，赵然已经拎着行李箱赶往机场了。

她手里握着直飞温州的登机牌，止不住地激动。这是她第一次去温州，林淼淼的家乡。不知道这会儿他在做什么呢？她想象着两小时后林淼淼知道她突然降临会是何等惊喜，是在机场把她抱起来转圈，还是直接带她出去兜风？整个飞行过程中她都处于兴奋状态。

九点半，飞机比预定时间提前落地温州。林淼淼这会儿应该起床了吧？她打开手机迫不及待地给他拨了过去。

"喂？"电话里传来他急促的声音，他的周围有些吵，隐约听到有人在争执的声音。

"猜猜我在哪里？"她的心情像是小时候玩捉迷藏，心跳到了嗓子眼。

"然然，我在外面办事，一会儿跟你说。"

"我到温州啦！"她抑制不住内心的激动说道，"刚刚落地的！"

"啊？你怎么来温州了呀？"

"开不开心！惊不惊喜！"沉浸在喜悦中的她并没有察觉到他语气中带着的烦躁，她正满怀欣喜地期盼着自己想要的回答。

"你现在在哪啊？"

"我在机场呢，你什么时候过来呀？"

他停顿了片刻，脑中一团乱。

"我现在过不来，这样，我让一个朋友过来接你，一会儿我就让我朋友找你。"说完便匆匆挂了电话。

听着耳边"嘟嘟嘟"的忙音，她整个人似被一盆冷水浇得透透的。她不甘心，立刻拨了回去，可连打了几个都是占线，只得在大厅里傻傻站着。

她并不知道，林淼淼这时正跟父亲在亲戚的公司讨说法。对方叫了几个彪形大汉把守门口，林父正与他们理论。林淼淼看对方人多势众正想办法搬援兵，火烧眉毛的他根本没空理会赵然。

没过多久，赵然的手机响起，是一个陌生号码，接起后是一个女生的声音。

"你是赵然吗？"

"我是，请问你是哪位？"

"我是莉莉，淼哥的朋友，我现在来机场接你，到了给你电话。"说完也跟林淼淼似的迅速挂断。

这姑娘语速颇快，听着像个孩子。赵然在周围找了间餐厅坐下，打发时间。良久，莉莉终于又来了电话："我到了，在 P1 入口这边，一辆黄色的麦克拉伦，你下来就能看到。"

赵然拖着箱子赶到 P1，老远就看到了一辆黄色的跑车，乍眼得很。

她有些拘谨，站在车门处朝里面的人挥手。

"上来吧，行李放前面。"莉莉下了车，打开了引擎盖，欲帮她把箱子塞进去。

赵然看着眼前这个身材娇小的姑娘，不好意思让她提行李，连忙上前给她搭了把手。待两人坐进了车里，莉莉便发动车子驶出机场。

这是赵然第一次坐跑车，还真有点不习惯，把自己塞在这么狭小的空间里，还不如普通的轿车舒服。莉莉一看就是个开跑车的熟手，一脚油门下去，引擎的轰鸣声震耳欲聋，强烈的推背感让赵然心里发慌，她真想把耳朵捂住，祈祷这姑娘能悠着点。

从温州机场到市区也就半个多小时的路程，一路上两人的座驾成了马路上的焦点，吸睛无数。

"我们先去我哥的会所，你在那里坐一会儿，淼哥等下过来。"跑车在一个红灯前停下，莉莉转头对赵然说道。

"麻烦你了，莉莉。"赵然一边微笑一边看向这姑娘，她浑身上下都是连卡佛里的潮奢品牌。

"你跟淼淼认识很久了吗？"她看向莉莉。

"他跟我哥关系好，从小玩到大的。本来他让我哥来接你，结果我哥有事，就让我来了。"

赵然挺喜欢这个姑娘，出场时酷酷的，说起话来略显俏皮。

"你知道淼淼在忙什么吗？他自己怎么不来呢？"

"这我哪知道，不过他们家最近不太平，担保出了问题。"莉莉说着一脚加速，赵然感觉自己像要被甩了出去，吓得不再说话。

车子在一间豪华会所前停了下来，赵然下车拿出行李，由莉莉带着进了会所。大厅里金碧辉煌，像是来到了凡尔赛宫，她微微张着嘴望向四周，一时间说不出话来。

"这就是我哥的会所，白天不开业，你随便坐。"莉莉边说边来到楼梯口，对着楼上喊了几声"哥！"。

不一会儿，一个男生就从楼梯上走了下来，他满脸笑容地来到赵然跟前。"你好，我是李蒙，跟淼淼是老朋友了。"他一脸热情，"淼淼上午有事走不开，你就先在我这里坐会儿。香港飞过来挺累的吧？你需要什么跟我说。"

赵然连忙客气道："哪里，太麻烦你们了，我在这里等他就好。"

"你想唱歌吗？我给你开个包房。我这个会所在温州算好的了，以后你也可以叫朋友过来玩，我给你们打折。"

"不用不用，我就在这里坐会儿就行，你们不用招呼我的。"

"那行，你有事就找我跟莉莉。"说罢，他用温州话对莉莉交代了些什么，便回楼上去了。

虽说温州到杭州开车也就四五个小时的路程，但两地的方言却相差十万八千里，来自杭州的赵然完全听不懂李蒙在说什么。

温州人的祖先大多数来自泉州、莆田一带，所以温州话更趋于闽南语系。

赵然放下包，心情稍稍放松了一些。她在偌大的会所大厅里踱着步，心想这装修真是劳民伤财。还没等她坐下，莉莉就端着一大盘水果和饮料朝她走来。

"淼哥的朋友必须要照顾周到。"莉莉调皮道，"你就吃好喝好，中午淼哥就过来找你。"

朋友？赵然一愣，她怎么就成了林淼淼的朋友了？难道他没有跟周围的朋友们说过他在香港有个女朋友？

"我还要回家一趟，先走了。"说罢莉莉便一阵风似的上了车。

周围瞬间安静了下来，大厅里就剩赵然一人。她看了看时间，才十点半，平时周末这个点也就才起床。她像是被安置在一个临时避难所里，心情忐忑地拿出手机刷着朋友圈。不管怎么说，今天总算是认识了林淼淼的发小，这个李蒙一定知道很多关于他的事。

时间一分一秒地过去，很快到了中午，可林淼淼还是没有出现。

李蒙从楼上走了下来："我们要不先去吃饭吧？淼淼刚给我打电话，他有事被耽搁了。"

赵然叹了口气，只得跟着李蒙走出会所。两人步行来到不远处的一间餐厅，一进门，领班就热情地迎了上来，他跟李蒙用温州话寒暄一番后，把二人带到餐桌前坐下。

"这家店在我们这里很出名，老板也跟我们挺熟的，想吃什么尽管点。"李蒙把菜单递给她。

赵然心思全无，随手翻了几页便把主动权交还给李蒙。他看出了她心不在焉，迅速点完单后便开导起她来："你别怪淼淼，他是真有事，他们家被一个亲戚害了，那亲戚躲了他们好久，今天他跟他爸正上门理论呢，也不知道这会儿怎么样了。"

她听完心里一紧。问道："不会出什么事吧？我想去看看他。"

"淼淼电话里特意交代了，不让你去，他上午已经找了丁蕾帮忙，叫了几个人过去撑场面。"

"丁蕾是谁？"

"也是我们圈子里的，从小他们两家就有生意往来，也算是青梅竹马。"

赵然的心又一紧。林淼淼居然在温州有个青梅竹马，他怎么从来没跟她提过？在他最需要帮助的时候，陪在他身边的不是她，而是那位青梅竹马。

"你跟淼淼挺熟的吧，他平时有跟你们说过他在香港的事吗？"赵然问道。

"他每次回来我们都会一起吃饭，他说香港压力大、节奏快，他每天都跟着他爸一起跑这跑那……其实我们周围好多朋友都不在温州待了，大家要么去上海这样的大城市，要么就出国了，回来也就是看看家里的厂子。"

她低头不语，看来林淼淼果真没提过两人谈恋爱的事。望着眼前的丰盛佳肴，她提不起筷子，简单吃了几口后，李蒙便带她去了附近的一个五星级酒店。

"这是温州市里最好的酒店，淼淼帮你订好了房间，你下午就在这里休息，他忙完了就过来找你。"

与李蒙告别后，她拖着行李独自乘电梯进了房间。房间自然是没话说，什么都是高级的，但赵然没空欣赏。她来到窗边，整个温州市区尽在眼底。呆站了一会儿后，她便仰面倒在了床上。

来了大半天了，居然连林淼淼的影子都没见着，这跟她脑子里编排的画面太不一样了。她很想出去走走，却又怕他突然找过来。早起赶飞机的她这会儿也是真累了，她就这样望着天花板，没过多久便进入了梦乡。

其间她醒来过几次，看看手机没有动静，便又睡了过去。待她最后一次醒来，天色已晚，她猛地起身，一看时间，都七点了，她居然一觉睡到了这么晚；更让她惊讶的是，在此期间，林淼淼一点消息都没有。

她再也忍不住了，拨通了他的电话。响了好几下后，他才接起。

"你在哪呢？忙完了没有？"她问。

"我马上就过来了，然然，你先吃点东西。"

"你不和我一起吃吗？"

"我没时间，你先吃，我一会儿就过来。"

她没好气地挂了电话，中午就没怎么吃东西的她此时是饿得不行了，她下楼来到酒店的中餐厅，随便点了碗面果腹。饭后她在酒店大堂晃悠了几圈，便回到房间继续等他。

刚过九点，她房间的门铃声终于响起。她从床上跳起冲过去开门，一把抱住了门口站着的林淼淼。

"你总算来了！"她娇嗔道，"都等了你一天了……"

林淼淼关上门，也抱住了她："对不起然然，今天实在是太不巧了，我真不知道你会来。"

她把他领进房里，看到他一身的汗，有些心疼。"你亲戚的事处理得怎么样？"她边说边给他递了瓶水。

"还没完呢，今天总算是肯见我们了。"他大口灌下几口水，"我们联合了其他几家，让他们家把现有的几处地产卖了贴补资金链……"

赵然有一肚子的话想对他说，可看到眼前他心力交瘁的模样，顿时说不出口了。

"你先洗个澡吧，今晚我们好好睡一觉。"她眼珠一转，特意准备了晚上的保留节目，保准让他心情大好。

"我马上就要走了，然然，朋友还在楼下等我。"

她完全没有料到，此刻面对她的挑逗他竟然兴趣全无。她突然感觉眼前这个男人好陌生，只是换了一个城市，怎么就像换了一个人？

"家里爸爸、弟弟都在，不回去的话不好。等忙完这阵子我一定好好陪你。"说完，他转身朝门口走去，再没有其他表示。

他凉薄的背影给了她重重一击，她偷偷跟着他来到大堂，发现他上了一辆大奔。车门打开的一瞬间，她清楚地看到了驾驶室内坐着的女生，那人就是丁蕾吧，她心中猜测。待车子远去，她垂头丧气地回到房间。

她再次倒在床上，感觉自己已经快要被抛弃。她好想冲他发泄内心的怒火，可是她不敢，不管怎样他都是客户，一不高兴把钱撤走了怎么办？她没有跑车，没有公司，更没有能力帮他摆平家里的事，现在就连这卑微的身体都没了吸引力。

房间里出奇地静，昏暗的灯光下，她就像是这座城市里飘着的孤魂野鬼，无处安身。对于林淼淼来说，她算什么？是他在香港的秘密情人，还是他为父亲赚钱的私行眼线？

温州一夜，最是寂寞。她决定第二天一早就打道回府，不再自取其辱。

上海，初夏的清晨气温还不是很高，黄浦江上弥漫着薄薄一层水雾。放眼望去，陆家嘴的高楼大厦如海市蜃楼一般伫立在江边。

轮船的汽笛声夹杂着海关大钟清亮的报时声，唤醒了这座东方大都市里尚在睡梦中的人们。

位于外滩的半岛酒店已经开始了新一天的迎来送往。住在六楼的张少华拉开窗帘，迎接晨曦。他眺望浦江对岸，心情颇好地喊了一声："早上好，上海！"

　　时间还早，他打算先去酒店的泳池舒展一下。他走出房间轻轻关上门，朝对面江盈枫的房间望了一眼。估计这个懒虫还没醒呢，就让她多睡一会儿吧。今天的活动可是安排得满满的，得让她养足精神。

　　偌大的泳池就他一人。他一边在水中划动手脚，一边在脑子里把今天的活动计划过了一遍。对张少华来说，今天是个特殊的日子，昨天下午他就从香港飞到了上海，入住了江盈枫所在的半岛酒店，同她共度这个筹划已久的周末。

　　他回到房间梳洗了一番，满怀喜悦地跑去对面按江盈枫的门铃。

　　门刚打开，他便迫不及待地问道："早安，江小姐，请问你需要客房服务吗？"

　　见他精神抖擞地站在门口，睡眼惺忪的她睡意全无，哭笑不得道："真佩服你，精力总是那么旺盛。"

　　"就知道你还在赖床……再不快点早餐要没啦。"

　　"知道了……你先下去，我马上来，十五分钟。"

　　他独自来到大堂茶座找了张桌子坐下。从踏进这间酒店的那刻起，他就被这里的复古情怀所吸引。香港的半岛酒店被评为一级历史建筑，上海的半岛酒店则是外滩六十年来唯一的新建筑，它重现了上海二十世纪二三十年代"东方巴黎"的黄金风貌。酒店内的装饰中西融合，尽显老派的奢华格调，置身其中，仿佛穿越回了老上海。

　　就在他四处张望之时，江盈枫一身休闲打扮在他的对面坐下。

　　"休息得好吗？出差一周挺累的吧？"他关心道。

　　"还行，习惯了，该办的事都办了。"她喝了一口红茶。

　　"你每年来上海几次？"

　　"三四次吧，每次都是出差，也没机会到处看看。"她不自觉地摆弄着手里的茶杯，离开家乡这么久，此刻心中升起了一股游子情，"上海这些年变化真大，让人刮目相看。"

　　"你会说上海话吗？"他好奇道。

　　"当然，阿拉是上海人！"

"那你教我！'我喜欢你'，怎么说？"

"吾——欢——喜——侬——"

他在那里模仿了半天，引得她直笑。

"上海话好难哦……"他抿了抿嘴唇，"不过还蛮好听的，上海的女生也很漂亮……不过都没你漂亮。"

江盈枫扶额，心想：一大早就开始油嘴滑舌。"对了，今天你有什么特别想去的地方吗？"她正经道。

"有！等下吃完早餐我们就要先去一个地方。"他故作神秘。

"哦？这么说你都已经做过功课了？"

他点点头，今天誓要给她惊喜，此刻一个字也不能透露。

不一会儿，两人来到酒店门口，一辆白色轿车已经在那里等着他们。

"你什么时候学会用滴滴了？"她上车后诧异道。

"你也太小看我了，不就是下一个 App 嘛。"他眨了下眼睛。

"我们要去哪？"

"到了你就知道了！"

她笑了笑，不再说话。

车子一路行驶，七拐八绕上了高架，又开了一会儿进入了一条安静的小马路。她望向窗外，眼前的一切越来越熟悉，不知不觉，她的记忆一下子翻涌上来，这不是她以前每天上学经过的马路吗？路中央的小吃店居然还在，只是门面翻新了一下；还有街角那棵大树，依旧屹立不倒，她和同学经常绕着树追逐打闹……回来了，一切都回来了！

张少华在一旁不着痕迹地观察她的表情，看来她已经进入状态。

车子在马路口停下，她转头惊讶地看向他，嘴巴微张似想说什么。

他露出一抹温柔的笑容，问道："是不是很熟悉？"

"原来你说的地方，是我的中学？"

两人下车，穿过马路，转弯就到了校门口。她在大门口驻足，看着墙上挂着的校名，心中一阵感慨。整整二十年，她都不曾回到这个地方。虽然外墙和大门都有翻新，但教学楼的格局一点没变。

"你怎么知道我的学校在这里？"她问道。

"查一个地址还不至于难倒我吧？进去看看！"

"你确定可以进吗？"

他露出自信的笑容，向门卫大爷挥了挥手，便大摇大摆地拉着她跨进了校门。

"你好厉害啊！那个大爷在对你笑哎，他认识你啊？"

"他大概觉得我是这里的老师吧，你看我像吗？"他有意推了推眼镜，她瞬间被他逗乐了。其实为了保证两人今天能顺利进入学校参观，昨天下午他就来踩点，同门卫大爷缠了好久，大爷这才同意今天放他们进去。

"这就是你的中学呀……"他四处张望，充满了好奇，"你以前在哪个教室？"

"我离开的时候是初三，在四楼。"

踏进教学楼的那一刻，她仿佛进入了时光穿梭机，底楼橱窗里的一幅幅毕业照让她有了一种回家的感觉。她凭着记忆上了楼梯，脑中像是电影倒带一般回放着过去的点滴。

刚到二楼，她就在一架三角钢琴面前停了下来。"这里是我们的音乐角，每年学校都会举办音乐节，还有钢琴比赛，我就是坐在这里比赛的！"她兴奋地看向他，"不知道这架钢琴还是不是以前的那架……"

"要不要试一试？"他笑道。

"不了，我弹得不好，出国后也没有继续练琴，早就荒废了。"她微微低头，若有所思：如果当年自己没有出国，现在会是什么样子？

她突然想到了什么，加快脚步在二楼穿梭，似是在寻找什么。

"你要去哪里啊，盈枫？"他紧跟其后。

"找到了！"她在一间教室门口止步，门没锁，她转了一下门把手，轻轻往里推开。

"哇，这里好大，能坐几百人吧。"他叹道。

"这里是我们学校最大的阶梯教室，全校的重要活动都在这里举行。"

她慢慢走了进去，眼前的教室比她印象中的小了一些，左手边的讲台有了斑驳的痕迹。她注视着台下，陷入了回忆。

"你怎么了？"他看出了她的异样。

"那年学校举行辩论赛，我和另外两个同学一起代表我们班参加比赛，我们没日没夜地准备，一场一场比下来，最后在进决赛的时候输给了三班。"她仰天深吸一口气，"当时台下就坐着我们班的同学和老师，他们一直在为我们加油，就连上台前的几分钟，还在给我们递卡片、传纸条，那份情谊……我至今难忘。"她有些哽咽，"输了之后我们三人抱头痛哭，那是我第一次在大家面前哭。"

他在一边静静地听她讲故事，眼神饱含温情。

她站上讲台，望着台下空空的观众席，回忆着当年比赛时的紧张气氛。

"下面请正方二辩江盈枫发言！"说完，她笑着转头看向台下的他，"当时就是这样的！"

他响亮的掌声回荡在整个教室。"我觉得你在辩论方面还蛮有天分的，尤其是在跟我辩论的时候。"他咧开嘴笑道，"每次我都是你的嘴下败将。"

她笑着睨视他，走下讲台问："要不要去操场看看？"

她带着他直奔篮球场，说："这里可是整个学校人气最旺的地方！"

"篮球场？"

"因为帅哥都聚集在这里啊！"她睁大眼睛说道，"我们隔壁班有好多帅哥，一到他们班上体育课，全校女生都趴在窗台上看他们打篮球。"

"噢——"他故意扬了扬尾音，"原来你喜欢打篮球的男生啊？不早说……"

她在篮球场边安静地坐下，好动的他则在篮筐下比画着投篮姿势。四周树上的蝉鸣声忽远忽近，给这炎热的初夏添了一抹禅意。

她望着球场，当年那些活跃的身影仿佛在眼前跳动。岁月催人成长，多少青春潦草收场。她还没来得及热血沸腾，就被生活派往了下一站。

"谢谢你，阿华，回到母校的感觉真好。"跑了大半个世界，又回到了出发的地方，她才体会到年少的珍贵。

他站在原地会心一笑，心里满满的成就感。

"都快一点了，该吃午餐了吧？"他的一句充满烟火气的问话把她拉回到了现实。

"我想到一个地方！"她眼珠一转，"不过不知道那家店还在不在。"

两人离开学校，步行十分钟到了一条热闹的马路。她顺着记忆穿过几条弄堂，终于在一条小路上找到了一家老上海面店。

"居然还在！"她惊讶道，"你别看店面不起眼，这里的黄鱼面天下第一。"

说罢，二人找了张空桌坐下，过了一点，食客陆续离开，不大的店面显得没那么拥挤。

"我的建议：一个黄鱼面，一个鳝丝面，还有排骨年糕，牛肉粉丝汤！"

他听得直流口水："这就是上海小吃吗？"

"算是吧，我小时候经常吃，你应该会喜欢的。"

两人攀谈的时候，伙计已经把食物一一上齐。他先喝了口黄鱼面的汤，赞不绝口；她也三口并作两口地咀嚼着面条。美食当前，两人顾不上说话。

"好满足！"他放下筷子，抹了抹额头的汗。

"中午就简单吃一点，晚上请你吃好的！"她笑道。

"晚上你得跟我走，我都安排好了！"

"晚上你都安排了？"她眼睛微眯看向他，"看来是不需要我这个地陪了。"

"谁说的，下午就跟你这个地陪走。说吧，想带我去哪里？"

"嗯……"她单手托腮做思考状，"下午我们就去衡山路一带转转吧。"

"好啊好啊！我以前听我妈说过，她小时候就住那附近！"他像个孩子一般兴致高昂。

不一会儿，两人便打车来到了衡山路和天平路的路口，从这里一路向北慢悠悠地踱着步。

马路两旁整齐地排列着高大的梧桐，走在绿荫下让人倍感凉爽。风吹过树叶沙沙作响，更显静谧。

"这里跟外滩很不一样呢。"他抬头望向蓝天，阳光透过树叶的缝隙照到他的脸上。

"外滩以商业为主，这里更偏重文化和居住。"她指向两边的欧式花园建筑，

"这里的小洋房，过去每栋只住一户人家，现在拆成了七十二家房客，还有些变成了咖啡店。"

他顺着她指的方向望去："这几栋是维多利亚式的建筑，保留得这么好！"

"好眼力！"

"在英国看多了。"他浅浅一笑，"上海真是一个充满底蕴的城市，海纳百川，包罗万象。"

她偷偷注视着身边的他，没想到这个外乡人倒比她更懂得品味上海。

走着走着，一家咖啡馆出现在了转角处。两人颇有默契地同时停住了脚步，轻轻推门而入。

这家店明亮而不华丽，四周飘散着一股淡淡的咖啡的苦涩香味。老板是个斯文的小哥，他微笑着请两人在窗边坐下。

两人就这么坐着，一个望着窗外稀稀疏疏的行人，一个望着滚烫的咖啡，自然，惬意。

"我已经喜欢上上海了，我想我们每年应该多来几次。"他的眼中闪着喜悦。

"上海哪里吸引你？"

"一下子说不上来，就是一种感觉，让我想要更多地去了解她。就像……你一样。"

她被他直勾勾的眼神看得有些不自在，找了个话题岔开："对了，今晚你打算去哪里吃饭？"

"先保密！晚上你就知道了！"

"都这个时候了还卖关子……再过两个小时就到晚饭时间了呀。"

他笑而不语，今晚的节目可是重头戏，留到最后的才是最好的。

"时间差不多了，我们回酒店吧。"张少华喝完最后一口咖啡，双手放在膝盖上准备起身。

"回酒店？不是去吃晚饭吗？"

"我们就在酒店吃晚饭，Sir Elly's（餐厅名），我都订好了。"

"那家法国菜？我还以为你会想吃一些地道的上海菜呢。"江盈枫勾了勾嘴角，"好吧，你选地方，我请客。"

"今晚必须我请。"

他略带严肃的神情让她越发迷惑。这个家伙到底在搞什么鬼？

"今天一天你都神神秘秘的，很可疑。"

他依旧笑而不语，在路边招了一辆出租车。

"走了一天了，要不要先回房间冲个凉？"他提议道。

"好，那六点半餐厅门口见。"

看着江盈枫进入房间后，他迅速坐电梯来到十三楼的餐厅，同服务生交代完几句后，便赶回房间冲凉。他换上一件崭新的白Ｔ恤，往脖颈处喷了两下香水，理了理头发，拿起一个精致的小袋子，自信地出门。

出了电梯，他一眼就看到了餐厅门口站着的江盈枫，她换上了一条小碎花的连衣裙，添了一股法式优雅。

"我们进去吧。"他笑着上前说道。

服务生将两人领到窗边的桌子坐下，从窗口望去，正好能看到黄浦江绝美的夜景。这是张少华特意关照餐厅为他预留的位置。

"这家是米其林餐厅，晚餐价格不菲哦。"她瞄向他，"其实我们没必要吃这里，附近的选择很多……"

还没等她说完，他就把餐牌递到她眼前："你还是好好看看等下想吃什么吧。"

服务生站在一旁为两人介绍着今晚的餐牌，两人不约而同地选择了经典的七道式套餐，其中包括了这里拿手的鱼子酱和鹅肝，主菜则是羊排。考虑到江盈枫的胃不能喝酒，两人便以水代酒。

法国菜讲求的是精致和情调，每一道菜的摆盘自然是没话说，精美的餐具和幽幽的烛光更为这顿晚餐增光不少。七道菜，足可以吃上几个小时。

"谢谢张老板今晚的法国大餐。"她开起了他的玩笑。像这样的高级餐厅，她没少来，基本都是宴请客户。难得今天客户请她，这感觉还真是新奇。

他抿嘴一笑，眼睛里闪过一丝狡黠的光。等着吧，接下来才是高潮。

服务生一边为两人撤下主菜的盘子，一边悄悄看向张少华。没过多久，就听见不远处传来了《祝你生日快乐》的旋律，那乐声越来越近，引得四周的客人纷纷转头张望。

江盈枫也寻声望去，只见三位服务生迎面朝他俩走来，中间的一位手捧烛光点亮的蛋糕，边上两位边拍手边唱着歌。起初，她还以为这是在为在场的某位宾客庆祝生日，直到蛋糕被妥妥地放在了她的面前，她这才恍然大悟。

"生日快乐，盈枫！"张少华的目光在摇曳的烛光中显得格外温柔。

他精心安排的惊喜没有白费，江盈枫此时已激动得说不出话来，只是不停地眨着眼睛。一时间成为全场的焦点让她有些不自在，她下意识地微微低头，透过烛光羞涩地看向他。

今天是她三十五岁生日，连她自己都忙忘了。她一直认为这世上记得她生日的只有父母，没想到还有他。她的父母这会儿远在美国，可能刚刚起床，过一会儿她应该就能收到祝福短信。

"许个愿吧！"他那炯炯有神的双眸比这烛光还要明亮。

她双手合十，闭上眼睛，几秒后吹灭了蜡烛。

"这个送给你。"他拿出了之前准备好的小袋子，递到她的面前。

她小心翼翼地打开包装，惊讶道："是保温杯！"

"你胃不好，平时最好喝热的，这个保温杯设计很巧妙，便于携带，还可以泡茶，据说不少明星都在用呢。"

这简单的几句话直击她的内心，还没开始用，她就已经被手里的这个杯子暖到了。这股温暖真实又强烈，是她期盼已久的。她低着头假装摆弄着保温杯，为的是不想让他看到她蓄满泪水的眼眶。满腔感动哽咽在喉，此时她竟说不出一个"谢"字。

为什么对她这么好？一直以来，她都以为他对她半开玩笑似的追求只是为了赶时髦，可今天发生的一切颠覆了她对这个大男孩的认知。如果只是单纯的富二代泡妞，他大可以在生日时送上几件奢侈品了事，何必搭上他宝贵的时间，想出这么一系列的花样？

直觉和理性都告诉她，张少华是动了真情。

她的心越发慌张起来，突如其来的一份真情摆在她的面前，她竟有了一种负罪感。她思绪混乱，刚刚走出感情阴霾的她，根本没有做好准备开始一段认真的恋爱关系，如今她堂而皇之地接受着他的付出，这难道不是在利用这个纯真男孩的感情？

不能让他越陷越深，强烈的道德感让她忐忑不安。要怎样才能让他知难而退？此时拒绝他，他定不会放弃，以他的性格没准会越挫越勇。突然，她想到了那个醉酒的夜晚，对于那晚舞会上发生的事，他至今被蒙在鼓里，他若是知道了真相，定会心凉。

"今晚夜色很美，我们一起去外滩走走吧。"不能再拖了，她决定今晚就要向他和盘托出。

张少华的心中泛起甜蜜。虽然江盈枫接过礼物后不言不语，但看得出，她心里是喜欢的，她拿着保温杯久久不能释手的样子让他倍感欣慰。

两人踱步到黄浦江边，夜色柔和，江风徐徐，气氛恰到好处。江盈枫在江边的栏杆处停下，心中藏着事的她眼神滞定于远处的高楼。突然，她感觉身边似有动静，猛一转头，被他凑上来的唇逮个正着。

他正陶醉在二人世界的甜蜜中，可她却失了魂似的心怦怦乱跳。她赶忙转过头去，不敢正视他，也不敢正视自己内心的涌动。

"怎么了，盈枫？"他轻轻撩起她被风吹散的发丝，充满温情地凝视着她。

"你不是一直想知道那天晚上我为何那么伤心，喝那么多酒？"

他心中一顿，好突然。

"你要是不想说，也没关系……"

"我不想瞒你。"她的内心挣扎了一下，害怕说完之后身边这份久违的温存会从此消失。几秒过后，她的理智还是让她开了口："其实那天晚上，我碰到了我的前男友。"

他僵了片刻，这个回答令他始料未及。他没有说话，继续听她往下说。

她皱了下眉："更糟糕的是，他现在的女朋友还是我的好朋友。"

短短几句话，他的脸色已经大变，先前的浪漫喜悦一下子烟消云散。他的大脑不自觉地开始浮想联翩，他只能努力使自己保持平静。

"所以……你喝那么多酒，哭得那么伤心，都是因为他？"

她低头默认，此时的她希望他不要再问下去，她不想伤害这个对她一片真情的男生。

"那我呢？你把我叫去舞会，是因为……"

"我本来没有打算叫你去，"她打断了他，"那个时候我已经准备走了，可你偏偏给我打了电话，所以……"

"你不要说了！"他声音有些颤抖，迅速转身把脸埋进夜色。

她僵在那里，喉咙像是被什么东西卡住了似的，无言以对。

他努力回忆起了那晚的情景，眼神透着一丝凉意。

"怪不得那天晚上你对我那么殷勤，一点都不像平时的你……"他的双手紧紧抓住栏杆，胸口一阵闷堵，像是在被人重重捶打，"那个吻……也是你故意做给他看的，根本不是因为你喜欢我！"

他感到脸被灼烧一般烫，像是被人扇了巴掌后火辣辣的疼。相比情感上的挫败，自尊心受到的打击更让他抬不起头来。

他看向身边的她，气愤的眼神交织着悲伤，他恨不得抓住她的肩膀使劲地摇，问她到底为什么要这样玩弄他，可下一秒他就想紧紧抱她入怀，祈求她不要这样残忍地抛下他。

爱情有时候像在玩接龙游戏，我们总是把上一个人留下的伤害传递给下一个爱我们的人。

眼前的张少华着实把她吓了一跳，看着他残破的表情，她的心像被千万蚂蚁啃咬一般自责难耐，她知道自己犯了大错，不该在这样的时机用这样的方式把真相一股脑地道给他。

"谢谢你告诉我实话。你的心意我已经知道了。"他转身离去，像是绽放过后的烟花在空中留下的一缕残烟，慢慢在黑夜里散去。

她使出全身力气想叫住他，可任凭怎么用力，声音就是抵在了喉咙口。对面大厦的霓虹照亮了她的脸，脸颊有晶莹滑过。

三十五岁的生日，一个最美好也最糟糕的生日。

周日一早，江盈枫拖着行李走出酒店房间，她关上门，转身看了一眼对面张少华的房门，低头径直朝电梯走去。

她来到大堂办理退房，"请问，609的张先生退房了吗？"

"这边显示张先生还没有退房。"前台小姐微笑道，"您是去机场吗？需要帮您叫车吗？"

"是的，谢谢。"

她坐进车里，服务生帮她把行李放进后备箱。窗外阳光明媚，但显然没有照进她的心里。她独自坐在后排略显寂寞，一路上止不住在想他，想他昨晚去了哪里，什么时候回的酒店，现在情绪如何。

到了机场，刚在登机口坐下，她的目光就四处搜寻他的身影。他俩订的是同一个航班回香港，座位都选在了一起，可直到起飞，他都没有出现。算了，他应该是不想跟她同一班飞，另改了航班吧。她看向身旁空空的座位，心里空落落的。

短暂的飞行后她落地香港，直奔家中。夜晚，她的心一直悬在隔壁。由于挨得近，隔壁若有进出的声音，她都能听到。可一个晚上过去了，毫无动静。

他昨晚没有回来，这让她惴惴不安，她竟开始对这个人牵肠挂肚起来。上午一开完会，她便躲进了小会议室打电话去医院询问，护士说他今天没有去上班。她一阵紧张，情急之下直接拨通了他的电话，不料电话关机。她凌乱了，距离他俩最后一次见面已经超过了二十四小时。

走出小会议室，她差点跟迎面走来的Ken撞个满怀。

"走路不要想心事啦！"Ken捧着手里的文件，吓得不轻。

她连忙哈腰赔礼，一脸尴尬地回到座位。

午餐时间，她没什么胃口，可一想到她答应过他要好好吃饭，便坚持起身下楼买午餐。排队拿餐时，她不自觉地回忆起他给她送神秘午餐的日子，想着想着竟低头笑了起来。

下午，她又给他拨去了电话，关机，再拨，还是关机。

她坐立难安，临近下班，还没到点她就飞奔回家，出了电梯直接来到他的门前用力敲着，嘴里不停喊他的名字。屋里没有动静，此刻她的脑子已经在琢磨是打电话给上海警方报警还是在香港报警。

就在这时，电梯门开了，从里面走出来的正是张少华。他拖着行李默默地站在她的身后，目睹她拼命敲门的样子。

她感觉到身后有人，一转身，差点没跳起来。

"你到哪里去了？！"她又急又气地问道。

"我刚从医院回来。"

"你今天去医院了？"

"下午落地后不放心，就过去看看。"

"为什么不开机！"

"没电了……"

"这么大人还玩失踪！"

他扑闪着眼睛，像被训话的小学生。

"你知不知道……"话说了一半她突然止住，把下半句的"我差点报警"给咽了回去。

"知道什么？"

"没什么。"

"你……是在担心我吗？"他不傻，纵然先前有千般不悦，这会儿看到她一脸焦急的样子，已没了脾气。

她眼神躲闪，低头不语，转身欲回自己家中。她在包里掏了半天也没找到钥匙。糟了，一定是先前从公司走得急，把门卡和钥匙包忘在办公室了。现在赶回公司估计也没人帮她开门了，她吐了口气，只得傻站在原地。

"进来吧。"他敞开大门做欢迎状。

她无奈跟着他进了家门。他在一边收拾箱子，她则给开锁匠打电话。

"我要开锁，开——锁——你懂吗？"她用蹩脚的广东话同师傅讲了半天。

他在一旁实在听不下去了："给我吧。"

她乖乖把电话交给了他，他三言两语便搞定。

"师傅大概还要半小时才到，你先坐会儿吧。"他倒了两杯水，同她一起并排在沙发上坐下。

房间出奇地静，气氛有些凝重。

"那天晚上，是我太冲动了，没听你把话说完就走了。"还是他先打破沉默，把自尊看得比什么都重的他，能主动说出这番服软的话，着实不易。

"你一定很讨厌我吧。"她低头轻语。

他深呼吸："我想跟你好好谈一谈。"

谈就谈吧，总要面对，任他怎么责备她都认了。

"你是在乎我的。"他看向她。

她的心咯噔一下，转头看见了他认真的眼神，惊喜瞬间占据了心房。不知从何时起，这个大男孩的一言一行已经可以左右她的心情。

"刚刚你在门口的表现就说明了一切。"

她没有反驳。若不是他的突然消失，她根本不可能意识到自己会如此疯狂地担心一个人。

"昨天一天我都待在酒店里，想清了那天晚上发生的事。"他严肃道，"或许你已经忘了，那晚我把你送到酒店，你醉得不省人事，却一直在叫我的名字。"

她心头一紧，他居然记得这么清楚？

"如果你心里放不下的是他，为什么没有喊他的名字？"

她被张少华说得乱了阵脚。她真的喊过他的名字？难道真像他说的，她早就喜欢上了他，只是自己没有察觉？

见她闷不作声，张少华一把抓住了她的双手。

"你的手在抖。"他直直地盯着她。

她不敢正视他，试图把手抽回来。

"你发抖是因为你紧张，你紧张是因为你对我有感觉。"

张少华话音刚落，她猛地将双手挣脱出来，起身来到窗边。

她望向窗外，眼神迷离，双臂交叉抱在胸前，上半身有些抽紧。他走上前去，从身后凑近，轻轻把手搭向她柔软的双肩。他慢慢把她的身体转向自己，深情地与她对望。

"我会给你时间，帮你正视你的感情。"他的眼神真挚而坚定，直击她的内心。

她心跳加速，脸一阵发烫，他猛烈的攻势令她有些招架不住。她渴望一份炽热的爱情，又害怕被这热度灼伤。为何一遇到爱情就不知所措？她讨厌自己这摇摆不定的样子。

她的电话响了，是锁匠到了。他陪她走到屋外，同师傅沟通。一会儿的工夫，师傅就麻利地帮她开了锁。

"那我回去了，你早点休息吧。"她低头说道。

他点了点头，那招牌式的阳光笑容又挂在了他的脸上。

关上门，她一屁股坐在沙发上陷入了沉思。三十五岁，她是否还有勇气去相信爱情？是否还有胆量不计结果地去爱一次？这个赶不走的张少华有钱有颜，还比她年轻，连王志渊都可以变卦，那他的变数岂不是更大？

有些事她只能想想，连希望都不敢有。一旦跳进了希望的坑，就会再次万劫不复。

另一个为情所困的要数赵然了。她从温州回到香港后就再没见过林淼淼，她知道他也回了香港，但就是憋着一股气不主动找他。同大多数女生一样，她的心里期盼着他能来找自己。可偏偏他也没主动找她，而是跟在父亲的屁股后面忙着各种应酬。其间他给她发过几条信息，无外乎都是"我很忙，你要乖"之类的话，非常时期，他顾不上谈情说爱。

她在办公室里心不在焉地刷着手机，屏幕上突然跳出了金铭顺的来电。她一惊，随即定了定神，接了起来。

"赵小姐早啊，我是金铭顺，没把我忘了吧？"

"金总说笑啦，怎么可能忘呢！"

"在忙什么呢？"

"我在公司呢。"

"女孩子家的别太辛苦，要注意身体。"他一如既往地装绅士，"是这样，今天晚上我有个饭局，请一帮业内的朋友吃饭，聊聊生意和投资。赵小姐也算是金融界的专业人士，不知是否有时间赏光？"

"不敢当，我哪里是什么专业人士，金总过奖了。"

见她没有立刻答应，他继续说道："晚上有不少都是赵小姐的潜在客户，还有一些你的同行，你们可以互相认识一下。"

她眼里闪过一道光："多谢金总邀请，晚上在哪里呀？"

"在尖沙咀。你几点下班？我顺道接你。"

"我六点后就可以走了。"

"行！那我们六点一刻楼下见。"

挂了电话，她赶紧把最新的研究报告翻了出来，晚上要跟一群潜在客户谈投资，可不能出洋相。

啃了一下午的报告，转眼临近下班，她伸了个懒腰，起身来到洗手间，拿出口红补了补妆，坐电梯到了公司楼下。一辆迈巴赫刚刚好停在了大门口，后排的车窗慢慢降下，露出了金铭顺的脸。他向她挥了挥手，替她打开了车门。她笑着迎上前去，坐进了车里。关上门，他示意司机开车。

还是这车坐着舒坦，她心想，比跑车好多了。

正值下班高峰，两人被堵在了隧道里。

"今天很漂亮！"他不着痕迹地打量着身边的她，"过会儿来的都是我生意上的朋友，你别拘束，就跟平常一样发挥，他们都会喜欢你的。"

"谢谢金总关照！"她乖巧地说道，"你说还有其他私行的人也会来？"

"是啊，都是些小银行，没你们家大，放心吧。"

车子一路开开停停，终于在七点前赶到了餐厅。他在前面开路，她跟在后面一起踏进了包厢。与其说是餐厅，这里更像一个高端会所，房间的一侧是一张大圆桌，用来吃饭，边上则摆着一张沙发，可以唱歌喝酒。

"不好意思啊各位，小小迟到了一下。"他向房间里的各位老板拱手道歉，"我是去接我们的赵小姐了，今天难得赵小姐肯赏脸，不能怠慢！"

一向不会应付这种场面的她怔在原地，颇为腼腆，众人齐刷刷的目光让她更显拘谨。

"你就坐在陈总边上吧。"

她被他带到了一个男人的身边，坐下后有些扭捏。这饭局的气氛怎么跟她想得不太一样？她扫了一圈，发现在座的有几个同陈总一样一身阔气的中年男人，他们每一个身边都有一两个年轻姑娘作陪，想必这些姑娘就是其他私行的人了。

"今天能把各位凑到一起，是我金铭顺的荣幸，来，我先干为敬！"

大家举起酒杯，陈总借机同她搭话："赵小姐，我们碰一杯！"

"谢谢陈总，我不太会喝，意思意思。"她稍稍抿了一口，放下了酒杯。

"赵小姐是哪里人？"陈总盯着她，两只眼睛快眯成了两条线。

"我是杭州人。"她下意识地往边上挪了挪身体，有意跟他保持一定的距离。

"噢，怪不得皮肤那么好。你的广东话说得也不错啊，来香港多久了呀？"

还没等她开口，对面一个肥头大耳的男人就跳了出来："老陈啊，你把人家赵小姐弄得都难为情了，人家还没吃东西，你就这样盯着人家问！"

"哦对对！是我不好！"说罢他便往她的碗里拼命夹菜，那眼神恨不得把她生吞了，连芥末酱都不蘸。

坐在一边的金铭顺看在眼里，乐在心里。赵然这块宝可算是被他挖着了，她才刚露脸，就引得两个老男人为她争风吃醋。放眼在场的其他人，无不对大佬们殷勤侍奉，唯独她那么放不开。他自然清楚，她越是这样，就越吸引这帮老男人，就像一只乖巧的小猫，对着你喵喵直叫，可当你伸手想摸它时，它却跳着跑远了，惹得你非要追到它不可。

眼光毒辣的他在第一次见到赵然时就看出了她的与众不同，这个姑娘天真的外表下藏着一颗不安分的心，正是这一层羞涩的外衣使她比那些老道的同行更撩人。一个一丝不挂的女人躺在你面前，未必那么有吸引力；而当她用遮羞布盖住了身体的某些部分，才会散发出神秘的诱惑。

富豪们看惯了那些搔首弄姿、满脸写满利益的女人，赵然这样的"小清新"正能填补他们内心的缺失。

赵然半推半就地喝了几杯。饭局过半，大家从圆桌移步到了边上的沙发。这一换地方，陈总便挨得她更近了，他直接伸手搂住了她的肩膀，邀请她一起唱歌。她有些招架不住，慌张得像个小兔子，可想走却脱不开身，只得找了个借口躲进了包厢的卫生间里。

她关上门，脑海里第一个想到的就是林淼淼，急忙给他打去电话："喂，淼淼，你在哪？"

"然然，我在外面吃饭，跟我爸一起谈事情。"他捂住话筒小声说道。

"你能不能来尖沙咀呀？我遇到点麻烦，你能过来接我吗？"

"你怎么了？"

"我在一个饭局，有一些不认识的人给我敬酒，我有点害怕。"她语气焦灼。

"这样啊……"他满不在乎道，心想不就是普通的朋友间吃个饭嘛，"你先挡一挡，你一个姑娘家不会喝酒很正常，别人不会把你怎么样的……"说到一半，林父喊他过去敬酒，"我得先挂了，然然，等会儿再给你电话。"

她握着电话，眼睛里闪着泪光。她在泥潭里挣扎，他却见死不救。她心灰意冷，拖着沉重的步子回到狼窝。

一进门，眼前的男男女女亲热喝酒的画面冲击着她的视线，她真想扭头就走，可偏偏一把被陈总抓住。

"赵小姐，你到哪里去了？快点来把这杯喝了……"

一旁的金铭顺早就留意到了意兴阑珊的她，见她推三阻四挡酒的样子，便过去替她解围。

"好啦陈总，少喝点，喝那么多伤身体。"他半开玩笑地把陈总的酒杯拿了过来，"让赵小姐也休息一会儿。"

陈总这才作罢，转向了其他人继续欢饮。

金铭顺在她的身边坐了下来，感觉这只小白兔惊魂未定，正需要一个肩膀依靠。

"要跟这些大佬混成一片，逢场作戏是免不了的。你别太介意，习惯就好，大家都是做做样子。"

心情低落的她不知该说些什么。

"怎么了？有心事啊？"

她依旧低头不语，房间里的喧闹声吵得她头疼。

"人嘛，总有心情不好的时候。"他倒了一杯红酒递到她面前，"相信我，这个时候就该痛饮为快。"

她接过酒杯，停顿了两秒，接着便一股脑儿地灌下喉咙。她喝得太急，呛得直咳嗽，他趁机抚摸她的背，帮她顺气。

不一会儿，她就晕晕乎乎起来，脑袋一阵热。这感觉倒是比清醒的时候舒服不少，至少眼前不会再出现林淼淼的脸。

"怎么样，感觉不错吧？借酒浇愁还是有道理的。"他的手已经搂住了她的腰，"要不要再来一杯？我陪你喝！"

两人就这样你一杯我一杯，数不清多少杯之后，她终于毫无防备地瘫倒了。

饭局结束后，大家各回各家，此时已近半夜十一点。已经走不动道的她自然由金铭顺照看。他把她扶上车，让司机驶向不远处的洲际酒店。

车窗外高楼霓虹闪烁，深深浅浅地映在她的脸上，留下一道道光印。她躺在金铭顺的怀里昏昏欲睡，浑然不知包里的手机在震动。那是林淼淼的电话，这会儿他忙完了应酬，想起了她，却不知她已在另一条路上越驶越远。

阳光透过窗帘的缝隙溜进酒店的房间，似是在偷窥这里头见不得人的秘密。

睡得昏天黑地的赵然睁开了沉重的眼皮，恍惚之间，头顶的吊灯让她误以为自己是在林淼淼家，直到她听见周围有个陌生的声音在说话。

"你终于醒啦……"金铭顺放下手机，刚刚跟朋友讲完电话的他身着酒店的白色浴袍踱到她的面前。

她慢慢起身，露出白皙的肩膀。她眯了眯眼睛，怎么是他？她微微低头，惊恐地发现自己的上身竟然是光着的，她立刻掀开被子的一角朝里扫了一眼，她竟全身一丝不挂。

她惊叫一声，本能地用被子把自己围起来。

　　他慢慢走近，她在床上头发凌乱、惊慌失措的样子散发着一股惹人怜爱的性感。

　　"昨晚还对我热情如火，怎么一觉醒来就翻脸不认人了？"

　　"昨晚？"她费劲地回忆着，一手扯着头发，一手紧紧拽着被子。

　　"昨晚的事，你这么快就忘了？"他在床边坐下，"昨晚你喝多了，对我又亲又抱的，那股风骚劲，一点都不像平时的你。"他露出一丝媚笑，"就知道你藏得深。"说罢伸出手来逗猫一般地勾了勾她的下巴。

　　她立刻转头，呼吸变得急促。她竟然和这个男人上床了，昨晚才是他俩的第三次见面！她只觉脸上一阵滚烫，羞得耳后根都红透了。

　　"放心吧，我用了保护措施。"他凑近道，顺便闻了闻她的香肩。

　　这气氛让她觉得像是嫖客与小姐在谈话。她主动与这个男人酒后乱性了？还是毫无意识地失身于他？她的脑袋一团糨糊，什么也想不起来。

　　"要不要洗个澡，一起吃点东西？"他起身把衣柜里的浴袍递给她。

　　她像乞丐般伸出一只胳膊接过浴袍，躲在被子里小心翼翼地套上，警惕地看着眼前这个男人，生怕他越过雷池。在确保自己裹严实了之后，她迅速掀开被子冲向浴室，谁料刚下床就被他一把截进怀里。

　　"躲什么呀？"他搂住了她柔软的腰，在她的耳边亲昵道，"都是我的人了，就别装了……"说罢重重地在她娇嫩的脖子上嘬了一口，势要解开她的浴袍腰带。

　　她浑身的汗毛都竖了起来，面对这个男人的左右开弓，她含羞忍辱，一脸慌张地用力推开了他。"我要回家了！"她捡起地上散落的衣服冲进浴室。

　　她着急锁上浴室的门，一转身，猝不及防地看到了镜中一张如风尘女子般的脸。这是她吗？脸上还挂着隔夜的妆，头发散落在肩头，松松垮垮的浴袍间隐约露出脖子上的吻痕。

　　她第一次看到自己的另一副面孔，从小接受的乖乖女教育让她对镜子里的模样充满了唾弃。她立刻转过身去背对着镜子，脱下浴袍往地上一扔，把自己的衣服一件件套上，快速拨了两下头发往耳后一塞，走出了浴室。

　　她又变回了赵然。

"这就走啦？"他晃到她身边，"就把我一个人扔下了？"

她低着头，不说一句话，拿起包夺门而出。

"砰"的一声后，留下他独守空房。他露出得意的笑容，那嘴脸就像吃饱了正在抹嘴的食客。没想到这么容易就得手了，这还真是出乎他的意料。按照他过往的经验，名牌包总是要买几个的，游艇和高尔夫也是必备的。上次为了泡妞，他还特意腾出空来跟人家去瑞士泡温泉。这位姑娘倒好，全替他省了。

来到楼下，她立刻跳上了的士驶离酒店。像犯人逃离了作案现场，她松了口气。

司机在车里放着广播新闻，车外熙熙攘攘的人群依旧在赶着时间。她呆呆地坐在车里，冷气让她瑟瑟发抖，她只想赶紧回家把自己洗干净。

车子在红灯前停下，她下意识地看向窗外，川流不息的人群在她的周围穿梭，与路人眼神接触的瞬间，一阵罪恶感使她迅速垂目躲避。她真希望自己是个透明人，不被任何人看到。

突然，手机的震动打断了她的思绪，她掏出来一看竟是林淼淼，她像是收到了恐吓信一般，吓得将手机掉在了地上。稳了稳情绪后，她赶紧捡了起来，压了压七上八下的心，接起电话。

"喂？"她小声试探道。

"你醒啦，然然？我昨晚给你打电话你没接，我想你大概睡了。你还好吧？昨晚喝了多少？没不舒服吧？"

他怎么现在才想起她来，昨晚干什么去了！

她的心里像是打翻了五味瓶，酸甜苦辣一齐涌了上来，眉心一紧，瞬间红了眼眶。她强作镇定不让声音颤抖："我没事，没喝多少……正要去上班。"

"那就好，晚上我们一起吃饭好吗？"他恳求道。

"晚上我约了朋友。"

"哦……那你好好上班，等你晚上回家了我们再聊。"

挂了电话，她满腹委屈倾泻而出，哭得没了人样。都是因为他，她才会借酒浇愁铸成大错，可他却像个没事人一样，一句迟到的关心就想一笔勾销。

司机老伯注意到了后座哭成泪人的她，把广播从新闻台换到了音乐台。欢快的音乐响起，她渐渐止住了抽噎。她双目红肿，抬头看向前方的老伯，或许美好的生活只存在于的士司机的广播里。

人不自救天难救。没有人比王志渊更懂得这句话的意义。他没日没夜地拼命工作，为的就是早日实现心中的理想。

白天埋头于各类数据，晚上还要宴请朋友为成立公司铺路，刚刚在餐厅送走了一拨人，他就回到公司继续处理工作。已过九点，只有他的办公室还亮着灯。整层楼面空荡荡的，只有电脑风扇还在时不时作响。

发完最后一封邮件，他起身关灯准备离开，灯光暗下的一瞬，落地窗外斑驳的霓虹隔着遮光帘跳进了他的视线。他升起帘子，中环的夜景跃入眼底。这还是他第一次升起窗前的帘子，这么久以来，他都不曾留意到自己的身边竟有如此美景。

他喜欢独自站在城市的高点俯瞰这灯红酒绿，这一刻他的野心得以释放。

面对这繁华灿烂的都市，一股强烈的支配欲从他的心底升起。对他来说，不能在这个城市呼风唤雨真是人生憾事。他需要关注和掌声，渴望被人仰望和认可，他就是为成功而生的男人，这份饥渴如同吸血鬼对鲜血的贪婪，从一开始就刻在了他的基因里。

纽约没有实现的野心，他要在这里完成。香港，这个书写了太多小人物发家史的地方，是否会为他再添一笔？

与王志渊的踌躇满志不同，吴一婵遭遇了职场失利的一天。赵然在光展通过了试用期后不久，她便找 Vincent 顺利把光展未来三年的合约签了下来。这让她在公司稳坐业绩头把交椅。老板去年曾夸下海口，再签一个大客户，今年就给她升合伙人。她做到了，可老板却食言了，理由是公司政策有变，股东们还在商讨。

她心知肚明，这不过是老板的说辞罢了，还不是公司里那些老人嫉妒她年纪轻轻上位太快。

她早早地回到家中，打开电视随意调着频道。最近的烦心事不少，父母回老家后，总是把她的婚姻大事挂在嘴边，她一直想找个机会好好与王志渊谈一谈。

门外传来一阵响动，她起身迎道："回来啦！"今天他回来得不算太晚，她不想再拖了。

"嗯。"他脱去西装，顺手挂在了进门处的椅背上。他拖着步子进入客厅，一头靠在了沙发上。

他抬头望向天花板，是时候对她说明自己创业的想法了。

"有个事……"两人同时开口，又同时停住，脸上都流露着惊讶。

"你先说吧。"他笑道。

"今天我爸妈又来问我们什么时候结婚了，上次吃饭你也看到了，他们很关心，你怎么想的？"

又是结婚，可眼下他当真没心思谈结婚。

"我有一件比结婚更重要的事，想不想听听？"

"噢？"她好奇道，"你说。"

"跟我一起创业吧。"他语气坚定，那态度比让他求婚诚恳多了。

"创业？"她半信半疑道，"你才加入 ZBC 一年都不到，这么快就要自立门户？"

他哼笑一声："一年两年有什么区别，十年又怎样，还不都是看人脸色替人打工。"

"ZBC 是一家不错的公司，多少人挤破头想进去，你已经是首席投资官了，未来的发展只会越来越好。"

"这话从你嘴里说出来我真是惊讶，"他看着她，脸上带着不怀好意地笑，"你向来都是劝人跳槽，今天对我居然说起了反话。"

她睨视道："跳槽和创业能一样嘛！"

"是谁告诉我，爱公司是最愚蠢的单恋？"他朝她一瞥，"话犹在耳，你自己倒是忘得干净。"

他打开了话匣子："那些老老实实给公司做牛做马的人，最好的结局就是退休拿点纪念品回家，遇上生意不好还会随时被裁，这点你比谁都了解。倒是那些离经叛道的人，或许还能混个青史留名。现在给你机会，你倒怕了？"

没错，她是怕了。周围出来成立基金的人也不少，其中的艰辛她都看在眼里。让她豁出去过跟他们一样的日子，她还真没这个勇气。

"你说你要成立自己的基金，基石投资者有了吗？"她深谙此道，直奔关键。

"就知道你会问！"他一下子来了兴致，"有一家北美的养老金愿意做我的基石投资者，这家机构跟我合作十年，我从刚刚做基金经理开始就帮他们管钱，对我有充分的信任。"

她眼睛一亮。不愧是王志渊，这么看来，他还真不是小打小闹。

"可是成立公司也需要资金，你知道现在拿个牌照就要不少钱，再加上公司的流水，第一年的开销不下一千万吧？"她仍有些犹豫。

"我自己的公司，我当然会投入一部分资金，"他颇有把握，不紧不慢道，"另外，我有一个认识多年的土豪朋友也愿意投资，他会出大头，也就是未来公司的大股东。这样七七八八也就差不多了。"

"这么看来，你基本都有眉目了，还需要我？"

他猜到了她的心思，直起身子握住了她的手："当然需要！我只是搭了个架子，里面都还是空的，你得帮我把人配齐了。目前只有先前跟过我的一个交易员愿意加入，合规、运营、销售都还没着落呢，我们还得找律师、租办公楼，我一个人怎么忙得过来？"

见她没有立刻接话，他继续说道："你放心，你还是你的猎头总监，不需要离职，只是利用你的工作之便帮我把这事办了。你也不需要出资，技术入股，公司做得好有钱分，做得不好你也没有损失。"

她吐了口气，若有所思。王志渊的话多少触动了她，她不就是那个为公司做牛做马，到头来却两手空空的人吗？如果跟他一起干，不仅可以分到利益，还会让他更加离不开她，怎么看都是一笔划算的买卖。

"那你打算给我多少股份呢？"她亲昵地倒在他的怀中撒娇，脑中已经开始盘算该从哪里挖人。

"那要看你能找来多少人了。"话音刚落，他便低头吻了上去。

一切如他所料，他不费吹灰之力就把他的女人变成了他的合作伙伴。事业似兴奋剂，让他展现出了难得的温柔。他一把将她抱起，朝卧室走去，今晚他要用实际行动给她最原始的奖励。

自从加入了王志渊的创业团队后，吴一婵就不停地在脑子里盘算着每一个能被她说动的人。

香港并非创业圣地，尤其是金融行业。这个行业里不少人拿着动辄百万的年薪，让他们抛下眼前的富贵加入一个创业团队，不编出个像样的故事来还真不行。她决定先对那些混得中不溜的人下手，用理想和情怀激起他们那颗不安分的心。

下午三点，她在中环的一间咖啡厅坐下，等下要见的是一家本地基金公司的运营官。对方姗姗来迟，她便一个人点了杯美式慢慢品着。

一抬头，猛然间她看见了一张熟悉的侧脸，江盈枫正坐在不远处的沙发位跟一个打扮考究的女人谈笑风生。

她放下杯子，将头转向另一边，井水不犯河水。

陈美玲下午路过中环，便把江盈枫叫了出来八卦一下她的绯闻小男友。屁股还没坐热，陈美玲就迫不及待地直奔主题："老实交代！你们在上海都做了些什么？"

江盈枫一如既往地拿她没辙："没什么，就是到处走走看看，欣赏一下上海的风光。"

陈美玲露出狡黠的眼神直直盯着江盈枫，这样几句话休想打发了她。

"好吧……他帮我过了生日，吃了大餐，还送了礼物。"江盈枫无奈道。

"哇！这么说正式拍拖了啊？"

江盈枫低头做沉思状："其实，我也不知道到底要不要接受他……"

"搞什么啊，这还要想？这么好的男生，你再想就变人家的了！"

看着她如狼似虎的样子，江盈枫顿觉好笑道："是谁前不久对我说，这个张少华风流成性，让我小心警惕？"

"我那也是一片好心，怕你再次上当嘛。"她撇了撇嘴，"现在好啦，事实证明这个张少华是个好男人，你还担心什么？"

江盈枫垂下眼帘，欲语还休。

作为资深闺密，陈美玲自然懂她，道："你知道在香港谈恋爱，一个男生的周围总是有好几个女生，每个女生都还在约会不同的男生。一个朋友前几天还吐槽，说她一周约会了两个男生，那两个男生彼此还认识。"

江盈枫扑哧一笑："那后来呢？"

"后来嘛，这两个都不能要了呀。"

两人忍不住放声大笑。

"现实残酷。"江盈枫无奈地摇了摇头。

"你都知道现实残酷了，就更不能轻易放弃。老天不会一直偏爱一个人，但也不会一直打击一个人。人总有运势转好的时候，工作上是，爱情上也是，遇到了就要抓牢，绝不松手！"

陈美玲的话说进了她的心坎里。朋友就是在你踌躇不前时帮你驱赶心魔的人。有这么一个亲闺密，老天待她不薄。

"要不要我帮你找麦玲玲算一算？两个人的八字合不合还是很重要的哦！"陈美玲睁大了眼睛。

"你省省吧，我不吃这套。"

"麦玲玲哎，很难约的！你知道排队请她看的人有多少吗？"

江盈枫用力摇头："你自己留着吧。"

两人喝完咖啡起身准备离去，江盈枫转身的一刹那瞥见了斜后方的吴一婵，她正微笑着与一个陌生男人讲话。吴一婵也注意到了前方站立的她，下意识地朝她的方向看来，两人眼神相撞。

江盈枫像是被电了一下，迅速收回目光，背过身同陈美玲走出了咖啡厅。

从朋友变成陌路人，连客气都显得多余。

这不期而遇吴一婵并未放在心上，她身上的每一个细胞都专注于说服眼前这个男人加入王志渊的公司。

"最近忙什么呢？"她轻松开场。

"还不是公司那点破事，做后台的就得一辈子忍受枯燥。"运营官了无生气地答道。

"谁说后台就一定枯燥？那是你们公司。"

"开玩笑！哪个公司的后台还不都一样。再说了，我跳到这间公司还是你做的媒呢。"

"哈哈，有不枯燥的地方，想去吗？"

"噢？又有什么好地方？"

老练的吴一婵向来知己知彼，面对这位刚过三十就老气横秋的运营官，她已经感觉到了一颗蠢蠢欲动的心。

"一家资管公司的首席运营官。"

"哪家？"他眉头轻蹙，胃口被吊了起来。

"你知道 ZBC 大中华的投资总监吗？就是他成立的公司。"

"噢！是不是那个叫王什么的内地人？他自己出来单干啦？"

"就是他。已经有几家机构愿意投他了，做大是迟早的事。"

运营官若有所思："他还真是有魄力，其实他待在 ZBC 不是挺好，出来自己干多累啊。"

她略带调侃地一笑："这大概就是普通人和牛人的区别吧。现在他的公司正要成立，正是招贤纳才的时候，这么好的机会，是好朋友我才告诉你。"

运营官不语，身子后仰靠在椅背上，脸上写满了小心思，道："新公司，风险挺大呀……"

"选公司就像选对象，将来是要并肩作战的，不能只看眼前，要看到未来。"她不能免俗地画起了大饼，"王志渊有资源又有雄心，愿意跟他走的人不少呢。他刚到香港时，就帮金时资本从零建起了一个团队，经验和能力都是有的。他的新公司正好缺一个懂运营的人，你要是过去了直接就是首席运营官，比起你现在不上不下的强多了。"

他下意识地点了点头："那待遇呢？"

"这个可以谈，底薪可以给你涨一点，至于奖金就要看公司的经营了。以后做得好，还有股权激励。"

运营官眼睛一亮："听起来倒是挺有吸引力的……只是我对公司未来的发展还

是有一些疑虑，能不能见见王总，当面聊聊？"

"当然！王总对初期加入的核心员工都要亲自面试，我回去就给你们安排时间。"

吴一婵的心里乐开了花，顺着这个思路找人，看来行。

天色渐晚。江盈枫回到家中，关上门把高跟鞋踢在一边，双脚伸进舒服的拖鞋里。她顺手把包搁在了玄关处，把路上买的外卖放在了茶几上。她来到卧室，换上了居家服，又回到客厅在沙发上坐下，打开外卖，完成任务般地吃了起来。

这些动作一气呵成，日复一日，成了她每天回家后的常规。单身的时候，似乎很多事都不那么讲究，随便找间公寓，随便吃点什么，随便几点睡觉，反正一个人。这种生活可以称之为自由，也可以管它叫凑合。

明天一早她又要飞上海，这次要去江浙一带，整整一周半。

收拾行李时，她扫到了餐桌上的保温杯，她走过去将杯子握在手里，朝隔壁的方向看了一眼，心底一阵温热。她把保温杯装进包里，仿佛把张少华一并装了进去。

她拿出手机，给他发了条消息："我明天飞上海，下周四回。你的保温杯我会带上。"

她也搞不明白为什么要发这样一条消息，是出于感激，还是汇报行踪，又或者是表达思念？

"一路平安，照顾好自己。下周四晚上一起吃饭，等你。"张少华回复得很快。

她再次望向隔壁，眼里闪烁着光。

深夜，林淼淼独自在家辗转反侧。他侧身躺在床上，漆黑的房间里，枕边手机屏幕的亮光照亮了他略显郁闷的脸，他似是在等着谁的消息。

这些天，他明显感觉到了赵然对他的疏远，消息回得慢甚至不回，感觉总在躲着他。他家里的突发状况算是阶段性摆平了，脑中那根紧绷的弦松了下来，他开始想念起他的然然。

在这个 IT 男的脑子里，万物皆可重启，其中也包括赵然。对他来说，赵然这几天处于死机状态，他要做的就是输入重启指令，她就能活过来。可问题是，她身上的重启指令到底是什么呢？

第二天，他掐着下班的点来到光展，在大堂处准备给她个惊喜。不一会儿，赵然就出现在办公室的走廊里，缓缓朝大堂走来。

"然然！"他热情地迎上前去。

这一叫差点没把她叫得魂飞魄散，她突然一个急刹车止住了脚步，像有一堵无形的墙挡在了面前。她睁大了眼睛，那一脸吃惊的表情有些出乎他的意料。

这哪里是惊喜，分明是惊吓。

她看了看周围进进出出的同事，拉着他走到公司门外走廊的一角。

"你怎么来了？"

"我好想你，一起去吃饭吧。"他像个大男孩一样撒着娇。

她低头不语，她的内心深处还没做好面对他的准备。

"这几天你都不怎么理我，我知道是我不好，冷落你了，你别生气了好吗？"他双手轻轻搭在了她的肩上，放低下巴凝视道。

他的柔情令她忐忑不安，她不敢直视他的眼睛，那里面像是藏着一面镜子，能照出她的心虚。

"我不饿……"她吞吞吐吐。

"那我们就随便吃点，然后晚上就去我家……"

没等他说完，她突然挣脱开他的双臂，向后一退，说："我不去，我要回家。"她声音虽轻，却透着一股宁死不屈的坚定。

"好好，那吃完我就送你回家。"

她跟着他来到附近的一家餐厅，他迅速点了几个菜，便同她聊了起来。

"然然，我家里的事基本解决了，我爸会在温州待一阵子，香港这边的事会交给我盯着。"他笑道，"我可能还是会飞几次温州，但周末应该都会留在香港。"

她勾了勾嘴角，淡淡地回道："恭喜你。"

他心中一揪，两人什么时候有了这距离感？

"你这些天忙吗？客户找得怎样了？"

听到"客户"二字，她的脑中不自觉地浮现出了金铭顺的脸。

"没有客户。"她眉头一蹙，口吻流露出急躁，只想快点打发了这个问题。

"那我给你介绍一个好吗？"他紧接道，"这个人姓季，是我爸生意上的朋友，在温州也算是有头有脸的人物，资金量很大，我的那些钱跟他比根本不算什么。"

她缓缓抬起眼帘，疑惑地看向他："这么厉害的人，我行吗？"

"有我引荐，你就先见见聊一聊，成不成再说。"

自加入光展以来，她的客户一只手都数得过来，压力可想而知林淼淼的提议令她无法不心动，便道："行，那我们什么时候去见他？"

"我想还是尽快，因为有其他私行也在跟他接触。你看后天怎么样？"

"好呀，我回去准备一下！"

两人对视而笑。她终于又活了过来，重启成功！

两天后，二人前往温州，一落地就直奔季总设的晚宴。

一路上，他都在谈论季总，好让她心里有个底。她自然也对这位季总知道了个大概，他早年做外贸起家，后转战房地产，再后来涉足文娱产业，布局甚广。跟大部分的富豪一样，季总也是个精明干练、做事大胆的人。

终于到了季总所在的豪华私人会所，那是温州一家顶级的会所。上到二楼，季总和他的助理已经在包厢里恭候大驾。

"季叔叔！"他亲切地喊道。

"哟，淼淼！有阵子没见了，瘦了。"季总一边跟林淼淼打招呼，一边不露声色地看向跟在身后的赵然。

"这位就是赵然，我跟您提过的光展的客户经理。"

"您好，季总！很高兴认识您！"她恭敬地一笑。

从一进门，她的一举一动就被季总看在眼里，她质朴内敛的外表不出意料地给他留下了不错的第一印象。

"你好，赵小姐，欢迎到温州来。来，大家都坐！"季总指着房间正中的圆桌招呼道。

众人纷纷落座。季总坐在主位，左边是林淼淼，右边是他的助理。赵然则挨着林淼淼坐下，她跟助理之间还留着一个空位。

"季叔叔，还有人要来吗？"林淼淼看向空位。

"是啊，今天另外一家私行也约了我，所以我就一起请了。"

林淼淼同赵然面面相觑，表情尴尬。好一个精明的季总，把两家银行约在一起当场比试。

"看来今天还能认识个新朋友，托季叔叔的福了。"林淼淼就坡下驴。

"应该就快到了。"季总笑道。

"是哪家银行的呀？"他一边给季总倒酒，一边打探。

还没等季总开口，门口就出现了一个身影。

"不好意思，我来晚了，季总。"

赵然心里一惊。这熟悉的声音，该不会是……

她一转头，门口站着的正是江盈枫。

江盈枫匆匆赶到，额头上微微渗出汗水。她一转头，就瞥见了赵然和林淼淼。

她僵了片刻。是她走错了吗？可季总明明就坐在那。

"江小姐！我们也刚到不久，请坐。"季总笑道。

面前只有一个空位，无疑是留给她的。她别无选择，在赵然身边坐下，两人的表情都有些不自在。

赵然的内心似有一面小鼓捶打，自那晚的舞会之后，两人就再也没有联系过，她很想叫一声盈枫姐，可又担心江盈枫不给她好脸色，当着这么多人的面，她还是放弃了这个念头。

"这下人都到齐了。"一旁的助理开始指挥服务员上菜。

季总看了看林淼淼和赵然，道："我来介绍一下，江小姐是 G&C 的客户经理，之前我们见过一次。"随即他又看向江盈枫："你身边的这位赵小姐是光展银行的，你们是同行啊。"

赵然做梦都不会想到，有一天竟会跟一直仰慕的盈枫姐平起平坐。江盈枫自然也不会料到，同她面对面抢客户的居然是平日里一直需要她关照的小姑娘。

一通介绍后，两人谁都没有转头，虽然挨得近，中间却仿佛横着一座山。

最终，还是江盈枫先跨出了第一步。

"巧了，我跟赵小姐本就认识，今天在季总的晚宴上相遇真是缘分。既然是同行，正好可以切磋切磋。"身经百战的她讲话时落落大方，讲到最后一句时还特意转向赵然，露出淡定的笑容。

说者无意，听者有心，赵然不自觉地胡思乱想起来。切磋？难道是暗示今晚就要将她大卸八块？

她愣在那里，吐不出一个字来，只觉得江盈枫的笑容里藏了一把刀。

一旁的林淼淼看在眼里，赶忙出来替她圆场。"这个圈子就是那么小，江小姐我之前也见过，搞了半天都是自己人。"说罢他拿起桌上的红酒，起身欲给她满上。

江盈枫见状立刻用手捂住杯口道："谢谢林总，我不能喝酒。我喝茶就行了。"

林淼淼被驳了面子，只得面带微笑地坐下。他心里不平，做这行的哪有不能喝酒的，矫情。

"那我们就边吃边聊！"季总带头动起了筷子。

"季叔叔，我先敬您！"林淼淼一脸崇拜，"谢谢您这么多年来对我们家的关照，我爸一直对我说，做人做事都要向季叔叔看齐。"

一旁的赵然也跟着举起酒杯，颇有夫唱妇随的味道。

季总笑呵呵地咽下一口红酒："你爸爸我前不久才见过，最近他很辛苦，你要多为他分忧。"

林淼淼自然心领神会："你放心，季叔叔，我回国就是为了帮我爸分担的。现在香港这摊事基本是我在打理，赵小姐真的是帮了我不少忙。"

"我听你爸说了，你们在光展的投资收益还可以。"

"这都要谢谢赵小姐，所以我才把她介绍给您，听我爸说您也一直在香港找合适的私行。"

赵然的脑子里已经翻来覆去地把来时准备的市场展望和产品介绍默念了好几

遍，准备要向季总展示。

　　眼看这边都进入正题了，江盈枫那头依旧不动声色，她像个局外人一般冷静地观察着饭桌上的一举一动。原来林淼淼跟季总相识是因为家里的生意关系，她算是弄明白了这来龙去脉。

　　江盈枫跟季总之间也有个中间人，那人是她在上海的一个客户，同季总常年有生意上的往来。这一行做到后来，都是客户介绍客户。

　　像季总这样的大客户，拉拢他的银行不在少数，今晚他只邀请了两家，估计这两家就是最终入围的了。江盈枫深信，过了今晚，他就会做出决定。

　　面对林淼淼迫不及待的推荐，季总没有立刻接话，而是转向江盈枫，玩起了平衡术。

　　"江小姐在这行也是出类拔萃，我都听老张说了。"他边说边往碗里夹菜，"老张一直夸你，说你对他的账户尽心尽责，把钱交给你管他很放心。"

　　"季总过奖了，这都是分内的事。"她从容道，"您的朋友张总是我们银行的老客户了，对我们各方面的服务都很熟悉，自然会偏爱一些。"

　　林淼淼似是意识到了自己刚刚表现得有些急躁，这会儿安静了不少。

　　轮到赵然开腔，她发挥出平时一贯的乖巧本色，对众人笑着说道："盈枫姐是这行的前辈，我们都该向她看齐。"

　　她看向江盈枫，眼神里透着一丝臣服的胆怯，似是在讨好，又像是在求饶。

　　"哪里，赵小姐才是年轻有为，加上林总在一旁支持，更是前途无量。"

　　江盈枫的一番恭维令林淼淼一脸紧张，季总并不知道赵然是他的女朋友，于是急忙岔开话题："两位都这么优秀，真是把难题丢给季叔叔了。"

　　季总放下筷子，双眸炯炯有神："我平时事情太多了，没有多余的精力去做理财，就想找一个放心可靠的人帮我管着。我结婚晚，儿子才读大二，还太年轻，需要历练，不然这家业交到他手上也不放心。"

　　季总的一席话道出了许多中国富豪的苦衷，作为开辟财富的第一代，如何保证家族基业长青，成了绕不过去的一个坎。

　　"季叔叔的儿子现在在哪里读书？"林淼淼问道。

"在美国读金融，希望他将来能帮家里做点投资。"他一只手放在桌上，时不时轻击桌面，颇有领导讲话的风范。

"现在是暑假，我希望他能到金融机构里实习一下，可是美国的竞争太激烈，大公司连实习都那么难进，我在国内的关系也帮不上什么忙。"他说着眉眼间浮现出一丝愁容。

"您儿子想去什么机构实习？"江盈枫终于主动发声，引得林淼淼和赵然不约而同地朝她的方向看去。

"他读的是财务与投资，不知道什么机构适合他呀？"

"可以去资管试一试，我帮他找找，让他跟着分析师体验一下。"

"那真是麻烦江小姐了！"季总两眼放光，声调都高了一个八度，"还是你有办法！"

江盈枫笑而不语。季总这样的客户她见得多了，比起自己的生活，子女的未来才是他们真正的命脉。能帮他们赚钱固然能让他们开心，但要让他们死心塌地跟着你，还得拿准了下一代这一脉把。

这桌面上的较量，江盈枫俨然先下一城。赵然的心里自叹弗如，同时也存着一丝不易察觉的妒意。林淼淼的不甘心则挂在了脸上，心里想着要如何扳回一局。

他转身借着给赵然倒酒的机会，贴在她耳边说道："多跟季总聊聊。"

赵然小心翼翼地看了他一眼，他说的没错，这一晚上她都太安静了，找不到什么存在感。倒是林淼淼一直在替她张罗，虽然收效甚微。

她鼓起勇气，抬起头看向季总，道："季总平时这么忙，要多注意身体。"这不痛不痒的一句话是她此时能想到的最好的一句了。

"谢谢小赵，不瞒你说，我都要六十了，再折腾几年就真的该交班了。"

"您看着特别精神，正当年呢。"林淼淼接道。

"你爸爸福气好，有你这样的儿子帮他，将来还有你弟弟。我就一个儿子，没的选，这么大的产业交给他，将来也不知道他能不能管好。"

"虎父无犬子嘛，您放心好了。"赵然在一边附和道。

"您有没有想过做个海外信托？"江盈枫插道，她看向季总，目光坦然。

"信托？之前我也有买过一些，这两年收益不行了。"

她咧嘴笑道："不是国内的那种理财信托，是海外的家族信托，很多国外的富豪都会设立自己的信托，为的是资产的隔离和传承。"

"你说的这个我略有耳闻，但具体的做法还真的不了解。你说说看！"季总打起了精神，一旁的林淼淼和赵然也被吸引了。

"家族信托是一种很好的管理家族资产的方式，在国外已经运作得很成熟了。您可以在指定的信托机构设立一个信托，这个机构就在名义上帮您保管资产。您跟信托机构之间可以签订契约，写下这个信托的受益人是谁以及如何分配收益，这样受益人就不能随便挥霍您的资产了。"

"有意思！那我的受益人肯定就是我儿子了。"

"是的，您刚才说不放心把资产一下子都交给他，那么通过信托的方式就可以设置一些限制条件。例如：他如果结婚了可以一次性支取一笔钱；他如果创业了也可以支取一笔钱；但如果他做了坏事，假设他赌博了，那么他将被取消受益人的资格。类似这样的限制可以在将来帮您约束您的儿子。"

江盈枫的一席话似拨云见日，引得季总连连点头："你们银行有这个业务吗？收费怎么样？"

"我们有自己的信托牌照，主要做的是香港信托。如果您感兴趣，我可以请相关的同事过来跟您详细聊一聊。"

季总爽快道："我下周就要去香港，到时候来找你！"他侧身关照助理："跟江小姐约个时间。"

关于家族信托的一番讨论也击中了林淼淼的要害，他不禁联想到了自家的状况，要是父亲也设立一个这样的信托，那家中财产分配的游戏规则岂不是就可以变了？

"你说的这个家族信托贵吗？"他止不住好奇地问江盈枫。

"不贵。林总要是感兴趣，要不要下周一起过来听听？"

"好！"他脱口而出，难掩蠢蠢欲动的心。

赵然眉角一挑斜瞪了他一眼，这一声响亮的"好"重重地打在了她脸上。这个林淼淼，还说要帮她拿下季总，这会儿自己先倒戈了。

还在同季总边说边笑的林淼淼顿感一股寒气直冲后背脊梁，他一转身看到了拉长了脸的赵然，这才回过神来。他知道自己又莽撞了，连忙收起笑容补救。

"光展应该也能做吧？"他故意问道。

"应该是能做的，具体的做法我回去询问一下。"

他本想抛个石头进水里，期待能溅起些许水花，可结果却是直接沉了下去。

眼看赵然就这样被晾在一边，江盈枫心软的毛病又犯了，道："既然这样，季总不妨多考察一下，也听听光展的做法，货比三家不会错。"

赵然诧异地望向她，一时间无以言表。

"行啊，赵小姐下周也在香港吧？有机会的话我也去你们银行坐坐。"

赵然不敢相信自己的耳朵，她的盈枫姐再一次对她施以援手。两人相视而笑，彼此的笑容里都意味深长。

赠人玫瑰，手有余香。晚宴过了大半，先前的焦灼气氛早已散去，大家彼此畅谈，一团和气。

走出会所，夜晚的空气中依旧掺着一股夏天的闷热。

"江小姐住在哪个酒店？我让秘书送你。"季总向江盈枫提议。

"不用了季总，离这里很近，我是走过来的。"

"那我们就香港见了！"季总朝众人挥挥手，侧身坐进了车里，扬长而去。

赵然站在原地，会所外忽明忽暗的霓虹灯映在她脸上，模糊了她的表情。她望着江盈枫的身影，好一会儿才憋出一句："盈枫姐，谢谢你。我们也香港见。"在夜色的掩护下，她的眼中泛起了涟漪。

"香港见。"江盈枫扬起了嘴角，径直朝酒店走去。明天一早她就要赶回上海，搭中午的航班飞回香港，那里有人正等着她归去。

一大早，张少华神采奕奕地踏进医院，笑着同周围的同事打招呼。今天是江盈枫回来的日子，她的航班会在下午落地香港，晚上两人就能共进晚餐。一想到这里，他就跟打了鸡血似的充满干劲。

"到机场了吗？"刚巡视完病房，他就迫不及待地给她发了消息。

"刚刚到，今天不误点，再过三小时就能到香港。"

"一路平安，等你回来。"

他笑着把手机塞进口袋，直奔诊室忙去了。

转眼临近下班，他终于有工夫松口气歇息一下。他看了看手表，这个时间她肯定落地了。他掏出手机的刹那，心中涌起一阵兴奋，可看到屏幕的一瞬，顿时凉了半截，没有消息，也没有未接来电。

说不定她太累了，直接回家了。他拨通了她的电话，居然直接被转到了语音信箱。

说不定她手机没电了。他按捺不住焦急的心，换上衣服直冲停车库。到家后，他在江盈枫的家门口敲了半天，无人应答。

都快七点了，她去哪了？他立即查询了国泰航空今天下午从上海飞往香港的所有航班，没有延误，均已抵达。

他的心中一阵翻滚，在房间里坐立不安。再等等，说不定她去办什么重要的事了，等一下就会回来。他哪里都不敢去，一直在客厅的沙发上听着隔壁的声响。

张少华醒来时发现自己躺在客厅的沙发上，他面无表情地对着天花板愣了三秒，猛地坐起，一把抓过茶几上的手机，已经是早晨六点半。

他冲出房门来到江盈枫的门口，不管怎么敲都毫无反应。

她一晚上都没有回来？他眉头紧锁，心揪作一团。

回到客厅，他理了理头绪。

江盈枫的航班是昨天中午从上海起飞的，她安全抵达了机场，不可能没有赶上飞机。航班没有延误，也没有飞机事故，按道理讲，她昨晚怎么都应该出现在香港。

到底是哪个环节出了问题？他心急如焚，不知该向谁询问，他这才意识到江盈枫好友的联系方式他一个都没有。他向医院请了假，迅速梳洗了一番，决定去她的公司问问。

一大早，G&C 办公楼内已经一片忙碌的景象，大家开会的开会，打电话的打电话，一切井然有序。

张少华来到大堂，以客户的身份向前台小姐打听起了江盈枫的行程。

"江小姐这几天都不在公司，具体的行程可能要问下她的老板。"前台小姐道。

在他的坚持下，前台小姐给 Ken 拨去了电话，并把他带去了里间的会议室坐下等待。

Ken 深呼吸一口，神情如临大敌。他步伐镇定地朝会议室走去，脸上若有所思，边走边回想着昨天下午办公室里的情景。

当时正是午饭后不久，他正忙着处理一位客户的投诉，他跟下属一直泡在会议室里同客户周旋，费了老大的劲才安抚下来。这时，助理敲了敲会议室的门，有一个紧急电话找他。

他同客户打了招呼后，便来到了自己的座位。

"Ken，到我办公室来一下。"电话里传来法务急切的声音。

"我正在见客户，再过二十分钟吧……"

"现在马上过来！出事了！"

Ken 被这严厉的口气惊到了。他平时虽和法务接触不多，但也知道她是全公司出了名的好脾气，能让她急成这样看来不是一般的事。他的脸上立刻多云转阴，快步赶了过去。

两人在房间内谈了许久，之后便一起走去大老板的办公室。紧接着，合规部和产品等其他部门的负责人也都一一被叫了进去。一群人在里面紧急商议着什么，房门紧闭，一直到天黑都没有出来……

Ken 敲了敲门，推门而入。

"张先生，早上好！"

"早上好，Ken！"

"一大早过来是有什么要紧的事吗？"他故意比平时笑得更热情。

"我找江盈枫，昨天下午她就跟我约好了见面，可是一直联系不上她。"

Ken 眼珠一转，说："噢，江小姐最近可能不太方便，有什么账户上的问题可以找我帮忙。"

"不太方便？"张少华一脸疑惑，这里头果然有猫腻。

"她有些个人问题要处理，这阵子都来不了公司了。"Ken 语气婉转，却十分肯定。

"什么个人问题，我怎么从来没听她说过？她到底出什么事了？"张少华语气急躁，双眼瞪得如铜铃一般。

"这个就不方便透露了，请你理解……"

"她是我未婚妻！"

Ken 愣了愣，眼前这个一脸严肃的年轻人不像是开玩笑的样子。公司传言江盈枫有个富二代男友，应该就是他了。

他犹豫了几秒，压低声音道："我可以告诉你，但你必须绝对保密。"

见张少华点头后，他继续说道："江盈枫被扣留在上海了，暂时回不来。"

张少华的嘴巴定格成了"O"字形，一脸错愕："扣留？她做了什么？"

"她有一个内地的客户，前不久刚刚上了偷税的黑名单，内地方面需要她留下配合调查，所以在机场把她扣了下来。"

事情来得太突然，张少华内心一阵翻腾，急问："她现在人在哪里？要如何配合调查？"

"她在上海的公安局，昨天下午已经跟我们通过话。你不要太担心，我们已经在跟那边交涉，在允许的范围内全力配合他们的调查。"

"把地址给我！"张少华二话不说，已经开始在手机上预订去往上海的机票。他恨不得插翅飞过去，哪怕天上下刀子。

"其实你不用特地飞过去，公安只扣留她二十四小时，她今天就可以回来了，去机场接她也是一样的。"

"不一样。"张少华眼睛不离手机，"我怕她顶不住。"

Ken 没有再多嘴，勾了勾嘴角："那就拜托你了，把她安全地带回来。"

Ken 把他送到了门口，看着他离去的背影，暗暗替江盈枫高兴。

张少华飞奔回家拿了些必需品，顺手把各种胃药也装进了包里。他一路赶到机场，候机时显得坐立不安，时不时上前询问柜员何时登机。终于坐上了飞机，他还是一刻不能心定。

她应付得了吗？她一定很害怕吧？她的身体会不会吃不消？……太多的担心向他袭来，他的心就如同这架飞机，被九千多米高空的气流挟裹着摇晃得厉害。

终于落地上海。他对这里的机场已经不那么陌生，都没想到这么快他就再度造访。

走出机场，一阵热浪扑面而来。他快速钻进一辆出租车，直奔 Ken 给他的地址。他的心越跳越快，脑中不断预演着即将出现的情景。他紧握双手，靠在后座，不一会儿就湿了后背。尽管车内开着冷气，他的心依旧静不下来。他摘下眼镜，擦了擦鼻梁处渗出的汗水，又重新戴上。

一番颠簸后，司机终于在目的地停下。张少华直接给了司机三张整钞，等不及找零就夺门而出。

他站在公安局门口，像个无所适从的小学生，看着里面忙碌着的人们，不知道如何开口。

还是门口的一个警察看到了他，上前问道："你有什么事吗？"

"我来找人，我的朋友江盈枫在这里配合警察的调查。"他操着一口港式普通话，努力吐清楚每一个字的音。

警察打量了他一下："跟我来。"

两人上到二楼，进入了走廊口的一间房间。警察说："把你的证件给我，填一下这张表。"

他翻出证件，仔细在表上写下自己的信息，交给了警察。

"我什么时候可以见到她？"

"我们先去问一下情况，稍后过来告诉你。坐下等一会儿。"

他哪里坐得住，来回踱步，不停探头张望，每一秒都是煎熬。

许久，从外面又进来一个警察，向他说："是你找江盈枫吧？她一会儿就出来了，你在外面等她吧。"

他两眼放光道："谢谢你，阿 Sir！"

他站在楼梯口，望向两边的走廊，不知道她会从哪个方向出来。他想象着她出现的样子，等不及上前一把拥她入怀。

二十分钟过去了，还是不见人影。他又跑去刚刚的房间询问，被里面的人三言两语打发了出来。

当他再次走出房间时，远处的走廊上隐约出现了一个身影；走近几步，他终于看清了那人的模样。

"盈枫！"他的喊声划破走廊的寂静。

只见她推着行李箱，形单影只地拖着步子，目光低垂看向地面，面无表情。

有人在唤她，这声音是？她抬头，前方的视野中出现了一张熟悉的面孔。

是他！她停住脚步，心头一震，他来了，就离她不到十米的距离。

他朝她跑去，阳光从走廊的窗户射进来照在他身上，光芒万丈。他跑得那么用力，因为终点系着他一生的幸福。

短短几秒，他就站在了她的面前。她杵在原地，她生命中所有的时间加在一起，都不如这几秒来得珍贵。

"你怎么来了？"她的眼里藏着泪光。他不来倒好，一来便把她所有的坚强瞬间击倒。

他一动不动地凝视着她，先前想好的拥抱这会儿都抛在了脑后。

"你没事吧？"他眉心一拧，呼吸有些急促。

"没事，这不是好好地站在你面前吗？"她似乎一如既往地无坚不摧。

"真的没事？"可张少华仍不放心，上下打量着她，搜寻着任何可疑的痕迹。

"嗯，没事了。"她低头抿了抿嘴。

"我带你回去。"他目光坚定，一边接过她的箱子，一边握紧了她的手，牵着她朝大门外走去。

她感觉自己像一个被遗弃的小孩，终于有人认领。她突然有种抑制不住的想法，想就这样被他牵着一辈子。她好想这段路再长一点，这样他就能一直牵着她不松手。

不一会儿，一辆出租车就靠了过来，载上两人驶向机场。

"我查一下最近的航班，马上订机票。"张少华道。

"你是怎么知道我在这里的？"她看向他。

"我去了你的公司，找到了 Ken。"他放下手机说，"机票订好了，等下到机场还有点时间，先去吃点东西。"

"听你的。"她的心里荡漾着一股暖意。

两人十指相扣，再没什么能将他们分开。

江盈枫被扣留的消息很快在业内传开，并且迅速发酵成了行业的重大新闻。G&C 在第一时间做出了回应，表明公司会极力配合内地方面进行相关调查。

虽然公司为了保护江盈枫的隐私，并未透露她的名字，但有心人早已打听到。这会儿，光展的办公室里早已传得沸沸扬扬。

"你们知道 G&C 那个在上海被扣的银行经理吗？"Sabrina 八卦道。

后知后觉的赵然突然抬头看着她："G&C？是谁？"

"听说是江盈枫，这女的还挺厉害呢。"

"啊？！"赵然张大了嘴，原来江盈枫在同他们告别后的第二天就出事了，"那她现在怎么样？"

"不知道，还扣着呢吧，得配合调查啊。"

赵然愣在那里，双眼迷离，突然拿起电话就往会议室跑。

"你认识她啊？"Sabrina 在身后追问，可赵然如一阵疾风般头也不回。

她随便走进一间空着的会议室，立刻给江盈枫拨去了电话，关机；再拨，还是关机。她心慌意乱，不知如何是好。情急之下，她拨通了吴一婵的电话。

"一婵，你知道盈枫出事了吗？"

"不知道啊，她出什么事了？"吴一婵刚刚开完会，一脸茫然。

"她因为客户偷税的事在上海被扣留了，昨天到现在已经一天了。"

"什么？这可是大事！"吴一婵一脸惊愕，"他们公司怎么说？"

"说是全力配合调查，可是也没说她怎么样了。"

"既然公司已经表态了，那她应该就没事了，估计很快就能出来。只是……"

"只是什么呀？"

"一般发生这种事，公司都会极力撇清，与她划清界限。"

"所以盈枫姐会被公司开除？"

"有这个可能，具体要看他们公司怎么做了。"吴一婵叹了口气，"你也别太担心了，她不会有事的，就算被开除了，估计别家还抢着要呢。"

挂了电话，赵然的心里七上八下。她为江盈枫担忧的同时，也感叹着这个行业的风云突变。

突然，她的脑中灵光一闪，若是江盈枫真的被公司开除了，那季总的事岂不是就有了转机？一时间，她竟有种乘人之危的感觉。

周末，当大部分人还在赖床的时候，江盈枫已经起身在窗边发呆。

今天是阴天，恰如她的心情。她给自己泡了杯红茶，坐在窗台上眺望远处的中环楼群。平常这个时候，她定会抓住机会狠狠补个觉，可今天却怎么也睡不着。

她听见隔壁张少华出门的动静，医生没有周末，他准是赶去医院了。昨晚他把她送到家中已是晚上十点，两人没有多说什么，各自回去休息了。

江盈枫也算是经历过风雨的人，可这次的扣留事件还是令她胆寒。虽然她只是被客气地请去配合调查，却也在审讯室里待满了二十四小时。这漫长的二十四小时里她没有一分钟不提心吊胆，虽然最后没掉一根头发丝地从里面走了出来，但一想到那张椅子曾经坐过三教九流各色人等，她的心里还是发怵。

"你有没有帮助客户逃税？""你是怎么认识这个客户的？""他在你们银行有多少资产？"……审讯时的这一个个问题至今萦绕在她的脑海里。若不是公司积极配合，及时提供了客户的各种证明文件，没准她现在还在里面待着。

或许是还在后怕，她竟开始思考起人生的不测。若是哪天自己真的毫无征兆地消失了，生活将怎样收场？

张少华在医院埋头给病人看诊，一忙就是一天。他抽空打电话给母亲，告诉她这个周末不回家吃饭了，母亲问他为何，他只说医院事情多，而事实是他想留在江盈枫身边，他知道此时江盈枫最需要有人陪着。

下班后，他没有在医院逗留，直接开车往家赶去。刚出电梯，就碰上了正要出门的江盈枫。

"咦，今天这么早？医院都忙完了？"她略带笑意地问。

"还好，我想早点回来看看你。你吃饭了没有？"

"我正要出去吃呢，一起吧。"

两人对望一笑，一起走到了半山的一家餐厅。坐下不久，她便对这里有了印象，之前两人在这里吃过早餐，就是他刚刚搬来的那次，他第一次向她告白的那次。

相同的地方，不同的心境。上一次，她还把他的追求当成孩子气的玩笑，而现在，她已经开始依赖他坚实的陪伴。

"今天休息得好吗？"点完餐，他微笑道。

"还行吧。"她顿了顿，"我跟 Ken 通了电话，他让我周一去公司面谈。"她哼笑一声，"应该是凶多吉少。"

他没有立即作声，身处不同的行业，他不太明白她那行的规矩，但心中仍有些不平。

他皱了皱眉，道："可这也不是你的错，你不要有心理负担。说不定……会有转机呢？"

她目光淡定，对于他眼里流露的一丝天真有种想要保护的冲动。

"我在这行做了十多年，知道深浅。你不用为我担心，这点事我可以扛下来。"

"我和你一起扛！不管发生什么事，我都在。"

她直直地看着他，不再闪躲。她感觉像有阳光洒在身上，融化了覆盖着的冰霜。最近她的心老是被这个大男孩击中，她害怕再这样下去，他会把她宠坏。

"谢谢你，阿华。"

他把手摊开放在桌上，她温婉一笑，乖乖把手送入了他的掌心，两人用力握着彼此，久久不愿松开。

转眼到了周一，江盈枫如往常一样准时来到了 G&C 的门口。前台的同事似是早就接到了指示，一见她便把她带去了会议室坐下。没过多久，Ken 就出现在了门外。

"回来啦！辛苦了。"Ken 关上门，坐在了她的对面。

她嘴角一扬，笑容里充满坦荡。

作为江盈枫多年的上司，Ken 自然能体会这笑容的含义。高手对话，不需要虚伪的客套，也不需要假模假式的同情，毕竟千言万语都不如实话管用。

"公司已经做出了决定，从今天起你被解职了，你的东西会有专人整理，稍后寄给你。"

他一口气说完了今天见面的重点，顿时轻松了不少。

她也松了口气，没有惊喜，也没有意外，她终于不必再牵肠挂肚。

"幸好我的东西不多，快递费应该不会很贵。"她自嘲道，"只是……客户那边我还没来得及亲自打招呼，要麻烦你把他们安顿好。"

他无奈一笑："这个你放心，我一定会处理好。"

他心中不由地翻起一阵酸楚，谁都不曾想到事情会来得如此突然。失去江盈枫这员大将对他的业绩必然造成影响，但此时，他的不舍更多的还是出于多年的情谊。

"盈枫，你是我遇过的最靠谱的银行经理，你为人真诚，身上有一股韧劲，我第一次见你就知道日后你一定会成为团队的支柱！"他语气平缓道，"说实话，本来我是想让你接我的班，可谁知道竟出了这样的事……"

这个出事的客户正是不久前行长要她接的那位大客户。她从 Ken 的嘴里得知，当初行长是知道这个客户的潜在风险的，可碍于股东的情面，他还是心存侥幸地接了下来。他原本是要把客户派给 Jason 的，可眼观六路耳听八方的 Jason 第一时间就从行长秘书那里得知了真实情况，便找了个借口推了出去，这才让江盈枫摊上了事。

Ken 眉心一蹙。"那个时候我正好休假，行长直接找了你。如果我在公司，一定不会这么草率让你接下来的。"他顿了顿，"有些事我也是爱莫能助，虽然我有极力争取让你留下，但我个人的力量毕竟有限，对于管理层的决定……"

"我知道。"她平静地打断了他，"你已经帮了我不少了。这些年，我也给你添了不少麻烦，我知道自己的问题，你也在前面帮我挡了不少子弹。你更像是我的老师，教会了我很多职场做人的道理。"

对于他的信任和赏识，她一直感激在心。几年前她刚到香港，是他把开拓内地市场的重任交到了初来乍到的她身上。她能有今天的成绩，离不开他的提携。如今栽了跟头，也只能怪她技不如人。

离心何以赠，自有玉壶冰。两人是上下级，是师徒，也是战友，临别时能有这几句肺腑之言，不枉这一段缘分。

"再过两年我也要退休了，回去陪我老婆，彻底远离这是是非非。"他眼里含笑，似是在憧憬这美好的生活，"以后有任何需要我帮忙的地方，随时来找我。"

她笑而不语，对于他退休后的接班人，也没有再追问。这扇门里的一切都与她再无关系。

他把她送到门口，突然想到了什么："盈枫，你有没有想过换一种生活？其实你不一定要这么拼，可以把更多的时间留给身边的人。"

"身边的人？"

"你身边的那个靓仔就挺好的。"

两人不约而同地笑了。他送上最后的拥抱，就此别过。

走出大楼，天地已换。几度繁华，一朝梦醒。

这个地方，曾是她的全部。她最后看了一眼大堂处的 G&C 招牌，头也不回地离去。

走在路上，与匆忙赶路的上班族擦肩而过，她感觉到一股想象不到的自由。之前她不敢停下脚步，怕被别人追赶。如今真的停下脚步，才看到不一样的风景。她以为抬头只能看见高楼大厦，却不知再抬得高一些，就是无限的蓝天。

她突然很享受这种被放逐的感觉，还哼起了小调。她想到了一个地方，诚品书店，那是她一直很想好好逛逛却总是没有时间去的地方。

她喜欢书香，配合诚品独有的人文情怀，这个地方成了她精神世界的避难所。她悠闲地在每个展区翻看着，心血来潮地往篮子里放了一堆书，畅销小说、旅行攻略、烹饪书籍，她显然已经准备好了迎接自己的假期。

回家的路上路过半山的超市，她难得买了一堆食材，晚上做顿好吃的，算是对自己失业的安慰。她的厨艺还是在美国的时候练就的，那时候她吃不惯西餐，便跟母亲学着做家常菜。后来工作一忙，也就做得少了。

傍晚，张少华刚回到家中就等不及跑去敲她的门。见她这么早就到家了，心里已经猜到了几分。

"今天怎么样？白天不敢问你，怕打扰到你。"他在沙发上坐下。

她潇洒地耸了耸肩道："我现在是自由身了。"

不知怎的，面对张少华的时候，她的眼里还是流露出了一丝应有的失落。

他上前给了她一个拥抱，虽然已有心理准备，但这个结果还是令他感到惋惜。

"也好，趁这个机会好好休息一下。"他宽慰道，"生活上有任何困难我都可以帮忙。"

她撇了撇嘴，只是失业而已，她还不至于落魄到需要人救济。

这时，他的手机响了，他低头一看别过头去，用手捂住了话筒，有些别扭。

"我跟朋友一起……我知道了妈……"他闪烁其词，这勾起了她的不安。

"出什么事了？你妈妈怎么了？"

他看向她，有些不情愿地开口道："没事，她打电话来……是祝我生日快乐。"

她睁大了眼睛愣在原地。"我都不知道今天是你生日……"她一脸尴尬，一想到他是如何给她过生日的，就恨不得找个地缝钻进去，"对不起，这几天事情太多，我……我真是……"她下意识地拨了下头发，无言以对。

"好啦——有你陪着我，我就很开心了。"他一脸阳光，"说起来我们还真是挺有缘的，我的生日是811，你是711，说明我们之间肯定有某种共性。"

她笑了，突然想到了什么："对了，要不我给你做饭吃吧？我刚好买了不少菜，不知道是不是你喜欢吃的……"

"喜欢！"没等她说完，他就兴高采烈地喊道，"你还会做菜啊？"

"是啊，我爸都说我做得好吃呢。"

"真是看不出来，你这个样子居然会做菜。看来以后我是有口福了。"他眉毛一挑，一脸得意，跟着她来到厨房。

"我算是知道我们的共性是什么了。"她一边戴上围裙一边打趣道。

"什么呀？"

"都是吃货！"

两人的笑声充满了房间。

她熟练地洗菜切菜，他则像个小跟班，在一边帮她剥蒜头。待她把菜洗完切完准备下锅时，他才剥好了一个蒜头。

她拿过剩下的蒜头，放在砧板上用刀面一拍："喏，这样是不是剥起来快很多呀？"

他拿起拍扁的蒜头，上面的蒜皮已经裂开。"真的耶！"他笑得像个孩子。

三下五除二，她就做好了一桌的菜，热气腾腾，香味扑鼻。

他兴奋地拿出手机拍了一通，兴奋地说："最丰盛的生日餐！"

"你尝尝这个，是我最喜欢吃的土豆烧牛肉。"她解了围裙在他对面坐下，"我是到了美国后才喜欢上土豆的，土豆吃得饱，又有很多做法，还便宜。"

他自然是不客气，狼吞虎咽地往嘴里塞了好几块："嗯！炖得好酥！"

看他吃得那么满足，她心里像灌了蜜。

不一会儿的工夫，两人就扫荡完毕。酒足饭饱，得来点娱乐活动，她在家里翻了半天，也没找到之前买的那些唱片。

"不知道我妈整理的时候放到哪去了……"

"别找啦，"他起身走到她跟前，"你想听音乐还不简单，到我家去，我给你现场表演。"

她咧开嘴笑了，随即从主场移步到客场。

进了他家的门，她一眼就看到了客厅后方架在琴架上的大提琴。客厅的色调是蓝灰色，摆设很简单，对于男生来说已算整洁。虽然之前来过他家，但她未曾留心观察。

他不慌不忙地把琴拿到了沙发凳前，坐下后膝盖夹住琴的两侧，左手按弦，右手持弓，风度翩翩地演奏起来。浑厚的琴声一响起，她就被带入了万千思绪中。

大提琴是弦乐中最接近人声的，那柔和安详的音色似来自树林深处的某个角落，时而低沉，时而悠扬，那股平静的力量能抚平她心中淡淡的感伤。

他时不时地对她微笑，她托着下巴沉醉其中。她从来没有想过大提琴可以如此优美，尤其是在他一张一弛地挥动之间。

曲毕，他放下琴弓，问道："要不要试一下？"

"我？行吗？"

"来，坐到我前面来。"他往后挪了一下，让她坐了进来，与她前后贴着。

面对眼前这个庞然大物，她有些局促。这是她第一次与大提琴亲密接触，一股清新的木香味沁人心脾。他手把手在她的身后教她："琴肩靠在胸口下面一点的位置，双腿夹紧，身体放松……"

他把琴弓放进她的右手。"弓要垂直于琴弦……"他把她的左手轻轻放在弦上，"用指肚上方的部位摁住，不要太用力……"

一会儿的工夫，她就架势十足。

"我们要开始了！"一声令下，他的右手握住她的右手，左手按在她的左手上，两人一起顺着节奏来回摆动，悦耳的音调就这样飘扬在整个房间。

她兴奋不已，她不敢相信这旋律竟出自自己的双手。弓在弦上划动，似划在她的心头。

她的颈部被他温热的鼻息轻拂，酥酥麻麻，稍一转头就能碰到他的脸颊。她的后背依偎在他的胸前，双臂被他紧紧包裹。她无法控制地心跳加速，浑身软绵绵的，这浪漫到极致的氛围让她开始有些眩晕。

眩晕的不止她，身后的他也早已心如潮水。他放下琴弓，把大提琴横卧在地上，双臂慢慢搂住了她柔软的身体，温柔又有力。她不自觉地抚摸着他坚实的臂膀，低头转身的刹那，被他的唇撞个满怀。

她来不及思考，也不想思考。闭上眼睛，万丈悬崖她也往下跳。此刻，她只想在他怀里静静地感受这炽热的吻。

季总如约来到香港，只是见面的对象从江盈枫变成了赵然。

在这个当口，江盈枫一出事，赵然便成了受益人。她怎么都不会想到，已经进了别人嘴里的肉居然还能落到她的碗里。

季总最终决定在赵然那里开户，一放就是八千万。没能跟江盈枫合作是有那么一点遗憾，可地球少了谁都照样转，没了比较，他做决定更爽快了。这可是赵然好几个月的业绩指标，也是有史以来她经手的最大一笔业务。

"剩下的事就交给我的秘书吧，改天再请你跟淼淼一起吃饭。"季总笑道。

没有人再提起江盈枫的名字，就像她从未出现过。

赵然恭顺地送季总出门，刚回到座位就被 Sabrina 盯上了。

"进展不错呀！"Sabrina 眉眼一挑。

"还没正式开户呢，等钱进来了才算。"

江盈枫的事一出，各大私行对客户审查就把得更严了。

两人决定庆祝一下，中午来到了隔壁楼里的一家高级日料店。Sabrina 是熟客，很快便点完了单，她刚合上餐牌，就见一个熟悉的身影从门口走了进来。

"金铭顺！你也来吃饭啊？"

这名字似一根锋利的针，一下子扎进了赵然的耳朵里。她背对着他，不敢转身，祈祷他打完招呼赶快走开。

"哟，看来我的口味和美女一样。"他往前走了几步，一转头就看见了赵然。

"赵小姐也在啊？"他一下子变了口气，直勾勾地看着她，完全把 Sabrina 晾在了一边。

赵然做贼心虚地瞟了他一眼，目光迅速收回，不敢作声。

"上次一别，就再也没见到赵小姐，我给你发了几次消息也一直没理我，看来应酬不少啊？"

他阴阳怪气的挑衅让赵然臊得慌，生怕一旁的 Sabrina 会听出些苗头。

"我前不久一直在出差，大概没顾得上看，金总别介意啊。"她语气生疏，只想他快点离开。

"怎么会！我就知道找赵小姐的人多了去了，我怎么也得排在后面。"他挥了挥手说，"我们下次再约，记得看手机。"说完对她挤了挤眼。

明眼人一下子就察觉到了两人的不对劲。

"你跟他没什么吧？"Sabrina 问道。

"我跟他？……我们就是吃了个饭而已……"

赵然那欲盖弥彰的表情一下子就把自己出卖了。Sabrina 嘴角一抿，眼睛里露出一丝狡黠："其实吧，这种事也没什么。我早就跟你说过，干我们这行的，很正常。你自己把握好分寸就好。"

赵然心照不宣，没有接话。几个月前，她还对 Sabrina 的这番话嗤之以鼻，没想到这么快自己就沦陷其中。她很想辩解，可却哑巴吃黄连，有苦说不出。

"你可别便宜了他，他有的是钱，让他在你这里多放点，少说也得一个亿，你今年的业绩也就差不多有底了。"

一个亿？真是一言惊醒梦中人，赵然的心像被猫抓了似的，痛并痒着。痛的是她居然无知地错过了一个亿，痒的是或许她还有机会。

她不露声色地朝金铭顺的座位瞥去，见他正与对面的人谈笑。机敏的他立刻捕捉到了她的目光，朝她递了个略带挑逗的眼神。

Sabrina 见两人眉来眼去的，低头感叹这姑娘上道还真快。

上菜了，她收回目光，定了定神，换个话题好好吃饭。

在离赵然不远的另一幢大楼里，吴一婵正和老同学翟纲一起吃饭。两人有一阵子没见了，主要是因为翟纲一直在深圳忙，这几天才有机会来香港。

一到香港便被女神召唤，他乐得屁颠屁颠的。

"最近忙什么呢？想约你吃个饭都难。"吴一婵为他斟茶倒水。

"还不是大湾区的项目，我们要在这里做一个科技园区，帮助两地的科技企业联动，领导很重视这个项目，有不少细节需要确定。"他笑着在茶杯旁轻敲两下。

"怪不得看你都瘦了。"

"那是因为我在锻炼减肥，"他喝了口茶，心里喜滋滋地说，"看来还挺有效果。"

她瞥了一眼他圆滚滚的肚子，顿觉好笑。她只是客气随口一说，他还当真了。

"对了，想问问你这个专家，有没有认识的 IT 朋友愿意去对冲基金的？"

"对冲基金？你的客户吗？"他放下茶杯认真问道。

"算是吧，说实话是一家创业公司，老板很能干，前景相当不错，现在加入的话算是公司元老，可以分股权。"

"还有你这个猎头找不到的人呀？"他想博美女一笑，可惜他没什么幽默感，连开玩笑都说得一本正经，"具体有什么要求吗？"

"最好在金融机构做过，对他们那套交易系统比较熟悉的。"

他目光停滞了几秒，神情若有所思道："我还真有个同学，一直在深圳的基金公司做 IT，他倒是有意来香港，只是不知道经验能不能匹配。"

"好呀！那你帮我问问，如果他感兴趣我们可以一起约出来见面。"她笑脸盈盈地望着他，似是在撩拨他的心弦。

"我现在就给他发微信！"他二话不说拿出了手机。

两人继续聊着，她对他的科技园区产生了兴趣，直觉告诉她，这里面说不定能捞到什么机会。

"你之前说的那个园区，在哪呀？"她问道。

"根据规划，是在新界那边的一个港口，占地八十公顷。"

"新界附近？那里不是已经有一个创意园区了吗？"

"那个是老的，这次会在周边扩充，正式变成科技创新园区，吸引更多的创业公司入驻，还会带动周边的服务产业。因为是改建，所以速度会挺快的。"

她的脑中飞驰过一道闪电。这样一来，那周围的房价岂不是会涨？

"消息确定吗？"

"那还有假，我们领导都去看过了。"

"改天我们一起去看看吧！"

他一脸兴奋，刚要答应，手机就响了。他扫了一眼手机，说道："是我同学，他说有兴趣，见面聊。"

两人对望一笑，碰杯庆祝。

转眼天黑。王志渊忙完了一天的事，在公司附近一家新开的面店坐下。一个人的时候，他更喜欢简单地吃一顿，不被打扰。

"要一碗担担面。"他转身招呼服务生。

……

摇晃的地铁上，他不禁想起了几年前在纽约打拼时的模样，那些曾令他艳羡的对冲基金大鳄，是他立志要成为的目标。如今，他就要在这香江之畔缔造属于自己的神话。想到这里，他浑身的血液都止不住沸腾起来。

一进家门，吴一婵就迎上来告诉他这些天的好消息："你要的人我都找得差不多了，今天连信息技术员都有了眉目。"

"真的呀？"他一把抱起了她，原地转了一圈，丝毫没有劳累一天的疲惫。

"上次的运营官你已经见过了，还满意吗？"她搂着他的脖子问道。

"挺好的，很谨慎的一个人，适合做运营。他要加底薪，我同意了。"他边说边脱去西装挂在椅背上，随即来到客厅坐下。

"对了，你听说江盈枫的事了吗？"吴一婵试探地问。

"嗯，他们银行一出事，我们合规官也吓得半死，"他头靠沙发说，"还好这个客户没投我们，不然可麻烦了。"

他闭了会儿眼睛，沉默几秒后开口道："她也真是运气不好，可惜了。"

她不以为然道："有什么可惜的，有个有钱的男朋友，哪里需要这么辛苦。"

"不说她了。"他像是被触到了敏感地带，调整话题道，"我们的牌照申请很顺利，再过一两个月就能下来，你这边的人也都基本到位了，接下来就是选址了。"

她会心一笑，脑海中勾勒着美好的愿景。

一大早，光展的员工齐刷刷地坐在了自己的电脑前，等待 Angelina Lee 每月一次的视察。

Vincent 每次都是最着急的一个，这会儿他正火急火燎地跑到团队面前喊："大家准备一下，Angelina 马上要跟我们团队开会！"

赵然三人立即放下手里的活，动身去会议室。

"赵然，你去把我们这个月的销售图表打印一下，记得要彩色的。"Vincent 吩咐。

又是她。每次团队开会，她不是被叫去打印资料，就是布置会议室，这些低级且没有价值的工作令她厌烦。可她只能忍受着被人随意差遣的滋味，谁让她的资历最浅，客户最少呢？

由于起得太早，她的头还有些晕晕的。她最不喜欢处理那些打印的事，因为手指总是不可避免地染上黑黑的油墨，一不小心还会被锋利的纸张划个口子。她感叹何时才能像那些大银行经理一样把这些琐事丢给助理。

她捧着一沓热腾腾的资料走进会议室，刚刚坐下就听见门外 Angelina 的脚步声，她的高跟鞋踩在地毯上发出闷闷的踢踏声，地板仿佛都在振动。

"早上好！" Angelina 响亮地同大家打招呼，精神饱满。

"早上好！"大家回敬。赵然硬是把哈欠压了下去。

Vincent 赶忙把新鲜出炉的资料奉上，跟伺候慈禧太后似的，挑重点介绍了一番。

"比上个月好……但还是不够。"她一边翻看一边嘀咕，耳垂下方的坠子也跟着头的摆动轻轻摇晃。

这吸引了 Sabrina 的注意。每次跟 Angelina 开会，Sabrina 最享受的就是观察她的打扮。这耳环是她第一次戴，看着像宝格丽的新款；她的睫毛刷得根根分明，不知道用的是哪个牌子的睫毛膏。

年近五十的 Angelina 一直是公司的时尚标杆，她大气得体的打扮被人称羡，能和她穿一样的款式，用一样的品牌，那都是有品位的象征。

"其他银行里内地团队都是增量最快的，可你们却每个月都被其他团队比下去。"她把资料轻拍在桌上，不苟言笑，"这个月只有赵然的一笔八千万还算可以，其他都是些零碎的小钱。"

大家不出声。混混沌沌的赵然突然惊醒了，她第一次被大老板点名，而且还是点名夸她。

"新钱要继续抓紧，老钱要进一步转化。你们看看这个月的结构性产品，量太少了，怎么搞的……接下来一定要赶上！"

Angelina 一直对内地团队寄予厚望，所以才会特别关照他们。在眼下争抢内地客户的风口，光展已经比其他银行起步晚了，不快点迎头赶上，这股风不知什么时候就吹走了。

可眼前这几个人的实力她是清楚的，她按了按太阳穴，需要补充新鲜血液了。

散会后，Angelina 先一步离开，Vincent 照例跟大家继续留在会议室里。

Sabrina 总算可以舒展一下筋骨了，钱琳琳也拿起杯子猛灌几口温水。这一大早的，大家早饭还没来得及吃。赵然看着大家松懈下来的样子，活像小时候班主任训完话后，班级又一下子恢复了常态。

"都听到啦，现在开始重点卖结构性产品，自己回去盘点一下手里的客户，没买过的都要推。"Vincent 总是一丝不苟地重复着老板的话，"新钱找不到，老钱转化一下总没那么难吧？"

走出会议室，赵然若有所思地踱到了投资顾问那边。

"Amanda，你有空跟我说说结构性产品吗？"

"好呀。"她说完就给赵然拖了把椅子过来。

"我们今年卖得最好的是一款挂钩石油的结构性产品，"Amanda 拿出资料，"一年期，油价涨客户自然赚钱，而油价要跌百分之五十以上客户才会亏钱，不过他们手里的石油还在，等到油价涨回来再抛就行了。"

一年内跌百分之五十，也就是跌掉一半，这样的概率应该不大吧？赵然似懂非懂，只觉得听起来还不错。

"还有一款就是累积期权啦，"Amanda 继续说道，"累计期权，各个私行都一直大卖，银行利润厚，而且给银行经理的佣金高，你可以跟客户多推一推。"

赵然疑惑，这个累计期权她曾听江盈枫说过，是一种高风险类的金融衍生品，基本上就是客户跟银行对赌，若是输了，客户的损失会被放大，变成无底深潭。

"这个……会不会不太安全呀？"她的语气里透着一丝担忧。

"风险是高的，但潜在回报也高呀，我们为客户挂钩的股票都是很优质的，而且一开始客户买进时价格还有折扣。"

听 Amanda 这么一说，似乎也没那么吓人。

"那你跟我一起给林总打个电话吧，就讲一下这两款产品。"赵然谨慎道，"我怕我说不好，有你在更专业一点。"

Amanda 笑眯眯地"嗯"了一声，两人便走去了边上的一间小会议室。两人并没有花很多力气就说服了林淼淼，因为 Amanda 之前给他做的一些稳健型投资都赚到了钱，这让他对她信任有加。再加上赵然在一边鼓动，他很快就同意把大部分的资金转到这两款产品上去。

风险和收益，林淼淼这个外行人显然只对后面一半感兴趣。一心想在父亲面前做出成绩的他敢于孤注一掷，赌一把幸运之神的眷顾。

赵然回到座位，想了片刻后在网上又搜索了一下累计期权的相关信息，越搜她越不安。

"2008 年香港股灾后，投资者因为购买累计期权的亏损高达六千亿港元，其中不乏一些大型机构投资者……"

看到这里，她心里一沉，林淼淼还没签字，要不要让他再考虑一下？

她犹豫不决，想问问其他二人，一回头，钱琳琳正忙不迭地给客户打电话推销结构性产品，Sabrina 也正嗲声嗲气地让客户下单。她们可都是经验丰富的银行经理，难道会不知道这些产品的风险？

管不了那么多了，业绩要紧，她不能永远落后于别人。

此时，一身轻松的江盈枫正在半山的一间咖啡店里悠然自得。她从来没有在这个时间这样悠闲过，要知道过去她都是直接拿上一杯就赶路的。

这些年，工作是她的救命稻草，帮她走出感情的困顿。如今，这根稻草丢了，可感情又回来了，鱼和熊掌真是不能兼得。

她坐在窗边，观察起来往的路人，每个人脸上的表情都不同，步伐有快慢，穿着也各异。她啜一口咖啡，品味人间百态。

时间不早了，她起身打道回府，傍晚她要在家里给张少华做饭。每每此时，Ken 的话就会在她的脑中响起。换一种活法，把时间留给身边的人，这体验倒也蛮不错的。

张少华这几天下班也不回自己家了，一出电梯就直接往江盈枫的家跑。见她还在厨房忙活，张少华便偷偷溜进她的卧室窥探。

他推开门，双眼好奇地把房间打量一番。家具是白色系的，床单被套是蓝色系的，这搭配他喜欢。咦？床上居然丢放着几件她的内衣。他朝门口瞟了一眼，安全，于是做贼似的轻轻捏起她文胸的吊带，凑到眼前，刚要看清尺码，突然被一个声音吓到。

"你在干吗？"

他慌得一下把文胸丢在了床上："没干吗……想帮你叠好。"

她靠在门边，哼笑一声："吃饭了。"

他跟在她身后，兴高采烈地在桌前坐下。

"白天你一个人都在做什么？"他往她碗里夹菜。

"观察路人。"

他抬头，有些惊讶，接着笑了笑："不错，明天继续。"

他喜欢这样的她，少了些盛气凌人，多了点自在随性，仿佛返璞归真了。

转眼周末，他照例回浅水湾陪伴母亲，她则去愉景湾参加一位好友的婚礼。

婚礼在愉景湾大酒店的海滨教堂举行，她跟着宾客一起来到了教堂门口的签到处。阳光明媚，偌大的落地窗面朝大海，浪漫迷人，她一下子就为这片典雅庄重的白色所倾倒。

她记得这位好友是自己到香港不久后就认识的，可她已经忘了，她跟这位好友之间有个共同的朋友，那人便是吴一婵。这不，刚刚签完到，她抬头就见不远处站着一个熟悉的身影。

吴一婵似是早就瞧见了她，自知今天这样的场合怕是躲也躲不过了，目光接触后，这会儿正缓缓向她走来。

"好久不见了，盈枫。"

"好久不见。"

两人的涵养都不错，努力保持微笑，不露出一丝尴尬。

"没有和你的那位医生一起来？"

她顿了顿，说："你不也是一个人嘛。"

简单一句话，吴一婵听着总觉得带刺。也好，她正想借此机会跟她把话说开了。

"我知道你心里嫉恨我，我跟王志渊在一起的事没有第一时间告诉你。可我并没有做什么对不起你的事，我跟他在一起的时候你们早就分手了。"

江盈枫哼笑，镇定地看着她："我跟他是光明正大地分手，可你跟他却不能光明正大地一起。我没有嫉恨你，是同情你。"

吴一婵眨巴着眼睛，这么多年，她竟不知道江盈枫的口才这么犀利。

"一婵，你总是在心里打着自己的算盘，对我这样，对别人也是。"

"别人？"吴一婵两眼微眯，面露不解。

"赵然去光展，是你一手操办的吧？"江盈枫毫不掩饰，"说实话，我认为她并不适合这个行业，硬把她往里推未必是好事。"

"我硬推？"吴一婵扬起声调，"她若真铁了心不去，谁又推得动她？"她不甘示弱道，"这个行业怎么了？为什么你做得，她就做不得？就因为她不如你优秀？"

江盈枫刚想张口接话，就被激动的吴一婵堵了回去。

"盈枫，你知道你最大的问题是什么吗？"

江盈枫放低下巴，目光平视她。

"你的原则性太强了，有时候强得让人难以相处。你总是在拿自己的标准去衡量别人，可大家都是凡人，没人能时时刻刻遵守标准，尤其在这个错综复杂的社会，每个人都有杂念，都有犯错的时候，可你却抱着你认准的原则不放，油盐不进，对赵然如此，对王志渊又何尝不是？"

江盈枫的心怦怦跳得厉害，这样尖锐直白的话还是第一次从圆滑的吴一婵嘴里说出。

吴一婵深吸一口气，语气平缓了些："你应该知道你的同事是怎么评价你的。有时候你也该学着内方外圆，这样你自己也可以轻松一点。"

两人对望，撕去掩饰后的赤裸相对倒让彼此放下了芥蒂。

"我跟王志渊打算结婚了。"吴一婵犹豫了片刻，还是说出了口。她不想在江盈枫面前再隐瞒什么。

"结婚？"江盈枫诧异，"你见过他父母了？"

"没有，他从来不提他的家人。不过以后总会见的。"

江盈枫似是明白了什么，她很想告诉吴一婵王志渊的身世，可话到嘴边又咽了下去。

两人的谈话被司仪响亮的嗓门打断，原来是婚礼仪式即将开始，来宾们准备入席了。教堂里越发熙熙攘攘，吴一婵朝座席的方向走去，刚走两步，身后传来了江盈枫的声音："希望你不要后悔自己的选择。"

她停住脚步，蓦然回首，视线中只剩江盈枫渐远的背影。

张少华回到浅水湾的家中，母亲照例准备了他喜欢的菜，只是今天见到这一桌子的菜，他没了往日里的兴奋。

"今天怎么了？菜不合胃口？"

"没有啊，很好吃。"说罢他往嘴里塞了一大口。

"以前你看到家里的菜都会忍不住拍手，说吃惯了外面的东西，还是家里的好。今天是怎么了？"

他把头埋进碗里："那是因为现在有人给我做饭了。"

"噢？那位江小姐？"

他点点头。

"江小姐还会煮饭？真是难得。"张母勾了勾嘴角，"看来她很会照顾人。"

他心里美滋滋地回道："以后你也来尝尝。"

"江小姐的事我都知道了，"张母丝毫没有想去尝尝的意思，"她的老板给我打了电话，说给我安排了新的客户经理。"

他停止咀嚼，看向母亲："新的经理应该也是不错的，实在有什么问题我也可以继续问她，虽然休息在家，她还是会关注市场。"

"阿华，我知道江小姐很出色，可她会不会有点复杂？"

"复杂？"他愣了愣，"怎么会呢？"

"她成天接触那些富商名流，那些人背景都很复杂，你看这次不就是……"

没等母亲说完，他就忍不住放下筷子："我们也是她的客户，难道我们家也很复杂吗？妈，那件事情跟她没有关系，那是客户有意隐瞒，而且银行也没有及时查明，才会被调查。"

"可那毕竟是她的客户，怎么会没关系？难道她真的对客户偷税的事一无所知？"

他有些愤愤不平："我说的都是真的，你相信我。她已经很委屈了，丢了工作，还去了一趟公安局……"

"好吧，"看儿子如此维护她，张母只得打住，"我只是提醒你，你就是为人太老实。"

吃完饭，他起身帮母亲一起收拾桌子。

"我下午要出去一趟，一会儿就走。"张母走去沙发边拿起外套。

"去哪，我送你？"

"不用，有人来接我。"

他"噢"了一声，随即送母亲到楼下，一辆白色的奔驰已经等在了门口。车窗贴了深色的贴膜，看不清里面的人。

这辆车他怎么完全没印象？

"是哪个朋友啊，妈？"

"认识好多年的老朋友了，你回去吧。"张母言辞有些闪躲，钻进了副驾驶。

"注意安全。"他站在原地，直到车子消失在视线中。

时光如梭，漫长的夏天眼看就要过去了。

十月的香港还残留着一丝余热，而阳光已经没了威力。这座城市里的人们依旧忙碌，很少会去留意季节更替。

王志渊的公司终于拿到了牌照，这几天正忙着装修办公室，等工程一完，就宣布开业。吴一婵没少操心，办公室选址、各种行政工作都是她帮忙牵的线，当然，他给她的股份足以回报她的辛劳。

今天，王志渊终于等到了这一刻，鼓起勇气向 CEO 提出辞职。

Wilson 正在自己的办公室里，一抬头就看见了站在门口的王志渊。

"志渊，进来坐。"

王志渊顺手把门关上，淡定地在他的桌前坐下，伸手递给他一张白色的信纸。

"这是？"Wilson 眉心一蹙，"辞职信？"

"是的，我决定辞职。"

Wilson 面不改色，合上信，放在一边："看来外界传言你要自己创业是真的了。"

王志渊轻轻一笑，不置一词。

"你想清楚了吗？自己出去干跟待在这里，那是天壤之别。"

王志渊垂目不语。Wilson 这是在挽留他吗？别浪费时间了。

"不瞒你说，几年前我也有一个机会差点就去创业了，两个好哥们拉我在波士顿成立对冲基金，他们负责投资，我负责客户。当时我也心动，因为他们两个是我见过的最聪明的人，而且投资者也有了，一切看起来都那么完美。可你猜后来怎么着？"说到这里，Wilson 顿了顿。他的话吊起了王志渊的胃口，他打赌王志渊这会儿一定很想知道结果。

他抿了抿嘴："很不幸，金融危机来了，他们输光了，不但投资人的钱赔了，还把自己的钱也搭了进去。幸好我当时没有加入，坚持在大公司里待着，才没被波及。"

王志渊脸色阴沉。创业有风险，他早就知道，想用这套吓唬他放弃？做梦。

"金融行业，说白了就是靠天吃饭。市场好，大家开心；市场不好，都没好日子过。市场就像一片汪洋大海，风浪随时会来。大公司就是海面上的航空母舰，而创业公司就像一叶扁舟，你说该选哪个？"

王志渊神色坚定，道："你怎么知道今日的扁舟有朝一日不会成为航空母舰呢？"

Wilson 读懂了他的眼神，不再废话。

"志渊，ZBC 想找一个投资官不难，多少人都想坐这个位置。你想清楚了，过了这个村，就真没这个店了。"

"那就把这个位置留给更需要它的人吧。"

"好的！"Wilson 抬了抬眉毛，露出外交式的笑容，"那你就跟团队交接一下吧，然后到人力资源那里办下手续。祝你一切顺利。"

王志渊起身告辞，走出这扇门的瞬间，他雄心万丈。同所有的创业者一样，他是一个有执念的人，即便在别人眼里他们的想法如何不靠谱，他们也愿意押上一切去赌一个看不见的未来。

与野心勃勃的王志渊相反，江盈枫正沉浸在美好的闲暇时光里。她失业已经两月有余，张少华陪她去日本和泰国旅行了两次，其他时间她都待在家里。其间，来找她的猎头不少，可她无心恋战。

她出乎意料地享受着买菜做饭的日子，没事研究一下音乐，布置布置家具，乐在其中。她每天都期待着张少华下班回家，喜欢看他吃自己做的菜。她又变回了从前那个爱做梦的小女生，那是她去美国前的状态。

她珍惜眼前的生活，珍惜张少华。她终于明白，生活不是每天披甲上阵，追赶数字；不是时刻与行李箱为伴，积攒飞行里程；不是酒桌上的假面寒暄，饭局上的山珍海味。生活其实很简单，困的时候可以睡，饿的时候有东西吃，想爱的时候有人爱。

晴朗的下午，她约了闺密陈美玲喝咖啡，早早地坐在了店里。

"呀，气色这么好，真像变了个人！"陈美玲一坐下就对她赞不绝口，"看来张医生真是妙手回春啊！"

江盈枫发自内心地笑着："最近忙什么呢？"

"我哪有你这么好命，我们公司在谈一个大的并购，现在是关键阶段。如果谈成了是重大利好。对了，那个王志渊上周还来我们公司调研了，他的基金买了我们公司的股票。"

江盈枫浅浅一笑，拿起咖啡杯捧在手中。

"听说他要离职创业了。"陈美玲道。

"创业？"江盈枫惊讶不已，"我记得他加入 ZBC 还不到一年吧？这么快就要走了……"

"你管他那么多干吗？是死是活随他去。"

江盈枫低头一笑，陈美玲的直率总能打动她。她放下杯子说："说实话，有家公司一直在找我，开的条件很好，可我……有些犹豫。"

"那就是条件开得还不够好！"

江盈枫咧嘴笑道："不是啦，我是觉得自己还没有准备好。"

"你都休息了两个月了，还没够？难道你真的打算做家庭主妇啦？"陈美玲一脸惊奇，"这个张医生真有两下子，居然能让一个这么能干的女人心甘情愿待在家里。"

"他的确很不一样，对我来说，是一个新的开始。"

"你这么能干，不施展一下太可惜了。"

与陈美玲谈话，江盈枫又被拉回了原来的那个世界，她那颗似有归隐之意的心再次被敲开。

"要我说呢，你干脆再休息得久一些，到时候你一定无聊到自己吵着去上班。"陈美玲指着她说道。

也是，她才三十五岁，难道就因为一次职场的意外就此隐退？若是不想隐退，那就要趁早拾起，不然时间久了，跟客户就生疏了。

"时间不早了，我要回家做饭了。"她准备起身。

"你真是重色轻友，我们认识这么久了，你什么时候做顿饭给我吃啊？"

江盈枫忍不住笑道："来啊！就怕我的手艺入不了你的法眼。"

"我才不当电灯泡呢。"说完两人离店各奔东西。

赵然在签了季总后，业务就一直没有新的起色，每周的业绩排名几乎都是垫底。她跟林淼淼之间也是不温不火的，她对他没了早前的依恋。她算是看明白了，他的心里，老爸第一，赚钱第二，她充其量就是个"小三"。

金铭顺还是在时不时地约她，而她不是搪塞就是干脆不回。可如今她的处境越来越艰难，这份清高不知道还能维持多久。

一个下午她都揣着手机，金铭顺又来找她了。她苦恼着，晚上要不要去他的饭局呢？

她打心底里不想去，可想到 Sabrina 之前说过的话，金铭顺还"欠"她一个亿呢，自己不能就这么白白"牺牲"了。

这时，她手里的电话突然震起，是金铭顺打过来的，她的心也随电话一起震颤，赶忙跑去边上的会议室。

"终于肯接我电话了，在忙什么呢？"

"在上班啊。"

"晚上的饭局能不能赏光？"

她不出声，还没有下定决心。

他等了三秒，说："你来参加，对你没有坏处，只有好处，多少人想混进这个圈子都没机会……又不是让你卖身，只是喝喝酒陪个笑脸，只要他们一高兴，丢几个亿都还嫌少。"

她还是不出声。他刚想开口，突然电话那头传来了她低沉的声音："晚上几点？"

"七点半，老样子，我来接你。"

矜持了两个月，她最终还是缴械了。挂了电话，她感觉头皮有些发麻，她已经做好了"人为刀俎，我为鱼肉"的准备。

下班了，她跟上次一样来到大楼的门口，还是那辆迈巴赫，还是那副嘴脸。都说人不可能踏进同一条河流两次，但同一个坑就不一定了。

这次的饭局还在尖沙咀，只是换了个会所。一进门，还是那几个人，身边的女士们倒是换了一波。

陈总隔着老远就看到她了："哟，赵小姐，好久不见！"

金铭顺给她使了个眼色，她便乖乖坐到了陈总的身边。就是这个男人，上一次就对她动手动脚，今天她居然要对他投怀送抱。

忍字心头一把刀，她稳了稳情绪，脑子里想着金铭顺在车上对她说的话："记住你是干什么来的。"她拿起酒杯，勾了勾嘴角，主动向陈总卖笑。

"陈总你可真有面子，这么多人，赵小姐就只敬你！"金铭顺在一旁起哄。

人生如戏，该演的时候还得演。

她慢慢啜了几口酒，刚放下杯子，陈总的胳膊就伸了过来，先是搭在肩上，接着滑落到腰间。他没有就此打住的意思，再往下眼看就要……

她动弹不得，双腿并拢，屁股牢牢贴在座位上，生怕一动就会给这个色狼机会乘虚而入。

她越是这样放不开，陈总就越是来劲。

"我跟赵小姐一见如故，你让我想起了我的初恋情人！"说完他摸了摸她的小手。

她挤了挤嘴角掩饰心中的嫌弃。金铭顺连忙接话："那你可得好好跟赵小姐叙叙旧情了。"

陈总乐得合不拢嘴，整个饭局都缠着她不放，正中金铭顺的下怀。

金铭顺最擅长打算盘，只有他占别人便宜，别人可占不了他的。他死缠烂打地把赵然哄骗过来，就是要利用她讨这些大佬的欢心，帮他打开生意局面。这些年他靠老千股是赚了很多，可他也不想一直做老千股受人唾弃，他一心想摘掉这顶帽子正儿八经地做点实业，重整旗鼓。

赵然趁着上洗手间的机会出来透口气，她看着镜子中的脸，活像一个堕落天使。

她走出洗手间，在走廊里撞见同去洗手间的金铭顺。他嘴角一撇，笑眯眯地撩了一下她的头发："有进步。"

她睨了他一眼，低头准备回包房。他一把抓住了她的胳膊，从口袋里掏出一张房卡。

"老地方，洲际酒店，1028 号房。"他把房卡塞到她手里，"等会儿结束了你先过去，我还有点事要处理。"

她握着房卡，浑身发冷。

他用手指在她的嘴唇上轻轻挑了一下："晚上好好犒劳你。"说完扬长而去。

她望着眼前长长的走廊，看不到尽头。她拖着无力的步子回到座位，继续强颜欢笑。

饭局结束，大家起身准备离去。酒气冲天的陈总还搂着她不肯松手，金铭顺上前劝阻："陈总，赵小姐要回去休息啦……你放心，肯定还有下次！"

陈总这才作罢，道："金老弟可别忘了哦！"

几人一起把陈总送出大门，各自上车。金铭顺对她挤了挤眼睛："一会儿见。"

　　她站在原地，周围璀璨的灯火映照出她的落寞。她双手放进口袋里，摸到了
那张房卡。

　　清晨，赵然醒得格外早，她躺在床上对着天花板发了几秒呆，掀开被子一跃
而起，在浴室里冲了把澡，吹干头发，套上衣服。

　　她来到床边，看了眼正在翻身的金铭顺，他被她吹风机的声音吵醒了。

　　"这就走啦？"他揉了揉眼睛，迷迷糊糊道。

　　"嗯，还要上班呢。"她甩了下头发，拿起包，走到门边，转身递给他一句，
"别忘了你的五千万。"

　　她来到酒店楼下，坐进了一辆等在那里的的士。与上一次离开时不同，她不
再低头羞怯，倒像是经常出入五星级酒店的常客，昂首优雅，心中暗暗流淌着一
股优越感。

　　晃动的车内，她习惯性地开始走神，脑海里浮现出昨晚的画面。

　　饭局散了之后，她手里揣着房卡独自在街上游荡，一股无形的力量在身后推
着她，最终把她推到了洲际酒店的门口。

　　插上房卡的一瞬，房间里的一切都亮了。她无心欣赏眼前的豪华，踩着柔软
的地毯来到窗前，呆呆站了一会儿。

　　没过多久，金铭顺就到了。他等不及要把她推倒，这注定是一个销魂的夜晚。

　　事毕，两人回到床上喘着气，气氛渐渐平静下来。

　　"今天你表现不错，陈总被你迷得……"

　　"那你不好好犒劳我？"

　　"我刚刚不是已经犒劳过了嘛……"

　　"去你的！你要真想犒劳我，就在我这里开户，一个亿！"

　　"开户没问题，可一个亿我一下子拿不出。这样吧，我先放三千万，以后你表
现好，我再加。"

　　"才三千万？太少了！五千万！"

　　"我的姑奶奶，你以为我开银行的呀……四千万，最多了。"

"不行！五千万！你不给，以后我就不来了。"

"……好好好，五千万就五千万……"

"什么时候过来开户？"

"下个月。"

"还要等到下个月？！"

"瞧你那猴急的样……下周就去行了吧！"

她白了他一眼，说她猴急，刚刚还不知道是谁猴急呢。她背过身去，不再理他。

一个晚上五千万，她不曾想到自己也有这本事。Sabrina 说得没错，要想实现飞跃，唯一要做的就是放下自我。

当然，被占便宜是免不了的，可她的技巧也跟着越练越娴熟，眼看就要被偷袭时立马借势躲挡，反而更能吊足他们的胃口。得不到的永远在骚动，她利用清纯的外表有恃无恐地挑逗着他们的神经。

至于林淼淼，在她心里早已退居二线，她只把他当成客户一样维持着关系。这样反倒让两人都轻松了不少，她再也没有因为被冷落跟他闹过，他也觉得她明事理了许多。他不是一个心思细腻的人，只觉得她最近工作忙起来了，却从来不去关心她到底在忙些什么。她忙一点也挺好，生活一充实就没时间跟他抱怨了。

她每次去见金铭顺都尽量挑林淼淼去温州的日子，两不冲突。时间久了，她隐约察觉金铭顺还有别的女人，但她从来不问。两人各取所需，不讲感情只谈利益，关系倒也纯粹。

时间花在哪里，收获就在哪里。赵然慢慢在这个圈子里混出了点名气，她的人脉也一下子扩大了，那些老板都能认个八九不离十。对她流口水的人还不少，陈总为了得到她，答应给她点甜头尝尝，直接把六千万从别的银行转到了光展。除此之外，还有张总和马总在后面排队。

她今年的业绩就这样妥妥地完成了，还有得找。每周排名噌噌往上涨，让不少人刮目相看。

"最近够猛的啊！"刚刚开完例会，Sabrina 就凑了过来，"快年底了，今年去欧洲的名额铁定有你啦。"

赵然瞥了她一眼，假正经道："那都是客户照顾我。"

Sabrina 会心一笑："对了，你知道要来一个新老板吗？"

赵然摇摇头，这阵子她忙着在外面跑业务，公司里的事一点没关心。

"据说是 Angelina 亲自找来的，以后帮着她管我们，直接汇报给她。"

"一人之下，万人之上啊！"赵然转了转眼珠，"这人什么来头？"

"不知道呢，神秘兮兮的……据说下周就到。"

两人的嘀咕引来了钱琳琳的注意："别猜啦，是从其他私行挖过来的。"

"哟，还是琳琳姐消息广。"Sabrina 嗲道，"哪家呀？"

"来了不就知道了。"她一句话打散了二人的积极性，大家各自散去。

夜晚，在中环的另一栋大厦里，王志渊的新公司正在举行开张酒会。白天舞狮队已经来过，敲锣打鼓，赚足了眼球。花篮被一个个摆放在门口，恭祝开张大吉，一派喜庆。

王志渊和公司的几位成员别戴胸花，手握香槟，同在场的宾客相谈甚欢。不大的办公室内挤了三四十号人，有些是潜在客户，有些是合作伙伴，多半都是卖王志渊的面子。

这无疑是他人生中的高光时刻，他的梦想在今天实现了。有财经媒体在一周前就报道了他出来创业的新闻，标题写着"ZBC 投资总监自立门户，战斧资本专盯超级客户"，这令他颇有成就感。

就像母亲对刚出生的婴儿百般呵护一样，他对这家公司也倾注了他所能给的一切。过去几个月他到处奔走，各方应酬，每天睡不到六小时，还有时不时的出差和会议，若不是真心热爱，恐怕很难有谁能顶得住。

王志渊身边站着的是今晚最重要的人物——他的财神爷孙总。这位其貌不扬的孙总是他公司的大股东，出资两千万，他一整晚都跟孙总形影不离。

"不错啊，志渊！有模有样的。"孙总环顾四周，颇为满意。

"这只是刚刚开始，未来我们会越做越大，成为亚洲领先的资产管理公司。"他与孙总碰杯，露出自信的微笑。

"香港这个地方真是贵啊，这么点地方一年的租金要将近一百万……"孙总摇头，"人工也贵，每年开销最大的就是这些员工的工资了，怪不得大家都要做金融呢。"

王志渊笑了笑："水涨船高嘛，这里生活水平高，人工自然就贵。不过我们的基金也投了这栋楼所属的地产公司，表现不会差。"

他对孙总毕恭毕敬，很感激有这样一位对他赏识有加的大老板愿意助他一臂之力。更可贵的是，孙总从不干涉他在投资和管理上的决定，除了弄清楚公司的每一笔钱花在哪之外，其余事务全部放手。

"对了，盈枫现在在忙什么？我好久没跟她联系了。"

孙总突然提到了江盈枫，令王志渊语塞。这也不奇怪，孙总最早就是江盈枫的客户，王志渊刚到香港时能结识孙总，中间人就是她。

"她最近给自己放了个假，调整一下，可能是之前工作强度太大了吧。"

"她可一直是个'拼命三娘'，肯休息也是难得。你别说，在这点上，你们两个还真是挺像的。"

王志渊勾了勾嘴角，脑中闪过江盈枫认真又温柔的脸。

这时，吴一婵出现在了门口，一袭玫红色的长风衣很是惹眼。这么热闹的酒会怎能少了她这位重要人物，刚一下班她就往这里赶。

她径直朝王志渊走去："恭喜王总！"

他朝她露出灿烂的笑容，从旁边的桌上为她递来一杯香槟："同喜同喜！"

两人碰杯，引起了一旁孙总的注意。

"孙总，这位就是吴一婵，这次公司的人员招募多亏了她帮忙。"

"幸会！幸会！一直听志渊提起您呢。"她笑得似一朵花，哈腰同孙总握手。

"吴小姐年轻有为啊，公司有你们我就放心了，哈哈哈！"

响亮碰杯间，吴一婵借机眺望窗外。

"为了找这间办公室，我可是花了不少工夫。"她看向两人，"香港人最讲究风水，我专门请了一个靠谱的中介朋友帮忙挑的！"

见孙总听得入神，她开始津津乐道："您看前面的维港，俗称'曲水聚宝盆'，我们就在这聚宝盆的中心地带。最重要的是，我们这栋楼前面有绿荫遮蔽，楼身有环盾自保，可谓得天独厚！"

三人笑声不停，引来了周围人的关注，新公司的其他同事纷纷过来同他们打招呼。大家欢声笑语，展望美好的未来。王志渊正在兴头上，他走到大家中间，号召所有员工举起酒杯："为战斧资本的明天，干杯！"

一晃又是周一，大部分的上班族还在回味着周末的美好，光展的办公室里早已座无虚席，大家个个打起精神，准备迎接新副总的到来。

"刚刚 Angelina 已经到新副总的办公室里去了。"赵然听见后面的同事在小声议论，"房间里一直传出笑声，看来她心情不错。"

Sabrina 和钱琳琳也在交头接耳，赵然凑了过去好奇地问道："你们有谁看到过新老板吗？"

"没啊……怎么这么神秘，搞得人好紧张。"

"Angelina 找来的人，估计跟她也差不多。"

"是个女的啊？"

"不知道呢……你们说 Vincent 的日子是不是会好过点？至少他以后是汇报给新副总，不用再面对 Angelina 了。"

就在三人捂嘴偷笑的时候，周围瞬间静了下来。只见 Angelina 出现在办公室的入口处，身后跟着的便是新来的副总。

两人越走越近，所有人都在好奇，揣着脖子准备一睹真容。突然，赵然张大了嘴，一脸吃惊地望着前方，只见那新来的副总，居然是……江盈枫！

一个多月前，Angelina 找到了江盈枫，劝说她加入光展。两人在中环的咖啡店一坐就是一下午。

"江小姐，这应该是我们第二次见面了。"Angelina 笑道，"我说话向来直接，今天请你喝咖啡是想邀请你加入光展。"

她早就对江盈枫青睐有加，如今终于得此机会可以将江盈枫收入麾下，她志在必得。

江盈枫礼貌一笑，这种直接的风格对她的路子。

"你离开 G&C 的原因我多少知道，你是内部斗争的牺牲品，这一点我很遗憾。但我想说的是，别人朝你扔石头，不要扔回去，留着做你建房子的基石。我知道，你一离职，不少私行都有动作，像你这样的人才，哪个老板不喜欢呢？"她双腿交叉，人微微后仰，散发着一股沉着自信的气场，"但是我敢保证，我给你的待遇是最好的。"

"愿听其详。"江盈枫身子略倾，笑道。

"首先，你一来就是副总，所有的团队负责人都归你管，你只需要汇报给我一个人即可。其次，我给你最大化的自由，你要怎么管理团队都随你，我不插手。再有嘛，就是你的收入，我绝对会比你的老东家开得高，这点你不用担心。"

江盈枫有些惊讶，看来这个女人是真的诚意满满啊。

"说说你的要求吧。"

Angelina 哼笑一声，说："我的要求很简单，把光展的业绩做上去，尤其是内地客户，这是你的强项，我希望在一年内你能凭借资源和能力把这块业务做到业内前三，至少要超过 G&C。"

江盈枫没有作声，这任务压力可不小。她要是接了可能会比在 G&C 的时候更忙。想想眼前的悠长假期，她心中泛起犹豫。

"其间你需要什么资源尽管跟我说，我尽量给你配齐。你就放手去干，我会在你身后全力支持你。"

走出咖啡店，江盈枫感到有些沉闷。这么好的机会，要是放在过去，她定会激动不已，跃跃欲试，可对现在的她来说却没了那么大的吸引力。

晚上在饭桌上，她试探性地问起了张少华："我已经休息了两个月了，你说我要不要回去上班呢？"

"是不是有公司找你了？"

她顿了顿，回道："嗯……"

"你怎么想的呢？"

"我还没想好，我很喜欢现在这样的日子，但是……"

"没想好就慢慢想，不要着急。"

"我要是回去上班了，一定又会忙起来，你不介意吗？"

他扬起嘴角，眼睛里闪着温柔的光："不管你是休息还是工作，我都尊重你的想法。但有一点：必须保重身体！这阵子你调养得很好，不能放弃。"

他的支持似一颗定心丸，让她下定决心去光展，而且没有了后顾之忧。

一晃，她已经站在了光展的办公室里，面对各位新同事，听着 Angelina 介绍自己。一个新的开始，对她来说既新鲜又熟悉。

她的目光和前方不远处的赵然碰了一下，两人都笑了。

介绍完毕，她同大家打了招呼后便跟着 Anglina 去会议室同各个团队的组长开会。这注定是忙碌的一天，她已经做好了准备，要在最短的时间内把每个团队的情况摸清。

赵然的心有些不安定了，她万万没想到江盈枫居然会来到光展，还成了她的老板，不，应该是她老板的老板。之前因为江盈枫出了意外，她才能顺利签下季总，现在她们俩都在同一家银行，季总会不会改变主意改投江盈枫的名下呢？

"哎，想什么呢？"Sabrina 胳膊顶了一下赵然，"你认识她啊？"

"谁？"

"江盈枫啊，我看到她刚刚冲你笑来着。"

"哦，我们之前就认识的，她人很好呢。"

"可以啊，赵然，你怎么不早说啊？你跟新老板关系这么好，估计 Vincent 都得敬你三分，这下我们可就靠你了啊！"

说起 Vincent，赵然心里可是埋着一箭之仇，现在可逮着机会能出口恶气了。

钱琳琳闻声凑了过来，直直地盯着赵然："这个江盈枫好说话吗？我接下来要时不时请假给我女儿办小升初的事，她刚来，会不会不批啊？"

赵然被她问得大眼瞪小眼的："这……我也不好说啊，不过我想她应该会批的吧……"

她的心中突如其来一股美意，真是一朝天子一朝臣，江盈枫的到来倒让她成了大红人。

江盈枫刚上班就开始加班，为了更早地熟悉每个团队的情况，下班后她还坐在办公室里翻看着过去一年的销售业绩。她发现最近几个月的增量排名中，赵然都排在了前三。她放下数据，两眼放空呆坐着。看来吴一婵说的是对的，她先前对赵然的判断错了，赵然在这行干得还真挺不错。

既然 Angelina 这么看重内地团队，她打算明天就找 Vincent 开会，让团队里的每位成员都梳理一下自己手里的客户。

第二天，她一踏进会议室，就看见 Vincent 几个已经准备就绪。

"钱琳琳上午有事请假，她的那部分让她下午跟你单独汇报。"Vincent 恭敬地笑道。

江盈枫笑了笑："大家不必拘束，今天跟大家开会主要是想了解一下我们团队的现状。我看到过去几个月我们做得还不错，特别是赵然，带了不少新钱进来。"

赵然心中窃喜，一来就被表扬。Sabrina 狡黠地瞟了她一眼，Vincent 也跟着点点头。

"这个月的销售数据……我这里好像没有……"江盈枫低头翻着文件夹道。

Vincent 立刻接了上来："那我们现在去打一份。"他抬头习惯性地看向赵然，刚想开口立刻止住，停顿了两秒后道："我去打。"随即起身走出会议室。

看着 Vincent 离开的背影，赵然的内心似打了个大胜仗。这回，她可算是扬眉吐气了。

江盈枫道："那我们继续，就先请 Sabrina 开始吧……"

几人在会议室里聚精会神地讨论着，颇有效率。

一晃到了中午。"大家要不要一起吃饭？"Vincent 提议。

"今天还差钱琳琳，等下次她在的时候我们一起吃。"江盈枫说完，大家各自散去。

午饭刚过，钱琳琳就匆匆赶到公司，着急向 Sabrina 打听上午的会议。两点一过，她抱着一沓资料走进了江盈枫的办公室。

"不好意思，盈枫，上午我家里有点事，所以请了半天假。"

江盈枫客气道："没关系，家里都还好吧？"

"是我女儿，她马上要升初中了，这阵子我们比较忙，到处陪着她面试。"

江盈枫看着眼前的钱琳琳，比她大不了多少，人家都有个这么大的女儿了。

"当妈妈真是不容易，尤其还要兼顾工作。"

"我儿子还在读小学，过两年就轮到他了。"

她还有个儿子？真是儿女双全啊！江盈枫的心里突然有了一点刺痛感。

"你女儿想读什么初中？"

"我们想让她读个双语学校——荣立书院，可是竞争太激烈了，我们还在到处托关系看看怎么才能买上学校的债券。"

江盈枫之前也帮客户找过学校，深知这里头的不易，她对钱琳琳说："我认识荣立的一个副校长，之前有过一些交情，我可以帮你要个名额。"

钱琳琳睁大了眼睛，"那怎么好意思呢……"

"没事，举手之劳。"不知为何，江盈枫对眼前这位妈妈的事特别上心，"以后你有什么需要帮忙的地方可以和我说。"

汇报完工作后，钱琳琳回到了自己的座位。江盈枫的善解人意出乎她的意料，这个女人和 Angelina 的行事作风真是天壤之别，跟江盈枫谈话的半个多小时里，有三分之一的时间都在拉家常。

"怎么样？还顺利吗？"Sabrina 凑过来。

"很顺利。她真的很好，几句话就帮我解决了女儿的学校问题。对了，她结婚了没啊？"

"没呢，据说有个有钱的男朋友。"

"这样啊……我觉得她应该快了。"

"啊？这都被你聊出来啦？"

"嘘！小点声……我觉得她应该很想结婚，她一直在问我孩子的事，平时都怎么带孩子之类的。"

"那你怎么说呀？"

"当然是菲佣带啦。"

两人笑着互望，这对她们来说可是个好消息。

钱琳琳转过身，望着电脑屏幕，脑子里还想着刚刚同江盈枫的谈话。事业与家庭对女人来说永远是天平的两端，要不是因为生了两个孩子，说不定现在江盈枫的位置就是她的了。

曾几何时，她也有着一腔热血要在职场上混出个样子，可结婚生子后她基本只在为生存忙碌。一家四口加上菲佣一起住在七十多平方米的房子里，每天睁开眼就是一串串数字，房贷、学费、日常开销占去了夫妻二人大部分的收入。两人都还算是高收入群体，可一年下来的结余也不多。

她也想像 Sabrina 那样每天优雅地踩着高跟鞋前往公司，可时间紧迫，把两个小祖宗送去学校后她只得拼命赶路，好几次上班路上鞋跟都卡在了地缝里，她也习惯了当着路人的面拔鞋跟，顾不得形象。久而久之，她就只穿平底鞋了。

每天大部分的时间她都扑在了客户身上，晚上七点能够下班已算幸运。再加上时不时的出差，她没有过多的时间去关心孩子，只得交给菲佣照看。

这几年两个孩子慢慢大了，她总觉得孩子跟她不亲，倒是菲佣同他们的关系近得很，两个孩子小时候晚上害怕，总是跑去菲佣房间求拥抱，谁让父母都忙呢。

菲佣早已成为他们家中不可或缺的一分子，虽然有时她对菲佣有些不满，但也不敢严厉训斥，有什么要求都尽量满足，好言好语只为留住人家。

钱琳琳看了看身旁的 Sabrina，她那潇洒的生活让人羡慕，可随着时间的推移她真的能一直这样潇洒下去吗？等人老珠黄的时候，她是否会因为不曾有过一儿半女而追悔莫及？

女人哪有什么平衡，全都是取舍。

她不经意地朝江盈枫的办公室瞥去，她很想告诉江盈枫结婚生子要慎重，生活会因此发生翻天覆地的变化。可转念一想，还是算了，这围城里的滋味还是让江盈枫自己慢慢体会吧。

Chapter 7 创业

一年一度的苏富比秋拍如期在香港举行，这个富人的盛会聚集了亚洲各地的收藏家，其中不乏许多内地买家。

苏富比以拍品的国际化和多元化著称，每一季在香港的拍卖都狂揽几十亿，亿元级的拍品更是连年增多，声名大噪。

这样的场合怎么能少了私行的身影，江盈枫这几天忙得不亦乐乎，今天她就陪着谢总前来赴会。这位谢总便是她在半山总会的晚宴上结识的那位地产商。他是位古董爱好者，也是苏富比的常客，他早早瞄准了一件瓷器，这回终于将其拿下，喜不自胜。

江盈枫也是喜出望外，谢总是第一个愿意跟着她从 G&C 搬到光展来的客户。她知道谢总肯来光展很大程度是冲着她给他申请的优惠贷款，但她的心中还是对他充满感激。

拍下瓷器后，两人办好手续准备离场。就在这时，突然冒出来一个声音："谢总！"

两人抬头，只见正前方出现了一男一女，令江盈枫傻愣了几秒。

"这位是？"谢总停顿。

"我是金铭顺啊，上次我们在郑总的饭局上还一起喝过酒呢！"说罢上前伸手同谢总握手，那神情似找到了失散多年的兄弟。

他身边的女的，不用说自然是赵然。她也没想到会在这里碰上江盈枫，心里一阵紧张，生怕她和金铭顺的关系被江盈枫识破。

"盈枫姐，你也陪客户来拍卖呀？"赵然问道。

江盈枫笑脸相迎："是啊，今天来了不少熟人呢。"她转向一边的金铭顺，"没想到金总和谢总是朋友。"

金铭顺的大名她早有耳闻，之前在某个酒会上两人还打过照面，这会儿他想必是记不得了。圈子里对他的评价可不怎么样，无非是老千股王，世故圆滑。他能成为赵然的客户，着实让她惊讶。

"早就听说谢总是收藏家，今天想必是收获满满吧？"金铭顺恭维着。

"哪里，就一个瓷器罢了，算不得什么收获。"

他迫不及待地想与谢总攀上关系，但见谢总行色匆匆，也不好多拖延。

"这是我的名片，接下来几天您要是有时间的话我们出来叙叙旧？我做东！"金铭顺殷勤道。

"呵呵，接下来几天我都要出差，公司业务忙，回来再约。"

四人挥手道别。

望着谢总的背影，金铭顺若有所思。"谢总边上这位美女，你认识？"他转向赵然。

"江盈枫啊，现在是我们的副总，可厉害了。"

他眼珠一转，一把搭住她的肩膀凑近道："那你可得帮我个忙，把她约出来。"

"你想干吗？"

"我还能干吗，让她帮忙牵线搭上谢总呗。你知道这个谢总什么来头吗？香港有名的地产商啊，多少人挤破头都想跟他认识。"

她白了他一眼，双手交叉摆在胸前："那是你的事，跟我有什么关系。"

"我的姑奶奶，我的事要是成了，能亏了你吗？"他在她耳边快速嘁了一下。

这一幕恰巧被前方转身的江盈枫瞥见，这二人在大庭广众下如此亲昵，让她大跌眼镜。她真是低估了这姑娘，不，应该说是高估了才对。

一转眼到了周末，吴一婵约上了翟纲一起去科技园附近考察房产。自从上次从翟纲那里得知了开发科技园的消息后，她就心心念念地要抓住这次投资机会。她只是对他说想去参观一下新的园区，并未透露要买房的意思。

一路上，翟纲难以抑制兴奋之情，热情地同她讲解这周围的规划："这一片是旧的园区，目前的接待规模有限，扩充之后周围一片都会开发起来，一直延伸到那边的主路。"

她聚精会神地望向四周。看这阵势，政府的确是下了狠心了。这附近倒是有好几个屋苑，有些看起来还挺高档。

"你就没想过在这附近买个房？未来肯定能升值啊！"她试探道。

"香港的房价多贵呀，据说没有本地身份的人还要加税……"他抓了抓后脑勺，"我在北京已经买了房了，这个项目做完估计还是要回去。"

她笑了笑，继续同他并肩走着。两人路过一家房产中介，她忽然停住脚步：

"对了，忘了告诉你，我的一个朋友就住在这附近的一个小区，我等下去她那里坐坐。"

他的脸僵了一秒："哦，这样啊，本来晚上还想请你吃饭呢。"

"你太客气了，下次我请你。"她一分钟也不想耽搁，连忙说，"那我就不陪你了，前面就是我朋友家了，我这就过去。"

他依依不舍地转身离开，朝地铁站的方向走去。这个令他无法忘怀的姑娘，他始终捉摸不透，自上学那会儿起她就是这样，一会儿一个主意，他那个榆木脑袋真是赶不上她的变化。不过只要她那双扑闪的大眼睛朝他看一眼，他的心里就跟抹了蜜似的甜。一物降一物，大概就是这样。

待他的背影远去，她转头进了房产中介。时间不等人，在这片房价还没起来之前，她得赶紧下手。

秋高气爽的下午，江盈枫从办公室出来去赴一个她并不情愿的约。刚踏进店里，就瞧见金铭顺已经端着咖啡坐了那里。

"金总到得这么早呀。"她在他面前坐下。

"跟江小姐见面，当然得赶早了，我知道你忙，约你的人多着呢。"

赵然并没有直接帮他把江盈枫约出来，而是把她的联系方式给了他，让他自己去约。

"上次拍卖会一见，我就觉得江小姐眼熟，回去一想我们应该在哪见过。"

"是嘛，大概吧。"她口气淡淡的。

"我知道江小姐神通广大，认识不少有头有脸的人，像我这种小角色在你这里也就是走个过场。今天冒昧请你出来，是想谈谈未来我们能不能一起合作的事。"

对他突然抛出的橄榄枝，她很是意外，不由问道："合作？"

"不瞒你说，我对财富管理一直很关注，一直筹划着想成立一个家族办公室。我有资金，你有专业，我们在一起合作最合适！"

她没有着急接话，家族办公室是财富管理金字塔尖上的服务，服务对象是富人中的富人。她知道私行圈子里有一些银行经理离职后就曾试图创立家族办公室，可大多都以失败收场。

"金总的想法不错，具体打算怎么做呢？"

"就知道你会感兴趣！"他立刻挺直了背，饶有兴致道，"我的想法是：一开始先管理我个人的资产，然后再吸引其他富豪的钱，从单一家族办公室变成联合家族办公室。江小姐在这行这么多年，投资方面肯定比我厉害多了，再加上你手里的富豪资源，做大只是时间问题。"

难怪圈子里都说这个男人精明，今天她算是领教了。别说她无心出来创业，就算有也不会同这样一个劣迹斑斑的老干股王合作。哪个富豪敢把钱交给一个玩老干股的人打理？

"多谢金总的邀请，您真是高看我了。"她故意叹道，"家族办公室最重要的就是投资能力，而投资并不是我的强项。至于客户嘛，他们都是冲着银行的招牌去的，若是我离开了银行，有多少人还会继续跟着我，还真是难说。"

他若有所思，这个女人还真是绵里藏针，不好搞。

"江小姐就不再考虑考虑？你这么大本事，难道就不想拥有自己的公司？"

"我还是那句话，多谢金总抬爱。"

"那行，我这边的位置永远给你留着，你什么时候想来了，我随时欢迎。"

回到公司，她一忙就过了下班的点。她舒展了一下，走去茶水间倒水，正巧看见走廊里赵然的背影，便叫住了赵然一起进了办公室。

她眉头一蹙道："你怎么会和金铭顺这样的人混到一起？他的为人你不知道吗？玩老干股，还泡女人……"

"我知道。"赵然打断她，不以为意。

江盈枫看着她，像在看一个失足少女，几个月不见，她已经练就了一幅云淡风轻的老练模样，着实压了江盈枫一头。

"我不想看你在这条路上越走越远，你一直是个单纯的姑娘，一旦开了这个口子，就会收不了手。"

赵然沉默，低头咽了咽口水，缓缓开口："你以为我想这样吗？你以为人人都跟你一样，这么有本事，能游走在有钱人之间，又这么好运，有一个这么好的男朋友？"

江盈枫静静地望着她，没有插话。

"你根本不知道我都经历了什么，在我最脆弱无助的时候，你们都不在。"

不知怎的，眼前这个姑娘的话重如千斤，字字砸在她的心头。

赵然说的苦，她最能懂。在这行打拼，谁不受委屈？可在委屈面前，不同的人选择了不同的路。

江盈枫打开了话匣子："记得我刚入行的时候，业绩很差。有一次，我去找一个客户，秘书说让我等着，我就一直等，等了一下午。秘书好意让我别等了，说里面已经来了一个跟我一样的人。可我还是等到他从办公室里出来。结果，他出来时身边挽着一个年轻姑娘，是别家私行的，当时我就知道是白等了。"

赵然不语，她觉得江盈枫说这些是对她莫大的讽刺。

江盈枫继续苦口婆心道："我们这行面对的都是身价不菲的富人，诱惑多，陷阱也多。在经历了那些浮华之后，我们更要认清生活，才不至于迷失自我。"她犹豫了片刻，又道："你有没有想过，或许这个行业对你来说并不是最好的选择？"

加入光展以来，赵然的确心力交瘁，可离开了这里，她又能去哪呢？二十八岁，一个尴尬的年纪，继续做梦有点老，放弃梦想又太年轻。再过两年她就可以拿香港身份了，此时换工作无异于拿未来冒险。前后都是死路，她找不到出口。

她不想再听下去，不耐烦地回道："在这行混，本来就是八仙过海各显神通。不管用什么方法，只要能把客户带进来就行。"

江盈枫不再多话，看着赵然头也不回地离开。她深深地明白，她与赵然已是两个世界的人。

夜幕降临，她独自在办公室里望向窗外。这座城市，远看光华璀璨，近看斑驳沧桑。

她初到这座城市时就是赵然现在的年纪。那时的她也做着黄粱美梦，觉得她的未来就该是想象中的那样美好。可现实的残酷将她推入深渊，情场中她遭受背叛，职场中又充满钩心斗角，可回头看看走过的路，每一个成功的翻盘都成为她生命中的骄傲。

她不禁唏嘘：究竟是什么让一个人在岁月流逝中佝偻成了一头困兽？是这个行业，是生活本身，还是我们自己？

桌上的手机响了，是张少华在问她几时回去。她收起思绪，拿起包轻快地走出大门。

墨色的浓云堆积在天空，沉沉的仿佛要坠下来，压得整个中环静悄悄的。白昼一秒入夜，高楼瞬间淹没在云雾中，凌厉的风在维港海面掀起一条条波纹，一直绵延到海天相接的尽头。

变天了。

中环大楼里灯火通明，王志渊与他的团队正忙得马不停蹄。整理研究报告，讨论投资标的，现在的他比以往任何时候都充满干劲。

刚刚敲完键盘，他的手机响了。是孙总，他嘴角一扬，定是他的资金到账了。

"志渊，不好了，内地开始收紧资金出境，我的一千五百万汇不出来了！"

孙总急切的语气一下子揪住了王志渊的神经，他下意识地眨了几下眼皮，愣在那里，一向遇事不乱的他此刻竟也蒙了。

作为公司的大股东，孙总一共出资两千万，第一笔五百万早已到账，剩下的一千五百万原定本月到账。

人算不如天算，王志渊怎么都没想到在这个节骨眼上会徒生变数。

"孙总，您先别急，我认识几个地下钱庄……"

没等他说完，孙总就插道："喔哟，都不能用啦，所有的地下钱庄都被盯上了！我都问了一圈了，周围的朋友也都被卡死了，你如果有什么其他办法马上告诉我！"

王志渊虽说一直与钱打交道，可政策的事就像这天气，瞬息万变，谁也奈何不了。王志渊马上把负责财务的小张叫了进来，让他把公司目前的开支拉出来，租金、人工、杂七杂八各种费用，目前账上的资金最多能够支撑公司运作半年。

他内心拧成一团，望着眼前的团队和崭新的办公室，手心里冒出了汗。生不逢时的他刚刚成立了自己的公司就撞上这么一个大危机。

他必须立刻筹到钱，不然他的心血将付之一炬。他放下手中的事迅速行动起来，给周围关系好的几个朋友打电话借钱，一百万也好，几十万也行，只要能帮他渡过眼下的难关，保证公司不停运，凑一点是一点。

一个小时的工夫，手机里的联系人已被他找了个遍，一时间行业里已有不少人在传他借钱救公司的事。

可一千五百万毕竟不是小数目，一笔笔凑不知道要凑到什么时候，更何况答应借给他钱的人寥寥无几。他很清楚，这样下去不是办法，必须找一个资金已经在海外的大户成为新的股东。

他苦思冥想，手里的土豪资源并不多，这个孙总还是从前江盈枫的客户。对了！他怎么把江盈枫给忘了，凭她的实力，这样的大户一抓一大把，找她最合适不过了。

在他的眼里，世界的本质就是利益交换，只要双方都得到了彼此想要的，就能把这种平衡的关系保持下去。毕竟，谁不是谁的肩膀呢。

可这个人偏偏是江盈枫，他要拿什么去打动这位让他问心有愧的老情人呢？

他靠在椅背上，舒展了一下眉心，转头看向窗外，似乎已从这层层乌云中看到了一丝曙光。

江盈枫此刻也没有闲着，内地收紧资金出境的消息在业内已经传开，她正召集银行经理们一起开会讨论。说罢大家放下手中的事，纷纷朝大会议室走去。

"好的张总，您放心……您的要求我们肯定优先满足，有好的产品我第一时间通知您啊！"只见一个女银行经理哄完了客户，挂了电话脱口一句"土鳖！"她一改刚才嗲声嗲气的语调，翻了个白眼起身，道："要求这么多！要不是有点钱，谁伺候！"

江盈枫恰巧经过，这不堪入耳的话传进了她的耳朵里。她瞥了对方一眼，没有作声，径直走到了会议室。

待大家都坐下后，她一本正经地发话："在开会前，我先提一点，我们对客户要做到表里如一，在背后骂人的事不要再让我听到。"

下面一片安静，大家心照不宣，有人红了脸。

"今天合规部发来了重要通知，内地开始收紧资金出境了，想必大家也都知道了。这对我们来说是个坏消息，尤其是内地团队。"她朝 Vincent 团队的方向看了看，"接下来我们的重点是要维护好现有的客户，并且着力开发资金已经在海外的客户。"

一场会议，众人纷纷叹气，生意又难做了。

"哪来这么多海外客户呀……"会后，Vincent 和团队轻声抱怨，"真是不给人活路了。"

危机感笼罩着办公室，大家兴致都不高，面面相觑，一时间无言以对。

钱琳琳来不及发牢骚，拿起一堆文件夺门而出。今天她的任务艰巨，要去见一位大客户，这位客户对光展目前的投资回报不满意，正考虑换一家私行，这可把她急坏了。

她早早地来到了陈太所在的酒店大堂，点好了茶和点心，忐忑地等待着陈太的出现。

"陈太！"她望着不远处走来的一位贵妇，起身相迎。

"钱小姐你好呀，好久不见了哦！"陈太爽朗笑着在她对面坐下。

"这家的茶点特别有名，我点了一个佛手柑红茶，你喜欢的。"她边说边给陈太的杯子里倒茶，"这次来香港打算待几天呀？"

"这次来要多待一段时间了，我女儿准备来香港读书，挑学校的重担又落到我身上了呀。"陈太说道。陈太是常州人，同家人常年生活在上海，说话多了几分上海女人的嗲腔。钱琳琳之前还去他们家的大别墅参观过。

"那好啊！香港离得近，孩子在这里读书总比去国外更放心点。"她套着近乎，"你女儿现在几年级啦？"

"今年就要读初中啦，你说得一点没错，我们就是觉得香港近，而且教育质量也不错，所以决定过来。"陈太拿起茶杯，啜了一口。

"我女儿也读初中！太有缘了！"

"真的呀！那我要好好向你请教请教了，你说香港读个书怎么竞争那么激烈啊，我们看上的一个双语学校，就是荣立书院，你知道吗？太难进了！"陈太吐起了苦水，"花钱我们不怕，可学校说债券额度有限，我们真是想送钱都送不进去……"

荣立书院！原来陈太也看上了。钱琳琳心里一沉，嘴角微颤。她不能失去这个客户，尤其是在当前生意越发难做的情况下，她必须全力保住业绩，不然她接下来的日子会十分难过。

"荣立书院……是很好的，多少人想进去呢。"她停顿了两秒，欲语还休，"我这里倒是有个名额，可以帮你推荐一下。"

陈太听完激动得两眼放光："真的呀？哎呀，你真的是救了我一命，还是你们银行有门路啊！"

钱琳琳非常清楚自己刚刚的决定意味着什么，在女儿和客户之间，她选择了后者。

"今天来还想再跟您聊聊投资组合，报告我都带来了。"

"投资的事情都是我老公管的，不过这些跟女儿比都是小事，只要帮我们把女儿的事搞定了，其他都好说。"

看着陈太灿烂的笑容，她知道这趟没有白跑。从酒店出来，她没有丝毫的兴奋劲，反倒多了分沉重。钱琳琳不知要如何跟女儿解释，这本该属于她的机会，就这么被母亲拱手相让了。

小时候，公园里的跷跷板跷起的是快乐；长大后，生活的跷跷板却总是跷起无尽的烦恼。

夜晚，城市的霓虹在大雨的浸泡下格外亮堂，赵然陪着金铭顺又坐在了包间里。

驾轻就熟的她时不时咽下在座宾客的敬酒，推杯换盏间，她已微醉。出于自我保护，她拿起手袋，找了个借口走去洗手间，往脸上泼了几下冷水，降降温。看着镜子里红通通的小脸，她感叹酒精还真是个好东西，连腮红都省了。

她拿出纸巾轻轻把脸上的水拍干，又补了个口红，准备二进宫。刚出洗手间，身后传来一个熟悉到令她害怕的声音。

"然然？"

她原地僵住，像是踩到了地雷不敢挪动步子。她顿了几秒，慢慢转过身，脑子还没来得及反应，就看见林淼淼站在了跟前。

"你怎么来这里了？你晚上不是要陪你爸爸应酬……"她强装镇定。

"是啊，我爸就在那边的包间。你不是说晚上跟同事吃饭看电影吗？怎么到这里来了？"

赵然晚上出来陪酒，都会说自己是去看电影，这样她就有了不接手机的理由。她本以为今晚他会很忙，她便可以自由行动了，没想到偏偏上演了一出偶遇。

"电影看到一半，觉得不好看，我们就过来吃饭了。"她挤出一抹笑容，"不过我们也吃完了，我上个洗手间正准备要走呢。"

"你喝酒了？"他瞧她红着脸，凑近了还能闻到嘴里有一股酒气。

"就喝了一点，我不大会喝酒，所以特别容易上脸。"她下意识把头侧向一边，打发他回包间去，"你快过去吧，别让你爸等急了。我这就回去了，我们周末一起出来。"

三十六计，走为上计。她边挥手边迅速朝电梯方向走去，不一会儿便消失在了视线中。

"外面雨大，路上当心！"他看着她匆匆离去的背影，总觉得哪里不对劲。就这么走了，她的朋友们呢？他这才想到，他俩在一起这么久了，印象中就从没参加过她的朋友聚会，也没有真正走进过她的圈子。

他无暇想下去，父亲还在等着呢，三步并作两步回了包间。

出了酒楼，外头风雨交加，冰凉的雨点迎面打在她的脸上，她不禁打了个寒战。

她的心还在怦怦跳着，好险。

她沿着屋檐快步朝的士站走去，在大雨的掩护下钻进一辆车中。短短几步路，裙边和鞋子都湿了。坐定后，她深吸一口气，给金铭顺发了消息："我闪了，刚刚碰到我男友，就在隔壁的包间。"

金铭顺放下酒杯，嘴角一撇："要不要我过去跟他打个招呼？"

她哼笑一声，回复道："以后不要再约这个地方了。"

她把手机塞进包里，靠在椅背上定了定心。不一会儿，车子便消失在滂沱大雨中。

周末的晚上，江盈枫难得空闲，终于能同张少华过二人世界。她自从去了光展之后就再没时间为他做饭，今晚换他下厨，一道美味的牛排被端上了桌面，有板有眼。

"我特意买的红酒。"他提前醒好了酒，往两人杯中倒去。

这久违的浪漫在她心中荡漾开去，她晃动着酒杯，怀念起赋闲在家的日子。

"你的账户快要批好了，下周可以过来签字了。"她去了光展，他自然也跟着把账户搬去了光展。"换了银行，你妈妈没意见吧？"她问道。

"没事，我跟她做了思想工作，"他大口咀嚼着牛排，半打趣道，"我可是跟定你了，你休想甩了我。"

她抿了抿嘴，从他的话里还是能听出张母的些许不情愿。正是因为这层关系，她才没有主动开口让他跟着她去新东家，她从心底里喜欢纯粹的关系，不想让任何利益掺杂在他们的感情中。

吃完饭，她收拾完桌子便倚在了沙发上，他则在电脑里寻找一部心仪已久的电影。

这时，一条信息打破了她的慵懒。

"这部片子保证你喜欢，我上周就下载好了，就等今晚跟你一起看。"张少华边说边回头，发现她正专注于手机，那屏幕如同磁铁般牢牢将她的双目吸住，她丝毫没有留意他说的话。

"喂——看什么呢，在跟帅哥聊天啊？"

她猛一抬头："对不起……你说好看就一定好。"

"也不问问是什么电影……"他一边嘟囔着一边连上了电视屏幕，满怀期待地坐在了她的身边。

看到精彩处，他忍不住叫了起来，自然地瞥向身旁的她，却发现她眼神凝滞。

他按了暂停："你怎么了？有心事？"

她转过头，眼神迟疑了片刻："是王志渊，他刚给我发信息，说我过去的一个客户有事找我，组了个饭局约我们明天一起见面聊聊。"

他的心顿时像被碾过似的，果然有事，还是大事。不懂掩饰的他一时间闷不作声，脑子里各种场景已经开始打转。

"如果你不高兴，我就不去了。"

"那也算是工作餐，"他顿了顿，"你……想见到他吗？"

她看着眼前这个大男孩硬撑的表情，心中泛起一股怜爱。王志渊，这个如藤枝般缠绕在她心头多年的男人，是时候连根拔除了。

"我不想一直逃避。"她眼神中透着坚定，"要不这样，我跟他们吃饭的时候给你发信息汇报进展，这样你就不用担心了。"

他勉强一笑，暂且吃下这颗定心丸。

为了能把江盈枫约出来，王志渊下足了功夫。冒用孙总这招果然管用，因为他知道她不会拒绝客户。找餐厅他也是花了心思的，地方不在高级，而在特别。这家位于湾仔一条小巷子里的不起眼的中西混搭餐厅是她从前最常去的地方，就因为这家店像极了她在纽约时常去的一家小店。

一踏进这里，过往的片段就顺着记忆慢慢爬进了她的脑中。这是她刚到香港时常来的地方，是她和王志渊无意间一起发现的。

老板客气地迎上来，还没等开口，坐在最里边的王志渊便向她挥手示意。

"来啦！我也刚到。"他的眼神依旧明亮，透着洒脱和自信。

她目光淡定，放下包，拿出手机放在了桌边，没有言语。她不断地告诉自己：公事公办。

"我好久没来这家店了，刚问了下老板，他们又有新菜式了。"他把菜单摊在她的面前，"你最爱的咖喱蛋包饭还在，以前每次来你都是必点的。"

他的表现驾轻就熟，自然得就像两人之间从未发生过什么。这令她有种恍若隔世的感觉，过了这么多年，两人又一起坐在了这里。

她打一开始就觉这地址有些熟悉，心中还纳闷孙总为何要选这个地方。

"孙总呢？还是等一下他吧。"她的演技可不如他，接过菜单，眼神与他撞了一下，便迅速收回到了菜单上。

"孙总会迟到一会儿，他还在一个酒局上，我们先点。"

"我还是吃些别的吧。"她没有起疑，随意指了两个，合上菜单后低头抿了一口茶，便进入正题。"我跟孙总好久没见了，他找我是投资上的事吗？"

"工作的事边吃边谈。我们也好久没见了，你最近好吗？"他的眼神变得柔和起来。

"我很好，谢谢。"

"听说你去了光展，感觉怎么样？"

"还行，虽然风格与 G&C 不同，但本质都一样。"

"之前你客户偷税的事我也听说了，好在没连累到你，以后还是要小心点。"

被人关心的感觉总是愉悦的，她渐渐放下尴尬，整个人放松了下来。

上菜了，她刚要开动，瞥见了手边的手机，想起来要跟张少华报个平安，便向他发信息："我们开吃了，一切都好。"

两人就这样有一句没一句地边吃边聊，饭局过半，王志渊终于抛出了一句："对了，还没告诉你，我最近成立了一家投资公司，忙得不行。"

"我听说了，王总自立门户，圈子里都传开了。"她嘴上奉承，心里对这些客套早已厌烦，这种三句不离工作的聊天，从前让她振奋，现在只剩腻味。

他顿了顿，难道她也知道他在四处筹钱的事了吗？

"哪里……"他故作谦逊，"创业都不容易，自己做老板责任大多了，我现在的工作量是过去的三倍！"

她对这些个创业折腾的事感到索然无味，她只是抬头看了他一眼，好像是瘦了。

见她没有接话，他继续说道："孙总也投了我们，不过我们对有意向的战略投资者还是欢迎的，你可以问问你的那些客户，不要错过了机会。"

话音至此，她算是明白了今天这顿饭的真正用意。他打着孙总的旗号绕了一大圈，其实就俩字：要钱。

王志渊啊王志渊，真是狗改不了吃屎。她感叹自己的天真，差点又掉进了坑里。要是被陈美玲知道了，估计又得骂她一顿。

她瞬间像换了个人，头脑越发清醒起来。

"我的客户对创业型公司向来谨慎，是机会还是陷阱，没人知道。"

"那也不一定，孙总不也是你的客户嘛，他投得可不少呢。还有，我在 ZBC 的时候，你也有不少客户买过我的基金，你可以问问他们呀！当然，如果你感兴趣，也欢迎入伙啊……"

"孙总还来吗？"她语气上挑，打断道。

"我们都吃得差不多了，他来不来也不重要了。要不我们换个地方继续？"

"我男朋友还在家等我，我要先回去了。"

见她的态度急转直下，他知道自己的算盘被发现了。他赶忙招呼服务员买单，并主动提出送她回去。

"坐我的车吧，这个点很难打到车的，正好我还有些话要对你说。"

的确，这附近不见一辆车经过，见他一脸诚恳，她便坐进了副驾驶的位置。

此时张少华来了信息："吃得怎么样？"她顺手回了一句："已经结束了，正在回家的路上。"

张少华在家等得心焦，恨不得冲过去把她接回身边，盘问她今晚饭局上发生的一切。他决定到底楼大堂处等她，好过一个人在家坐立不安。

不久，一辆黑色的轿车停在了大堂外，从车上下来的正是江盈枫。他刚要迎上去，她边上一同下车的男人让他停住了脚步。他躲到大堂的柱子后面，看着两人的一举一动。

"盈枫，有样东西我一直想交给你。"

她想往电梯的方向走，不料被王志渊堵在了半道的角落里。只见他从上衣口袋里掏出了一个精致的小盒子，令她神色大变。

"还记得这个戒指吗？"他边说边打开了盒子，"当年你拒绝了我的求婚，但我一直保留着。在我心里，它一直是属于你的。"

她低头不语，眼神闪烁。这的确是几年前他在海边向她求婚时的那枚戒指，他居然一直留着。

一旁的张少华看在眼里，内心汹涌澎湃，看着她已然不可自拔的表情，握紧了拳头，恨不得手撕了这个男人。

就在这时，王志渊一把抓住了她的手，把盒子塞给了她。他顺势轻抚了她垂下的发丝，身体慢慢向她靠拢。

柱子后那双愤怒的眼睛早已按捺不住，张少华二话不说，三步并作两步冲了上来，一把推开了王志渊。

"你干什么！"他浑身散发着一股狠劲。

江盈枫被眼前的一幕吓得不轻，手中的盒子瞬间滑落到地上。她睁大眼睛地望着张少华，没料到他会突然出现，令她百口莫辩。

"阿华，不是你想的那样……"她赶忙挡在了他的前面，不让局势失控。

王志渊被这猝不及防的一推往后退了几步，他稳了稳重心笑道："护花使者到了。"他心里憋着火，眼看自己就要得手，竟被这臭小子搅了局。

两个男人势如水火，引得大堂里的保安投来了警惕的目光。

"我们回家！"她拽着张少华进了电梯，不想让过往的人看热闹。王志渊只得捡起盒子，心有不甘地转身离开。

她一路把张少华拖进了自己家中，关上门忐忑道："对不起阿华，我真的没想到他会突然那样……我当时也是蒙了，才会来不及反应……"

没等她说完，他一把揽她入怀，语气带着惶恐："别再见他了好吗？"

她紧紧贴在他的胸前，感受到了他前所未有的紧张与害怕。她用尽全力地抱住他："对不起，阿华，真的对不起。我答应你，以后再也不见他了。"

一个拥抱尽释前嫌，两人慢慢松开，凝视着彼此。他平息了怒火，深情地抚摸着她的脸。

"他为什么还要纠缠你不放？他不是已经有女朋友了吗？难道还对你旧情难忘？"

"呵，他哪里是什么旧情难忘，只是想利用我罢了。"

"他到底是个什么样的人啊？如此功利，没有原则，没有底线！"

她叹了口气："想不想听听他的故事？"

看着他好奇的表情，她便讲起了从未对任何人提过的王志渊的身世："他也是个可怜的人，从小跟着母亲长大，直到读大学才第一次见到自己的父亲。"

两人来到沙发前坐下。

"他的母亲是个第三者，没有结婚就怀上了他，这在当时的社会是无法被接受的，可想而知他小时候吃了多少苦。好在他母亲是个强大的女人，通过自己的拼搏在事业上颇有成就，那时她的公司需要人去开拓美国市场，她就带着王志渊一起去了美国，后来他就在美国读了高中和大学。因为是私生子的关系，他一直不被父亲喜欢，现在也很少来往。"

他眨了眨眼睛，心中有话却咽了下去。

"正因为他从小的经历，让他觉得出人头地比什么都重要。他的人生就是为成功而活，只有别人的认可和尊敬才能弥补他幼年时留下的阴影。"

两人的谈话被江盈枫的手机铃声打断。"不好意思，是同事。"江盈枫接起电话。

他在一旁看着她接电话，心中泛起一股焦虑。即便她对王志渊已心如止水，也架不住对方三番五次的纠缠。既然王志渊是这样一个人，他更不能坐以待毙。

她挂了电话，随手把手机放在了桌上："饿了吧？要不我来弄点点心？"

"好！"待她走远后，他悄悄拿起她的手机，趁着还没有锁屏，在通话记录里找到了王志渊的号码，存在了自己的手机里。

一大清早，王志渊同往常一样，站在镜子前扣上袖钉，套上西装，准备出发去公司。

刚一转身，一个陌生号码出现在手机上，他怎么也不会想到是昨天那个差点把他推倒在地的张少华约他一会儿在公司楼下喝咖啡。

他盯着屏幕发了会儿呆。来者不善，难不成这小子还要补揍他一顿？可转念一想：怕什么？先出手的一方往往先露破绽，且看这年轻后生如何蹦跶。他对着镜子抬起下巴。

八点刚过，他便踏进了咖啡店，一大早人还不多。他四下望去，瞧见张少华一个人坐在了靠里的位置。

张少华也看见了他，两人犀利对视。他不紧不慢地走过去，目光打量着这个帅气的年轻人。"还真早啊，"他在张少华面前坐下，见张少华什么都没点，便客气地问，"想喝点什么？"

"我不想耽误大家的时间，"张少华面无表情，"长话短说，我希望你不要再纠缠盈枫。"

王志渊瞟了他一眼，没作声，没想到这个带着书生气的奶油小生言语间还透着一股凌厉。王志渊故意晾了晾他，把头转向服务生，点了一杯摩卡。

"纠缠？"他回过头，心里带着一股酸意。曾经属于自己的女人如今却跟了眼前这个小子。

"你跟盈枫之间的事都已经过去了，你不应该再去打扰她。"

他跷起了二郎腿。"你说得对，我跟盈枫有太多的过去，在大学里我们就彼此相熟，那时候你大概还在读高中吧？"他身子向后一仰，眼神放肆，"要不我现在好好回忆回忆？"

　　张少华努力压制心中的怒火，可这赤裸裸的挑衅还是令他忍不住激动起来：
"你到底要怎样才肯放过盈枫？"

　　"别那么紧张，"王志渊哼笑，"我只是想找盈枫谈点生意，仅此而已。"

　　"什么生意非要找她？！"

　　"当然是赚钱的生意。我的公司需要投资人，我可是第一时间就想到了她。"

　　"你要找人投资？投多少？"

　　"不多，一千五百万就可以做大股东。"王志渊笃悠悠地端起刚刚送来的咖啡。

　　张少华停顿片刻："如果我给你一千五百万，你是不是就可以从她面前消失？"

　　王志渊手中的杯子在唇前停住，透过杯口的热气他嗅到了比咖啡更诱人的
味道。

　　"如果你成了我的大股东，那我自然听你的安排。"他放下杯子，眼睛一亮，
"你对我的公司感兴趣？"

　　"你要说话算话！"张少华也不知道自己哪来的魄力，只知道此时此刻他就是
要一掷千金为红颜。

　　真是个情种，王志渊为他鼓了鼓掌，看来江盈枫的这个小鲜肉跟传闻的一样，
对她真是一往情深。他一边窃喜自己的麻烦终于解决了，一边暗暗升起一缕妒意。
两个男人的较量，从情场到商场，他居然都败下阵来。

　　江盈枫照例在办公室忙得昏天黑地，各种文件满天飞，会议一个接着一个。
助理刚刚给她安排好了下一次出差的行程，她的电话就响了。不是别人，正是张
少华的母亲。会是公事还是私事？她望着手机屏幕犹豫了片刻还是接了起来。

　　"江小姐，阿华刚刚给我打电话，说要从账户里转一千五百万出去。我想问问
你知道他转这么大一笔钱是要做什么用吗？"

　　张母的声音透着一丝急切，这令江盈枫甚是震惊。

　　"一千五百万？您先别急，我这就去问清楚。"

　　"这么说你也不知道？"

　　"他从没对我提过要转钱的事，我也是刚刚听您说了才知道。"她极力稳住张
母，"您放心，这不是一笔小钱，我们银行一定会谨慎处理的。"

挂了电话，她赶忙给张少华拨了过去，可一连几次都没人接。她越想越不安，直接去医院找他。一等就过了中午，他好不容易得空，两人便一起在医院后面的空地上吃了一顿简易的外卖。

饭后，他终于向她吐露了实情："这笔钱我要用来投资，投给王志渊的公司。"

她简直不敢相信自己的耳朵。见她脸色骤变，他赶忙补充道："他答应了只要我投资，就不会再来纠缠你。"

"你脑子进水了啊！"她瞬间翻脸，他从没见她如此失态过。他的一掷千金未博得美人一笑，却换来了一顿咆哮。

"你有几个一千五百万，一出手就是一千五百万？你知道这些钱给了他就是打水漂了！你爸爸辛苦攒下的家产就被你这样随便挥霍！"她一手叉腰，一手揪着头发，原地踱步，试图平复呼吸，"你有想过你母亲吗？她没有收入来源，这些钱她放在银行里做保守理财，每年的利息就可以支付她的生活开支，这么多年她都是这样过来的，你现在要把钱拿走，你让她的生活怎么有保障？！"

望着眼前气急败坏的她，他有些胆怯，支吾道："我们家不止这点钱，我知道我妈的生活没有问题的……"

"我真想抽你！这是你一个做儿子该说的话吗？"她的眼睛瞪得更大了，"作为一个男人，你要守住你的家，守住你的家产，这是你的责任！现在你们家就你跟你妈了，你想过你们的未来吗？"

"在我心里，你也是我的家人。"

望着他深情的双眼，她无地自容。她止不住哽咽，这个男人做的一切都是为了她，而她却还在训斥他。

她深深吐了口气，摸着额头理了理思绪，道："既然他已经盯上了你，就不会轻易放弃。更何况他还知道了你的家底，更不会放过你。你不是他的对手，你不知道王志渊是个怎样的人，为了达到目的，他会直接生吞了你。"

她抬头注视着他，目光凝重，说："只要你一天和我有关系，他就会一天觊觎着你的钱，他会一直来骚扰我们，逼你就范。"

他心里一沉，意识到自己太过冲动，一时间哑口无言。

她低头沉思片刻："总之这件事我来处理，在事情解决之前你不许轻举妄动。"

她快速拦了辆的士，直奔王志渊的公司。她不顾前台阻拦，一阵风似的穿过走廊，一路冲进最里间他的办公室，势如破竹。

"王志渊你无赖！"她像一架机关枪，嘴里蹦出一颗颗子弹。

王志渊正在自己的电脑前写邮件，眼前的这位不速之客着实惊到了他，手指不由地按错了键。他示意助理关门离开，自己准备应战。

她走上前来："想利用我要挟张少华？你算盘打得真够精的！"

"别说得那么难听好不好，"他转动座椅面朝着她，"我是邀请他投资做我的股东，你应该高兴才是，难道你对我的公司就这么没信心？"

"你这是敲诈！"

他忍不住站起身来，皱着眉头："以前我在 ZBC 的时候，大家都在抢我的基金，也包括你，是我给你的客户特别额度，难道你忘了吗？怎么现在我自己出来创业，你的态度就一百八十度大转弯了呢？"

"哈，真可笑！你以为大家都是白痴吗？ZBC 跟你这小破公司，能同日而语吗？你想找冤大头为你的创业买单，别打张少华的主意！"

"小破公司？"他悻悻然道，"如果你不想动他的钱也可以，那就帮我再找一个冤大头垫上，这对你而言不是难事吧？"

"你放屁！"

"难得看你扮泼妇……"他露出一丝狡黠的笑，"他一定会为了你出这一千五百万的，看得出来，他很在乎你。"

"你的算盘打错了。"她目光冷峻，似一把利剑直指人心，"他没有理由为我出钱，我们已经分手了。"

"分手了？"

"是的，我和他已经没有任何关系了，你再来纠缠也没用。"

他大笑："为了我？"

"是为了他。"

他收起笑容："你就这么爱他？爱到不惜失去他？"

她不屑作答，甩头离去。

壮士断腕，这就是江盈枫可怕的地方。王志渊明白，她可以牺牲自己去守护她在意的东西，就像当年她为了自己的原则毅然决然地离开他一样，哪怕内心如撕裂般痛，也绝不妥协。

夜幕降临，这初冬的凉意渐渐钻入了身体里。江盈枫在路上走着，不禁打了个寒战。回到家中，她呆坐在沙发上，周围静得很，这一整天发生的事情让她的脑子在此刻嗡嗡作响。良久，她抬起头，这屋子里到处充满了张少华的影子，欢声笑语犹在耳畔，想到这里，她就犹如被掏空了一样。

真的要分手吗？白天她脱口而出这两个字，并不是大脑发热。她在去找王志渊的路上就已经做了最坏打算。这两个字如同一把尖刀，从她的心口剜去了一块肉，这无法呼吸的痛她熟悉得很，仿佛回到了三年前失恋时那般。她恨自己，恨王志渊，恨这段斩不断的孽缘。

张少华今夜值班，这给了她喘气的机会。也罢，明天再来面对这一切吧。

吴一婵今晚照例泡在了饭局中，她约了几个金融机构的朋友吃饭，了解一下最新的人才行情。

大家有说有笑，刚刚动筷没多久，她就接到了父亲的电话。

"喂，爸？"

"一婵啊，你在哪呢？怎么周围那么吵？"

"我在外面跟朋友吃饭呢，你说吧，什么事？"她用手捂住话筒，盖住餐厅的喧闹。

"你妈她昨天去医院做检查了，结果不太好。她不让我说，我想了想还是应该告诉你……"

她心中一拧，父亲的口气令她有种不祥的预感，赶忙起身来到餐厅外。

"妈怎么了？"

"你妈查出来……是肺癌，哎，医生说已经是中期了，要马上治疗才行啊。"

"肺癌？！"这晴空霹雳令她一时难以招架，她面如死灰，人有些站不稳，身子向后靠在了墙上。她稳住声音："你别急，爸，我马上回来。"

同朋友们告了个别，她便慌慌张张地来到的士站等车。一阵冷风吹过，她下意识地缩了缩脖子，周围灯红酒绿，车水马龙，她原本也该是这精彩中的一分子，却成了孤零零的看客。

回到家中，她冲进房间仓促地把几件衣服丢进行李箱，立马订了第二天最早的航班奔赴老家。

自从进了光展，赵然的饭局就没少过。她在私行的业务越做越顺，引得不少圈内朋友的关注。说是朋友，很多也就是名片之交，他们之前没把赵然放在眼里，在得知她加入光展做起了银行经理后，便纷纷想要与她吃饭套近乎，借机推销自己的投资产品。

浙江同乡会的徐青就是其中之一。自上次与赵然见面已经快一年了，徐青如今已经是同乡会的秘书长，手里的资源不少。他也离开了先前的基金公司，加入了一家更为灵活的小型对冲基金。

"才一年不到，变化挺大呀！"徐青从赵然踏进餐厅的那一刻起就一直在观察她。眼前的这个姑娘已不是先前扭捏的小女生了，如今她名牌加身，眼神里多了一份老练。显然，她已经彻头彻尾是这个圈子里的人了。

"哈哈，是嘛，变老了吧！"她注视着他，他倒是一点没变，依旧主动活跃。

"来，看看想吃点什么。"他递上菜单，给她倒茶。

她对这个徐青的印象并不怎么样，还不是因为他先前给她介绍的那份不入流的工作，让她觉得自己被看轻了。不知他今天葫芦里又卖的什么药。

"听我们同乡会的人说你在光展做银行经理，厉害啊！"他直接夸上了，"那个时候我就知道你行，现在干得怎么样？"

"也就这样，私行压力大，每天被剥削。"

"别谦虚了，没两把刷子怎么能做银行经理？我听说你在光展的业绩很靠前啊！你这种每天跟富人打交道的人，我们可望尘莫及。"

她没有作声，这家伙连她的排名都打听到了，看来认识的人真不少。

"对了，还没跟你说，我现在在一家专门投资中短期债的对冲基金，一级市场为主。"他掏出名片放在她面前，"我敢说，现在市场上这个领域做得最好的就是我们家了。"

她看了看名片上的公司，自己从没听过。"你们规模多大呀？"她问道。

"我们现在管理规模十五亿美金，人不多，属于精品公司。但我们的业绩好，其中一只旗舰基金年化可以达到百分之三十多的回报。"

"这么厉害啊，我们银行卖的那些债券基金回报都是个位数呢。"

"那是，我们的策略不同。怎么样，你的客户会不会有兴趣？"

她放下名片，果然又是一个来推销的，她早就习以为常。

"你们的产品是很好，但最终能不能上架光展还真不是我说了算。我们有专门负责产品准入的团队，你得通过他们的审核才行。而且这个团队在我们总部，所以我也爱莫能助。"每次面对这些人，她的说辞都是一致的，能推则推。

"你误会了，我不是想上架光展，那样太费劲了，没几个月根本搞不定，而且我们这种小公司，你们这样的大行也看不上。"

她眨眨眼睛说："那不然呢？"

"得客户者得天下，我是想问你的客户有没有想投的？"他眉眼一挑，"我可以给你折扣。"

原来这家伙是想让她做飞单，这算盘打得够精的。

"飞单我们是不能做的，跟公司和客户都不好交代。"她本能地拒绝了他。

"嗨，这有什么，大家都在做的，你也太死脑筋了！挑几个跟你关系硬的客户聊聊看，只要产品赚钱，他们是不会说出去的。"

她有些犹豫，没有接话。

"我们有一款产品，一年期的，百分之十二的收益，底层资产很安全，我们加了点杠杆，客户非常喜欢，我自己都买了。我给你两个点的返佣，你可以给客户百分之十的收益，剩下的百分之二归你。"他稍稍凑近道，"我身边认识的不少客户经理都在卖，百分之二啊，你想想，卖出去一百万你就赚两万呢。"

她的心稍稍动摇了一下，这听起来的确是很诱人。"要不你把资料先给我看看，我学习学习？"她回复道。

"早给你准备好了！"他拿出放在身后的文件夹递了过来，"产品结构很简单，你有什么问题随时找我。"

"要是亏了怎么办？"她边翻边问。

"放心，我们的底层资产做了结构化处理，还有保险公司的担保，双重保险。"

　　她内心骚动着。这倒是一个不错的赚钱路子，比自家银行给的佣金多不少。可问题是先从哪个客户下手呢？她心里一边盘算一边回到了公司，刚坐定，Amanda 就来找她了。

　　"赵然，客户林淼淼的两只结构性产品亏损超过百分之十，按照规定要向客户给予提示。"

　　她张大了嘴："啊？怎么突然亏这么多？上个月不还是赚的吗？"她接过 Amanda 手中的资料，回想起林淼淼买的两个产品分别是一个挂钩石油的结构性票据和一个挂钩股票的累积期权。

　　"这个月石油跌得厉害，不少客户都出现了亏损。再加上他之前选的那只股票标的最近波动也大，所以就……"

　　"那是不是要让他转去其他产品，比如之前那些比较稳健的？"她一脸焦急地问。

　　"再等等吧，已经跌了这么多了，应该很快就会反弹。有波动很正常，以后总有翻盘的机会，现在退出就亏大了。"

　　她只能点点头。可这事也总不能一直瞒着他，要是能从其他产品那里赚点回来，说不定他也就不计较了。就在她苦思冥想之时，手边摸到了徐青的资料，她眼睛一亮，暗暗做了个决定。

　　吴一婵风尘仆仆地赶回了老家，一进门就急切地唤着母亲。

　　"哎呀，你怎么突然回来了呀！"不知是不是看见女儿太激动的关系，吴母止不住地咳嗽。她转向老伴："一定是你多嘴了！"

　　"都什么时候了，你还要骗我！"她把包往地上一扔，坐在日渐憔悴的母亲身边，心中涌上一阵酸楚。她立马给母亲拍拍背："马上收拾行李，咱们坐下午的飞机，我带你们去香港治疗。"

　　吴母有些不情愿："去香港？这么急啊？"吴父倒是麻利地开始帮忙收拾："你的病拖不起，你就听闺女的，她说去香港治就去香港治。"

　　"别忘了证件，爸。"她嘱咐父亲把母亲的病例和报告都带上，三人便一刻不停地奔赴机场。

落地香港，她把父母安顿在家中，出去给他们买晚饭。

"我看你这里也不大，总共就两间卧房，那间还是个单人床，晚上小王回来了你们怎么睡呀？"吴母担心道。

"这你就别管了，你跟爸就睡这间，他可以睡书房的。"

"我晚上咳得厉害，会吵到你们的……"

"你别再说这些了，妈，现在是非常时期，你的身体最要紧！"她帮父母归置了一下行李，"你们好好休息，明天一早我们就去医院。"

晚上，王志渊下班回到家中，见门口多了两双鞋，问道："家里有客人啊？"

刚踏进门，就见到吴父吴母坐在客厅的沙发上，他的表情僵了几秒。回过神来，他连忙打招呼："伯父伯母来啦……什么时候到的呀？"

吴父冲他微笑点头："下午刚刚到的，小王辛苦了，这么晚才下班。"

吴母在边上尽量不说话，她知道自己一开口就控制不住地咳嗽。

吴一婵从厨房出来，示意他去里间书房说话。

她关上门，轻声道："我爸妈要在这里住几天，我妈身体不好，明天开始我要带她去医院检查。今晚委屈你一下，先睡书房。"

"哦，他们要住多久？要不我就在外面的酒店住几天好了。"

"要看她的具体情况，现在也不好说。"

"她哪里不舒服？"

"查出来是肺癌……"她低头有些语塞。

王志渊木头般地愣在原地。认识吴一婵这么久了，他从未见她这般模样。他捏了捏她的肩膀，道："我帮你联系一个在医院的朋友，你明天详细跟他询问一下。"

她点了点头，理了理情绪和他一起走出门去。

第二天一早，她便带着父母赶往王志渊介绍的医院。这是一家优质的私立医院，王志渊的朋友罗医生是这里的外科主治医生，颇有资历。

"初步判断，你母亲的治疗会是一个漫长的过程，你要有心理准备。当然，具体的治疗方案要等我们做了全面检查后才能确定。"罗医生缓缓道来，"我想了解一下，你的母亲目前是香港居民吗？"

"不是，我妈她一直生活在内地。"

"哦……"他若有所思，"那你的母亲有香港的医疗保险吗？"

"没有，我母亲只有内地的医保。"

他推了推眼镜："是这样，香港的医院分公立和私立，公立医院有政府补贴，看病价格便宜，但只针对香港居民，而且公立医院排队等候的人太多，你们这样的情况更适合去私立医院。但私立医院费用会相当昂贵，如果没有保险的话，需要全部自己承担。"

吴母一听神色大变，吴一婵见状紧紧握住了她的手，又问罗医生："那像我母亲这样的情况，大概需要多少费用呢？"

"要看具体的治疗方案，但我刚刚也说了，这个病是一个持久战，保守估计起码也要三四百万。"

吴父吴母面面相觑，这么一大笔钱恐怕是他们一辈子都赚不到的。

吴一婵垂下眼帘，沉默片刻后道："这样吧罗医生，今天我们先把检查做了，之后再讨论具体的治疗方案。"

"不做了不做了，我们回去吧。"吴母在一旁摇手，欲起身离开。

"你别紧张，妈，来都来了，就让医生先诊断一下，至于今后怎么治疗咱们再议，行吗？"

吴父在一边帮腔着："是啊，就先看看这边的医生怎么说，心里好有个底。"

大家的一再坚持使得吴母不好再拒绝，在罗医生的安排下进去做全面检查。

吴一婵站在走廊的窗边，面色凝重。她要去哪里搞这么一大笔钱呢？她在外打拼多年，结交各色精英，混迹于各类气派场所，名牌裹身的她一直以为自己是家中的荣耀，她有能力为父母遮风挡雨，为他们安排好后半生。可如今才打过来一个浪，就让她找不到岸。

"爸，我进去陪妈吧，你在这里歇会儿。"她说完便朝走廊深处的病房走去，身影渐渐消失在远处。

Chapter 8 一怒为红颜

天光微露，半山的空气弥漫着一股湿润的清新，冷冷的，格外沁人心脾。张少华跟同事交接完值班事宜后准备回家。

他站在绿荫环抱的医院门口深呼吸几口，让紧张的大脑得到了片刻的放松。今年香港的冬天来得比往年要早，气温说降就降，他坐进了车里，搓搓手暖一暖，摘下眼镜揉了揉眼窝。值了一晚的班，有些乏了，这会儿他就想回家冲个热水澡。

一路上他的脑中挥之不去前一天江盈枫说的话。不知道王志渊的事她处理得怎么样了。想到这里，他便开始自责，后悔自己的冲动让她承受了不该有的压力。

刚进家门，他便径直进了卧室，仰面倒在床上。值班的辛劳加上王志渊的阴霾让他经历了一个高压的夜晚，此刻他闭上眼睛，感觉身体在止不住地往下坠。

良久，他伸手摸到了落在一旁的手机，给江盈枫发去一条信息："晚上我做饭，等你回来。"

"今晚我要加班，不回来吃了。"

"那我去接你。"

"不用。晚上我有话对你说，你在家里等我。"

他握着手机，感觉脊背蹿上一丝凉意。她这是怎么了？他努力说服自己要冷静，好好洗个澡补个觉，晚上自有分晓。

漫长的一天过去了，他终于等来了江盈枫。听见隔壁有开门的动静，他立马冲了出去，喊："盈枫，你回来啦。"

只见她没有了往日的热情，眼神有些躲闪，道："你进来吧。"

他跟着她进入家中，一把从背后抱住了她，吻着她的脖颈。她闭上眼睛被这温存俘虏，几秒后不得不挣扎着将他的身体推开。"阿华……"她转过身，眉心拧起，眼神充满无奈，"我们……还是分开吧。"

这短短一句话似一发火箭弹将他射穿，他面无表情，只觉得天旋地转，颤声道："你说什么，我听不懂。"

"这是唯一的办法……让他不再抓住你不放。"

"什么唯一的办法？"他紧盯她的双眼，声音颤抖，"我明天就把钱打给他！我不在乎！"

"不行！我不会允许你这么做的！你要动这笔钱，需要你母亲的签字，我会告诉她实情，她不会同意的。"

他攥紧了拳头："为什么要这样，盈枫，为什么要这样残忍……？是我错了，你不要这样好不好……"

她心如刀绞，不忍看他的模样，转过头去，两行眼泪喷涌而出。

"这一切都是我的错，是我自己种下的苦果，不应该由你来承担。"她抽搐着说道，"以后你一定会遇到一个真正适合你的人，让你知道什么是爱，就像现在的我遇到你一样。"

说完她便一股脑地冲进卧室，锁上了门。许久，只听见客厅传来"砰"的关门声，她才慢慢走了出来。

空空如也的屋子，还留有他的味道。她慢慢来到客厅，扶在墙边，这面墙是和隔壁的共用墙，墙的那一边就是他的家。或许是心有灵犀，此时他也正站在墙边。一墙之隔，却像隔着几万光年。两人好似硬币的两面，分不开，却无法在一起。

为了躲避张少华，第二天一早江盈枫就戴上墨镜拖着行李去台北出差。没想到，张少华也正巧出门去医院。电梯到了，两人便一同进了电梯。

空气凝重，仿佛能听到彼此的呼吸声。她躲在墨镜后一语不发，从电梯的镜子里看到他凹陷的眼眶和略显浮肿的脸，知道他与自己一样一夜无眠。

"出差吗？"他先开了口。

"嗯。"

"去哪里？"

"台北。"

"我送你去机场吧。"

"不用了。"

电梯门一开，她率先夺门而出，头也不回地快步走到屋苑门口上了一辆停在路边的士。

两人有一段同路，他的车一直跟在她的后面，过了几条街，两辆车在一个路口的红灯处并排停下。过了这个路口，两人就要分道扬镳。

他朝她看了一眼，趁着等红灯的间隙，拿出手机，给她发了一条信息："照顾好自己。"

她盯着屏幕上这几个字，墨镜后的双眼早已湿润。此时绿灯亮起，他转弯朝医院方向驶去，她这才摘下墨镜，露出红红的眼眶。

到达台北的酒店已是中午，这一路好漫长。她放下行李箱，脱下外套，任由宽大松软的床接纳她疲惫的身躯。眼看饭点都要过了，她毫无胃口，只得挣扎着起身打开行李。

整理到一半，她突然看见了箱子的内侧放着他送的保温杯和胃药，她鼻子一酸，瘫坐在地上，再也没了力气。

她早已是一个囚犯，困在了他给的回忆里。她爱他，没有惊涛骇浪，却已深入骨髓。

夜晚的台北下起了小雨，洗去了白天的喧嚣。万家灯火时，这里的人们纷纷下班往家赶，步子比香港人慢多了。

她在街上漫无目的地走着，享受着片刻的放空。由于工作的关系，她一年要拜访台北几次，会一会这边的客户。她对台北的印象一直很好，这座城市自带的人文气质比香港更显亲切。

走着走着，她路过一间酒吧，从外面望进去，里头布置隐秘、灯光昏暗，配她现在的心情刚好。她本想借酒浇愁，可脑子里闪过了她跟张少华的约定，便挪开了步子继续前行。

在一个无人认识的城市里游荡，这大概就是属于她的简单的快乐。

此刻的他在做什么？她的思绪飘到了海的那边。他是否也像她一样，想要越过山丘、漂洋过海来看她？……

张少华天天行尸走肉般地上班下班。如同这猝不及防的降温，他人生的寒冬也突然降临。

身旁的护士察觉到了他的失常，因为他在听病人讲话的时候居然破天荒地走了神，盯着桌上江盈枫的照片发呆，神情忧伤。他失恋的消息在医院里迅速传开，护士之间纷纷议论着姐弟恋果然长不了，互相打趣机会又来了。

　　江盈枫不在的日子里，他的生活失去了方向。下班回到家中，对着空空的餐桌，脑海中尽是她为自己洗手作羹汤的画面。那是何等的温馨，如今却冷冷清清。后来他干脆不回家了，去她之前常去的那间威士忌酒吧，坐她坐的位置，喝她喝的酒，一杯又一杯，吞下这苦涩。

　　他实在不想回去那个充满她的气息的公寓，他害怕夜晚那种思念的折磨，如同毒瘾发作般无法自抑。他向主任申请值夜班，天天和病人泡在一起，只有这样才让他感觉到存在的价值。

　　正在经历寒冬的不只是张少华，吴一婵也刚刚度过了焦头烂额的一周。在权衡利弊之后，她决定先让母亲回老家治疗，用高级的进口药，自己则在香港筹钱，争取早日把母亲接过来。

　　香港打拼十载，她是有些积蓄的，可不巧的是前不久她刚买了科技园的房子，大部分存款都交了首付，按照合同规定短时间内拿不出来。她思来想去，眼下唯一的希望便是王志渊公司的股份。

　　她打算从他那里套现自己的那部分股份，价钱自然是越高越好。她在心里想好了一套说辞，晚上准备跟他摊牌。

　　她提前下了班，去了他常去的一家高级西服店买了一对袖扣带回家。晚上，他刚踏进家门，她便迎了上去："回来啦！今天挺早啊。"

　　他对她突如其来的热情还真有点不习惯，说："噢，今天没什么事，大家都回去得早。"

　　她从身后拿出了装着袖扣的袋子，说："送你的。之前你不是掉了一副很喜欢的袖扣嘛，喏，帮你买了副新的。"

　　"哟！"他接过袋子，拿在手里晃了晃，"难得收到你的礼物，谢啦！"

　　他换了拖鞋，瘫坐在沙发上，连日来筹钱的事让他显得疲惫。她端上一杯水，问：看你每天这么忙，公司应该很不错吧？"

　　他没有作答，只是低头揉了揉太阳穴。

　　"你不是在找新的股东嘛，我的那些股份要不也一起卖了得了。"她半打趣地试探道。

"什么意思？"

"你知道我妈病了，需要一笔钱治疗，我想套现我的股份。"

他转过头，愣了几秒："你开什么玩笑？！"

"我没开玩笑，我妈那边急需用钱，我是认真的。"

"现在是公司最关键的时刻，你怎么好意思跟我提这个？！"他心中升起一股无名火，"你不跟我一起共存亡也就算了，还要釜底抽薪？"

她纳了闷，好端端的怎么就到了存亡时刻了？她问道："公司到底怎么了？"

"公司现在的现金流最多支持半年，再找不到投资人我们就要喝西北风去。"

这消息对她来说可是个晴天霹雳，忙问："这么严重？之前怎么没听你说起呢？"一见风向不对，她的心里更是下定决心要立刻套现。

"这种事当然是知道的人越少越好，我难道还要满世界宣布吗？"

"那你也不能瞒着我吧？我也是公司的股东啊！"她皱了皱眉，"我妈那边等不起，要不我的股份就先卖给你吧，等你找到投资人了再转手给他也行。"

"想也别想，没这个可能！"

"到底是我妈重要还是你的公司重要？！"

两人争执不下，他面红耳赤地站了起来，高声道："你回去看看你的股份协议书，你的那些股份都是干股，只有分红权，根本不能转让。想卖掉？别做梦了。"

真是一言惊醒梦中人，她这才明白过来，王志渊这个玩弄资本的高手，早就把一切都设计好了。

"你想赖账？当初你求我帮你公司做这做那的时候，可不是这么说的！"她怒道。

"白纸黑字，你自己可以翻出来看看，上面还有你的签字。"他说这话时的嘴脸活像旧社会里的恶霸地主，"当初我是承诺给你股份的，我也都做到了，让你不出一毛钱就可以享受公司的利润，你还不知足？想要实股，那是要花钱买的！"

他的几句话响亮地打在她的脸上，讨债不成反被咬，她自知这个哑巴亏是吃定了，怪她当初没留个心眼好好研究一下协议书，她唯一的筹钱门路就此封住。

"其实我们还是一条船上的人，"他坐下拍拍她的肩，"只要公司好，你就有钱拿，对大家都好，不是吗？"

她狠狠记住了这个男人的嘴脸，硬生生吞下愤怒，咬牙说："那你要快点找投资人了，我还等着我的分红呢。"

她沉下心来，来日方长，且看分晓。

一周后的清晨，江盈枫在桃园机场办理登机，准备返港。张少华此刻正同其他医生交接完毕，准备回家。

接连几天的夜班加上消极的情绪，他的身体已快到达极限。他披上外套，拖着沉重的身子勉强坐进车里。他的脸在发烫，浑身发冷，握着方向盘的手时不时地哆嗦着。他把车里的暖气调到最大，强撑着开回了家。

他的最后一点体力支撑着他摇摇摆摆晃到家门口，刚掏出钥匙，手一抖掉在了地上，他弯腰去捡，却没站稳，一头撞在了门上，如同撞进了松软的床，再也站不起来。

他就这样昏睡在家门口，多日的挣扎只令他垮了身体。

快到中午，江盈枫的的士停在了屋苑门口，她从台北出差回来，刚出电梯，就见眼前躺着一个人。

"阿华！阿华！"她吓了一跳，蹲在地上不停地摇他。

他的眼睛撑开了一条缝，一脸虚弱，出不了声。她摸了摸他的额头，烫到烧手，赶忙把他的胳膊架在肩上，使劲起身跌跌撞撞地扶回她的家中。

她让他躺在床上，为他脱去外衣盖上被子，翻箱倒柜找到退烧药让他服下。

他一睡就是一天，她一守就是一夜，半夜里，他迷迷糊糊喊着她的名字，她自责难耐，摸着他的脸颊心疼不已。

熬过了黑夜，晨光照进了房间，将他唤醒。他慢慢苏醒过来，来回转了转头，他眯了眯眼睛，床头她的照片若隐若现，他这才意识到自己身在何处。

他闻了闻盖在身上的被子，隐约有一股她的清香；再使劲一闻，更多的还是他的汗味。昨晚他出了一身汗，被子还没有完全干。他慢慢坐起来，下床后感觉有些冷，双臂交叉抱在胸前。他在这熟悉的公寓四处转悠，终于在厨房发现了她的身影。

"你醒啦？"她正在给他煮粥，"你这样不行的，会着凉的！"她到卧室找了条毯子欲给他披上。

他站在原地，看着她来回忙活的样子，不敢说话。他被她裹得严严实实，那模样像是一个被好心人领回家的失足儿童。

"你感觉好些了吗？"她伸手触碰他的额头。

"好多了。"他本想说谢谢，话到嘴边却觉得怪怪的。他有些紧张，又有些兴奋，心中不停揣测着她的心思。

"先去洗个热水澡，粥一会儿就好了。"她没再流露过多的关心，转身继续忙活。

他只得转身朝浴室走去，乖乖冲完热水澡后的精神回来了一大半。他光着上身出了浴室，湿漉漉的头发擦到一半，脖子和脸上还挂着水珠。

"你怎么这样就出来了！"她刚把粥端上桌，转头看见了他，立马跑去次卧翻出一件之前她父亲留在这里的毛衣，刚想让他穿上，却发现他的身上还未完全擦干。

她拿起搭在他肩上的浴巾帮他擦拭，从脖子到胸前，每一寸肌肤毫不含糊。面对他赤裸又健硕的上身，她不自觉地开始心跳加速，快速抬眼瞥了他一下。

他低头注视着她娇羞的脸庞，再也克制不住自己，一把搂住了她的腰，不假思索地吻了上去。她没有丝毫推搡，这似乎也是她期待已久的。

他一把将她抱去卧室，多日的压抑让两人在此刻水乳交融。一番云雨后，他无力地瘫在她的身上，咬着她的耳朵："盈枫，我爱你。"她抱着他，抚摸着他的头发，这失而复得的幸福令她喜极而泣。她心里明白，再也没有什么能将他们分开了。

与张少华的复合让江盈枫更加珍惜这份感情，她心里清楚，王志渊还是会随时找上门来，一想到这里，她的心头好似被一层阴霾笼罩。她必须想一个办法，彻底除掉这把悬在头上的达摩克利斯之剑。

上午，她在会议室里听大家汇报客户小结。

"赵然，上个月你的客户资金总量有所下降？"她问赵然道。

"是金总那边挪走了部分资金，他要做其他投资。"

"金总？金铭顺吗？"

"是的，他好像打算成立新业务，暂时需要周转一下。"

江盈枫眼前一亮，若不是赵然的一番话，她差点忘了之前金铭顺邀她入伙创业的事。如果她没记错，那是一家财富管理公司，与王志渊的方向刚好一致，何不将这两人凑到一起？

会后，她立刻给金铭顺去了电话，约他出来详聊。她有把握说动他投资王志渊的公司，在她眼里，这两人正是豺狼配虎豹，指不定能擦出什么火花来。

午饭一过，她便提前来到了约定的咖啡店，心里盘算着如何撮合这笔买卖，毕竟一会儿要来的可是个老江湖。

"你好，江小姐！"金铭顺还是一副衣冠楚楚、故作潇洒的模样。

"金总快请坐。"她一改先前对他的冷漠态度，主动招呼起他来。

两人各点了一杯咖啡，她便迫不及待地询问起来。

"金总上次说要成立财富管理公司，不知现在进展如何了？"

"哟，江小姐今天约我来是为了谈这事呀？我正等着你呢，上次邀请你加入，我可是真心实意的呦！"

"我知道，所以我今天特意约您出来，因为有个非常合适的人选介绍给您。"

"哦？还有比你更合适的人选？"

"金总说笑了，我说的这个人在业内挺有名的，叫王志渊，不知道您听说过没有？"

"王志渊……"他若有所思，"这名字有点印象，之前好像有人给我推荐过他的基金，不过我没买，这种基金赚钱太慢。"

"金总果然人脉广，这个王志渊之前是 ZBC 大中华区的王牌基金经理，后来自己创业成立了一家资管公司，目前正在邀请投资人入伙，金总若是有兴趣，我可以给你们牵线！"

老谋深算的他立刻嗅到了其中的要害，思考了一会儿道："这种小公司太多了，不瞒你说，已经有不少人来找过我，都是让我出钱投资的。"

"那您可能对王志渊还不了解。"她料到了他的反应，"您可以去网上搜搜关于他的报道，从华尔街一路火到香港，我相信他跟您口中的那些人是不一样的。"

她见他听得入神，继续道："以前他的基金那都是要抢额度的呀，我就帮不少客户抢过呢。"

他眉毛一抬："这样啊……那他还找不到人投资？"

"投资人不缺，缺的是志同道合的合作伙伴。这不，我就想到了您，我感觉您的理想跟王志渊是很匹配的，你俩要是能走到一起，绝对是双赢。"

"哦？怎么说？"

"您要是入股他的公司，自然可以帮您打开家族办公室的业务，眼下财富管理正处在风口，您可以利用这次进军金融界的转型大肆宣传一把，您公司的股价一定会大涨，这样一来就可以彻底摆脱老干股了。"话音刚落，她尴尬地笑了笑，"您别介意我这么说啊……"

"不会，你说得都在点子上。"他对"老干股"这三个字早就没了脾气，对她的直截了当倒是颇为欣赏。

"王志渊在业内是一个有号召力的人，他就像是一面大旗，可以帮你引来不少大客户。你俩强强联手，不怕公司做不大。"

他咽了口咖啡，眼前这个女人所说的倒是正合他意。他不动声色道："哎呀，来找我的人真是很多，我也一直在筛选，既然有江小姐作保，那我就见见这位王先生吧。"

她咧开嘴笑了，她的任务就此完成。只是她并不知道，金铭顺心中的如意算盘远比她想的更大胆。

话说金铭顺最近为新业务奔波，见赵然的时间自然少了。赵然得了空，晚上便来到林淼淼的家中。缠绵过后，两人在沙发上闲聊起来。

"最近怎么没见你陪你爸出去吃饭呀？"她头枕在他的大腿上。

"他最近一直在温州，现在资金出境收紧了，他一直在托朋友找门路。"他突然挺了挺身子看向她，"你们银行是不是有办法呀？"

"开什么玩笑，我们可不帮客户做这种违规的事情。"

"那客户的钱出不来怎么办？"

"所以呀，生意难做，老板说我们要瞄准钱已经在境外的客户。"她嗲里嗲气地叹道，"你身边有这样的朋友一定要介绍给我啊。"

"知道了。"他敷衍道，"对了，最近我的投资怎么样了？"

她心里咯噔一下，真是哪壶不开提哪壶。

"喂，你在听吗？"他抖动一下大腿，故意震了震她。

"你说投资啊？挺好啊，涨涨跌跌，很正常。"

"到底是涨还是跌啊？你一定帮我盯紧了，要是出了问题我跟我爸没法交代的，你知道我那个弟弟……"

她对他那兄弟相争的戏码早就心生厌烦，"我知道——"她故意拖长了音，"你弟弟在你爸面前很得宠——放心吧，你的投资没问题。"

他轻轻弹了下她的脑门，算是对她刚刚的嘲讽语气以示惩戒。

大大咧咧的他不再追问投资的事，她也算顺利过关。突然，她想到了徐青的那个产品："对了，有个不错的基金，你要不要投一点？"

"什么基金啊？回报多少？"

"一年百分之十，底层投的是一些中短期债权，我自己都想买呢。"

"会亏吗？"

"这个基金特别稳，还加了保险的，我看了历史业绩，没有出现过一个亏损年份。"

"真的呀？那我这周就去你们银行签了吧。"像从前买产品时一样，他没有过问太多的细节。

她顿了顿，说："不用特意跑一趟，我明天把合同带过来给你。"

"你们银行买产品不是都要去行里签的吗，还要录音什么的，这次不用了啊？"

她脱口而出一个"嗯"字，编着谎话："之前你买的是高风险产品，所以流程比较烦琐，这个就不用了。"

"那太好了，省去我一大堆时间。"他乐呵呵地继续翻着手机。

"那你打算买多少呀？你之前买的产品都还没到期，还赎不出来呢。"

他思索片刻回道："那就买两百万吧。这可是我仅有的私房钱，这些年攒下来的，如果真赚得那么好，以后再加仓。"

她心中掐指一算，两百万，提成就是四万，这钱赚得也太容易了，怪不得这么多人都要做飞单呢。

她努力不让兴奋之情流露出来，平静道："那我明天就帮你去办。"

金铭顺同王志渊见面的日子终于到了。

金铭顺从江盈枫的口中已经勾勒出他要见的这个未来合作伙伴的大致模样：有能力，有抱负，最重要的是这样一个英雄汉居然被钱难倒了，正好给了他"施以援手"的机会。

王志渊的心气是高的，他对这位投资人并不满意，自己辛苦创办的公司要和"老干股王"沾上边，实在不是什么光彩的事。可是为了五斗米，该折腰时还得折。

见面的地点就在王志渊的公司，金铭顺一副休闲打扮准时出现，优哉游哉地踏了进来。

"金总，幸会幸会！"王志渊站在门口迎接这位财神爷，他第一眼就对这个优越感十足的男人没什么好感。

"王总，终于见面了！"金铭顺露出官方式的笑容。

简单绕着办公区域走了一圈后，两人便在王志渊的办公室坐下。

"王总这里布置得很不错啊，这海景房开销不小吧？"金铭顺跷起了二郎腿，那样子像是前来视察的领导。

"金总客气了，五脏俱全的小麻雀而已。"

"你可不是麻雀啊，怎么说也是老鹰，江小姐在我面前对你是赞不绝口。你们很熟吗？"

"我们是同行，合作过几次。"王志渊随口答道，那表情让人看不出破绽。

"自己出来干可不比待在大公司舒服，王总还是很有魄力的呀。这一点我最有体会，要做好一个公司真是太不容易了，天时、地利、人和，一样都不能少。"

王志渊皮笑肉不笑地挤了挤嘴角，就他那个半死不活的江湖公司也好意思拿出来说。

"王总最近都看好哪些股票呀？我们正好交流交流。"金铭顺来了兴致。

王志渊回答得有些敷衍，故意说了个谁都知道的名字，心中不屑跟一个玩老千股的人交流投资。

金铭顺察觉到了这个男人的一丝傲慢，却不与他计较，那心态就像是长辈对犯了错的小孩子不予追究。

"王总觉得我们蓝博国际怎么样？"金铭顺问道。

王志渊卡壳了两秒，那不是金铭顺自己的公司吗？他不是在开玩笑吧，哪个正经的基金经理会去投一个臭名昭著的老千股？

"这个……我不怎么了解。"他略显尴尬。

"噢？这么有名的老千股王总不会不知道吧？"金铭顺问得理直气壮。

"呵呵，我们真的不大关注。"

"如果我给你一个非关注不可的理由呢？"他咬着不放。

王志渊被他越说越懵，完全不明白他葫芦里卖的什么药。

"我可以入股你的公司，但有个要求，就是你的基金必须买蓝博国际。"

王志渊不敢相信自己的耳朵，这个男人是疯了吗？

金铭顺看着他的表情，顿觉好笑。"王总不要紧张，我让你买自然是有道理的。"他拿起面前的水杯猛喝一口，"你先买入，之后我会对媒体宣布蓝博国际进军财富管理行业的消息，届时股价一定会有一波大涨，基金肯定大赚。"

王志渊顿时惊道："这不是内幕交易吗？"

"不然呢？"金铭顺咧着嘴哼笑，一副不以为然的样子，"资本市场就是大鱼吃小鱼，靠你这样规规矩矩地投资什么时候能赚大钱？"

"可内幕交易是违法的！"

"天知地知，你知我知。"

"万一被抓住了……"

"放心，"他打断了王志渊，"监管只会查并购前后三十天内的大宗交易，只要我们买卖的时间跨度大于三十天，就不会有问题。这个市场上每天都在发生着各种各样的内幕交易，那帮监管哪有这么多工夫一个个去抓。"

"可被抓到的也大有人在啊……"

"哎呀，王总，我在监管那里有人，我最清楚他们是如何操作的了。只要你按照我说的做，保管不会出事。像战斧这样的小公司想要跟那些大公司竞争，不拿出点超人的业绩怎么抢夺客户？大公司监管严格，你不会有这样的机会，可现在是你自己的公司，操作起来多灵活呀。"

王志渊的内心挣扎着，在事业上他确实有点急功近利，打个擦边球是有的，但从不曾越过那条红线。

"王总啊，此一时彼一时，你是大公司出来的，但现在得用小公司的思维来运作啦。"金铭顺见他没有松口的意思，直接捏住他的软肋，"现在对你来说找到投资人才是最重要的，你好好想一想，这桩买卖不吃亏。"

王志渊无法这么快说服自己，送走了金铭顺后便把自己锁在办公室里。夜幕落下，一片寂静漆黑，他仿佛能听见自己的心跳。

他转头望向窗外，中环一直在他的脚下，他胸中的野心犹如这万丈高楼拔地而起。他走到窗前，高高在上地俯视着如蝼蚁般的人和车，周围大楼的灯火通明像是一束束聚光灯照射在他的脸上。他已经站在了舞台的中央，只等人们的仰望和喝彩。

既然未来无法预知，谁又何尝不是赌客？好不容易走到了这里，他必须走下去。金铭顺这个让他不屑的老干股王，就这样打开了他心中的潘多拉魔盒。

甩掉了王志渊这个大麻烦，江盈枫又迎来了新的麻烦，那便是她的顶头上司Angelina Lee。

当初这个雷厉风行的女人花重金把她招来，就是希望她能帮光展带来更多的内地客人。可一晃快半年了，江盈枫的业绩并不让人满意。她被 Angelina 叫去了办公室，开始谈话。

"来光展这么长时间了，还没时间和你好好聊聊，在这里一切都还好吗？"

"您客气了，都挺好的。"

"既然都挺好的，为何你的业绩没有预期的那样好呢？"

江盈枫已经习惯了这位女强人不留情面的风格，对于今天的谈话，她的心里也有所准备。

"说服客户转行是需要时间的。"

"你来光展也快半年了，我数了数，你带进来的客户一共五位，其中金额大的也就三位，我相信你手里远不止这些客户的。"

江盈枫清了清嗓子，说："您也知道，G&C 和光展的模式不同，G&C 有自己的投行部和资管部，不少企业主就是因为他们的投行业务留在那里的，这批客户觉得光展的吸引力并不大……"

"那你就帮助光展去吸引他们啊！ G&C 能做的我们为什么不能做？我们可以去找外部投行合作，这难道不是你的价值所在吗？我们要对客户有把控力，而不是被客户牵着走。"Angelina 略显严厉。

"您说得有道理，但……我觉得还是应该从客户的角度出发，选择最适合他们的。我的客户我是最了解的，这么多年他们愿意跟着我就是冲着这一点。"

"我明白，对待客户你有你的方法，这点我不干涉，我只关心你的业绩，别忘了当初你进来的时候，我们是有过口头约定的。"

面对 Angelina 的步步紧逼，江盈枫有些如坐针毡："我当然记得，我答应您的客户不会少，我会从其他地方找到新的客户。"

"好吧。"Angelina 不再浪费时间，"眼下有一个客户要麻烦你，这个客户很有钱，已经在我们这里做了不少投资，我想让你说服他再加些'杠杆'。"说罢她把一沓资料伸到她的面前。

"这是您的客户？"她接过资料随口一问。

"算是吧，我太忙了没时间处理这些事，就交给你了。"

出了 Angelina 办公室的门，她长长地吐了一口气。"拼命三娘"向来是她的标签，来到光展后她不是没有努力争取过这些客户，但在竞争日趋激烈的今天，光展这样的独立外资银行对内地客户的吸引力确实不大，产品雷同，费用也没有优势，唯一能打的也就是感情牌，靠着她过去的交情，有几位客户把一部分钱放在了这里。

这么多年，高压的私行生活让她的脑子里始终紧紧地绷着一根弦，如今这根弦却像生锈了一般，经不起拨弄了。

累归累，她还是拿起了老板刚刚交给她的客户资料仔细研究起来。革命一日未成，职责一日未尽。

翟纲结束了深圳的阶段性任务回到了香港，他一得空便第一时间约吴一婵出来。饭桌上，他得知了吴母病重的消息，一阵惊愕，仿佛是自己的母亲得了病一样。

"怎么那么突然？你妈妈现在情况怎么样？"

"是很突然，这阵子我们家都乱套了。"她整个人提不起精神，"现在我们先让她在老家治疗，用的进口药，我还是想把她接到香港来的。"

他从未见她这样消沉，那对水汪汪的大眼睛失去了往日的神采。

"那干吗不早点过来治疗呢？"

"我还在筹钱。"

他眨巴着眼睛，问："要多少？"

"医生说是持久战，三五百万总是要的。"

"这么多呀！"如若是几十万，他便毫不犹豫地倾囊相助，可这几百万着实让他捉襟见肘。

他初来乍到，在香港没什么关系，一时间想不出什么更好的办法。他见不得她那可怜的模样，关键时刻只恨自己没用。

"你有想过去北京治吗？"他思考片刻问道，"北京离你们也近，那里的大医院肯定有好大夫的。"

她抬头看向他："我毕业后就离开北京了，在那里早就没什么熟人了。"

"这事交给我！"他两眼放光，为这个来之不易的表现机会激动不已，"我回去后就请北京的朋友帮忙，总能联系到好医生的！"

"真的吗？"她用充满希望的眼神看着他，仿佛那是上帝为她留下的最后一扇窗，"要是能请到北京的名医，我妈就有希望了！"

人命关天，她的期待更加坚定了他的决心。

"这样，我周末就先回一趟北京，正好我也要回去办点事，顺便就和一些老朋友打听起来。"

她隐约记得翟纲的老家不是北京，当初她还因为他是小地方来的而对他有所轻视。

"你父母现在在哪呀？"她询问道。

"他们还在老家呢。"

"你怎么没把他们接去北京呢？"

"我这不年头刚刚在北京买的房子，打算装修好了再把他们接过去的。"他憨憨地笑道，"北京的房价贵啊，我们这种打工族要攒很久才买得起。"

她头一次觉得这憨憨的笑容充满了踏实感，这个丢在人堆里都不会让她多看一眼的男人突然散发着一股魅力，有那么一瞬，她的心里觉得他与众不同。

"对了，你的科技园项目怎么样了？"

"不是很顺利。"他低头叹道，"那几个大的投资商根本对科技产业没兴趣，他们的目的只是想借这个项目带动周边的房地产，好大赚一笔。现在科技园周边的房价已经涨了不少，但园区的小企业扶植和招租一直没什么进展。"

她不语，心里明白这就是香港这座城市的商业特点。坐地收租、圈地皮卖豪宅，那都是几大家族盆满钵满走到今天的老套路。至于科技这种新事物，谁会为此放弃传统稳当的赚钱模式，而踏进这充满未知的领域呢？

时间不早了，翟纲将她送到地铁口，道："早点休息，别感冒了，天大的事有我顶着。"

她笑了笑，在寒风中同他挥手道别。她望着他宽大的背影，仿佛山一样坚定而稳固。那背影很快淹没在路人中，消失在夜色里。

转眼又到了圣诞周，整个香港都放慢了脚步，就连最繁忙的中环都渐渐空了下来，一同迎接这一年之中最令人期盼的假期。

歌声在大街小巷飞扬着，各种打折标语吸引着人们的眼球，就连机场也换上了圣诞红，迎接一波波出去旅行的人。

此刻，赵然和林淼淼在机场候机，准备去往日本享受他们的温泉之旅。徐青给她发来了信息，邀请她一起参加下周浙江同乡会举办的元旦迎新会，可她已然没了兴趣。对现在的她来说，没有富豪的场子她是不会去浪费时间的。

江盈枫和张少华已经漂在了东南亚的某个岛上。蓝天碧海，艳阳高照，摆脱了香港的寒冷，张少华终于可以在水里施展开了，而江盈枫则在岸上忙着给客户们发贺年信息，她身在曹营心在汉，为了完成 Angelina 给她的指标，真是一刻也不得闲。

吴一婵回老家看望母亲，留下王志渊一人在香港。自从上次的争吵后，两人的关系降到了冰点，在家中也几乎没有话讲，这正好让他把全部精力都放在了公司的事情上。在他破釜沉舟买入了蓝博国际的股票之后，他与金铭顺约定，新年后正式对外公布合作的消息。

元旦一过，金铭顺便高调地在中环的五星级酒店召开新闻发布会，把香港各大财经媒体请了个遍。秘书早就准备好了新闻通稿，一一发放给在座的记者。发布会开始前，正中的发言席上金铭顺和王志渊正坐在一起相谈甚欢，记者上前示意两人起立合影，金铭顺便拉着王志渊来到背景牌下，一副亲密无间的样子。

王志渊表面上笑得春风得意，心里却并不轻松，这闪光灯似乎能照出他内心的秘密。

"各位尊敬的媒体朋友，欢迎大家来到蓝博国际的新闻发布会！"秘书拉开了发布会的序幕。

金铭顺和王志渊相继进行了冠冕堂皇的发言，很快便到了问答环节。

"请问是什么让两位走到了一起？"记者提问。

王志渊客气地朝金铭顺伸伸手，示意这个问题由他来回答。

金铭顺颇有默契地笑了笑，口吻略显严肃："我跟志渊是相见恨晚，其实在他出来创业之前，我就买了他的基金，一直持有到现在。在我所有的投资产品里，他的基金是表现最好的！像这样优秀的基金经理，我能不同他合作吗？"

一旁的王志渊默默感叹，金铭顺浑身上下最值钱的就属这张嘴了，原来他就是这样一直骗着小股民的钱。

"金总这次入股战斧资本，长远的发展规划是怎样的？"

"大家或许都知道，蓝博国际的业务一直以来都比较单一，近几年更是缺乏明显的增长亮点。为了给投资者们一个交代，这次我们在众多的资产管理公司中选择了战斧资本作为进军金融领域的开始，我们相信凭借蓝博的资源和战斧的投资能力，一定会在财富管理领域抢占一席之地。"

"有不少股民担心，这次入股会不会又是老千股的一个陷阱，骗大家买入？"

金铭顺坦然自若，似乎对这个问题早有预料。他微笑着回道："王总就坐在我的身边，你们不信我也应该信他吧？他的行业背景你们是可以去查的。"

他转头看了一眼王志渊，继续道："蓝博国际入股后，战斧资本就不再是一个简单的资产管理公司，我们的目标是做一个专业的家族办公室，为那些超高净值人群打理资产。我就是战斧的第一个客户，我的全部身家会交给王总的团队管理。"

此番豪言壮语让金铭顺打了个翻身仗。第二天，蓝博国际入股战斧资本的消息就见诸报端，诸如"一代老千王金盆洗手""千年老千大翻身"之类的标题出现在各大版面。蓝博国际的股价也连涨数日，金铭顺看着电脑前的走势图，心中无比欢喜。

事实上，就在新闻发布会召开的一周前，他就用自己的资金买入了相当一部分的股票，他谁也没告诉，连他的"亲密战友"王志渊也被蒙在鼓里，这会儿他正一个人闷声不响发大财呢。

另一位受益者王志渊也享受着他的投资成果，他的基金获利丰厚，净值一下子猛蹿，整个团队的气势空前高涨，销售趁热打铁向更多的机构推销，一连签了几个大单。战斧资本终于一炮而红。

王志渊曝光率的迅速上升，惹得同行们分外眼红。不久前他还因为公司筹钱的事而被人躲着，如今那些不愿借钱给他的人纷纷主动找上门来联络感情，吃饭的吃饭，喝酒的喝酒，如同"巴菲特午餐"一般，听他讲述自己的创业经历。毕竟成功的人说什么都是对的。

江盈枫从网站上看到了金王联手的消息，轻蔑一笑，这两人果然还是凑到一块去了。

她继续低头研究 Angelina 交给她的客户，来回看了好几遍后，发现这个客户并不适合加杠杆。

她来到老板的办公室："Angelina，有时间聊一聊你的客户吗？"她摇了摇着手中的材料。

"Sure!"

她在她面前坐下，如实相告："我看了这位钱总的资料，他的风险评估并不激进，他的资产组合中已经有相当一部分是杠杆类的产品，如果再加杠杆的话不太合适。"

"什么叫不合适？"Angelina 向后一仰，抬起了下巴，"风险评估只是一个参考，我们做事情要变通。"

"我不是很明白您的意思。"

她此言似是惹毛了 Angelina。Angelina 说："你不是第一天在这个行业了，该怎么做还需要我教你？"

"可是我们应该站在客户的立场考虑……"

Angelina 失去了耐性："你不要忘了，你的首要任务是为银行创造利润！你知道我们的开门红压力有多大，所以我才让你们尽力挖掘每一个客户的潜力！"

江盈枫早就对银行的这套做派嗤之以鼻，她一脸严肃道："压力归压力，我不能做对客户不利的事。"

Angelina 有些吃惊，还没有人敢公然跟她叫板。眼前这个恪守原则的晚辈像极了年轻时的自己。刚入行时，谁不是一心向阳，可几番摔打之后，又有多少人能守住初心？

她没有大发雷霆，相反，倒对江盈枫有了点敬佩之意。

可现实归现实，她的头上每天都有一串数字在转，新增资金、转化率、佣金……这些陪伴她走到今天的老朋友时刻在提醒她不要活在理想的世界里。

"我不管你在 G&C 有多成功，在我这里都是从零开始。我希望你记住你身上背负的任务。如果完不成指标，你连坐在这里跟我说话的机会都没有。"

江盈枫抿嘴一笑："那是当然。"她把资料放在了 Angelina 的桌上，转身离去。

这是她近期第二次跟 Angelina 不欢而散，两人的正面对峙已经一发不可收。她如履薄冰，真不知道自己还能撑多久。

当江盈枫在为工作发愁之时，赵然已沉浸在年终排名的欢喜之中。由于她出色的表现，去年的业绩 Top 10 排行榜中有她的一席之地。作为奖励，这十位上榜者将由公司出钱赴欧洲豪华游一周，这份荣誉对她来说意义非凡。

"开心了吧？我们组就你上榜了。"Sabrina 轻碰了她一下。

"哎呀，别取笑我了，这种小奖励你才看不上呢。"她嘴上不承认，心里早已乐开了花。

"去欧洲别手软，该买的一定要买！你现在都是金牌 Banker（银行经理）了，浑身包装得跟上。"

"是哦！"她眼睛发亮，"你有什么推荐的吗？"

"问对人了！"说罢便发给了赵然几家她常去的名牌店。

她一一记录下来，做好规划。这次去欧洲她打算多待一周，到处走走看看，慰劳一下过去一年的辛劳。

战斧资本像往常一样运转着。合规官正在查看每日的交易记录，突然，一个名字使他瞪大了眼睛——蓝博国际，基金今日抛售了蓝博国际的全部仓位，并且获利丰厚。由于公司和蓝博国际的关系特殊，警觉的他立刻翻看了买入的日期，正是宣布入股的三周前。

这是巧合吗？他心中咯噔一下，职业嗅觉马上让他怀疑这桩交易的合法性。可如果是内幕交易，这持有的时间也偏长了一些。他没有十分的把握，作为合规官他决定调查清楚。

他带着疑惑敲开了王志渊的门："王总，有笔交易想跟你询问一下。"

机警的王志渊已猜到他的来意，故作镇定："哦，什么交易？"

"蓝博国际，"他摊开手中的交易记录，"蓝博国际是我们的股东，因此在我们交易的受限清单上。这里显示我们在蓝博国际的股票上有过大笔的买卖，可能会涉嫌内幕交易。"

"内幕交易？"王志渊揣着明白装糊涂，"我们基金怎么会有内幕交易？这只股票我们也拿了一段时间了。"

"可买卖的时间窗口正好跨越了宣布入股的时间点，监管要是查起来……"

"监管只会查入股前后三十天的大笔交易，我们的交易不在这个范围内。"王志渊斩钉截铁地想要封住他的嘴。

"可监管万一来实地抽查，我们还是得给出相应的回复，我要写进报告里的。"

见合规官一脸刚正不阿，王志渊有些心虚道："你的报告就写'经证实，无内幕交易'，监管要是来了我会向他们解释的。"

合规官就这样被打发了，王志渊的语气和表情使他的心里更加坚定了自己的想法，这里头一定有不可告人的秘密。做合规的人本就谨小慎微，他思来想去觉得自己不能被搅进这趟浑水里，以免影响了日后的前程，几日后便向王志渊提出了辞职。

王志渊心照不宣，即刻让他离了职，还以奖金之名给了他一笔不小的封口费。他得尽快找一个新的合规官来维持公司的运转。想来想去，这事还得靠吴一婵。

回到家中，吴一婵在同母亲视频，询问一天的治疗情况。王志渊在一旁轻轻坐下，待她挂断后关心道："伯母怎么样了？"

"老样子。一直在化疗。"

"这里是二十万，你先给伯母拿去看病。"他拿出一张银行卡，"我现在也没有多余的积蓄了，全投在公司里了。"

她有些惊讶。这个男人今天是良心发现了？

"本来我早该拿给你的，你也知道之前公司一直缺钱，现在有了新的股东终于缓过来了。"

"谢谢了。"她接过卡，心中多了分慰藉，"听说你的公司现在有声有色的？"

"还行吧，没外面传得那么神乎其神。"他咧了咧嘴，"对了，你认识做合规官的朋友吗？"

"怎么了？"

"我们要招一个合规官。"

"你不是有合规官了吗？这么快就要加人了呀？"

"不是，之前的那个合规官走了，我们要招一个新的。"

"走了？才一年都不到。"

"是啊，"他言辞有些回避，"现在的人都浮躁得很。"

"可马上就要过年了，他不等拿了奖金才走吗？"

"可能等不到过年了吧，谁知道呢。"

她心中疑虑重重，这位离职的合规官是她之前推荐给王志渊的，两人认识多年，她深知此人谨言慎行、做事负责，并非浮躁之人，他骤然离职怕是另有隐情。

"那我帮你留意一下。"她嘴上答应着，心中已决定约那位合规官出来好好叙叙。

午休时间，江盈枫选择了一个最舒服的姿势仰面靠在椅背上。连日来的加班令她有些疲惫，得好好闭目养神。

她刚刚盖上披肩，桌上的电话就响了。

"江盈枫，你现在有空来一下前台这边吗？门口有位客户的家属说想见一下这里的负责人。"是前台小姐打来的。

她挂了电话，按了两下眼窝，双手撑着座椅扶手慢慢起身。来到大堂处，一个学生模样的女孩正杵在那里。

"就是她。"前台同事向江盈枫示意。

"你是这里的负责人吗？"没等江盈枫开口，女孩便迫不及待地上前问道。

"请问有什么可以帮你吗？"

"你一定要帮帮我！"女孩顿时面露委屈，那样子快要哭了出来，"求求你了！"

江盈枫被她的表情惊到了："你先别急，有话慢慢说，我们到里面去。"

江盈枫把她带到了会议室，坐下后递给她一瓶水。

"你是谁？为什么来这里？"

女孩瞪着一双清澈的大眼睛，有些拘谨。"我叫闻雨琪，我爸爸叫闻昌平，是这里的客户。他上个月过世了……"她哽咽了几秒，"他生前在这里买了投资产品，说是留给我的。我马上要去英国读大学了，急需这笔钱。"

"原来是这样……"江盈枫顿了顿，"对于你父亲的过世，我们也很难过。你别担心，我们银行是有遗产转让程序的，你需要把你父亲的投资过户到你的名下，才能做进一步的处理。请问你现在满十八岁了吗？"

女孩使劲点了点头。

"那就好办了，你需要去开立一份公证书，确认你和你父亲的身份信息以及继承的资产标的。此外，还要提供你父亲的身份证和死亡证明，然后填写一张过户登记申请表。"她看着女孩一脸茫然的样子，"是不是有点复杂？我写下来给你。"

"不用，这些我都知道。"

"你都知道？是不是你父亲的客户经理已经告诉你了？"

女孩又点了点头。

"你父亲的客户经理是谁呀？"

"Angelina Lee。"

江盈枫的耳朵像被针扎了一下，说："那你为什么不去找她呢？"

女孩儿又露出了先前的委屈。"我找过，可是没用。"她呼吸加速，哭哭啼啼道，"我拿不出我爸爸的身份证和死亡证明……"

江盈枫默默地给她递上纸巾。

"谢谢。"女孩擦拭着脸颊，"我很小的时候我爸就跟我妈离婚了，娶了外面的女人。这么多年我跟我妈都过得很辛苦，就靠爸爸每个月的赡养费生活。他之前在医院时对我说，他在银行的这笔投资有五百多万，是留给我读书用的。可他还没来得及处理就走了……"

她越哭越伤心，每一滴眼泪都滴在了江盈枫的心上。面对这个素不相识的女孩，江盈枫的心中有一串问号，待她的情绪稳定了一点之后，江盈枫便开始了问话。

"你爸爸的死亡证明在什么地方？"

"在他老婆那里。"女孩抽噎道，"我跟我妈去要过，可是她不给。"

江盈枫总算弄明白了女孩的委屈，还是争家产的老剧情，这些年她没少见。说到底这都是客户的家事，他们做银行经理的无权插手，更何况这还不是她的客户。

"你说你之前找过 Angelina？她是什么态度？"

"她好高傲，对我们说必须要拿到我爸爸的身份证和死亡证明才能办事，这是银行的规定，不能通融。"

"她说得没错，这的确是银行的规定。"

"可她跟那个女人关系很好，她是故意为难我们的！"女孩一下子激动起来，"我们求她帮忙跟那个女人说说话，让那个女人把我爸爸的死亡证明给我们，她就是不愿意。"

这就不好办了。江盈枫心里明白，Angelina 做事自有她的道理，这些年她已经陆续把手里的客户分拨给其他银行经理，只留一些重要的大客户在自己手里。这个女孩的父亲既然是她的客户，想必来头不小。

"我十分理解你的苦衷，可这件事我也……"

没等她说完，女孩立刻哀求道："你是这里的负责人，求你帮我想想办法！我跟我妈没想过要我爸爸的家产，这笔钱是给我读书用的，我真的很需要！如果没有的话我就读不了大学了！"

江盈枫注视着这个楚楚可怜的女孩，竟联想到了自己十八岁那年去美国读书的样子。她不得不动了恻隐之心。可她真的要插手老板客户的事吗？这阵子她同 Angelina 的关系已经不太和睦，她还要在此时雪上加霜吗？

"我可以帮你问问 Angelina，但最终的结果还是要看她的意思。"

女孩的脸上第一次出现了笑容，眼里闪着泪光道："谢谢你，不管怎样都谢谢你。"

把女孩送走后，她给 Angelina 拨去了电话："喂，Angelina，我是江盈枫，现在说话不打扰你吧？"

"不要紧，我有半小时的时间。"

"是这样，中午有一个叫闻雨琪的女孩来公司，我正好在，就接待了她。"

"她居然自己找过来了？"

"她看起来很着急，一直在问她父亲的那笔投资。因为不是我经手的，所以我不是很清楚到底是怎么回事。"

"这件事情你不要管，我们帮不了她。"

江盈枫料到了她的态度，说："我怕她会再找来，就真的没有其他办法了吗？"

电话那头叹了口气道："你知道她父亲现在的太太是谁吗？千宇集团的千金张千爱。孰轻孰重，不用我多说。"

江盈枫咬了咬嘴唇说："既然是千宇集团，那也不必在乎这五百万吧？"

"这里面的故事你不了解。当年闻昌平是一个默默无闻的作家，谁知被张千爱看上了。他那时已婚并且有一个女儿，只能选择抛弃母女俩攀上千宇这根高枝。可他在张家一直没什么地位，进入千宇后也没做出什么成绩，基本是靠张家养活。张千爱是一个嫉妒心很强的女人，从一开始就限制他同前妻和女儿来往。他前妻没有工作，只能靠他给的赡养费生活。对于这一点，张千爱也就睁只眼闭只眼。闻昌平的个人资产本来就不多，大部分都留给了他跟张千爱的儿子，只有这五百万的股票给了他女儿。"

"既然张家都知道，为何不肯把这五百万给她呢？"

"张千爱不想跟那对母女有任何关系，这么多年来这两人一直是她的心头刺啊。既然闻昌平要把股票留给两人，她也就默许了，让两人自己去拿。她不会阻止，但也别想让她帮忙。"

"能不能……找张千爱谈谈？"江盈枫斗胆问道。

"盈枫，我奉劝你一句，不要玩火。客户的事我们千万不要搅和进去，这是做我们这行的大忌。"

江盈枫一无所获，她十分清楚 Angelina 的行事风格，从 Angelina 这里是别想突破了。可她偏不放弃，这关乎一个女孩一辈子的前程。她脑海中想到一个人，或许可以帮她直接找到张千爱。

那个人便是陈美玲。

果然如她所愿，陈美玲告诉她，张千爱会出现在这个周末半山总会举办的珠宝拍卖会。她连哄带骗地把请柬要了过来，准备会一会这位传说中的名媛。

珠宝拍卖会是半山总会每年为富太名媛们张罗的一场慈善盛宴。张千爱是一个不折不扣的珠宝迷，从未缺席过。今年她依旧光彩照人地出现在会场，与周围的姐妹们攀谈着。

江盈枫也算是见过世面的，可还是为这名流云集的拍卖会所惊叹。眼前晃过的一张张美丽面孔都只在新闻上见过，尽管她已精心打扮，但与这些人并肩还是略显黯淡。

很快，她的目光就搜寻到了张千爱的身影。江盈枫在不远处观察着她：她驻颜有术，近五十仍身段窈窕，比电视上看起来更加仪态万千。只是她的笑容有些放不开，或许是还未完全从失去丈夫的打击中走出来。

江盈枫径直走上前去，叫起了她的昵称："Bella 姐！"

张千爱一个转身看向她，笑着露出迷惑的眼神："这位是？"

"我叫江盈枫，我是闻雨琪的朋友。"她来时就想好了今晚的策略——直接摊牌。

张千爱的笑容立刻挂不住了，上下打量道："你是做什么的？"

"我是光展的 Banker。"

"噢……你是 Angelina 的手下。"

江盈枫笑了笑："没错。"

张千爱看了看周围："我们去外面说话。"

两人来到了场外的休息厅。

"你找我什么事？"

"为了闻雨琪的遗产转让。她需要您先生的身份证和死亡证明。"

"呵，我先生刚刚过世，她们就这样迫不及待了？"张千爱横眉冷目，"这是我先生的遗物，跟她们有什么关系？"

江盈枫沉默了几秒，语重心长道："我知道你们之间的恩怨，但现在闻先生人都不在了，大家是不是可以放下那些恩怨了呢？她们母女也是可怜人……"

"可怜人？哼，你知道什么？你跟外面那些狗仔没什么两样，什么都不知道就在这里乱咬人！"张千爱激动不已，"她们心里只有钱，连昌平的葬礼都没有来参加。这么多年了，我们给她们的钱还少吗？是她们自己胡乱挥霍，觉得靠着昌平，靠着我们张家就可以一辈子做寄生虫。现在昌平走了，她们急了，靠山没有了！"她本不该对一个外人说这么多，奈何心中积着一股怨气不能自已。

这番话着实让江盈枫诧异，颠覆了她对闻雨琪的认知。真是清官难断家务事，她一时间难以判断。可直觉还是让江盈枫倒向了闻雨琪，与家财万贯的张大小姐相比，她终究是弱者。

"闻雨琪毕竟是闻先生的女儿，她是有权继承他父亲的遗产的。"江盈枫道。

"她要继承就去继承，我又没有干涉！为了区区五百万就这样搜肠刮肚的，吃相真是够难看的。"张千爱眼神充满了鄙夷，"不要再来烦我，有什么事就跟我的律师谈。"

江盈枫碰了一鼻子灰，叹了口气。只怪闻雨琪遇错了对手，她踮起脚也够不到人家的脚后跟。

这时，张千爱的助手跑到了她的身边："太太，那件蓝宝石项链已经在拍了。"

"现在什么价格？"

"有人出三百五十万。"

"那我们就五百万。走吧！"

江盈枫没有再回会场，这一掷千金的盛宴与她已无半毛钱关系。

Chapter 9 东窗事发

"国际原油价格再度暴跌，半年跌幅达百分之五十一……"

光展大楼的大屏幕正滚动播放着隔夜市场新闻，国际原油占领头条。

一夜之间，风云突变。赵然一踏进了办公室就觉得气氛不对，市场一有风吹草动，最紧张的总是这些银行经理。

"大家把手上的客户理一理，凡是买过跟原油相关产品的今天都要做好沟通准备。"Vincent 对着团队喊道。

"又来了……"Sabrina 一边照着化妆镜一边怨道，"这市场就跟过山车一样，涨涨跌跌总是有的，可这石油就邪门了，居然只跌不涨的哦！"

"就是呀，去年大家都还拼命看好石油呢，居然半年里能腰斩！"钱琳琳对着电脑惊道。

赵然听见两人的对话，突然想到了什么，猛地坐直了身子。"你们知道那个挂钩石油的结构性产品怎么样了啊？"她转身问她俩。

"喔哟，不提了，"钱琳琳皱眉道，"就等着把石油搬回家吧，准备好烂手里。"

"什么意思啊？"

"当初这个产品就说好的呀：油价涨客户赚钱；油价跌百分之五十以上，客户就拿石油。"

"可这石油都跌成这样了，拿着有什么用啊？"

"所以说是烂手里了嘛。"

赵然心中慌乱无比，赶忙跑去了 Amanda 那边："Amanda，麻烦帮我看看林总的产品怎么样了！"

Amanda 在电脑中查找了片刻，一脸愁容道："目前他买的两个结构性产品表现都不太理想，石油产品马上到期了，但油价大跌，他的本金亏损，只能拿回石油。另外一个累计期权，底层挂钩的股票也出现了不小的跌幅，已经跌破了行使价，客户需要马上补仓，不然就会被斩仓。"

"斩仓？会怎样？"

"一旦斩仓，客户就要承担合约条款里的所有亏损和赔偿，我算了算，除去本金外，还要再赔偿两百万左右。"

"什么？！那现在马上平仓呢？不投了还不行吗？"

"合约是不允许客户中途平仓的，必须等到一年期满才行。"

天哪！赵然感到五雷轰顶，冒着烟定在原地。林淼淼的三千万，在一天之内就要全部没了。

此时她的手机响了，看到来电显示"林淼淼"三个字，她心里直发怵。真是怕什么就来什么。她立刻跑去了小会议室，关上了门。

"然然，我今天收到你们银行的短信，让我赶紧加仓，这是怎么回事啊？"电话那头的他还不知道自己即将面临什么。

她的手心直冒汗，自知无法再粉饰太平，怯怯道："我也是刚刚才知道，之前你买的那个累计期权跌了，需要你补仓……"

"跌了多少？我要补多少呀？"

"跌得挺多的……根据合约，你要用行使价买入两倍数量的资产，不然就会被斩仓的。"

"两倍数量？！我上哪去弄两倍数量的钱？我要马上平仓！"

"不能平仓，合约里规定的……"

"怎么搞的？！当初买的时候说得天花乱坠，怎么怎么赚钱，现在这个不行那个不行！"他气急败坏道，"那现在到底要怎么办？"

"淼淼，你听我说啊，市场涨跌总是有的，现在跌了以后总会涨回来的，只要你能马上补仓，等它涨回来，就不会亏了。"她心里很清楚，这就是一个无底洞，但无计可施的她眼下也只能先这样稳住他。

"让我想想。"电话那头沉默了几秒，"这样吧，我的另一个产品应该到期了吧？到期后把钱全部拿去补仓。"

她头皮发麻，深吸一口气望向天花板："是这样的，另一个挂钩石油的产品也出现了亏损，现在只能用石油折给你……"

"赵然！"他大吼道，隔着手机她都能感受到他愤怒的波涛，要是站在面前，估计她就得挨巴掌了，"你玩我啊？为什么不早点告诉我？！"

"我……我也是今天才知道……"

"今天才知道？那石油是今天一天跌完的？！"

她吞吞吐吐，深知自己有不可推卸的责任。

"你就告诉我，现在我到底还剩多少钱？"林淼淼急忙问道。

"淼淼你别急，石油总会涨回来的，你先拿着嘛，谁也无法预测油价竟然会跌这么多呀……"

"你别废话，我到底还剩多少钱？！"

"石油的本金都亏了，累计期权如果被斩仓还要赔两百万……"她紧闭双眼，等待着他再一次的咆哮。

可她没有等到，电话直接挂断了。

手机里"嘟嘟嘟"的忙音让她有一种大难临头的感觉，走出会议室她差点摔倒，微微颤抖的手臂不自觉地扶着墙。他会不会突然冲过来跟她拼命？那她岂不是要颜面丢尽？她不敢再想下去，向老板请了假之后直接逃回了家。

林淼淼这会儿可没工夫去找她算账，林父回到了香港，他正严阵以待。

"明天你去银行把钱转到我的账户，我有一个很好的项目要投。"林父命令道。

"项目？什么项目啊，要这么多钱？"他显得猝不及防。

"这次我在温州见到了你温叔叔，他生意做得大啊，要在香港搞一个大湾区的物流公司，他可不是闹着玩的，邀请我一起干，我觉得这是一个很有前景的项目，一口就答应了。"

他表情僵硬，望着神采飞扬的父亲，越发紧张，道："这样啊，很着急嘛？"

"既然决定做当然是争分夺秒。怎么，钱取不出来？"

"不是，"他欲盖弥彰地发出憨憨的笑声，"钱都在产品里，还没到期呢。"

"你之前不是说有一个马上到期了吗？"

"那个……那个产品亏了……"

"亏了多少？"

"是这样的，爸，那个产品是跟石油挂钩的，石油不是跌了嘛，所以就……"

"到底亏了多少？"林父的口气严厉起来。

"本金没了，折成了石油……"他的声音低到仿佛只有自己听得到。

"什么叫没了？"林父目光逼射，"我给你的三千万到底还剩多少？"

他不敢直视父亲，低头喃喃道："都没了。"

林父不敢相信自己的耳朵，面对眼前这个败家子顺手就是一记耳光。

"林淼淼！三千万啊！你说没就没了？"

林淼淼一下子面红耳赤，不知是那巴掌打的还是因为心中羞愧："爸，都是我的错，我也没想到会变成这样……"

"你都投了什么产品？"林父稳了稳情绪，在沙发上坐下。

"一共两个产品，都是结构性产品，之前买的时候说得好好的，可没想到亏起来这么厉害。"他皱着眉，懊悔不已。

"是谁让你买的？是不是那个赵然？"

"是啊，她是我的客户经理嘛。"

林父一掌拍在沙发上："这些客户经理果然没一个好东西！那个赵然，看起来清清白白的，背地里就是个出来卖的！"

他似乎没听清楚父亲的话，急着回道："爸，你说什么呢？产品亏了她是有责任，可也不能这样诋毁人家。"

"诋毁？哼，你跟她不熟，你不知道，我们那个圈子里的都知道！"

"你听谁说的？"他面露震惊之色。

"上次吃饭的时候张总亲口告诉我的，说她跟一些本地的有钱人关系龌龊，他亲眼在一个饭局上看见她陪酒，连我都被她那个模样给骗了！"

林淼淼像是被人从嘴里塞进了一个大馒头噎在了胸口，他做梦都不会想到自己身边这个柔柔弱弱的小女人居然是这等货色。他的脑袋里浮现出她在床上娇羞害怕的模样，难道这一切都是装的？

"三千万，开什么玩笑，我一定要讨个公道！"林父一脸凶相，"我让他们怎么骗的就怎么吐出来！"

林淼淼还没从这噩梦中挣脱出来，傻傻地站在原地。

"明天你就跟我一起去金管局，我要告他们！"

"好，"他眼神坚定，"我和你一起去。"

临近下班，吴一婵约了从战斧资本离职的合规官喝咖啡，两人很快进入了正题。

"当初是我把你介绍给王总的，你这么快就离职是找到新东家了？"

"哪有什么新东家，我还正想拜托你帮我找找呢。"

"噢？那你是为什么要走呀？"

合规官显得有些为难道："是我的一些个人原因。"

"你托我帮你找下家，总得告诉我你从上一家离职的原因吧，不然新公司问起来我怎么回答呢。"

他又犹豫了片刻。"哎，我告诉你，你可千万别说出去啊！"他凑近了轻声道，"我怀疑战斧在做内幕交易。"

"啊？"她的眼睛瞪得像铜铃一般，"你是说王志渊做内幕交易？"

合规官认真地点了点头。

"这不大可能吧，他不是那种会拿职业生涯开玩笑的人。"

"起初我也这么想，可是交易记录摆在那里。"他娓娓道来，"你知道蓝博国际入股我们公司的事吧？王总偏偏就是在入股前买了蓝博国际，大赚了一笔后又抛光了！"

"万一只是巧合呢？要知道王志渊的选股能力还是很不错的。"

"天底下哪有这么巧的事！"他的口气像是把握十足，"就因为他选股能力好，所以更不可能会买蓝博国际，谁会没事去买一个老千股呢？"

她倒吸一口凉气："那王志渊怎么说？"

"他自然是不会承认的。"把心中的秘密说出来后，他似是得到了解脱，端起咖啡连喝几口，"可监管万一来查，早晚是要出事的。我可不想被拖下水。"

她听完低头抿了口咖啡，不置可否。联想到王志渊近日来的种种表现，她开始相信起他的话来。

她万万没想到这个男人居然如此胆大包天。他不要前程了？他做了这样的事，还让她帮忙去找新的合规官，这不是在害人吗？他做内幕交易赚得盆满钵满，居然只拿出二十万给她，简直是打发叫花子！一时间，她对这个男人痛恨到了极点。

新账旧账一起算，她在心中暗暗下了决定，不让她好过，他也别想好过。

一个普通的早晨，战斧资本的办公室里照例在开晨会。

前台小姐从茶水间倒了杯咖啡回来，刚刚坐下就见门外站着两位面孔严肃的西装男。二人进门后，其中一位掏出了证件，说："我们是香港警务处商业罪案调查科的，请问王志渊先生在不在？"

前台一下子有些慌乱，赶紧把二位阿Sir领进了会议室，打断了大家的发言："王总，有人找。"

"王志渊先生？"那位警察一脸严肃地扫过众人。

"我是王志渊。"他一脸茫然。

"我们是香港警务处商业罪案调查科的，我们怀疑你涉嫌一起内幕交易案，请立即跟我们回警署协助调查。你有权保持沉默，但你所说的一切都将成为呈堂证供。"

他心中一惊，手中握着的白板笔掉了下来，他目光垂下望向地板，呼吸有些紊乱。若要人不知，除非己莫为，只是没想到这一切来得也太快了。他一句话也没有说，乖乖地跟着两位警察走出门去。

"请将你的手机、电脑和其他通讯用品交出来。"

他在办公室里收拾了一阵后便走出大楼灰溜溜地上了警车。

他坐在车里，转头看着身后越来越远的大楼，有一种大幕落下的感觉。

大家就这样看着他们的王总被带走，面面相觑，眼神中透着惊恐。

"怎么回事？王总做了内幕交易？"

"他现在被抓了，那我们怎么办？"

一阵七嘴八舌后，终于有个人喊道："要不给金总打个电话？他跟监管关系好，说不定能问出点什么。"

大家表示同意，于是那人拨通了金铭顺的电话："金总，出事了，王总被警察带走了，说他涉嫌内幕交易。"

金铭顺正在家中吃早饭，听到这个消息一口咖啡呛了出来，猛咳了几下，道："什么时候的事？"

"就是刚刚，来了两个警察，还搬走了他的电脑……"话音未落，电话那头就挂断了。

金铭顺知道留给自己的时间不多了，他必须抢在警察到来之前离开香港。他迅速打包了几件衣服，带上护照和银行卡，墨镜掩面地快步出了公寓，跳上车直奔机场。

王志渊被带到了审讯室，监管的两位调查员已经在那里等着他。他们拿出了早就准备好的调查材料，上面明确记录了他买入和卖出蓝博国际的具体时间及数额。与此同时，警方还在他的手机中找到了他与金铭顺的聊天记录，令他百口莫辩。

他坐在那里听着调查员的种种叙述，神情恍惚。一个小时前他还在办公室里谈论投资，怎么一眨眼就身陷警署听取罪状了？这不是一场梦吧？他咬了咬舌头，不，这不是梦，他的确被抓了。

他们会怎么判自己呢？他忍不住开始想象自己的下场，想着想着便走了神，两眼放空，眼神涣散。

"王志渊？你在听吗？"

调查员在他面前敲了两下桌子，他才回过神来。铁证如山，对于自己的所作所为他无法辩驳，只得全部招认。一切都跟排练好了一样，没有悬念。

"对了，你知道金铭顺人在哪里吗？"警察在一旁问道。

"不知道，可能在他的公司吧。"

"我们去过他家中和公司，都没有找到他。你如果有任何线索立即告诉我们。"

"哦。"他随口敷衍，哪还有力气去管别人。

"他的涉案金额比你还大，要马上抓捕他。"

他睁大眼睛，充满疑惑地看着警察。

"难道你不知道？他晚你一天买入了蓝博国际五千万，上周全部沽出，获利将近一千万。"

人心不足蛇吞象，世事到头螳捕蝉。他一脸震惊，这个老狐狸，他握紧拳头重重地砸在桌上，恨自己当初怎么就着了他的道。

"现在后悔有什么用！你们这些人我见多了，都是一个'贪'字！"警察指着他说道。

他在审讯笔录上签了字。"我能问一个问题吗？"他放下笔，抬起头，"你们是如何查到我的？"

"我们接到了举报。"

"是谁举报我？"

调查员没有回答，整理了一下文件起身离开。尽管如此，他的心里已经认定是那合规官所为，自己天真地以为给了合规官点钱就可以让他烂在肚子里，结果还是在背后捅了他一刀。

警察告诉他只要交了保释金他便可以离开，但同时须交出所有旅游证件并且不得离开香港。他立刻拨通了助理的电话，让她来警局办理保释手续。

走出警署，他的腿还有些哆嗦。没人知道刚才他有多害怕，恐惧和紧张像黑洞一般吞噬着他的身体。

他不知道该去哪里，漫无目的地走，走着走着，他的投资生涯就走到了头。内幕交易一直是香港监管打击的主要目标，他心里很清楚等待他的将是什么。

他来到海边，伴着冷飕飕的海风，他的头脑从未像现在这样清醒。五年前，也是在这样一个冬天，他带着理想和爱情来到香港，一切充满希望，蒸蒸日上。五年里，他从不曾有一天懈怠，忙得跟陀螺一样的他只是希望有朝一日能问鼎行业之巅，受到众人的尊敬。他不明白为何他倾其所有，上天就是不愿眷顾他这个可怜人。

中环从不缺野心，更不缺小丑。他痛恨这个地方，痛恨这里的人，他伸出拳头对着海边的栏杆一顿暴打，用疼痛盖过悲痛。

回到家中已是深夜，他喝了不少酒，可他酒量太好，太难喝醉。进门后黑漆漆一片，他把钥匙扔在地上，重重地把鞋子甩了出去，不小心踢翻了放在地上的一个盆栽。

吴一婵被这一连串声响吵醒，从房间里走了出来，打开了客厅的灯。

"怎么才回来？"她问道。

他用手挡住刺眼的亮光，眯着眼睛，一脸不耐烦。

"又有应酬啊？"

他懒得理她，浑身散发着酒气瘫在沙发上。

"跟你说话呢！"

"吵什么吵！"他吼了一嗓子，转过头把气都撒了出来，"这下你高兴了？我被监管查了你高兴了！"他心里埋怨她，是她把那个合规官介绍给他的。

她心中一紧，她去告发他的事这么快就有了下文。

"这都是你咎由自取，我只不过是做了该做的事。"

他望着她皱了皱眉，思索了片刻后恍然大悟："是你？那个举报的人是你？！"

她站在原地，一副临危不惧的架势。

他慢慢站起身来，满脸疑惑，恼羞成怒道："为什么呀？我完蛋了对你有什么好处？公司没了，对你有什么好处啊？！"

"为什么？你应该问问你自己！你是怎么对我的？你要开公司，我忙前忙后帮你张罗，可你利用完我之后就一脚踢开，还在我的股份上做手脚！我妈病得那么重，你又是什么态度？你有过半点怜悯和关心吗？就扔给我二十万，打发叫花子啊？！你到底把我当成什么？你有没有想过我们的将来？让你结婚买房，你一再推脱，你的心里到底有没有我？！"她终于一股脑道出了心中的苦水，如大坝决堤一发而不可收。

面对她咆哮如雷的指控，他没有再争辩，只是微微一笑："你就这么恨我？"

她平了平呼吸，有骨气地白了他一眼。

没有爱之深，哪来恨之切？他突然觉得眼前这个女人是可怜的，和江盈枫一样，都是为爱癫狂的输家。

他不再多言，一头栽倒在沙发上，就这样睡去，留她一人把这独角戏唱完。

吴一婵落魄地回到卧室，关上门，抑制不住掩面痛哭起来。她的哭声为这段两败俱伤的感情画上了句号。

这注定是一个多事之秋。

新的一天，光展办公室内合规官慌慌张张地敲开了 Angelina 的门。

"Angelina——"

她正在电话上，打了个手势让合规官在一旁等一等。

可合规官按捺不住心中的焦急，示意让她先把电话放一放。

她只得捂住话筒："什么事啊？"

"金管局来了三位调查员，说要对我们进行实地审查。"

"现在？"

"是啊！就在外面的会议室坐着。"

她立马挂断了电话，抬头道："怎么这么突然？事先没有接到任何通知？"

"他们说是接到了客户的举报，说我们银行有欺诈行为。你要不跟我过来一起见一见？"

两人快步来到了会议室，见到三位调查员，Angelina 立刻摆出了她常规的迎客笑容："长官！我是光展的董事总经理 Angelina Lee，欢迎三位到我们行里来。"

她坐下继续道："我听合规官说了大致的情况，这里面是不是有什么误会？"

"我们接到了贵行一位客户的举报，说你们在销售投资产品的时候有欺诈行为。我们需要展开调查。"

"请问具体是哪位客户呀？"

"客户叫林淼淼，我们需要贵行提供有关这位客户的所有资料，包括开户资料、销售资料。"

Angelina 接过调查员的文件，让合规部先去调资料，自己又陪着三人聊了一会儿。

回到办公室后，她把江盈枫叫了过来："林淼淼是谁的客户？"

"林淼淼？是赵然的客户。"

"麻烦你把她叫来。"

"哦，出什么事了？"

"这个客户把我们告到了金管局，人家现在就在会议室里等着查我们。"

看着她一脸怒气，江盈枫一阵诧异。林淼淼和赵然不是自己人吗，怎么窝里反了？江盈枫走到外面的办公区域，对赵然招了招手示意她过来。

"你跟林淼淼是不是吵架了？"江盈枫把她拉到一边低声问道。

赵然眨巴着眼睛："没有啊……你怎么这么问呢？"

"林淼淼到金管局举报了光展，金管局的人现在就在会议室里要调查我们。"

赵然的脸瞬间抽筋了似的，目光来回游离。

"Angelina 正在办公室里发火，等着你过去。你是不是可以先告诉我，到底发生了什么？"

赵然这才一五一十地把林淼淼亏损的情况全部告知了她。

"这么说他是发急了才去举报的。"她若有所思，"之前银行也遇到过这样的事，你先别急，等下看看合规官怎么说。"

赵然来到了 Angelina 的办公室，眼前这个不怒自威的女人令她胆寒。

"正好合规官也在，你们先把客户的销售文件过一下，看看有没有漏洞。"Angelina 让合规官把资料全部拿了过来，跟赵然一起核对。

"客户购买产品的合同、风险揭示、录音都是齐全的，我们没有任何纰漏，他们查不出什么问题。"合规官确认道。

"那就行了。"Angelina 一脸轻松，身子不自觉地靠向椅背，"这种输不起的客户是常有的，不过直接闹到金管局的也是少数。"

她看向赵然说："你对客户的把控度还是不够！作为 Banker，你难道没有察觉到客户的不满吗？你要学会安抚住客户，这点你可以跟盈枫讨教一下。"

赵然勉强笑了笑："我知道了，真是抱歉，给大家添麻烦了。"说罢，大家各自散去。

出了门，赵然走到合规官身边，悄悄问道："真的没有问题吗？金管局不会刁难我们吧？"

"放心吧，这种事我们有经验的。"合规官撇了下嘴角，"你知道每年我们会接到多少投诉事件吗？"

她摇了摇头。

"那你知道我们每年要支付多少钱给律师吗？"

她继续摇头。

"客户跟银行打官司，几乎不可能赢的。"合规官扬长而去。

赵然这才愁眉舒展，一颗悬着的心得以放下。

金管局的调查员们在光展的会议室里坐了一天，在把有关林淼淼的文件翻了个遍后，再次把合规官叫了进去。

"林先生的开户材料有缺失，"调查员摊开文件夹，"这份资产证明并不能直接证明他的资金来源，我们需要看到他的收入明细。"

合规官的眼睛如雷达般扫过手中的证明："我要先跟同事确认一下，稍后答复你们。"

他火急火燎地去找了当时审核林淼淼开户的 Tina，Tina 回忆起这份材料是赵然拿给她的，于是焦点又再次落到了赵然的身上。

"这份资产证明你有印象吗？"合规官把证明递到她跟前，"上面说客户是该公司的股东，但没有进一步提供相关的收入明细。"

她从上到下把证明看了一遍，时隔久远，她的记忆需要被激活。忽然，她的大脑似是闪过了什么，慌张之下手指不自觉地捏着手中的证明："这个……他们怎么会查到这个呀？"

"他们查得细嘛……我们的销售文件是万无一失的，我本来以为他们很快就可以走了，没想到开户文件被查出了问题。"合规官一脸焦虑，"不然你联系一下客户，问问清楚，尽快让他们补开一个。"

补开？开玩笑！她的心里比谁都清楚，这份证明是假的。她怎么也没想到这老底竟会被金管局翻出来，真是一波未平一波又起。

"你等一等，我给客户打个电话。"

她硬着头皮给林淼淼拨了过去。

"喂？"响了几下后，电话里传出他低沉的声音。

"淼淼，有件很紧急的事，你还记得你开户时候的那份资产证明吗？"

"怎么了？"

"金管局现在在查你的材料，他们查到了你爸的这个资产证明有漏洞，要我们解释。"她咽了咽口水，"你最清楚这是怎么一回事了，必须马上让你家亲戚开出他的收入明细！"

"搞什么啊！那个公司本来就是我大伯的，跟我爸一点关系都没有，怎么开啊？"

"火烧眉毛啊！你赶快帮忙问一下吧，不然我们都得完蛋……"

"什么叫我们？当初是你出的主意，让我爸去开一张假的证明，现在东窗事发就想把责任推到我身上！"

"淼淼，我知道你是在气头上，所以才会去金管局那告状，可银行的事情你真的不清楚……"

"是啊，我不清楚的事情多着呢！"他气愤地打断了她，"比如你除了卖产品，还卖肉！"

"你……什么意思？"她一下子被点中了死穴，僵在那里。

"什么意思？你自己知道！"

他狠狠地挂了电话，留下"嘟嘟嘟"的忙音在她的耳边回荡。"卖肉"这两个字似一把锐利的斧子把她的自尊心劈成两半，她还来不及委屈，就又被合规官叫了去。

"怎么样？客户怎么说？"

她面露挣扎之色，终究承受不住内心巨大的压力向合规官和盘托出。

"证明是假的，客户根本不是这个公司的股东，当初是他让亲戚帮忙写的。"

"啊——这些你当初都知情？"

她点了点头。

"赵然！你知道造假的后果吗？"

赵然低着头一语不发，两人原地僵持了三秒后，合规官摇了摇头，转身朝Angelina的办公室走去。

Angelina自然是火冒三丈，然而心中更浓的是一股恐惧。客户信息造假对私行来说是天大的事，搞不好会被贴上洗钱的标签，在她十多年的管理生涯中还从未出现过这样的丑闻。她知道金管局的厉害，纸是包不住火的，一场危机公关迫在眉睫。

她开启了紧急作战模式，与合规官一起同金管局周旋，秉着坦白从宽的态度，希望能把对光展的处分降到最低。

送走了金管局的人，她立刻给大老板去了电话，硬着头皮顶住了一顿炮轰后，她再次把合规官和江盈枫叫了过来。

"一小时后董事会召开紧急会议，商讨对策。"她如临大敌，"高层会动用关系去和金管局沟通。"

她一脸严肃地看向合规官，厉声道："合规部是怎么搞的，为什么这样明显的漏洞都没有发现？！这几天都不要回去了，让你的部门把过去五年所有客户的开户文件重新翻查一遍，发现问题马上处理。"

她严厉的目光又迅速移到了江盈枫身上。"让所有的Banker自查，如果先前有欺瞒行为，现在交代还来得及。"她咬牙切齿道，"那个赵然，我再也不想看见她。"

江盈枫点了点头，她对这位女强人在危急关头秋风扫落叶般的表现心生佩服。

Angelina低头扶额："对光展的处分很快就会下来，我们要做好准备，消息一旦公布，客户肯定会很激动，我们的日子不会好过。"

大风大浪都过来了，没想到会在阴沟里翻船。在去年年底的公司高层晚宴上，董事会的人亲口告诉她，熬过了今年，她便可以入选董事会，成为公司历史上第一位女董事。为此，她拼尽所有想让公司的业绩在今年有所突破。可她做梦都没有想到，半路杀出了一个赵然，欲阻挡她走向人生的巅峰。

江盈枫回到自己的办公室，定了定神，接下来有一场硬仗要打。不过在这之前，她还有一件事要处理，那就是赵然。

　　不知怎的，这姑娘总能让她想起过去的自己，这次的事件也不例外，又勾起了她被迫离开 G&C 的回忆。那是一段心寒的遭遇，使她彻底看清了大公司的无情。

　　她本该把赵然叫过来好好谈谈，像之前那样开导赵然一下，可犹豫之后，她决定还是公事公办，直接让人事部处理。时过境迁，对于这个姑娘的事，她已不愿再插手。

　　不出意外，赵然被即刻解雇，除了私人物品外，她不能带走任何与工作相关的东西，哪怕是一支公司的纪念笔。她关上电脑，拔下手机充电线，拿起包，在众目睽睽下由 HR 陪同走出了办公室。

　　移步大堂处，她的目光落向了那面硕大的落地窗。她望向窗外，突然眼前飞过了一只老鹰，只见它双翅划过长空，渐渐地消失在这鳞次栉比的楼群深处。

　　走出大楼，一道斜阳直刺她的双眼，令她有些眩晕。周围的楼宇丛林像极了一座迷宫，让她一时间不知道该往哪里走。她的身体本能地朝前挪着步子，余光扫到了斜前方一辆红色的的士，她转身顺势抬了抬手，将自己扔了进去，奔向家中。

　　到家后，她拖着沉重的身体倒在床上。一小时前她还在查看欧洲攻略，想着给妈妈挑个名牌包包，给爸爸买双高档的皮鞋。事实上，她对生活的期待远不止这些，口袋渐深的她正筹划着搬去一座大公寓，像江盈枫那样的高档屋苑。凭借如今事业的势头，她甚至有计划再攒个两三年就在香港买房，把父母也接过来，彻底扬眉吐气。

　　做银行经理才一年多的她已经习惯于出入高级餐厅，过着名牌裹身、豪车接送的生活。这间她刚来香港时租住的小公寓已装不下她膨胀的自我。

　　奈何灰姑娘的水晶鞋终究还是要脱去。她抱腿蜷缩在床上，透过墙上那扇小窗户呆呆地凝视着对面同样破旧的大楼。她那无处安放的残破灵魂终究只能被这不足五平方米的卧室收容。

　　光展的处分还没下来，谣言总是先行一步。不知是哪家竞争对手的消息如此灵通，此事迅速在业内扩散开来。本来只是客户信息造假，结果被越描越黑，变成了光展帮客户洗黑钱。这两天已有不少客户前来质问，令江盈枫疲于应付。

为了能睡个好觉，昨晚她把手机关了放在床头柜上。尽管如此，她还是睡得不踏实，七点不到她就醒了，辗转反侧后决定坐起身来，第一件事便是去摸手机。说来也怪，她才开机，电话就进来了，似是知道她起床了一般。

"江小姐，你怎么才接电话？不会是故意躲我吧！"

电话那头是地产大佬谢先生，从 G&C 一路跟她到了光展。在 G&C 的时候她曾帮他解决了融资问题，保住了他的项目；在光展，她又为他申请到了优惠贷款，提升了他的利润。

她拿起床头的靠枕垫在了身后，心里盘算着凭两人的交情，谢先生应该还是好说话的。

"不好意思啊谢总，昨天我有些不舒服，很早就休息了。什么事这么着急呀？"

"亏你还睡得着啊，光展出事了你怎么没跟我说？"

"光展出什么事了呀？"她故意笑道，"您这是哪里的消息？"

"你这样说就不厚道了，我在其他私行的朋友都跟我说了，幸亏他们提醒我，要我一定问清楚。"

她轻按太阳穴，说道："谢先生，光展现在还好好的，您让我回答什么呢？我们是一家老牌的欧洲银行，这么多年的风雨都过来了，这些大家都是有目共睹的……"

"这些话你就不用跟我说了，"他没了耐性，"这几年你们在香港的生意并不怎么样，据我所知你们的规模还在萎缩，这可不是什么好兆头。"

她打从心底里佩服这些客户，一个个都可以去做情报工作。

"光展的经营一切照旧，没有任何变化。"连日来重复同样的话让她有了些不耐烦。

"看来你是不愿跟我说实话了。"他即刻翻脸，"亏我还那么相信你，我要立即销户！"

这当头一棒打得她猝不及防，或许是起床气还没散，又或许是这些天的怨气积累到了顶点，她爆发了："谢总，既然您知道光展的生意不怎么样，当初为何要来这里开户呢？"

"那还不是因为我信任你！现在倒好，你故意隐瞒光展的真实情况，我还怎么信任你？"

"信任？"她冷笑一声，"什么事能瞒得过您啊？您真正担心的应该是之前答应您的低息贷款会不会泡汤吧？"

电话那头静默了。

"当初您来光展开户，就是冲着我给您申请的优惠贷款，这个优惠我们是只给老客户的，名额非常有限，您作为新客户本来是根本不可能享受到的，是我——说服了各个部门的老板给了您特批！"

"怎么，你现在是跟我算旧账吗？"

"在你最困难的时候，是我帮你搞定了融资，让你的项目不至于停工；现在又是我，费尽心思帮你申请到别人想都不要想的贷款。这些对你来说都敌不过那些捕风捉影的谣言？你这种人根本不配谈信任！"

她狠狠挂断了手机，顺势丢到床边，仰头叹了一口长长的气。

一次彻底的痛快，给她带来了突出重围般的自由。

她一步步闯荡到今天，曾不止一次在脑海里草拟了辞职信，幻想着甩在老板脸上，不再看这些有钱人的脸色。可每当面临最终抉择的时候，她又不得不重新掂量，舍不得手里这点好不容易积攒起来的成就顷刻间打了水漂。

这时，手机再次响起，她无精打采地看向屏幕，是陈美玲。

"光展出事啦！到底怎么回事啊？"

她翻了个白眼，这么大的消息怎么可能少了这位八卦女王："哟，你才知道啊？晚了晚了。"

"什么晚了？刚刚才出的新闻啊。"

"新闻？"

"你快打开《香江卫视》，正在播的就是张千爱。"

"张千爱？"

江盈枫一头雾水，立刻打开电视，屏幕上几个大字直击眼底："张千爱借光展泄私怨，继女哭诉无门讨公道。"

她目不转睛地盯着屏幕，把电话那头的陈美玲忘得一干二净。

"喂，喂，盈枫？"

良久，她才回过神来："不好意思美玲姐，我先挂了。"

江盈枫不敢相信自己的眼睛，这位在自己面前扮相可怜的闻雨琪竟出现在电视上控诉张千爱和光展里应外合不让她继承父亲的遗产。面对镜头，她显得沉稳老练，丝毫不怯场，一字一句都击中要害，收割同情。

"你说张千爱和光展里应外合，是否有证据？"记者问道。

"我这里有一段录音，是我同另外一名客户经理的通话。这位客户经理去找过张千爱，希望她提供我爸爸的证明信息，但被她当场拒绝。而且 Angelina 也知道这件事，并且支持张千爱的做法。"

江盈枫犹如五雷轰顶，心里十立个吊桶打水——七上八下。她居然被人录音了，还在全香港最大的电视台播了出来。那是她在见完张千爱之后给闻雨琪打的电话，为的是让闻雨琪知道自己爱莫能助。她已经不记得自己当时都说了些什么，那些无心之言竟被断章取义地拿来当作证据。

她的脑袋"嗡"的一声，眼前一片漆黑。

江盈枫仰面瘫在床上，披散着头发，双目紧闭，脑袋里混沌一片。良久，她慢慢睁开眼，视线清晰起来。

她第一时间想到了 Angelina，这会儿 Angelina 的怒火大概可以抵一座火山了。"不要玩火"，Angelina 的这句提醒此刻回响在她的耳边，她使劲抓了抓头发，后悔自己没有听 Angelina 的劝阻，把整个光展都搭了进去。她跳下床，以最快的速度洗漱一番赶往公司。

走进光展的大门，八点还不到，暗暗的办公区空无一人。

她朝 Angelina 的办公室望去，门关着，灯亮着。

她来到门前，深呼吸一口，敲了敲门，没有反应。再敲了两下，里面传来一声"进来"。

她下压把手轻轻把门推开，看见的是高高的椅背。

"Angelina？"她试探地喊道。

椅子缓缓转过来，两人四目相对。

"坐吧。"Angelina 道。

几秒后，江盈枫低头在她面前坐下，听候发落。

"年初的时候，麦玲玲对我说，我今年犯太岁，让我小心应付。我以为她是随便说说的，现在看来还真的是流年不利。"Angelina 苦笑一声，端起手边的咖啡。

江盈枫的头似有千斤重，怎么也抬不起来。

"录音里的人是你吧。"Angelina 平静得不可思议。

"我没想到她会去电视台曝光。"江盈枫哀叹道，"我被她利用了。"

"英雄不成变狗熊。"Angelina 看着眼前这个她亲手选中的晚辈，"你跟我年轻的时候一样，不知天高地厚。这是我欣赏你的地方，也是最不放心的地方。"

江盈枫抬起头，眼神微颤："对不起……"

"我第一次见你就知道我们是同样的人，有正义感，有同情心。记得我入行不久的时候还是个助理，有一次我帮一个 Banker 的客户开户，无意中看到客户勾着小三去吃饭。出于好心，我告诉了客户的太太，可他们夫妻俩居然联合起来在老板面前告我的状，要把我换掉。后来 Banker 告诉我，这两人是家族联姻，为的是让两家的企业合并上市，所以不能出任何丑闻。"

江盈枫没有作声，心领神会地聆听着。

"永远不要用你的思维去衡量客户，你只会为你的无知买单。"

江盈枫若有所思，眼神中依旧透着一股倔强。

Angelina 似是看出了她的心思。"要么走，要么留。你改变不了这个行业，就只能被行业改变。"她的脸严肃道，"董事会现在应该已经知道了，以我在光展这么多年的判断，这会是光展有史以来最严重的一次公关危机。一场风暴在所难免。你我作为涉事人员会面临什么，不用我多说。"

她没有给江盈枫说话的机会，接着说道："我不能离开光展，我早就把这里当成了我的家。这些年大家对我的传言我多少都知道，我至今单身，不是我不想成家，而是选择了这份职业我已经没有了回头路。我为这里付出了太多太多，失去了这里，我将一无所有，同乞丐没什么两样。"

江盈枫眉头一紧，紧紧盯着前方这个不怒自威的女人，等着她的下一句。

"我希望你在董事会面前主动交代，请辞走人。"

生死抉择之时，江湖道义早已微不足道。

江盈枫没有反抗，反而有一种靴子落地的轻松感。"你放心，我不会让你为难的。"她站起身来，"有一点你说错了，我们不是同样的人。你选择留，而我选择走。"

她回到办公室，懒得收拾眼前这些破烂，背起包大步流星地走出大门。

她失业了，半年里的第二次。

她走在街上，视周围如空气，像是有一个保护罩将她与周遭隔绝开来。香港六年，她经历了背叛、欺骗、排挤、利用；此刻，她下定决心，再也不会给这座城市伤害她的机会。

夜晚，她借着倒垃圾的机会来到屋外散步。空气凉爽，半山的小路幽静，她贪恋这无人打扰的片刻，绕着屋苑多走了几圈。她来到屋苑的背面驻足，抬头望向张少华住的方向，突然有种不可企及的错觉。

发了会儿呆后，她便走进大楼，刚出电梯门，张少华已经为她打开了家门。

"你可算回来了，倒个垃圾这么久。"说完整个人倒在她身上撒起娇来。

她接过这个大男孩健硕的身体，温柔地轻抚着。

两人拥着坐在沙发上，她目不转睛地看着他："还记得我们是怎么认识的吗？"

"当然记得！那天夜里你胃病发作，来看急诊，披头散发，脸色蜡白，我真以为自己在给女鬼看病。"他在沙发上搂着她玩笑道。

她止不住笑了起来，可心里藏着事，那笑容有些放不开。

他亲吻了一下她的额头说："考考你，我们一共在医院见过几次？"

她眼珠一转做思考状："四次。"

"哪四次？"

"第一次半夜看病；第二次做胃镜；第三次送美玲姐去急诊；第四次你送我去急诊，我还打了一针。"

他听完一个劲地笑，忍住不作声。

"怎么？难道不对吗？"

"我就知道，你忘了一次。"

"哪一次？"她睁大了眼睛。

"你来做胃镜之前，特地来我这里拿身份证。那次你对我的态度可不太好哦，还说要投诉我。"

没错，她低头惭愧一笑，随即收住了笑容。两人之间的点滴，他都铭记在心。

"我们好久没旅行了，"他凑近了她，"这次要不要去一个远一点的地方？"

"远一点的地方，你行吗？你能放得下你的那些病人？"

"放心，我都会交代好的。"

"你想去多远的地方啊？南极？北极？"她轻声笑道。

"只要你想去，火星也可以！"

她顿了顿："美国怎么样？"

"好啊！顺便还可以去看望一下你爸妈。"他一下子兴奋起来，"你家在波士顿，要不我们就先飞波士顿，然后再去纽约？你想去多久？"

"不回来了。"

他直起身子仔细看着她的脸庞，那样子不像是在开玩笑。

"你想离开香港？"

她不敢抬眼，微张了下嘴唇，不知如何开口。

他越发觉得不对劲，忙问道："出什么事了？"

"我离职了。"她目光沉着，"阿华，我知道你一定觉得这很突然，但请你理解我并不是轻易做这个决定的。"

"你离职了？"

"你看了今天的新闻吗？关于张千爱的。"

他眨了眨眼睛，"嗯"了一声，随即张大嘴道："难道那个录音里的人是你？"

她无奈地点了点头："这件事是我的疏忽，被人利用，连累了光展。所以我必须离职走人。"

惊讶之余，他竟有些欣喜："我知道你不喜欢现在的工作，我能感受到的，我支持你离职，你之前有一阵子在家里休养得很好，我一直希望你回到那个时候的状态。"

她的眼中充满了歉意："对不起……"

他双手紧紧抓住她的肩膀："你离职没关系，但为什么一定要回美国呢？你可以继续留在香港做一些你喜欢的事啊？"

她慢慢移开他的双臂，"这里并没有我喜欢的事，因为我根本不喜欢这里。我知道这样说会让你不开心，因为这里毕竟是你的家……但我来香港六年了，这六年里我一直都有回到爸妈身边的念头。我累了，我想回家。"

他低头，眼神失去了光彩，失落的表情如油画般被定格，问道："哪怕这里有我，你也不愿意留下吗？"

她双手掩面，内心五味杂陈。正因为有他，她才心如乱麻，被负罪感折磨。几秒后，她抬头道："你愿意跟我一起去美国吗？"

他愣了愣，思绪瞬间拧在了一起。他深深明白自己不能去的原因，他无法撇下独自在香港生活的母亲。他从未想过要在这两个女人之间做选择，像很多男人一样，他找不到答案。

所谓黯然销魂者，唯别而已矣。

"让我想一想，好吗？……"一句欲说还休的回答，结束了两人漫长的夜晚。

送走了张少华，江盈枫来到了阳台上，这是一年之中香港最舒服的季节，将热未热，短暂而美好。她迎着风眺望山下的夜景，如游客般投以欣赏的目光。她大口呼吸着周围湿润又清香的空气，内心止不住地翻腾着。六年了，她终于如释重负，心存希冀。这六年间的起起伏伏一下子变得遥远无比，此时的她像个孩子似的心无杂念。

她下意识地转头朝隔壁的阳台看去，空空的，不见他的身影。为了爱情来到香港的她，却不能为爱情而留下。是她不够爱他吗？她自己也搞不清。或许，人这辈子只能够不假思索豁出去一次。

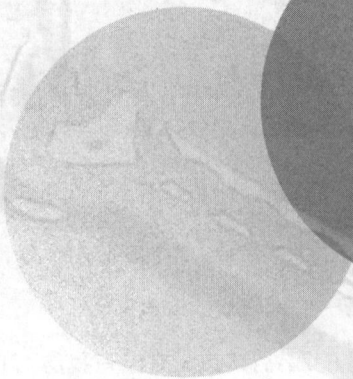

Chapter 10 再见

在经历了两轮聆讯之后，区域法院今天对王志渊的内幕交易案做出了裁决。法官宣判他的内幕交易罪名成立，罚款五百万，并将先前的非法获利悉数上交。法官同时颁令，未经法院许可，他十年内不得处理任何证券和期货相关的交易。

与王志渊同时被宣判的还有金铭顺。当初得知王志渊出事后他便紧急出逃，谁知警方早已布控，在机场安检处将其拘捕。他二话不说交了五十万保释金，同时交出所有旅行证件且保证不离开香港，每月还须向中区警署报到两次。

金管会在调查期间取得了高等法院的强制令，冻结了金铭顺名下所有的流动资产。而他自然是不会乖乖接受调查的，先是质疑金管会执行搜查令及将面见过程录音的权力，后又指金管会及案件的首席调查员行事不当，因而申请司法复核。

可不管他怎么折腾，都无法掩盖他从事内幕交易的事实。此外，他还多了一项罪名——怂使或促致另一人进行内幕交易，这个罪名还要拜王志渊所赐。

对于金铭顺的涉案，王志渊是相当震惊的，先前他以为金铭顺怂恿他进行内幕交易只是为了战斧资本的利益，他压根不知道金铭顺竟背着他豪掷五千万为自己赚取利益。他从调查员口中得知这一事实时，才知道自己是被利用了。

金铭顺被判处监禁五年，罚款两千万，终生不得重返市场。这位昔日的老千股王就此陨落。

战斧资本宣布破产，为了还钱，王志渊将公司仅有的一些资产全部变卖掉。

一个半月前，他站在人生的巅峰，客户排队想投他的基金，每天都有记者向他约稿，多少人想从他嘴里套消息，走到哪里都有人起身同他打招呼。他如愿以偿地成了这座城市的风云人物之一。

想到这些，他止不住傻笑起来，他的生活就应该是这个样子，这都是他应得的！他十几年如一日玩命地工作，天知道他到底付出了多少，哪怕是功成名就之后他也未曾膨胀，依旧为公司鞠躬尽瘁。可如今，他站在空空如也的办公室中央，又变回了一个普通人。他紧握空拳，目光深邃，胸中的烈火无法熄灭。

深夜，他回到家中，客厅的灯还亮着。

"你回来啦。"吴一婵从沙发上起身迎他。

他异常平静："还没睡啊。"这一个月来，他几乎与她形同陌路，每天回来都径直朝书房走去。

"等你呢。"

他不接话，脱去外套，准备去冲澡。

"我看到新闻了……"她犹豫道，"你还好吧？"

又是个来看热闹的，他头也不抬地哼笑道："你说呢？"

"你有什么打算？"

他不作答，继续整理衣裤。

"要转行吗？"

"我要去深圳了，明天就走。"他转身，眼神波澜不惊。

"去深圳？"

"有个朋友在那里开了个私募，让我入伙。"

她呆了两秒，原来在被调查的一个半月里，他并没坐以待毙，而是给自己找好了出路。她不禁暗自冷笑，笑自己傻，也笑他的执着。

"你还想重操旧业？"

"法院规定我不能在香港从业，不代表我不能去其他地方从业。"他露出不服输的口气。

"投资者要是知道了你的情况，能接受吗？"

"我会先以顾问的身份加入，不会直接操盘。至于以后的事，以后再说吧。"

一个为事业而生的男人，是不会轻易被事业所抛弃的。他关上浴室的门，打开花洒，伴随着哗啦啦的水声，脑中开始思考明天到深圳后要做的事情。

天蒙蒙亮，吴一婵倦意正浓地在床上翻了个身，就听见房间外传来行李箱滚过地板的声音，紧接着就是"咣"的一声，大门关上。她瞬间清醒了过来，走到房门外，看见隔壁书房的门敞开着，整个屋子不见王志渊的身影。

她呆坐在沙发上有些恍惚，不自觉地回想着跟他的过往，却想不起什么让她惦念的画面。他走了，就像从没出现过。

她回了回神，要找个新室友了，她一个人可承担不起这里昂贵的租金。

今天是周末，她突然来了兴致给自己做一份英式早餐，她在冰箱里翻了一阵，找出还未过期的培根和香肠放入闲置已久的烤箱中，随后在平底锅中敲了个鸡蛋，在土司机里插入两片面包，就算大功告成了。

装盘后，她把这份简易的英式早餐拍了下来，刚准备上传朋友圈，翟纲来了电话。

"一婵，最近好吗？"

翟纲的声音给她带来一丝慰藉。"还行，你呢？"她说。

"老样子，忙些有的没的。"他习惯性地憨憨一笑，"对了，你妈妈现在怎么样了，有没有好转？"

"还算稳定，现在还在老家治疗。"

"是这样，我这阵子在北京帮你问了身边的朋友，终于联系上了一个资深的肺部专家，她答应帮你妈妈看看。"

她内心一颤，没想到他对她的事如此上心，她连忙说："是吗，是什么样的专家呀？"

"是桂之萍医生，她一直在北京的大医院坐诊，在这个领域特别有威望，不少领导干部都找她看的。我也是托了好几层关系才约上的。她是全国有名的大夫，水平不会比香港那些医生差的，而且治疗费也不会像香港那么贵。"

好医生是稀缺资源，找好医生的难度不亚于刘备找孔明，她清楚翟纲在这件事上下的功夫可不是一点点。

"好呀，那太好了！"她不假思索道，"那我马上就带我妈去北京。"

"嗯，那我这就去联系。"他犹豫了几秒道，"你有想过今后怎么办吗？你妈妈的病是免不了要长期治疗的，最好能长期住在北京，身边也要有人照顾，你们这样来回折腾太不方便了。"

电话那头的她沉默了，他壮了壮胆继续道："你有想过回北京吗？你一个女孩在外漂了那么久很不容易，现在北京一点不比香港差，机会很多，你如果想回来完全可以大有作为，你要是喜欢可以开一家自己的猎头公司，我帮你一起张罗，北京这里的人脉我还是有一些的。"

"这个……我还没想好……"

"你不用担心一时半会儿安顿的事，我在北京有房，你们可以先住在我那里。"

"那你住哪啊？你不是还要把你妈接过去吗？"

"放心，住得下，两百多平的大平层呢。"

"你不是一套小三房吗？怎么变大平层了？"

"嗨，我前不久把之前那套卖了，考虑到人多，就换了个大平层，多贷了点款。"

搞了半天他早就替她想好了，医生、工作、房子，这个男人竟然默默地为她筹划了那么多。她深深地明白，她要是答应搬去北京，就是答应做他的女人。

她没有即刻回复他，他也明白这是一个需要慎重考虑后才能给出的答复。他愿意等。

江盈枫从光展离职后，跟房东结清了房租，定好了回美国的机票。香港六年，唯一跟她道别的只有陈美玲。

"你说你走得也太匆忙了点，都来不及给你搞个欢送会。"陈美玲在她家中弯着腰帮她打包纸箱。天热起来了，不一会儿二人便汗流浃背。

"我把冷气开大点。"江盈枫正在封箱，额头的汗顺着脸颊淌了下来，"搞什么party 啊，有你就够啦。"

封完最后一个纸箱，陈美玲直了直腰，拍去手上的灰尘，道："没想到你的东西也不多嘛，我那个时候搬家是你的两倍还多。"

"谁能跟你比啊，陈大小姐。"

两人忙活了一下午，此刻瘫在了沙发上。

"喂，怎么今天就我帮你打包啊？你的好邻居呢？"

江盈枫望着天花板："我不敢告诉他。"

"你是开玩笑吧，你后天一大早就要飞了啊！"

"你让我怎么跟他说？"她眉头紧蹙，有些急躁，"这几天我们几乎都没有联系，有时候在门口碰到了就点点头，我根本不知道该怎么告诉他。这里是他的家，让他放弃一切跟我去美国？我开不了这个口。"

"你怎么知道人家不愿意？说不定就等着你开口呢！"

"我了解他，他不可能抛下他妈妈的，我也不会这么自私地要求他在我们中间做个选择。"

"你要想清楚哦，这次一别，你们就不会再见了，你不后悔吗？"

她咬住嘴唇，眼眶瞬间湿润。"他会遇到更好的人的。"她哽咽道，"只要他过得好就行了。"说罢一头栽进了陈美玲的怀中。

出发的日子到了。江盈枫锁上大门，望了一眼隔壁，心中默念再见。

到机场后，她把几件大的行李托运掉，总算是腾出手来了。她拿着登机牌准备去安检，一转身吓了一大跳。

"你？！"她张口结舌。

"好巧，我也这班飞机。"张少华居然拖着行李站在她的身后。

她眨巴着眼睛，一脸茫然。

"怎么，想把我甩掉一个人去美国找帅哥？想得美！"

"你……这是要跟我去美国？"

"不欢迎啊？"

她瞬间笑开了花，可转念一想不对，又问道："那你妈妈呢？"

他装可怜道："我只能'重色轻母'了，你说惨不惨……"

"我没跟你开玩笑！"她紧张起来，"你走了你妈妈怎么办？"

"你就放心吧——"他嬉皮笑脸地上前搂住了她，"我妈妈已经不需要我了。"

她睁大眼睛不解。他继续道："我妈妈已经有人照顾啦，她的新男友。"

就在江盈枫跟他摊牌要回美国的那个周末，他的母亲就叫他回家吃饭，把她一直秘密交往的对象介绍给他认识。他这才恍然大悟，原来之前在家门口看见的那辆白色奔驰就是这位秦叔叔的。

秦叔叔他是认识的，是母亲多年的好友，这些年一直是她的精神伴侣。

"我之前没公开，是觉得你还小，怕你有抵触情绪。现在你都到了而立之年，也该有自己的家庭了，我想你会理解妈妈的。"

他的内心泛起一片涟漪，这么多年母亲都是独自一人，他都不曾想到过她的情感需求。

"妈，你为我考虑得太多了，你要谈恋爱我怎么会阻止呢？你跟秦叔叔知根知底，你们在一起我很放心。"

秦叔叔心中的石头也落了地，郑重地对他说："阿华这些年不容易，做医生都好辛苦，还要照顾你妈妈，现在你可以放心地把你妈妈交给我了，我会让她做一个幸福的女人。"

他举起酒杯敬二老，随后支支吾吾道："有件事我想征求一下你的意见。我想去美国，你觉得怎么样？"

"美国？"张母有些惊讶，"是跟江小姐一起去吗？"

"嗯。"他点点头。

"那你不做医生了吗？"

"我可以继续深造，那里有很棒的医学院，我之前的导师也在那里，我们一直都有联系，我的研究课题他一直很看好。"

张母会心一笑："妈妈知道，去美国读书一直是你的梦想，有江小姐陪着你我也放心。妈妈之前对她有点误解，觉得她对你是另有所图，不过上次她极力保住了我们家的资产，证明她是个值得托付的人。"

他紧握母亲的手，说："你跟秦叔叔有时间就到美国来玩，我带你们好好转一转。"

张母笑道："多回来看看我们。早点生个小的给我们抱抱。"

想到这些，张少华凑近江盈枫："我妈都有第二春了，我到现在连第一春都还没着落，你说怎么办呢？"

她忍住不笑："你就带这么点东西啊？"

"到了那里我就投靠你啦，住在你家，吃你的，喝你的，反正你是地主。"

"我可是不会让人白吃白喝的，你要提供等价服务。"

"我妈说让我们早生贵子，要不今晚我就开始服务你吧？"

她佯嗔着欲伸手揪他的耳朵，他立刻撒腿就跑，她上前追赶，朝空气踢了一脚，笑道："从现在起，姐姐每晚都翻你牌子！"

两人就这样一路打闹着进了安检。

离开光展后，赵然一直活得像个惊弓之鸟。金管会为了调查林父的资产证明造假案，两次把她叫去配合调查，之后便没了消息。她每天提心吊胆地窝在家中，只能靠刷手机消磨时间。

突然，一个新闻标题吸住了她的眼球——"金老千内幕交易落马，监禁五年"。她屏住呼吸往下看，确定和自己毫无关系后，才放下心来。这个老狐狸终于得到了报应，她顿觉大快人心，可一想到自己眼下的处境，也没什么好幸灾乐祸的。

新闻里还提到了王志渊，他被停职了，还破产了。像他这么厉害的人物都落得如此下场，她瞬间觉得心理平衡了不少。赵然随即想到了吴一婵：好久没联系了，王总出事后不知道她怎么样了？

"一婵，我看到新闻了，你跟王总都还好吧？"她暂时放下了自己的烦恼，关心起别人来。

"我要去北京了。"

"去出差吗？"

"是搬去那里。"

这么突然？她心中一惊："什么时候啊？是跟王总一起吗？"

"明天。我妈妈病了，我们一家要搬去北京给她治疗。"

"这样啊，祝伯母早日康复。"赵然本想问得更多一些，比如她妈妈到底得了什么病，她跟王总过得好不好，照理还应该约她出来吃个告别饭的，顺便聊聊自己的情况，听听她的意见。可吴一婵惜字如金的回复似是拒她于千里之外，让她打了退堂鼓。

或许她的心情也不好吧，赵然自我安慰，顺手补了一句："一路平安！"

她的心中是有些不悦的，她一直把吴一婵当作好姐妹，事事都征求吴一婵的意见，就连林父的资产证明造假也是吴一婵出的主意。可吴一婵倒好，连离开香港这么大的事都不告诉她一声，让她心里真不是滋味。

她仰面倒在沙发上，脑海里细数着这些年在香港还剩下的朋友，想着想着手机就响了，她像个弹簧一般从沙发上坐了起来，这几天手机一响她就害怕，总觉得是金管会又来找她了。

她定睛一看，是过去的同学林萍。自去年在杭州小聚，一别已有一年多了。

"赵然，你在香港好吗？"林萍的声音还是那么甜美。

"我还行吧……"

"有件事想来请教你，我们打算给宝宝买个保险，之前你回杭州的时候说你在香港的保险公司上班，能不能帮我参谋参谋？"

"你都生宝宝啦？恭喜啊！"这是这么多天来她头一次笑，"我已经不在保险公司了，不过我可以帮你问问我的朋友，她应该还在那里。"

挂了电话后，她立刻给 Jessie 拨了过去："喂，Jessie，你还在联邦吗？有单生意介绍给你，单子应该不会小哦。"

"喂——这么长时间才想到找我！"电话里传出 Jessie 的大嗓门，"看在你给我介绍生意的份上，不跟你计较了。你中午没事吧？一起出来吃饭啊！"

Jessie 的热情让她恢复成了一个正常人，在家畏缩了几周的她终于迈出了大门。

"然然！"她刚踏进餐厅，Jessie 就冲上前来给她一个大熊抱。

"哇，一年多没见了，越来越美啦！"她看着眼前的 Jessie，不再是以前那个胖姑娘了，肉眼可见瘦了两个码，"现在变成气质美女啦！"

"噢哟，又拿我开玩笑，我这瘦也是逼出来的。"Jessie 喝了口水，"我已经不在联邦了，两个月前刚刚离职，现在跟朋友一起开了一个保险经纪公司，忙得团团转。"

她接过 Jessie 的名片，看了一眼叹道："哇，合伙人，真厉害啊！"

"哎呀，那都是唬人的，我这合伙人比打工的累多了，哪能跟你这种 Banker 比啊。"

她垂目不作声。Jessie 继续道："你说的那单生意是什么情况？"

"是我的初中同学，她想给宝宝买保险，我之后建个群，你们认识一下。现在保险市场怎么样？"

"老实说，还有很大的空间，我们想趁着这波热潮还未退去的时候加把劲！"

看着 Jessie 斗志昂扬的脸，她心生羡慕。

"对了，"Jessie 突然睁大了眼睛，"你知道吗，那个阿 Paul，就是之前追你的那个，他有女朋友了，是个香港人，据说他已经买房了，应该很快就要结婚了。"

赵然看着她，心里百感交集，似乎所有的好事都与她擦肩而过。

"快跟我说说私行的事，富豪们有啥八卦啊？"

她强装笑颜："哪有什么八卦……"她勉强敷衍着 Jessie，只想快点把这顿饭吃完。

饭后，她无精打采地回到公寓楼，顺便看了一眼许久没开的信箱，各种广告和账单叠成了小山，她一边整理一边进了电梯，突然她定住了，这是一个署名"金管会"的信封，她慌慌张张地掏出钥匙进了家门，迫不及待地拆开了这封信。

标题赫然写着"纪律处分行动声明"。由于她伪造客户的资产证明，且教导客户说谎来欺骗银行，金管会决定中止她的资格注册五年。这意味着在五年内她都不能从事原先的行业。

信上还说这份声明会公示在网站上。她立刻打开金管会的官网，在新闻通稿中搜到了自己的处分声明。她又在搜索引擎上搜索了自己的名字，第一条记录就是金管会的处分信息。

她是个有污点的人了。

她茫然失措，觉得自己像坐在一辆疾驶的过山车上，一个急转弯没抓牢被甩了出去，她在半空挣扎却无能为力，最终摔落到地面，遍体鳞伤。

这是她在香港的第五个年头，再有两年她就可以拿到永居证。她再也不想坚持了，她只想逃离这个地方。

她一夜未眠，被恐惧和自责折磨。天亮了，她疲惫的大脑开始出现倦意，就在她昏昏欲睡之时，一个电话将她吵醒。

"是我，你有些东西还在我家，你今天有时间吗？过来取一下。"

这是她被金管会调查以来第一次接到林淼淼的电话。她揉了揉干涩的眼睛，准备坐起身来。或许是她的精神压力太大，起身的瞬间只觉天旋地转，她赶忙闭上眼睛，紧靠床背，努力稳住声音，道："什么东西啊？如果是衣服什么的就不要了，你直接扔了吧。"

"你最好自己来看一下，我也不知道什么要扔什么不要扔。我马上要走了，以后你想起来再来拿就没机会了。"

"你要走了？"她睁开眼。

"我要去新加坡了，周末就飞。"

她顿了两秒。"噢，你都扔了吧，没什么重要的东西。"她露出不以为意的语气，"还有别的事吗？"

"没了。"

电话两头都陷入沉默，谁都没有再开口，也没有挂断。僵持了片刻后，还是她忍不住先按了挂机。

她紧紧攥着手机，泪水像断了线的珠子淌过脸颊。踟蹰之际，心中万水千山；不说再见，却有万语千言。被命运笼罩的人生，谁又知道下一站会是哪里？如有重逢之日，恩怨无须分明。

休整了几天后，赵然在家中整理物品，离月底没几天了，房子就租到盛夏到来之前。她打开柜子，里面塞满了衣服和包包，这巴掌大的房间竟也装下了这么多东西。她把包一个个拿出来装箱，小心翼翼地不被压到。这些包大部分都是她去了光展后置办的，那画面犹如昨日。

她的思绪突然被一条信息打断。"赵然，你还好吗？"Sabrina 的问候让她稍微平静的心再次起伏，这是她出事后第一个来关心她的人。

"挺好的。"她不想多谈。

"要不要出来坐坐？前几天我都不敢约你，怕你心情不好。"

她的内心是拒绝的，可她想知道公司里那帮人都是怎么议论她的，便答应了见面。

"哪里见呢？"

"我们去爬太平山吧，呼吸一下新鲜空气，我在中环自动扶梯口等你。"

她换上运动装出发了。

傍晚气温凉爽，太平山上绿树成荫，没了白天的喧嚣和炎热。许久不运动的她走了一会儿便开始喘。

"不行了，歇一会儿。"

Sabrina 给她递了瓶水，道："一看你就是一直窝在家里，叫你出来就是要好好出出汗的。"

她接过水猛灌，待呼吸均匀后再次上路。

"你知道吗，光展被金管会点名了，内部监控缺失。"Sabrina 边走边说，"金管会让光展立刻拿出整改措施，还要在未来六个月内进行成效评估。"

她竖着耳朵听着，一语不发。

"林淼淼和他爸也上了银行内部的黑名单，以后他们在香港开不了户了。"

"这么严重？"她转头惊道。

"怎么不严重？银行最看重的就是信誉。"

她低头，这会儿她才明白为何林淼淼会去新加坡了。

"经过这次事件后，光展的股东决定加强员工的职业道德培训，每半年还要进行一次考试。"Sabrina 吐着苦水，"他们还招更多的合规官来监管行内的各种操作，现在合规官多到你无法想象，一个 Banker 身后站着两个合规官，死死盯着你。本来生意就难做，现在更是障碍重重。"

她满头大汗，停下了脚步，望着 Sabrina 说不出话来。

"对了，你知道江盈枫离职的事吧？"

"嗯。"她点了点头，"我听说了。"

"Angelina 算是度过危机了，她今年也真是挺倒霉的，要不是她在光展根基深厚，几个股东都出面保她，说不定早就离职了。"

Sabrina 看了看她，问："你有什么打算吗？其实不做这行也挺好的，只有我们自己知道这行的水有多深。"

"我要回杭州了。"她呼吸急促道。

Sabrina 将了将她前额的碎发，眼中闪烁着不舍。她在这行的朋友不多，如今又要少一个了。

"有什么要帮忙的随时找我。"Sabrina 真心道。

两人相视而笑，继续朝山顶迈进。

像是打翻了红酒杯，天边印染着酒红色的晚霞。"怎么样，出身汗舒服了吧？"登顶后，Sabrina 拍了拍赵然湿答答的后背。这些年，赵然不知道陪来港的亲友登过多少次太平山，可每一次都是来看夜景，她还从未见过夕阳环抱下的中环，如此静谧。

"再看一眼吧，就要走了。"微风拂起了 Sabrina 的发丝，她若有所思地说道。

赵然随着她的目光望了过去。山下这一片高耸入云的中环楼群近在眼前，又远在天边。地上如蚂蚁般的人们穿梭于中环的各个地铁出口，每个出口都通往这里的金钱世界。

"你有没有想过，如果当初没来香港，现在会怎样？"Sabrina 看向她。

她收回目光，平静道："我一定会后悔。"

候机厅里，赵然找了个空位坐下，把背包放在了边上，准备给母亲发消息。

"在候机了，登机了告诉……"字还没打完，她就被一个陌生电话打断了。

"请问是赵然吗？"

"我是，请问哪位？"

"我是 Tony，还记得我吗？"

"Tony？噢，是 Tony 老板啊，当然记得！"

她做梦都没想到，之前弈兴公关的老板 Tony 会给自己打电话。

"哈哈，好久不见！想跟你叙叙旧，聊聊近况。"

她低头呵呵一笑，流露出腼腆之意。

"是这样，我在上海开了一家公关公司，正在招兵买马，想问问你有没有兴趣加入。"

她顿感意外："你怎么会跑去上海开公司啊？"

"说来话长。之前在香港的生意没能继续下去，苦撑了一段时间，最终还是失败了。我沮丧了很久，不知道自己下一步到底该怎么走。后来我的一个前辈对我说：在你无法判断下一步的时候，最好的办法就是回到原点。所以我决定把香港的一切放下，重新开始。"

她惊讶万分，脑中一直回荡着他的"重新开始"四个字。

"你现在还在香港吗？有没有兴趣来上海发展？我们是有激励机制的，如果做得好会给股权，你可以好好考虑一下。"

此时，登机广播声响起，赵然看向前方，眼神里露出了希望的光芒。